죽음을
공부하는 중입니다

죽음을
공부하는 중입니다

죽음을 공부하는 중입니다

첫째판 1쇄 인쇄 | 2025년 12월 19일
첫째판 1쇄 발행 | 2026년 1월 5일

지 은 이   김민혜, 권서연, 채정호
발 행 인   장주연
출 판 기 획   임경수
책 임 편 집   이연성
편집디자인   최정미
표지디자인   박소원
발 행 처   군자출판사(주)
　　　　　　등록 제4-139호(1991. 6. 24)
　　　　　　본사 (10881) **파주출판단지** 경기도 파주시 회동길 338(서패동 474-1)
　　　　　　전화 (031) 943-1888   팩스 (031) 955-9545
　　　　　　홈페이지 | www.koonja.co.kr

ISBN   979-11-7068-389-6 (03810)
정가   18,000원

죽음을
공부하는 중입니다

 **김 민 혜**

사람과 삶이 궁금해 의과대학에 진학했고, 사람이 무너지는 순간에도 마음이 무너지지 않도록 곁에 있고 싶은 마음으로 정신과 의사를 꿈꾸게 되었다. 사람들의 이야기를 조용히 곁에서 엿보듯 바라보며, 그 안에 담긴 반짝임을 발견하는 것을 좋아한다.

의과대학 시절, '어떤 삶이 좋은 삶일까'를 고민하며 절에서 한 달간 봉사자로 지내보기도 했고, 철학 모임에 참여해 스피노자의 사유를 따라가 보기도 했다. 방학에는 경기북부외상센터 프로그램에 참여해 절체절명의 순간에 놓인 사람들의 곁에 있었다. 그러한 경험들을 차곡차곡 쌓아가며, 삶과 죽음의 경계에서 의료인이 어떤 존재가 될 수 있을지를 깊이 고민하게 되었다.

그 질문에 조금 더 가까워지고자 다양한 교수님들과의 인터뷰를 진행했고, 웰다잉 문화에 대해 배우기 위해 꾸준히 노력해왔다. 현재는 호스피스 센터와 국립 트라우마치유센터에서 자원봉사를 이어가며, 사람을 더 깊이 이해하려 하는 중이다.

사람을 사랑하는 의사, 마음의 안정을 전할 수 있는 사람이 되는 것을 꿈꾸며 오늘도 누군가의 이야기에 귀 기울이고 있다. 이 책은 삶과 죽음의 정답을 찾기보다는, 그 사이에서 흔들리는 시간을 함께 나누고자 쓰인 기록이다.

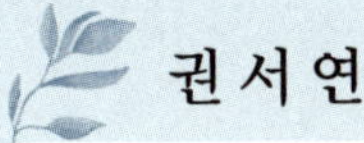 ## 권 서 연

저자가 삶에서 중요하게 여기는 두 가지 화두는 '아름다움'과 '개오사(皆吾師, 모두가 나의 스승)'이다. 사람과 세상에서 아름다움을 찾아 배우고, 같은 일을 하더라도 과정을 보다 아름답게 만들고자 노력한다.

저자는 한의사 전문의 취득 후 의대에 진학했다. 한의사 전문의 수련 과정에서 만성 통증 환자들을 진료하며 통증(pain)이 단순한 신체 증상이 아니라, 환자의 마음과 삶 전체에 얽힌 고통(suffering)임을 배웠다. 또한 환자의 죽음을 처음 경험한 후, 죽음을 두려워하는 스스로를 발견했다. 환자의 삶이 더 아름다울 수 있도록 고통을 덜어주고, 죽음을 성숙하게 받아들여 마지막까지 아름다울 수 있는 방법을 배우고자 의대에 진학했다. 그 답을 찾기 위해 의대 본과 3학년 말, 일본과 영국에서 6주간 호스피스 실습을 하며 동서양의 웰다잉 문화를 경험했다. 그리고 말기 환자와 보호자, 선배 의사들에게 죽음을 삶의 일부로 받아들이는 지혜를 구했다.

이 책은 삶과 죽음에 대한 고민과 저자가 전해 받은 귀한 지혜를 독자들과 나누고자 하는 여정이다. 앞으로 정신과 의사가 되어 우리나라의 웰다잉 문화 정착에 기여하고자 하는 비전을 갖고 있으며, 이 책이 그 시작점이 되어 죽음에 대한 논의를 활성화하고, 자살 예방에도 도움이 되기를 바란다.

 # 채 정 호

40년을 정신건강의학과 의사로, 또 30년을 의과대학 교수로 특히 우울, 불안, 분노, 트라우마 등을 겪고 있는 환자들을 돕는 임상가로 살아왔다. 기존의 치료 방법에 잘 반응하지 않는 환자들을 치유하기 위하여 항상 새로운 치료법을 도입하고자 고민해오며 우리나라 최초로 임상진료에서 경두개자기자극술(TMS)을 도입하기도 하였다. 정신건강의학과 의사는 정신적 고통을 평가, 진료, 치료하는 진단자와 치료자 역할뿐 아니라 환자의 회복과 성장을 돕고 정신건강을 증진하는 교육자가 되어야 하고, 새로운 치료법을 연구하고 개발하는 과학자이면서도 사람들이 온전한 자신으로 건강하고 의미있는 삶을 살아갈 수 있도록 돕는 동반자가 되어야 된다고 생각한다. 그러한 믿음하에 정신건강의학과 영역에 긍정심리학적 개입을 첨가하였고, 긍정학교를 설립하여 교장으로 섬기고 있다. 최근에는 인지행동치료와 명상개입을 기반으로 수용, 변화, 연결, 강점, 지혜, 몸, 영성을 강조하는 전인적 개입 방법인 SPECTRUM 치료를 개발 전파하고 있다. 의과대학생들을 지도하며 죽음에 대해 공부하는 학생들에게 삶과 죽음이 결코 독립된 것이 아님을 강조하고 널리 알리기 위하여 이 책을 집필하게 되었다.

김석중 | 유품정리사·장례지도사·고독사 예방 활동가,
부산과학기술대학교 장례행정복지과 외래교수

20년째 돌아가신 분들의 유품을 정리하고 있는 나는 유품정리사입니다. 이 책과의 인연은 한 통의 메일로부터 시작되었습니다. 병원 인턴으로 근무 중인 작가는 제가 어느 한 병원 호스피스 봉사자를 대상으로 진행한 강연에서 저를 만났다고 합니다. 작가는 호스피스 병동 봉사를 통해 삶의 마지막 순간을 가까이 마주한 경험을 전하며, 유품정리사인 저의 활동에 관심을 갖게 되었고, 강연에서 들었던 '정리하는 죽음'이라는 표현이 오랫동안 마음에 남아 있었다는 사연을 전해주었습니다.

저는 동봉해 준 작가의 글을 읽으며, 죽음을 진지하게 바라보는 한 젊은 의사의 맑은 시선을 느낄 수 있었습니다. 그리고 그 글을 통해 제 마음에 가장 크게 다가온 것은 진심이었습니다. 의사로서 죽음을 공부한다는 것은 단순한 의학적 탐구가 아니라, 삶과 인간을 함께 공부하는 일임을 그는 잘 알고 있었습니다. 환자 곁에서 느낀 무력함과 두려움까지 솔직하게 드러내는 그의 성찰은 이 책 전체를 관통하는 가장 큰 힘이었습니다.

『죽음을 공부하는 중입니다』는 병동의 문턱에서 자주 사라져버리는 목소리들을 끝까지 따라가 듣는 책입니다. 저자들은 의대생과 인턴이라는 자신의 위치를 숨기지 않으며, 환자와 가족, 의료진의 이야기 앞에서 먼저 "모른다"라고 말하는 용기를 택합니다. 그 겸손에서 대화가 시작되고, 소통에서 돌봄이 자라고 있습니다.

유품정리와 장례로 생애 마지막 마무리의 중요성을 오래 다뤄온 한 사람으로서, 저는 이 책이 죽음을 이론으로 설명하지 않고, 관계로 회복시키는 점에 깊이 공감했습니다. 저자는 환자를 '질병의 집합'이 아닌 '한 세계'로 바라보게 하고, 의사를 '전문가 집단'이 아니라 흔들리고 성장하는 '한 개인'으로 비춥니다. 공부하는 과정 속에 드러난 질문들은 현장의 윤리와 소통을 구체화합니다.

'희망과 현실을 어떻게 설명할 것인가', '죽음을 외면하는 환자에게 어떻게 다가갈 것인가' 같은 물음은 정답을 강요하지 않고 선택의 맥락을 밝혀 줍니다. 또한 돌봄의 주체인 의료진도 상처받고 번아웃될 수 있다는 사실을 숨기지 않습니다. 감정을 억누르는 전문성 대신, 감정을 다루는 전문성을 '업무'로 인정하는 문화를 제안합니다. "잘 죽는다는 것은 곧 잘 사는 것"이라는 명제를 공허한 수사가 아니라 실천의 언어로 옮깁니다. 또한 환자와 가족의 인터뷰 문장들은 준비가 빠를수록 후회가 줄어든다는, 혹독하지만 따뜻한 진실을 들려줍니다.

저는 유품정리사로서 다양한 형태의 죽음을 보았습니다. 그리고 수

많은 고인의 남겨진 것들을 정리해 왔습니다. 그 현장에서 배운 건 '마지막 자리에 남는 것은 물건 그 자체가 아니라, 이별과 관계의 흔적, 그리고 선택의 기록입니다.'라는 말이었고, 누가 무엇을 보관하고, 무엇을 나누고, 무엇을 보낼지를 결정하는 과정은 '정리하는 죽음'의 핵심입니다.

이 책은 임상 현장의 의사결정을 다루면서도, 그 결정을 지탱하는 감정과 가치, 그리고 남겨질 이들의 삶까지 시야에 담습니다. 그래서 의료 현장 밖에 있는 가정, 지역사회, 학교, 장례·상속·추모의 모든 접점에서 읽혀야 할 책이라고 생각합니다. 책을 덮고 나면 자신의 삶과 죽음에 대해 구체적으로 적고, 말하고, 바꾸려는 생각을 하게 만듭니다. 궁극적으로 이 책은 독자를 움직이게 합니다. 그래서 교육 현장과 실무 현장에서 곁에 두고 펼쳐볼 만한 책입니다.

죽음은 삶의 반대말이 아닙니다. 삶이 끝나는 방식이며, 그 끝이 사랑으로 정리될 때 우리는 비로소 삶을 다 살았다고 말할 수 있습니다. 저자들이 기록한 질문과 눈물, 인터뷰의 목소리는 그 사랑에 이르는 길을 또렷하게 밝혀줍니다.

저는 이 책을 의료진과 예비 의료인뿐만 아니라 앞으로 병원에 입원할 예비 환자들, 그리고 사랑하는 이를 돌보는 모든 이들에게 기쁜 마음으로 권합니다. 우리의 현장이 이 책 이후로 조금 더 정직해지고, 조금 더 다정해지기를 바랍니다.

김태석 | 서울성모병원 정신건강의학과 교수,
한국정신종양학회 前 회장

의대생 제자들이 『죽음을 공부하는 중입니다』라는 책을 세상에 내놓았다는 소식을 들으며, 제 마음 깊은 곳에서부터 뜨거운 감동이 밀려왔습니다. 생명과 치유를 배우는 길 위에서 '죽음'을 공부하겠다는 결심은 결코 가볍지 않습니다. 그 길은 두려움과 외면, 그리고 인간 존재의 가장 고독한 진실과 마주하는 용기가 필요하기 때문입니다.

저는 지난 20년 이상 삶과 죽음의 경계선에서 심적으로 고통받는 암 환자들과 대화하며, '죽음'이란 단지 삶의 끝이 아니라, 오히려 삶의 의미를 가장 선명하게 드러내는 순간임을 배워왔습니다. 그러나 바쁜 의료 현장에서 많은 의료인들은 종종 죽음을 실패로 여기고, 그 앞에서 외면하거나 자책하는 경우도 보아왔습니다. 그런 현실 속에서, 젊은 의대생들이 스스로 죽음을 공부하고, 그것을 통해 더 깊은 '삶의 의학'을 꿈꾼다는 것은 얼마나 귀하고 아름다운 것임에 틀림이 없습니다.

이 책은 단순한 학문적 탐구가 아니라, 인간으로서의 진솔한 성장 기록이자, 의학이라는 학문과 의료라는 직업의 본질에 대한 순수한 성찰입니다. 생명을 다루는 손이기 이전에, 한 인간의 마음으로 타인의 마지막을 이해하고자 하는 그 진심이 한국 의료의 새로운 희망이자, 진정한 진화의 모습이라 믿습니다.

죽음을 공부하는 것은 결국 사랑을 배우는 일입니다. 고통과 상실의 시간을 함께 견디며, 마지막까지 인간의 품위를 지켜주는 것이야말로 의학의 궁극적인 사명입니다. 이 책을 쓴 저의 제자들은 그 길의 첫걸음을 너무나도 아름답게 내디뎠습니다.

저자들의 순수한 열정에 교수로서 선배로서 진심으로 경의를 표합니다. 여러분이 앞으로 만들어갈 의료의 미래가, 환자의 생명뿐 아니라 그들의 삶과 죽음까지 품을 수 있는 따뜻한 의학이 되기를 소망합니다. '죽음을 배운다'는 이 위대한 여정에 다시 한 번 제 마음 깊이 찬사를 보냅니다.

Hidekio Onishi | 국제 사이타마 의대 정신건강의학과 교수,
정신종양학 세부전문의

* 본 추천사는 일본어 원문을 한국어로 번역한 것입니다.

의대생들이 임상 경험을 통해 병의 치료뿐만 아니라 죽음을 배우며 내면적으로 성장해가는 과정을 이 책을 통해 독자 여러분께서 느끼실 수 있길 바랍니다. 이 책을 읽는 경험은 분명 여러분의 삶에도 깊은 울림을 줄 것입니다.

저는 특히 권서연 선생님을 만날 기회를 갖게 되어 매우 기쁘게 생각합니다.

어느 날, 제가 깊이 존경하는 정신과 의사 이재헌 박사님께서 한 의대생이 저희 학교에서 수련을 받을 수 있을지 문의해오셨습니다. 신뢰하는 동료의 부탁이었기에 흔쾌히 수락하고, 학생의 이력서를 요청드렸습니다. 그 학생이 바로 이 책의 저자 중 한 분인 권서연 선생님이었습니다. 그녀는 수련 기간 동안 인간의 삶과 죽음을 배우고자 했습니다. 환자 치료에 대한 공부도 중요하지만, 그 근간은 삶과 죽음에 대한 이해, 즉 죽음학에 있습니다. 저 역시 죽음학을 전공하고 있지만, 이

를 깊이 이해했다고 말할 수 있는 의료인은 많지 않습니다. 이처럼 깊이 있는 사고를 가진 학생이 있다는 사실이 무척 반가웠습니다.

일본에 온 이후 권 선생님은 매우 성실하게 공부에 임했습니다. 저희는 암 환자들의 발언을 영어로 번역해 권 선생님께 전달했습니다. 그녀는 이해가 가지 않는 부분은 질문하며 내용을 온전히 소화했고, 환자들에 대한 이해도도 점차 깊어졌습니다. 그녀의 열의에 감동한 우리는 보다 심화된 배움의 기회를 제공하고자 결심했습니다.

이에 일본 완화의료의 전설이라 불리는 히가시 삿포로병원의 이시타니 쿠니히코 원장님께 자문을 구했고, 그 결과 권 선생님은 해당 병원의 완화의료 병동에서 실습을 할 수 있게 되었습니다. 말할 필요도 없이, 그녀는 삶의 마지막을 살아가는 환자들로부터 많은 것을 배웠습니다.

그녀는 일본 문화에 대해서도 많은 것을 받아들였고, 그녀의 존재 덕분에 저희 또한 우리의 문화를 돌아보고, 새롭게 배우는 계기를 얻을 수 있었습니다. 그녀와 함께한 경험은 우리 모두에게 성장을 안겨 주었으며, 이 자리를 빌려 깊이 감사의 말씀을 드립니다.

마지막으로 권서연 선생님의 이력서에는 다음과 같은 문장이 담겨 있었습니다.

"의사로서 제 목표는 웰다잉 문화를 정착시키는 것입니다."

저는 그녀가 반드시 그 목표를 이뤄낼 것이라 믿습니다.

목 차

김민혜

프롤로그

김민혜

괜찮아지셨으면 좋겠어요

의사가 되고 싶었던 이유를 떠올려 보면, 특별한 계기가 있었던 것은 아니다. 단순했다. "사람을 살리고, 아픈 걸 치료하면 보람 있지 않을까?" 어릴 때부터 큰 병치레를 한 적도 없었고, 가까운 가족이 중병을 앓았던 기억도 없었다. 병원이라는 공간은 내게 낯설었고, 의료인의 삶은 더더욱 실감 나지 않았다. 그럼에도 불구하고, 의사라는 직업은 단순하면서도 분명한 의미를 지닌다고 생각했다.

'아픈 사람을 낫게 한다.'

그것만으로도 충분하지 않을까?

그렇게 의과대학에 들어왔고, 본격적으로 병원 실습을 돌기 시작하면서 내가 가졌던 믿음은 흔들리기 시작했다. 의사가 정말로 환자를 '치료'할 수 있는 존재인가? 나는 그 답을 쉽게 찾을 수 없었다.

"아이고, 많이 불편하지는 않으세요?"

"많이 아프지."

"........그렇구나, 빨리 나아지셨으면 좋겠어요."

“……”

‘나는 할 줄 아는 게 아무것도 없구나!’

좋은 의사가 되려면 환자에게 어떤 도움이 되어야 할까? 병원 실습을 시작한 본과 3학년 봄, 머릿속에 떠오른 그 질문은 사라지지 않았다. 환자는 단순히 친절하기만 한 의사를 필요로 하지 않았다.

병원의 세상은 일반 세상과 달랐다.

병원 1층까지만 해도 일상과 크게 다르지 않았다. 반짝이는 대리석 바닥 위로 지나가는 사람들, 커피잔을 들고 바삐 걸어가는 보호자들. 수액이 담긴 거치대와 함께 걷는 환자들도 몇몇 있었지만 그들의 모습조차 지극히 평범했다. 많은 사람들은 웃고 있었고, 휴대폰을 손에 쥔 채 바쁜 일상에 대한 대화를 이어갔다. 몇 발짝만 나가면 병원 문 밖에 피어있는 벚꽃을 볼 수도 있었다.

그러나 엘리베이터로 몇 층만 올라가 병동에 도착하는 순간 많은 것이 낯설어졌다. 병실 안의 공기는 무거웠다. 그 안의 사람들은 더 이상 자신의 일상을 스스로 계획하지 않았다. 대신 그들은 교수님을 기다렸다. 자신의 병, 수술 결과를 말해줄 수 있는 그 권위자만을 바라보고 있었다. 그 무한한 대기의 공간에서 환자와 보호자가 할 수 있는 일들의 선택지도 많지 않았다. 많은 살림살이가 있는 가정집과는 달리 병실에는 침대와 간이침대, 그리고 TV만이 있었다. 그곳의 시간은 천천히 흐르거나 멈춘 듯해 보였다.

겉보기에는 괜찮아 보이는 환자도 있었지만, 대부분은 그렇지 않았다. 얼굴이 누렇고 검게 뜬 사람들, 왜소한 체격에 짙은 병색을 띠고 있는 사람들이 있었다. 수술을 한 흔적들인지 배에 붕대를 감고 피가 새어 나오는 통을 차고 있는 사람들도 있었다. 겨우 몇 층 차이일 뿐인데, 세상에는 아픈 사람들이 너무 많았다.

다른 세계에 미처 적응하지도 못한 상태였는데, 교수님께서 내게 새로운 과제를 내주셨다. 매일 환자와 면담을 하고, 생활에 불편한 점이 있는지 알아 오는 것이었다. '어떤 말을 건네야 하지? 내가 갔는데 주무시고 계시면 어떡하지?' 병실 문 앞에서 한참을 망설였다.

"어디 불편하신 데는 없으세요? 오늘 아침에 교수님 뵈었을 때는 여기가 너무 아프다고 하셨잖아요, 그건 지금 괜찮으세요?" 가까스로 할 말을 쥐어짜내며 환자들에게 질문했다.

"배가 아프지."

"속도 불편한데 사실 발가락도 조금 부어올라서 움직이는 게 힘드네."

대부분의 환자들은 친절하게 자신의 증상을 말씀해 주셨다. 하지만 그 다음이 문제였다. '그래, 이런 증상이 있구나, 그럼 어떡하지?' 환자에게 도움이 되는 사람이 되고 싶다고 생각했지만, 막상 앞에 서니 아무것도 할 수 없었다.

"많이 힘드셨겠어요.", "제가 교수님께 잘 전달해 드릴게요." 누구나 할 수 있는 뻔한 말. 그 말 밖에 할 수 없는 내 자신이 초라하게 느껴졌다. 환자가 "내가 그냥 교수님께 말씀드릴게."라고 하거나 아파서 대화를 피하고 싶은 기색을 보일 때면, 더 무력감이 들었다.

'내가 이들에게 해줄 수 있는 말은 왜 이렇게 부족할까?' 자책감이 스스로를 짓눌렀다.

가장 마음이 아팠던 순간은 어머니 또래의 나이로 보이는 환자분과의 만남이었다.

그분은 내 '케이스 발표'를 위한 환자였다. 병원 실습 중 의대생들은 종종 환자의 병력을 기록하고 그에 따른 치료 계획을 파워포인트 발표 자료로 정리하는 '케이스 발표' 과제를 받곤 한다. 이를 하기 위해서는 해당 사례 환자 문진을 하러 가야 한다.

"일주일 전부터 체한 느낌이 들었어. 몸이 피곤하고 얼굴이 누렇게 떴어. 병원에 와서 영상 사진을 찍어보니까 담관암[1] 이라고 하더라고."

병을 치료할 수도 없는 내가 그저 기록을 위해 이것저것 그 고통을 여쭙는 것이 죄송스러웠다. 그분은 '너를 보니 내 아들이 생각난다.'고 하시며 아픈 와중에도 질문에 친절히 답을 해주셨다. 그래서 더 마음이 무거웠다. 힘든데도 다른 사람에게 보이는 상냥함, 그 마음이 정말 감사해서 "어머님 수술 잘 받으실 거예요. 정말 잘될 거예요"라고 진심을 담아 말씀드렸고, 수술이 잘 되기를 간절히 기도했다.

그 주 목요일, 그 환자의 수술이 시행되었다. 7시간이 넘게 걸리는 대수술이었다. 수술 중 환자가 생각보다 피를 많이 쏟아 수혈까지 진행됐다. 걱정이 되어 수술 후 그분을 찾아갔다.

---

1 **담관암**: 간에서 만들어지는 담즙을 십이지장으로 보내는 관인 담관에 생기는 암

"아파서 말을 못하겠어. 오늘은 그냥 가."

안 그래도 거뭇거뭇했던 그분의 얼굴에는 이제 주름마저 잡혀 있었다. 그 찡그린 얼굴 사이로 고통이 느껴졌다. 병실을 나와 다시 학생 숙소로 돌아가는 길, 발걸음이 무거웠다. 도움이 되고 싶었는데, 정작 가장 힘든 순간에는 걸리적거리는 존재가 되는구나. 그 고통에 대해 내가 어떻게 말해야 했을까? 나는 이 사람에게 어떤 힘이 되어줄 수 있을까?

본과 2학년 때까지 수많은 강의록을 보았다. 많은 질병에 대해 공부를 했고, 약제, 치료까지 공부했다. 하지만 현실에 있는 질병에 걸린 '사람'을 보니 할 수 있는 게 없었다.

나는 환자들에게 도움이 되고 싶었다. 그런데 그것이 정확히 무엇을 의미하는지 알 수 없었다. 단순히 병을 치료하는 것? 아니면 환자의 마지막 순간을 덜 고통스럽게 만드는 것? 환자가 죽음을 맞이할 때, 그 과정이 조금이라도 덜 힘들었다고 느낄 수 있도록 돕는 것?

이론상으로는 무언가 많이 알고 있는 것 같은데, 실제로 나는 무지하고, '괜찮아지셨으면 좋겠어요.' 같은 뻔한 말만 앵무새처럼 반복하게 된다. 이 말이 환자에게 어떤 의미를 줄 수 있을지 모르겠다. 나는 그들에게 도움이 되고 싶은데, 어떻게 해야 할지 몰랐다.

답을 찾고 싶었다. 죽음을 앞둔 환자를 어떻게 대해야 하는지, 환자의 고통과 가족들의 감정을 어떻게 바라봐야 하는지, 의사라는 직업이 어디까지 환자를 '살릴 수 있는지' 그리고 '살려야 하는지'에 대한 고민이 깊어졌다.

눈앞에서 목도한 죽음들

내가 할 수 있는 일은 무엇일까? 병원 안에서 나의 가치를 찾고 싶었다. 작은 일이라도 좋았다. 환자가 교수님께 본인의 아픔을 전달하고 있을 때 옆에서 최대한 열심히 고개를 끄덕였다. 누군가 병원에서 길을 물으면 친절하게 안내해 주었다. 별거 아니어도 내가 할 수 있는 일은 모두 하려고 했다. 그게 내가 병원에 있는 이유일 수도 있으니까.

그런 의미에서 응급의학과 실습은 뜻깊었다. 교수님의 지도하에 혈액 검사를 위해 피를 뽑아보거나 코로나 키트 검사를 해볼 수 있었기 때문이다. 내가 직접 환자를 검사하고 도우면서 병원에서 일하는 한 사람이 된 것 같은 기분이 들었다.

"심정지 환자 왔으니까 한 번 가서 보고 와."

그날, 심장이 멈춘 환자가 실려 왔다. 구급차를 타고 오는 동안에도 심장이 뛰지 않아서, 구급대원들이 계속 가슴을 눌러주는 심폐소생술[2]을 하면서 왔다고 한다. 구급대원은 환자가 지난 일주일 동안 매일 소주를 4~5병씩 마셨다고 전했다. 술에 중독된 환자 얼굴은 노랬고, 배가 퉁퉁 부어 있었다. 초점을 잃은 채 풀려 있는 눈에서는 꺼져가는 생명이 느껴졌다. 교수님과 간호사 선생님은 분주하게 움직이며 상황을 지휘했다. 환자가 호흡할 수 있도록 입 안으로 숨쉬는 관을 넣었고, 자동 심폐소생술 장치를 가져와 압박을 시작했다. 심폐소생술 기계가 작동할 때마다 환자의 가슴이 정말 세게 움푹움푹 내려앉았다. 배는 피가 차는 듯 더 부풀어올라 출렁였다.

콧줄과 소변줄도 삽입되었는데, 둘 다 넣자마자 검붉은 피가 흘러넘쳤다. 순식간에 환자의 몸에 줄이 주렁주렁 달렸다. 그러나 가슴을 눌러도, 약을 주입해도, 심장은 끝내 뛰지 않았다.

약 20분이 지났을 때 교수님께서 장갑을 벗으며 말씀하셨다.

"그만할게요."

그 한마디에 모든 동작이 멈췄다. 기계가 해체되었고, 환자 주변에 있던 사람들은 하나둘씩 자리를 떠났다. 그 순간이 환자의 사망 시간이었다. 그것으로 끝이었다. 이렇게 쉽게, 이렇게 무력하게 사람이 죽는구나. 심폐소생술이 행해졌던 방의 저 구석에 조용히 서서 가만히 상황을 응시했다. 실습 도중이라 내 눈을 감지는 못했지만, 머릿속으로 '이 사람이 좋은 곳으로 갔으면 좋겠다. 좋은 곳으로 갔으면 좋겠다.'라고 되뇌었다. 환자의 눈을 감기는 장면을 보고 다시 진료가 이루

---

2 **심폐소생술**: 정지된 심장을 대신해 심장과 뇌에 산소가 포함된 혈액을 공급해 주는 응급처치

어지는 곳으로 돌아왔는데, 응급실은 아무 일도 없었던 듯 바빴다. 환자들은 여전히 몰려들었고 의사들은 다음 환자를 살리기 위해 움직이고 있었다. 그 장면을 보며 조금은 야속하다고 생각했다.

그러나 따지고 보면 그 상황에서 최선을 다해 새로운 환자를 진료하는 것이 의사가 할 수 있는 최대한의 선행이었다. 능력 밖의 일에 계속해서 몰두하는 것보다는, 할 수 있는 일에 집중하는 게 더욱 유익한 일인 것이다. 그때 생각했다. '병원 환경은 나에게 무력한 감정을 자주 안겨주는 곳이구나, 이에 대처하는 자세를 갖춰야겠구나.' 하고 말이다.

죽음 앞에서 마주한 무력감

3학년 실습을 마친 후, 본과 4학년 초에 외상 외과 실습을 돌았다. 그 전까지는 말기 암과 같이 준비된 죽음을 보았다면, 이번에는 갑작스럽게 닥친 죽음들을 목도하게 되었다.

차에 치인 사람, 칼에 찔린 사람 등 많은 환자가 있었다. 어느 날은 스스로 아파트에서 떨어진 아주머니를 보았다. 우울증을 앓고 있었고, 이전에도 한 번 자살 시도를 한 적이 있었다고 한다. 갈비뼈와 다리뼈가 부러져 응급 수술이 필요했다. 마취를 하기 전까지 아주머니는 너무너무 아프다고 계속해서 말씀하셨다. 제대로 움직이지도 못하고, 말도 하기 힘든 상태셨는데 '으, 으' 하는 신음소리를 내며 계속 '아파, 아파'라고만 하셨다.

"괜찮을 거예요, 괜찮아질 거예요."

애써 아주머니를 위로했지만, 마음이 무거웠다. '무엇이 그토록 고통스러워 이런 선택을 하셨을까? 이 상황에서 나는 무슨 말을 해야 할까? 무작정 괜찮아질 거라는 말만 하는 게 맞는 것인가?' 의문들만 머릿속에서 맴돌았다. 다행히 그 수술은 성공적으로 끝났지만, 불편한 감정은 가시지 않았다.

그러나, 모든 환자가 죽음을 비껴가지는 못했다. 높은 곳에서 추락해서 병원에 방문한 환자가 유난히 많았던 날, 높은 건물에서 떨어진 마른 체격의 할머니가 실려왔다. 출혈이 심해 응급 수술과 계속되는 수혈에도, 할머니의 혈압은 계속해서 떨어졌다. 그 모습을 지켜보며 내 심장도 덜컹거렸다. 수술을 지켜보며 속으로 기도했다. '꼭 살아날 수 있게 해 주세요, 괜찮아지게 해 주세요.' 그럼에도 불구하고, 수술 도중에 할머니는 결국 돌아가셨다.

황급히 할머니를 실은 침대를 수술실에서 중환자실 옆의 작은 병실로 옮겼다. 이미 소생 가능성은 거의 없었지만, 가족이 도착할 때까지 심장이라도 뛰게 하기 위해 의료진이 돌아가며 심폐소생술을 했다. 두 손에 힘을 주어 가슴을 압박할 때마다 할머니의 부러진 갈비뼈들이 하나하나 느껴졌다. 병실은 삐-삐-거리는 기계음으로 가득했다.

할머니의 사망 소식을 듣고 가족들이 급하게 왔다. 그들에게 수술의 흔적을 그대로 보여줄 수 없었다. 출혈이 난 혈관을 찾기 위해 이미 할머니의 배를 절개해 놓은 상태라, 눈 뜨고 보기 힘든 모습이었다. 황급히 할머니의 시신을 덮은 파란 이불. 병실에 들어선 가족들은 이 사실을 믿을 수 없다는 듯 처절하게 울부짖었다. 그 짧은 순간이 영원처럼 느껴졌다. 온갖 감정이 내 안에서 스쳐 지나갔다.

'너무 많은 사람이 아프구나, 아무리 최선을 다해 수술해도 막을 수 없는 죽음들이 있구나' 거대한 죽음 앞에서 의학은 얼마나 미약한 기술인지…. 무력하다는 생각이 둥둥 떠다녔다.

힘이 되어드리고 싶은 그 마음

너무나도 마음이 답답했다. 내가 무엇을 할 수 있을까? 답을 찾으려 애썼다.

재작년 겨울방학, 교회 수련회에서 알게 된 M이라는 분이 있었다. 그분이 누구보다 성실하게 바닥 청소 봉사에 참여하셨던 기억이 난다. 그런데 한참 후, 병원 실습 도중 M 님이 큰 사고를 당해 하반신이 마비되었다는 소식을 들었다.

"저를 위해 기도해 주실 수 있나요?"라는 물음에 기꺼이 그리하겠다고 대답했다. 기억날 때마다 메시지를 보냈다. 오늘도 평안하셨으면 좋겠다고, 행운을 빈다고 했다.

그러던 중 M 님께서 '어느 병원에서 실습을 하는 중이냐고, 궁금해서 여쭤본다'고 문자를 주신 날이 있었다. 병원에 오래 입원하다 보니 의사 선생님들과 많이 친해졌다고, 나 역시도 그런 경험을 하겠구나 싶어서 부러워서 연락했다고 하셨다. '부럽다'고, 이게 부러운 건가? 주제넘은 것처럼 느껴질 수도 있지만 그분의 문자를 보면서 '어떻게 내가 부러울 수 있지?'라는 생각이 가장 먼저 들었다.

지금 내가 여기 와서 하는 일이 거의 없는 것 같은데? 나름 고민은 하고 있는데, 환자들에게 힘이 되는지도 모르겠고, 지식도 부족하다는 생각만 드는데? 내가 어떻게 해야 할까? 그냥 너무 답답한 마음에 그분께 조심스럽게 질문을 보냈다.

'실습하면서, 아무래도 대학병원이라는 환경에 있어서 그런지 아픈 분들을 많이 마주하게 돼요. 면담할 때 어떤 말을 해야 조금이라도 도움이 될지 항상 고민해요. 저는 아직 의사가 아니라 학생이라서 권한도, 지식도 부족하지만 조금이라도 힘이 되어드리고 싶은데, 그러지 못하는 것 같아서 죄송스러울 때가 많아요. 혹시 어떤 말이 환자분들에게 가장 힘이 될까요? 항상 이게 궁금했어요.'

큰 사고를 겪고 병원에서 긴 시간을 보낸 M 님이라면 이 질문에 대한 답을 알고 계시지 않을까? 생각했다. 그리고 M 님은 그 질문에 이렇게 답했다.

'그 마음요…. 힘이 되어드리고 싶다는 그 마음…. 그 마음이 있으면 돼요. 다 느껴져요. 비언어적 표현으로 전달되는 힘이 꽤 커요. 제가 아파서 누워만 있을 때, 특히 중환자실에 있을 때는 더 예민하게 느껴졌어요. OOO 간호사. 이름도 안 잊혀요. 따뜻한 사람.'

그렇다면 나는 어떻게 해야 하는가?

본과 3학년 실습에 들어가기 전, 우연히 오래된 일기장을 발견했다. 그 안에는 다음과 같은 내용이 적혀 있었다.

"나는 요즘 모든 사람의 고통을 느끼고 싶다고 생각한다. 그래서 그들을 이해하고 진정한 친구가 되고 싶다. 동시에, 이 모든 게 내 '말뿐인' 결심이 아니기를 바란다.

현실과 이상은 다르고 모든 것이 내가 상상한 대로 흘러가지는 않는다. 나는 이 둘의 간극을 극복하고 싶다. 최악의 상황에서도 최선을 다하는 사람이 되고 싶다."

병원 실습을 하며 마주했던 현실은 그 일기와 크게 다르지 않았다. 병원 현장에서 내가 환자에게 해 줄 수 있는 일에는 분명한 한계가 있었다. 하지만 그렇다고 '내가 할 수 있는 일이 없다'며 자신을 합리화하고 싶지 않았다. 의사 면허를 받게 될 날도 머지않았고, 환자를 책임질 수 있는 의사로 성장하기 위해 무엇이라도 배우고 싶었다.

그래서 내가 할 수 있는 일을 찾아 움직이기 시작했다.

"나는 왜 환자를 위로조차 못할까?"

먼저 내가 힘들어하는 이유가 어디에서 비롯되었는지를 곰곰이 되짚어 보았다. 그러자 그 고민이 생각보다 아주 단순한 데서 시작되었음을 깨달았다.

병원 실습을 하면서 가장 당황스러웠던 순간은, 몸이 점점 약해지며 무기력해지는 환자들을 마주할 때였다. 그들은 희망을 잃은 표정이었고, 나는 그 모습을 보며 위로해주고 싶었지만 무엇을 어떻게 말해야 할지 몰랐다. 환자를 위로하기는커녕, 오히려 '내가 그들에게 도움이 전혀 안 되는구나! 내가 너무 모르는 게 많구나!'하는 생각에 스스로 더 낙담했다.

이 책을 함께 쓴 서연 언니에게 그러한 나의 고민을 털어놓았을 때, 언니는 이 의문을 더 깊이 있는 차원에서 다뤄보자고 제안했다. '결국 모든 인간은 죽음을 향해 가고 있고, 이 상황에서 도움을 줄 수 있는 방법을 모르기 때문에 우리가 무력감을 느꼈던 게 아닐까?' 서연 언니의 핵심은 이것이었다. 환자가 절망을 느끼는 이유, 그리고 의사가 힘든 이유. 그 두 가지가 같은 뿌리를 공유하고 있는 고민이라는 것.

서연 언니와의 대화를 통해 처음에는 단순히 '환자에게 위로가 되고 싶은데 왜 못할까?'였던 내 고민이, 점차 '죽음을 대하는 태도'로 확장되기 시작했다.

마침 교내 인문학 과정의 과제로 자유 주제 연구가 있었다. 그 과제로 이 주제를 연구하기 위해 우리 학교 정신건강의학과 채정호 교수님께 자문을 구하기로 했다. 교수님께서는 세월호 참사와 같이 죽음과 가까운 트라우마를 경험한 환자들과 자살 위험이 높은 우울, 불안 환자들에 대한 진료 경험이 많으셨다. 그리고 현재를 충실하게 살아갈 수 있는 방법에 대해 많은 고민을 하시고 관련 책과 강의로 대중들과 자주 소통하셨다.

환자와의 모의 진료 수업이 있었을 때, 채정호 교수님께서 환자와의 소통을 강조하셨던 것이 기억에 남기도 했다. 교수님께서는 정신건강의학과 과장이자 주임교수로서 많은 후배 의사를 가르쳐 오신 분이니, 의사로서 죽음을 어떻게 받아들여야 할지, 죽음을 앞둔 환자를 어떻게 대해야 할지에 관한 우리의 고민에 풍부한 조언을 주실 수 있을 것 같았다. 그래서 우리는 교수님께 '죽음을 대하는 태도'에 관한 연구를 어떻게 진행해야 하는지 여쭤보았다.

'죽음을 앞둔 환자를 만났을 때 어떻게 대해야 할까요?'

'더 좋은 의사가 되기 위한 연구를 하고 싶은데, 어떻게 진행하면 좋을까요?'

교수님의 의견을 듣고, 연구 방법은 인터뷰로 정했다. 인터뷰를 통해 여러 교수님들의 경험과 지혜를 최대한 깊고 다양하게 얻을 수 있다고 생각했기 때문이었다. 질문 드릴 내용을 미리 정하고, 여러 교수님들께 공통 질문을 드린 후 답변을 취합해서 공통점과 차이점을 정리하고 의미를 찾아보기로 했다. '죽음을 앞둔 환자를 어떻게 마주할 것인가?'를 주제로 본과 4학년 1월부터 5월까지 인터뷰를 진행했다.

우리는 함께 삶과 죽음에 대한 고민을 나누면서 웰다잉에 대한 많은 책과 뉴스, 영상 등 정보를 수집하였다. 이 과정 중 예비의사로서 배우고 싶었던 점을 정리해서 질문지를 준비했다. 그리고 죽음을 많이 접하는 분야의 대학병원 교수님들을 찾아 메일로 인터뷰 요청을 드렸다. 교수님들께서는 이미 수많은 죽음을 지켜보셨으니, 이에 대한 지혜를 나눠주실 수 있으리라 생각했기 때문이다. 국내외 31분의 교수님들께 '의사로서 죽음을 어떻게 받아들여야 하는지', '죽음에 가까운 환자를 어떻게 면담하는 것이 좋은지', '좋은 죽음과 좋은 삶은 무엇이라고 생각하는지' 등을 질문드리고 이에 대한 답변을 정리하였다.

나는 주로 국내 교수님 인터뷰를 맡았고, 서연 언니는 해외 실습을 하면서 외국 교수님 인터뷰를 맡았다. 학과 과정이었던 병원 실습과 병행해야 했기에 시간을 쪼개어 진행했고, 수시로 상황을 공유했다. 인터뷰 전에 교수님들께 녹음에 대한 동의를 구했다. 인터뷰는 직접 뵙고 진행하기도 했고, 화상회의로 진행하기도 했다. 인터뷰가 끝난 뒤에는 녹음한 소리를 다시 들으면서 내용을 글로 옮겼다. 그렇게 만든 글을 함께 여러 번 읽고, 서로의 생각을 이야기했다.

인터뷰를 진행하면서 예상치 못한 반응을 마주하기도 했다.

'저는 의사로서 삶의 질과 생존 연장을 위한 최적의 치료를 하고 있을 뿐입니다. 학생들의 메일을 받고 저의 진료 방식에 대해 오히려 다시 돌아보게 되었습니다.'

죽음이라는 주제 자체가 몇몇 교수님들께는 부담스러운 이야기일 수도 있었다. 실제로 어떤 교수님께서는 '좋은 죽음'보다는, 환자가 더 오래 살고 더 나은 삶을 살 수 있도록 돕는 데 집중하고 있다고 말씀하셨다. 그래서 죽음을 앞둔 환자를 돌보는 일은 주로 완화의학과[3]에 맡기고 있다고 하시며 인터뷰를 거절하셨다.

이러한 일련의 사건들을 거치며, 나는 계속해서 스스로에게 질문을 던졌다.

'나는 어떻게 살아야 할 것인가? 의사로서, 그리고 결국 언젠가 죽음을 맞이할 한 인간으로서, 어떻게 해야 '잘' 살 수 있을까?'

'죽음을 앞둔 환자에게 내가 할 수 있는 일은 무엇인가?'

'이 프로젝트가 담아야 할 메시지는 무엇인가'

우리는 이 연구를 통해, 의사와 환자가 모두 죽음이라는 현실을 받아들이면서도, 그 과정을 조금 더 의미 있게 만들 수 있는 방법을 찾고자 했다. 그리고 그것이 의사로서 우리가 고민해야 할 중요한 문제라는 생각을 가지게 되었다.

이 글은 좋은 죽음을 맞이하는 법과, 좋은 의사가 되기 위한 나의 고민과 경험이 담긴 기록이다. 병원 실습에서 느꼈던 무력감과 깨달음, 인터뷰를 통해 얻은 지혜를 모아 정리한 에세이다. 물론 나는 아직 병원에서의 경험도, 인생의 경험도 많이 부족하다. 하지만 이 글을 통해 나의 고민과 배움이 누군가에게 닿기를 바라며, 부족함을 받아들이는 용기를 내어 글을 적어보았다.

마지막으로, 이 글을 읽어준 모든 분께 감사의 인사를 전하고 싶다.

---

3 **완화의학과**: 삶이 제한된 질환을 가진 환자에서 삶의 질을 최대한 높이는 데 목적을 두고 연구하며 치료하는 의학의 한 전문분야

함께 이 프로젝트를 준비하며 늘 버팀목이 되어준 서연 언니, 따뜻하게 이끌어주신 채정호 교수님, 교수님들과의 인터뷰가 원활히 이루어질 수 있도록 도와준 든든한 지율 언니, 그리고 바쁜 일정 속에서도 기꺼이 인터뷰에 응해주신 모든 교수님들께 진심으로 감사를 드린다.

또한 교열과 검수 과정에서 큰 힘이 되어준 소중한 친구들, 특히 따뜻한 격려와 도움을 아끼지 않은 다영 언니, 그리고 언제나 변함없이 믿어주신 부모님께 마음을 다해 고마움을 전하며 이 글을 마친다.

그들은 누구인가:
환자와 보호자

들어가는 글

'왜 환자들은 이렇게 힘든 상황에서도 살아가려 하는 걸까?'
'몸을 움직이는 것도, 말을 하는 것도, 심지어 숨을 쉬는 것조차 버거워 보이는데, 왜 그들은 여전히 삶을 붙잡으려 하는 걸까?'

병원 실습 초반, 이 의문은 내 마음을 무겁게 짓눌렀다. 나는 환자들이 살아야 할 이유를 온 피부로 이해하고 싶었다. 그들에 대해 더 많이 알고 싶었다.

"602호에 계시던 환자분이 오늘 아침에 돌아가셨어요."

병원 실습을 돌았던 어떤 날도, 누군가가 세상을 떠났다는 소식을 듣고 낯선 감정이 밀려왔던 기억이 난다. 실습 중에는 죽음을 맞이한 환자를 종종 접하게 된다. 병원에서 오랫동안 머물던 누군가가 사라졌다는 것, 몇 차례 얼굴을 본 환자가 어느 날을 기점으로 그 자리에 없다는 것, 그리고 응급실에서 누군가 죽어가는 순간을 직접 지켜봤던 것. 이 모든 경험은 내게 죽음을 더 가까운 현실로 느끼게 해주었다.

환자의 죽음을 마주할 때마다 내가 느끼는 감정은 조금씩 달랐다.

한 번도 얼굴을 마주한 적 없는 환자의 부고를 들었을 때는 안타깝다는 생각은 들었지만, 마음 깊은 곳까지 슬픔이 파고들지는 않았다. '오늘도 한 분이 돌아가셨구나'라는 무거운 생각이 스쳐 지나갈 뿐이었다. 마치 뉴스에서 '사고로 몇 명이 사망했다'는 기사를 접했을 때와 비슷한 감정이었다.

반면, 내가 직접 얼굴을 마주한 환자나, 눈앞에서 세상을 떠나는 모습을 지켜본 환자들의 죽음은 조금 달랐다. 짧은 시간이었지만, 그들의 존재는 내 마음속에 오래 남았다.

"그분은 창가 쪽 침대에 누워 계셨지."

"조금만 더 일찍 병원에 오셨다면 살 수 있었을까?"

그들의 모습이 생생하게 떠올랐다. 그 사람의 표정, 말투, 침대 옆에 놓인 물건들까지. 그 하나하나가 내게 특별한 의미로 다가왔다. 살아 있을 때의 모습과 성격, 말투는 그 사람을 스쳐 지나갈 법한 한 사람의 '환자'로 보지 않게 만들었다.

왜 어떤 환자의 죽음은 내 가슴에 더 와 닿았을까?

이유는 생각보다 단순했다. 환자를 '비슷한 존재'로만 여기면, 그가 왜 살아야 하는지, 왜 소중한 존재인지를 느끼기 어렵기 때문이다. "모든 사람은 소중하다"는 말은 맞지만, 너무 당연해서 마음에 깊이 남지는 않는다. 하지만 그 사람이 어떤 삶을 살아왔는지, 어떤 이야기를 가지고 있는지 알게 되면, 그 삶은 내게 더 선명하게 느껴진다.

그래서 나는 환자를 진심으로 이해하려면, 더 많이 알아야 한다고 생각하게 됐다. 단순히 어디가 아픈지만 묻는 것으로는 부족했다. 그분이 그 시절 어떤 일로 술을 마시게 되었는지, 왜 약을 잘 드시지 못했는지 등의 질문을 던져야 했다.

기록을 읽고, 이야기를 들어보며 알게 된 환자의 사정은 많은 것을 설명해줬다. 왜 병원에 자주 못 오는지, 왜 같은 병을 앓는 다른 사람보다 더 힘들어하는지 이유도 이해할 수 있었다. 그러다 보면 환자 옆을 지키는 가족의 마음도 조금은 짐작할 수 있었다.

이렇게 각자의 이야기를 알고 나면, 같은 병실에 있고, 같은 병명을 가지고 있어도, 그들이 전혀 다른 사람이라는 걸 알게 되었다. 살아온 길도 다르고, 병을 이겨내는 방식도 다르며, 곁에 있는 사람들과 환경도 모두 달랐다.

그 차이를 이해할 수 있을 때, 나는 환자를 좀 더 진심 어린 눈으로 바라볼 수 있었던 것 같다. 그리고 그 속에서, 왜 이토록 힘든 상황에서도 사람들이 살아가야 하는지, 그 삶 속에서 어떤 의미를 찾아야 하는지를 어렴풋이 깨닫기 시작했다.

나는 인터뷰를 하면서, 가장 먼저 환자 한 사람, 한 사람을 제대로 알아보려 노력했다.

'이분은 어떤 사람일까?'
'이 환자는 의사에게, 또 가족이나 주변 사람들에게 어떤 의미일까?'

나는, 그저 병명이 아닌 '사람'으로서 환자를 만나고 싶었다.

질병 너머의 얼굴들

"저도 우리 할머니를 잃고 나서 한 3개월은 일상생활이 어려울 만큼 힘들었어요. 그런데 그 와중에도 일을 하면서 보호자에게 또 안 좋은 소식을 전해야만 했죠."

L 교수님이 가장 인상 깊게 기억하는 환자는 레지던트 2년 차 시절에 만났던 환자였다. 당시 L 교수님의 할머니가 폐렴으로 세상을 떠난 지 얼마 되지 않았던 때였다. 슬픔에 잠겨 있던 그녀에게 간암의 폐 전이가 의심되는 환자와 보호자가 찾아왔다. 환자는 숨이 차서 고통스러워했고, 의식은 있었지만 곧 숨이 멎을 것처럼 보였다.

'그때 우리 할머니도 이렇게 숨이 차고 힘들었겠구나.'

그녀는 환자의 보호자에게 당신의 할머니가 살아계셨다면 해주고 싶었던 말들을 대신 전했다. 환자가 곧 돌아가실 수 있지만, 아직 의식이 있으니 지금 하고 싶은 이야기를 꼭 전하라고, 말을 들을 수는 있다고, 이 순간이 얼마나 지속될지 모르니 지금의 말을 아끼지 말라고 조심스럽게 말했다.

"그때 감정 이입이 너무 많이 돼서 보호자를 안고 같이 울었어요. 사실 지금은 그렇게 못해요. 그런데 그 당시에는 저도 젊은 의사였고, 할머니께서 돌아가신 지 얼마 안 되어서 보호자의 생각과 감정이 너무나도 잘 느껴졌어요."

나 역시 병원에서 환자를 볼 때 가끔 생각한다. **"이분이 나의 가족이었다면?"**

그렇게 생각하면 환자와 나 사이에 있던 보이지 않는 벽이 허물어진다. 그 사람의 고통이 더 생생하게 느껴지고, 질병 또한 단순한 진단명이 아닌 그 사람의 삶으로 다가온다.

본과 1학년 때까지만 해도 나는 질병을 문자 그대로 받아들였다. 신경과학 수업에서 뇌종양을 배웠을 때도 그랬다. 희귀한 병은 슬라이드의 한 페이지, 그나마 흔한 병이면 두세 페이지 분량으로 배웠다. 두통, 체중감소 등 모든 종양에 생기는 비슷한 증상들의 나열... 그 당시 나에게 질병들은 건조하고 단순하게만 보였다.

치료 과정 역시 정해진 수식처럼만 느껴졌다.

'뇌에 덩이가 생긴 영상 사진을 봤다 → 뇌종양이겠네? → 항암화학치료[1]나, 방사선치료[2]를 답으로 고른다.' 같이, 증상과 검사 결과만 놓

---

1 **항암화학치료**: 암세포의 성장과 증식을 억제하거나 파괴하기 위해 화학물질(항암제)을 사용하는 치료 방법

2 **방사선치료**: 고에너지 방사선(X선, 감마선 등)을 암세포에 조사하여 암세포를 죽이거나 종양 크기를 줄이는 암 치료 방법

고 정해진 답을 고르는 문제처럼 느껴졌다.

그 당시 큰아버지의 뇌종양 소식을 듣지 못했다면, 나의 이러한 태도는 변하지 않았을 것이다. 큰아버지는 병 때문에 평생의 자부심이셨던 교사라는 직업을 그만두셨고, 가족들은 그의 곁을 지키기 위해 일상을 포기해야만 했다. 이 소식을 전해 듣고서야 나는 깨달았다. '누군가 걸리는 병'이 '가까운 사람의 병'으로 바뀌는 순간, 질병은 완전히 다른 의미를 지닌다는 사실을.

누군가 아플 때, 혹은 나 자신이 아팠을 때 병원에 갔던 경험을 떠올려보자.

'배가 아프네요. CT를 찍어보니 맹장염입니다. 수술합시다.'와 같이, 교과서처럼 간단명료하게 끝나는 일은 거의 없다.

병원에 가기 전에는 '왜 아픈 걸까?', '왜 나아지지 않을까?' 하는 불안감이 먼저 찾아온다. 병원에 도착해서는 자신의 이름이 불릴 때까지 의자에 앉아 하염없이 대기를 해야 하고, 서류를 작성하고 검사를 받으러 병원 곳곳으로 이동해야 한다. 보호자로 온 사람들은 환자의 불편함과 감정까지 함께 감내한다. 환자뿐만 아니라 보호자의 시간도 병원 안에서 흘러간다.

이 모든 과정은 결코 단순하지 않다. 병은 그 당사자 곁에 있는 사람들의 삶도 바꾸어 놓는다. 교과서만 보면 이 과정을 결코 알 수 없다. '환자와 그 주변 사람들의 삶을 가까이에서 느껴보는 것.' 나는 이것이 질병을 제대로 이해하는 첫걸음이라고 생각한다.

생물학 시간에 현미경으로 생물체를 관찰할 때를 떠올려보자.

먼저 맨눈으로 전체적인 모습을 보고, 배율을 조정하면서 세밀한 구조를 들여다본다.

환자와 질병을 바라보는 태도도 이와 비슷하다. 처음에는 증상과 병명 같은 겉모습만 보인다. 하지만 더 자세히 들여다보면 그 사람이 살아온 이야기, 고통의 이유, 그리고 그 곁에 있는 사람들까지 보이기 시작한다.

멀리서 환자의 모습을 전체적으로 보고, 가까이서 그 세부적인 이야기를 살펴보는 시선이 필요하다. 그래야만 환자는 단순한 병명이 아니라, 하나의 '사람'으로 우리에게 다가온다.

"당신은 사랑하는 사람의 마지막 하루를 상상해 본 적 있나요? 그 하루를 위해 어떻게 준비하면 좋을까요?"

하필 그날, 하필 그 시간에

어느 주말, 한 환자가 심장이식을 받기 위해 내원했다. 이전에도 급성 심근경색으로 여러 차례 혈관 시술을 받았지만, 그의 심장 기능은 끝내 회복되지 않았다. 가슴에 물이 차오르고 있었고 그에게 남은 마지막 치료 방법은 심장이식뿐이었다.

환자의 혈액형은 AB형이었다. 이론적으로는 모든 혈액형으로부터 이식을 받을 수 있었기에 운이 좋은 경우였다. 더군다나 임시로 시행하고 있었던 심폐보조장치[3]의 효과도 좋아 환자의 혈압 역시 안정적이었다. 문제는 그가 주말에 병원에 도착했다는 점이었다.

심장 이식을 받기 전에는 꼭 해야 하는 검사들이 있다. 이식 후에 발생할 수 있는 거부 반응이나 합병증을 미리 확인하기 위한 검사다. 하지만 주말이었기 때문에 이 검사들을 충분히 진행할 수 없었다. 환자는 고령이었고, 이미 여러 시술을 받았던 터라 사전 검사 없이 이식

---

3 **심폐보조장치**: 심장이나 폐 기능이 손상되었을 때 생명을 유지하기 위해 필요한 장치

을 진행할 수 없었다. 결국 다른 환자가 먼저 심장을 이식받았고, 그는 다시 기다려야 했다.

그렇게 2주가 넘는 시간을, 그는 묵묵히 고통을 견디며 기다렸다. 힘든 시간이었지만, 오히려 그는 교수님께 이렇게 말했다.

"의사 선생님이 고생이 많습니다. 저 때문에 고생이 많습니다."

"참을 만합니다. 견딜 만합니다. 걱정하지 마세요."

심장이식을 기다린 지 18일째 되던 날이었다. 그날 아침까지만 해도 그는 교수님께 "걱정하지 마세요. 교수님 힘내세요." 라고 응원의 말을 전했다고 한다. '별일 없겠지' 하는 마음으로 교수님께서는 오전 시술을 위해 병동을 떠나셨다. 그러나 잠시 후, 전공의가 급하게 교수님을 찾아왔다. 아침까지만 해도 멀쩡하던 그 환자가 의식을 잃었다는 것이었다.

급히 검사한 결과는 뇌출혈이었다. 환자는 심폐보조장치를 이용해 혈액이 온몸에 잘 돌 수 있도록 치료를 받고 있었고, 이 과정에서 피가 굳는 것을 막기 위해 항응고제를 사용하고 있었다. 그런데 이 약은 드물게 뇌출혈 같은 부작용을 일으킬 수 있다. 안타깝게도 환자는 그 희귀한 부작용이 실제로 나타나는 경우에 해당되고 말았다.

최선을 다해 응급조치를 했지만, 그는 끝내 다시 일어나지 못했다. 하루 만에 환자는 뇌사 판정을 받았다.

"안타깝죠. 3일만 먼저 왔어도 이분은 이식을 받았을 텐데…."

교수님은 그의 운명이 단 며칠 차이로 달라졌을지도 모른다는 사실에 허망함을 감추지 못했다.

질병과 죽음은 때로 '명확한' 이유를 설명할 수 없기에 인간에게는 우연으로 느껴진다. 노화, 사고, 혹은 예측할 수 없는 합병증까지… 어떤 병이든 그럴듯한 이유가 있지만, 정작 환자와 그 가족들은 묻는다.

"왜 하필 나에게 이런 일이 생긴 걸까?", "왜 다른 사람들은 괜찮은데 나만 이런 거지?"

인생이 잘 풀리기 시작했다고 느끼는 그 순간, 말기암 선고를 받는 사람도 있다. TV에서 『닥터앤닥터 병원일기』를 연재하는 이대양 작가의 인터뷰를 본 적이 있다. 작가는 웹툰 정식연재 제의를 받은 직후 림프종 4기 진단을 받았다. 그는 처음에는 억울함에 가득 차 있었다고 한다. "왜 하필 나에게, 그것도 지금 이 시기에?"

그렇게 울분에 찬 마음으로 질병을 인정하지 않고 있던 때, 그는 항암치료 대기실에서 자신 옆에 앉은 어린아이를 보았다. 그 아이는 털모자를 쓴 채로 천진난만하게 엄마에게 말했다.

"엄마, 나 오늘 주사 맞아요?"

그 순간 작가는 깨달았다. 이 아이야말로 병에 걸릴 어떠한 이유도 없어 보이는 존재였다. 술도, 밤샘작업도 하지 않는 이 아이도 병에 걸렸는데 자신이라고 왜 그 대상이 되지 말란 법이 있겠는가. 그제서야 그는 질병은 누구에게나 찾아올 수 있는 일이며, 나라고 해서 예외일 이유는 없다는 사실을 받아들였다.

뇌출혈로 죽음을 맞이한 환자의 이야기로 다시 돌아가보자. 이대양 작가의 깨달음처럼, 그 환자 또한 누구에게나 찾아올 수 있는 불운의 가능성을 보여주었다. 그러나 그의 가족들은 그 비극 속에서도 새로운 희망을 선택했다. 환자가 뇌사 판정을 받은 후 그의 가족들은 큰 결정을 내렸다. 그들은 환자의 간과 신장 2개를 기증하기로 했다. 18일이라는 긴 시간 동안 심장을 이식받지 못했던 환자를 떠올리며, 장기를 기다리고 있는 다른 누군가가 같은 고통을 겪지 않기를 바라는 가족의 굳은 결심이었다. 결국 그 환자의 불행은, 세 명의 다른 환자가 장기를 이식받고 되살아날 수 있는 희망이 되었다.

질병과 죽음은 예기치 못한 순간에 찾아오고, 그 안에는 한 사람의 고유한 이야기가 담겨 있다. 뇌출혈로 세상을 떠난 환자의 가족이 장기 기증을 선택했듯, 비극의 순간에도 삶의 의미는 남아있다.

우리는 환자를 마주할 때 아직 끝이 정해지지 않은 책을 읽는 마음으로 그들의 삶을 바라보아야 할지도 모른다. 그들의 고통과 선택 속에서 우리는 삶의 진정한 의미와 희망을 발견할 수 있어야 한다. 질병과 죽음이 우연처럼 보일지라도, 그 안에 담긴 이야기들은 우리에게 소중한 깨달음을 준다. 그리고 때로는, 한 사람의 끝이 다른 누군가의 시작이 되기도 한다.

"하루아침에 모든 것이 달라질 수도 있다는 사실 앞에서, 우리는 어떤 마음으로 오늘을 살아야 할까요?"

그들도 몰랐고, 나도 모른다

죽음은 환자에게 우연하게 찾아온다. 그리고 나 역시 언제든지 이 경험을 할 수 있다. 그럼에도 불구하고, 내가 죽을 수도 있다는 사실은 좀처럼 피부에 와닿지 않는다. 죽음을 수없이 목격하면서도, 내가 곧 죽으리라는 생각은 거의 들지 않는다.

"거의 모든 사람은 다 생명에 대한 집착이라고 해야 하나, 의지라고 해야 하나, 어쨌든 그런 게 있어요. 그래서 대부분의 사람들이 자신도 죽을 수 있다는 두려움을 조금쯤 가지고 있을지 몰라도, 정말로 이를 믿고 준비하지는 않는 것 같아요."

호흡기내과의 L 교수님께서 하신 말씀에 나도 깊이 공감했다. 나 역시 내일 당장 교통사고라도 나면 죽을 수 있으면서도, 죽음을 생각하지 않은 채 20년 후, 30년 후의 계획을 세우며 살아간다. 죽는 순간 수없이 많은 후회가 떠오를 것을 알면서도, 그 후회를 줄이기 위해 애쓰지는 않는다.

'내가 죽을 수도 있겠구나'라는 생각이 처음 든 건 초등학교 4학년 때였다. 방학식 전날까지 앞자리에 앉아 장난을 치던 남자아이가 개학 후 교실에 보이지 않았다. 들리는 소문에 따르면, 그 아이의 가족이 탄 차가 큰 사고를 당했고, 그 아이는 즉시 사망했으며 네 명의 가족 중 한 명만 살아남았다고 했다.

그 후 10년 동안 나는 방학식 날 그 친구와 장난을 치며 들었던 인기 가요조차 의식적으로 피했다. 나와 다르지 않은 누군가의 죽음이 꺼림칙했기 때문이었다. 젊고 건강한 한 생명도 그토록 순식간에 사라질 수 있다는 사실은 나에게 막연한 두려움으로 남았다.

본과 3학년 때 소아혈액내과[4] 진료를 참관하며 백혈병을 진단받은 소녀와 그 가족을 지켜본 적이 있다. 푸른 눈과 황금빛 머리카락이 아름다운 열여덟 살의 소녀였다. 한국으로 파견 온 군인 아버지, 어머니와 함께 몇 년 동안 우리나라에서 시간을 보내는 중이었다. 당시 그녀는 극심한 다이어트를 했는데, 피로감이 꽤 오래 지속되었다고 한다. 단순 빈혈일 거라 생각해서 병원을 찾았는데, 생각보다 혈액수치가 이상했다. 정밀검사를 위해 그들은 이 대학병원의 소아혈액내과를 찾은 것이었다.

소녀와 부모님은 별 일이 아니라는 결과가 나오기만을 기대했다. 그러나 교수님은 그들에게 받아들이기 어려운 말을 할 수밖에 없었다.

---

4 **혈액내과**: 혈액 및 뼈 수질에 관련된 질환을 진단하고 치료하는 내과. 백혈병, 림프종 등의 혈액 관련 암과 빈혈, 혈액 응고 장애, 혈액 세포 감소증과 같은 질환을 다룸

"매우 안타깝지만, 혈액검사 결과 급성 림프구성 백혈병[5]으로 진단 되었습니다. 항암치료를 받아야 할 것 같아요."

드라마에서나 볼 것 같은 장면이 이어졌다. 소녀는 갑작스러운 충격에 잠시 얼어붙었고, 조용히 흐느끼기 시작했다. "내가 나을 수 있을까요?", "내 머리카락이 다 빠지는 건가요?", "학교는 어떻게 해야 하나요?"라는 질문이 이어졌다.

겁에 질린 소녀의 뒤에서, 그녀를 지켜보고 있던 부모는 딸의 손을 꼭 잡고 말했다.

"잘 들어, 지금 이 상황이 많이 당황스럽겠지만, 이것만은 꼭 알아줘. 우리는 너를 사랑해. 그리고 우리는 너를 위해 최선을 다할 거야."

충격과 슬픔, 그리고 사랑이 교차하는 장면이 순식간에 펼쳐졌다. 모든 광경을 보며 나는 이 가족이 느꼈을 법한 감정들을 상상해 보았다.

'만약 나에게 이런 일이 생긴다면?'

'갑자기 암 진단을 받고, 죽음을 마주하게 된다면 나는 어떤 심정일까?'

피가 끓는 듯한 불안감이 느껴졌다. 왜? 왜 하필 나에게? 왜 이런 일이? 어떻게 해야 하지? 답 없는 질문들이 꼬리에 꼬리를 물고 이어졌다. 단지 생각만으로도, 숨막히는 당혹감이 느껴졌다.

---

5 **급성 림프구성 백혈병**: 백혈병의 한 형태로 림프구라는 종류의 백혈구가 미성숙한 상태로 빠르게 증식하여 정상적인 혈액세포의 생성을 방해하는 혈액암. 이 질병에 걸린 경우 빈혈이 생기고 쉽게 피로를 느끼며, 전신쇠약감, 호흡곤란 등의 증상이 있을 수 있음

병원 실습 중 나는 수많은 죽음을 목격했다. 대부분은 고령이었지만, 젊은 나이에 갑작스럽게 생을 마감하는 경우도 있었다. 태어나자마자 뇌에 산소가 가지 않아 11일 만에 세상을 떠난 신생아도 있었고, 젊은 공무원이 암 선고를 받는 모습도 보았다. 그들은 너무나 다양했다. 그리고 그 일은 얼마든지 나에게도 찾아올 수 있었다. 죽음은 결코 남의 일이 아니었다.

'메멘토 모리(Memento mori)' - 자신이 언젠가 죽는다는 사실을 기억하라는 라틴어가 있다. 이는 나 자신을 대할 때에도, 그리고 환자를 대할 때에도 명심해야 할 태도라고 생각한다.

나는 언젠가 환자가 될 것이다. 그리고 그들처럼 어느 날에는 죽음을 맞이할 것이다. 그렇기에 나는 그들을 단순한 '환자'가 아닌 나와 같은 한 사람으로 바라보려 한다.

그들도 나처럼 사랑하는 이가 있고, 꿈꾸던 삶이 있었을 것이다. 그들 역시 환자가 되고 죽음 앞에 서는 일이 당혹스러웠을 것이다.

나는 그들의 고통을 나의 것처럼 느끼며, 그들의 두려움 앞에 나의 삶을 비춰보려 한다. 그리고 스스로에게 묻는다.

'오늘을 어떻게 살아야 할까?'

한 사람의 죽음이 아닌,
한 세계의 붕괴

"이 분은 죽음에 대한 의사가 참 확고하시구나."

미국의 호스피스에서는 환자가 방문할 때마다 연명 치료[6]에 대한 의견을 묻는다고 한다. 추가적인 치료를 받을 것인지, 혹은 집에서의 죽음을 원하는지 선택을 내릴 때 항상 환자의 뜻을 우선시한다.

한결같이 "삶의 마지막을 병원에 왔다 갔다 하면서 쓰고 싶지 않다. 집에서 가족과 함께 지내고 싶다."라고 말씀하시던 할아버지가 있었다. 비교적 정신이 온전했을 때부터, 병원을 방문할 때마다 꾸준히 그 말씀만을 하셨다.

그러나 아이러니하게도 그토록 가족과 남은 시간을 보내고 싶어 했던 그 할아버지는 가족들의 뜻에 따라 계속 병원을 오가게 되었다. 가족들은 무조건적으로 할아버지가 병원 치료를 받아야 한다고 주장했

---

6 **연명 치료**: 현대 의학으로 더 이상 치료할 수 없어 임종 과정에 있는 환자에게 치료 효과 없이 죽음에 이르기까지의 기간만을 연장하는 것

다. 그들은 할아버지가 먹는 알약보다는 더 효과가 좋은 주사 항생제를 처방받기를 원했고, 할 수 있는 한 모든 의료적 조치를 다 받기 바랐다.

"할아버지의 뜻을 거스르면서까지 병원 치료를 계속하는 게 맞는 걸까?"

L 선생님은 고민에 빠졌다.

입원을 하면 소변줄도 꽂고, 관장과 같은 불편한 처치를 하게 되는데, 오히려 그런 조치는 할아버지의 고통만 커지게 할 것 같았다. L 선생님은 가족들을 설득하려 애썼다.

"할아버지의 뜻을 조금 더 존중해 주셨으면 좋겠습니다", "가족분들의 의견보다는 할아버지의 말씀에 따라 치료 방향을 정하는 게 맞지 않을까요?" 거듭해서 말했다. 하지만 가족들은 완강했다. 그들은 심폐소생술까지 요청하며 끝까지 할아버지의 생명을 붙잡고 싶어 했다. 결국 할아버지는 응급실에서 죽음을 맞이했다.

"처음에는 굉장히 안타까웠어요."

L 선생님은 환자가 뜻대로 생을 마감하지 못한 게 못내 아쉬웠다고 했다. 환자의 뜻을 따르는 것이 가장 좋은 죽음의 방식이라고 생각했기 때문이다.

그러나 경험이 쌓이고, 다른 환자의 죽음을 계속해서 지켜보며, 그녀의 생각이 달라졌다.

"가족들이 원하는 대로 마지막까지 최선을 다해 치료를 받은 게 오히려 할아버지 입장에서는 마음 편한 죽음이었을 수 있었겠다는 생각이 들었어요. 가족들에게 한이 남지 않는 것 역시 중요하니까요."

L 선생님은 시간이 지나며 깨달았다. 죽음은 결코 한 사람만의 사건이 아니다. 떠나는 사람과 남겨지는 사람, 그들이 함께 만들어가는 과정이다. 환자의 뜻을 존중하는 것이 이상적일 수 있지만, 남겨질 가족들의 감정을 고려하지 않을 수도 없는 일이다.

'그 사실을 그때 알았더라면, 가족들의 이야기를 조금 더 잘 들어줄 수 있지 않았을까?'

L 선생님은 죽음을 대할 때는 단순한 원칙이 아닌, 보다 깊은 이해가 필요하다는 것을 절감했다. 환자의 바람을 이루어주는 것만큼이나 중요한 것은, 가족들이 마지막 순간을 받아들이고 충분히 준비할 수 있도록 돕는 일이었다. 어쩌면 환자에게 가장 편안한 죽음이란, 자신의 뜻이 온전히 지켜지는 것만이 아니라, 사랑하는 사람들과 후회 없이 이별할 수 있도록 하는 과정 자체일지도 모른다.

결국 중요한 것은, 어떤 결정이 옳은지를 정하는 문제가 아니다. 더 본질적인 것은 환자와 가족들이 서로의 의견을 나누고 조율할 수 있는 충분한 시간과 장을 마련해 주는 일이다. 그때 L 선생님이 가족들의 목소리에 조금 더 귀를 기울였더라면, 죽음에 대한 결정을 내리는 과정은 더 자연스럽게 흘러갔을지도 모른다.

본과 3학년 실습 도중 과도한 음주로 인해 간 기능이 걷잡을 수 없이 나빠져, 계속해서 병원에 방문하는 환자를 만났다. 병원 기록으로만 그분을 봤을 때, 나는 '술이 간에 안 좋은 건 당연한 사실인데, 왜 계속 술을 마시는 걸까? 참는 것이 힘든 걸까?' 하고 단순하게만 생각했다. 그러나 실제로 뵌 환자는 너무나 온화하고 따뜻한 분이셨다. 그의 '과다한 음주' 뒤에는 슬픈 사연이 있었다. 환자의 어머니께서 갑자기 건강이 안 좋아지셔서 죽음을 맞이하신 후, 그는 너무나 힘든 마음에 계속해서 술을 마시게 되었다고 말했다.

"술을 마시면 어머니 목소리가 들리는 것 같아요. 마시면 안 되는 걸 알지만, 참기 힘들죠."

어머니를 여읜 환자는 외롭고도 쓸쓸해 보였다. 그는 슬픔을 견디기 위해 술에 의지하고 있는데, 단순히 글자로 쓰인 기록만 보고 그를 '알코올 중독 의심자'라고 생각한 내가 부끄러웠다.

본과 4학년 때는 영양 결핍으로 병원에 온 할머니를 만났다. 어머니가 밥을 거의 드시지 않는다는 소식을 들은 아드님이, 걱정스러운 마음에 할머니를 병원에 모시고 온 것이었는데, 할머니는 병원에서 한마디도 하지 않으셨다. 아들만이 걱정 섞인 목소리로 '어머니가 기운을 차렸으면 좋겠다'고 말했다.

할머니는 원래 활발하고 주변인과 잘 지내는 분이셨다고 한다. 그런데 몇 년 전, 갑작스럽게 두 아들을 잃은 충격이 그녀를 무너뜨렸다. 그 후 할머니는 무기력해했으며, 자주 깜빡깜빡하는 증상을 보였고, 잠을 하루에 16시간 이상 주무시기 시작했다. 병원에서는 할머니를 단순히 '치매'라고 진단했다. 해결 방법은 아들을 잃은 상처를 씻어주는 게 아닌 '치매를 치료하는 정신과 약'이었다. 그 약은 할머니의 정신적 충격에 도움이 되지 않았을뿐더러 치매 증상도 낫게 해주지 못했다.

'어머님이 하루에 열무 국수 반 그릇 정도만 드신다', '이곳저곳 병원에 모셔가고는 있는데 별 이상 없다는 말만 듣고 있다. 어머님이 빨리 기력을 회복하셨으면 좋겠다'라는 아드님의 목소리가 병실에 울려 퍼졌다. 그런데 할머니는 계속해서 바닥만 쳐다보고 계셨다. 아들의 죽음이라는 상처가 할머니의 삶을 가득 채우고 있는 것처럼 보였다.

만약, 어머니를 잃은 알코올 중독 환자에게, 그리고 아들을 잃은 이 할머니 환자에게 그 '죽음'이 오기 전에 마음의 준비를 할 수 있는 시간이 충분히 주어졌다면 어땠을까? 마음을 다해 슬퍼하고, 다가오는 이별을 조금이라도 받아들일 시간을 가질 수 있었다면, 그들의 아픔은 지금보다는 덜하지 않았을까?

죽음은 단지 한 사람의 생명이 멈추는 일이 아니다. 그 사람을 중심으로 연결된 고리들이 세상에서 끊어진다. 그것은 환자 주변의 세계에 커다란 파장을 남기고, 때로는 그 고통이 삶 전체를 바꿔버리기도 한다. 그 상실은 남아 있는 사람들의 삶 전체를 흔든다.

그래서 우리는 죽음을 앞둔 환자만 바라보는 것을 넘어서 그 가족과 곁에 있는 사람들까지 함께 바라볼 수 있어야 한다. 그들도 이별을 준비할 시간이 필요하다. 그들 역시 상실의 회복을 위한 시간이 필요하다.

죽음이라는 것은 너무나 큰 슬픔이기에 우리는 그 사실에만 집중하다 보면 정작 주변 사람들을 돌아보지 못할 때가 많은 것 같다. 하지만 진짜 중요한 건, 더 넓은 시야로 그 옆까지 바라볼 수 있는 자세가 아닐까? 환자뿐만 아니라, 그 곁에서 함께 아파하고 있는 사람들을

살피는 따뜻한 관찰자가 되고 싶다는 마음으로 이 글을 마무리하려
한다.

"지금 떠오르는, 당신의 마지막을 지켜줄 사람은 누구인가요?"

생각 정리:
'그들'에서 '나'로

왜 나는 환자를 '그들'이라고 생각했던 것일까? 환자에 대해 적는 이야기 〈그들은 누구인가〉를 마무리하며, 문득 그런 생각이 들었다.

그동안 내가 만났던 환자들을 떠올려보니, 그들은 모두 너무나 다른 사람들이었다. 이 사람들은 너무나도 다양했다. 만약 내가 그들을 환자복을 입지 않은 상태에서 마주쳤다면 나는 이들을 그냥 스쳐 지나갔을 것 같다.

환자들을 되짚어보며, 나는 깨달았다. 내가 '그들'이라는 표현을 쓰며, 환자와 나 사이 스스로 선을 그어 놓았다는 사실을. 마치 나는 절대 환자가 되지 않을 것처럼, 그들의 이야기는 나와 상관없는 일인 것처럼 여겼던 것이다.

처음에는 단지 환자와 죽음에 대한 생각을 정리하고 싶어서 글을 쓰기 시작했다. 그러나 글을 쓰다 보니 점차 환자와 나 사이의 거리가 좁혀졌다. 그 낯선 이들은 '내 주변의 사람들'로 변화해갔다. 그리고 나서는 생각이 더 깊어졌다.

'그들이 내 가족이었다면? 친구였다면?'

가까운 사람의 아픔은 낯선 이의 아픔보다 훨씬 더 크게 와닿기 마련이다. 환자와 나 사이의 거리가 좁아지며, 나는 그들이 처음 진단을 받았을 때 얼마나 당혹스러웠을지, 죽음과 질병이 얼마나 공평하면서도 때로는 불공평한 일로 느껴졌을지를 어렴풋이 깨닫기 시작했다.

그렇다면, 그 우연이 나에게도 오지 않을까? 자연스럽게 생각이 그곳에 닿았다. 짧은 인생이지만 지금까지 살아오며 가장 크게 깨달은 점은 '인생은 예상대로 흘러가지 않는다'는 것이었다. 어릴 적부터 스스로 계획했던 일도 있었지만, 많은 일들은 그저 작은 선택과 우연의 연속이었다. 지금 친하게 지내는 친구들과도 '어쩌다 보니' 친해졌고, 이 책 또한 '어쩌다 보니' 교수님의 제안을 받아 쓰게 되었다. 이처럼 사소한 우연들이 모여 삶의 방향을 바꿔 놓기도 한다.

우연이 내게 미치는 영향은 결코 작지 않다. 그리고 죽음이라는 거대한 필연적인 우연은 언젠가는 내게 찾아올 것이다. 그런데 나는 왜 그 '죽음'이라는 가능성을 생각하지 않고 살아왔던 걸까?

그렇다. '그들'은 곧 '나'였다. 글을 쓰면서 나는 분명히 알게 되었다. 나도 언젠가 병에 걸릴 수 있고, '그들' 중 한 명이 될 수 있다는 사실을.

마지막으로 나는 '나'라는 존재가 단지 눈에 보이는 몸으로만 설명되지 않는다는 것도 깨달았다. 모든 사람은 일상 속에서 누군가와 관계를 맺고, 서로의 삶을 지탱하며 살아간다. 그래서 '나'를 제대로 이해하려면 나와 연결된 사람들까지 함께 바라봐야 한다. 어쩌면 '나'라는

존재의 특별함은 내가 맺은 이 많은 관계 속에서 더 선명해지는지도
모른다.

앞으로 환자를 바라볼 때 '그들'을 넘어 '나'를 생각해야겠다. 결국
그들과 나는 같은 인간일 뿐이니까. 언젠가 나도 그들처럼 병에 걸릴
수 있고, 죽음을 맞이하게 될 것이다. 이 생각을 늘 마음에 새기며, 더
깊고 따뜻한 시선으로 환자의 곁에 머물고 싶다.

제 2 장

그들에게 우리는?:
의사

들어가는 글

환자에게, 의사는 어떤 존재가 되어야 할까?

스무 살이 되기 전까지 의료와는 거리가 먼 삶을 살았다. 그러다가 의과대학에 입학하면서부터 나는 예비 의사의 길을 걷기 시작했다. 의학 지식을 배우고, 대학병원 교수님들의 진료를 지켜보며 많은 환자들을 만났다.

"훌륭한 의사 선생님이 되세요."

예비 의사라는 사실을 아는 많은 사람들이 내게 이렇게 말했다. 어떤 이들은 "훌륭한 의사가 되실 것 같아요"라고 응원하기도 했다. 그 말을 들을 때마다 감사하면서도 동시에 막막했다.

과연 나는 좋은 의사가 될 수 있을까? 환자에게 도움이 되는 의사가 되려면 어떻게 해야 할까?

대학병원 실습을 하면서 의사는 단순히 질병을 치료하는 사람이 아니라, 환자의 삶 전반에 영향을 미치는 존재라는 것을 깨달았다.

"선생님, 저 이거 먹어도 될까요?"

"이제 운동을 시작해도 괜찮을까요?"

진료실에서 환자들은 의사에게 사소한 생활 방식까지 질문하며 조언을 구했다. 특히 말기 질병을 앓고 있는 환자들에게 의사의 한 마디는 희망이 되기도, 절망이 되기도 했다.

외과 실습 중, 교수님께서 췌장암이 의심되는 환자에게 "이게 나쁜 걸 수도 있어요"라고 말씀하셨다. 그 말을 들은 환자의 표정은 세상을 잃은 듯했다. "나쁜 게 뭐예요?"라고 떨리는 목소리로 되물었다. 그 순간 의사의 말 한 마디는, 환자에게 정말 절대적인 것처럼 느껴졌다. 마치 목숨이 달린 것마냥…

반면, 의사의 한 마디가 환자에게 위로가 될 수도 있다. 수술 후 회복 중인 한 환자에게 교수님이 "이제 좋아져서 더 해줄 치료가 없다"고 말씀하셨을 때, 아들이었던 보호자의 얼굴이 밝아졌다. 그는 어머니의 손을 잡으며 다정하게 말했다. "이제 많이 나아지셨대요. 좋으시죠?" 의사의 짧은 말 한마디가 환자에게 얼마나 큰 위로가 될 수 있는지를 보여주는 순간이었다.

이처럼 의사의 작은 한 행동이 환자에게 미치는 영향은 어마어마하게 클 것이다.

그래서 나는 글을 쓰며 고민했다. 좋은 의사가 되고 싶어서.

환자에게, 좋은 의사란 어떤 사람들인가? 우리는 어떻게 환자를 대해야 할까?

끝까지 최선을 다할 용기

신의 권능에 도전하여, 죽은 사람까지 살린 자.

고대 그리스 로마 신화에서는 의술의 신인 아스클레피오스를 위와 같이 묘사한다. 죽은 사람을 되살려 운명의 질서를 어지럽힌 나머지 화가 난 제우스에게 벼락을 맞아 죽은 아스클레피오스. 아직도 그의 의술을 상징하는, 한 마리의 뱀이 감긴 모양새를 한 아스클레피오스의 지팡이(rod of Asclepius)는 의료의 성격을 띤 많은 단체의 마크에 들어가 있다.

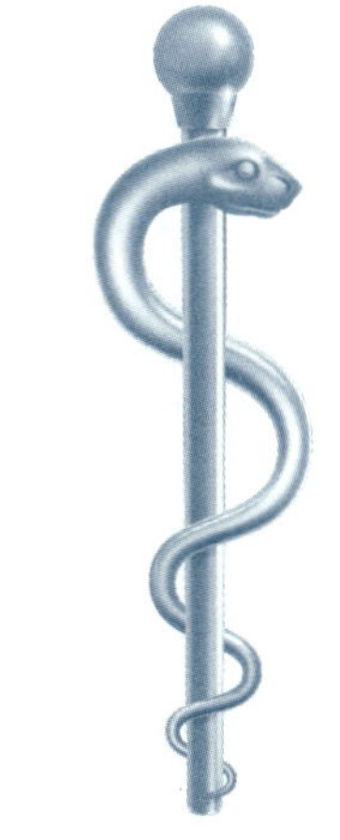

▲ 아스클레피오스의 지팡이

그러나 눈부신 발전을 이룬 현대 의학에서도 죽어가는 환자를 살리는 일은 여전히 어렵다. 특히 병이 많이 진행된 암 환자의 경우, 완치보다는 고통을 덜어주는 치료에 집중하게 되는 경우도 많고, 결국 환자는 죽음을 맞이하게 된다.

이러한 환경에서 의사는 어떤 선택을 해야 할까? 불가능해 보이는 것이라도, 끝까지 도전하는 것이 옳은가? 생명을 며칠 더 연장하는 것이 과연 의미 있는 일인가? 결국 이들은 모두 죽을 것인데 고통만 연장하는 것이 아닌가? 병원 실습을 돌면서 나는 이 고민을 반복해서 마주해야 했다.

본과 4학년, 외상외과[1] 실습을 돌던 어느 날이었다. 절체절명의 순간에 놓인 환자들을 많이 보았다. 어느 날 아침은 수술방에 들어가자마자 의료진이 갈비뼈가 부러지도록 환자의 가슴 압박을 하는 모습을 목격했다. 겨우 심장을 뛰게 한 후 배를 열어서 피로 가득한 뱃속에 거즈를 집어넣어 출혈을 막는 것도 보았다. 그러나 이렇게 노력하고 있음에도 불구하고, 그 환자는 교통사고로 뇌까지 손상되어, 1~2일 안에 사망할 것을 예감하고 있었다.

"그래도 환자를 살릴 거야?"

피가 흥건한 거즈를 뱃속에서 빼낸 후 열렸던 배를 손수 한 땀 한 땀 꿰매시면서, 교수님께서는 이 질문을 하셨다. 그리고 나서는 스스로 답하셨다.

"그래도 해볼 수 있는 데까지는 해야지. 간혹 기적적으로 사는 사람도 있어. 그리고 이 사람이 죽더라도, 이 수술을 통해 다음에 비슷한 환자가 왔을 때 그 환자는 살릴 수도 있잖아."

나에게 큰 울림을 주는 말이었다. 아, 이토록 뻔한 한마디를 깨닫기

---

1 **외상 외과**: 사고나 폭력 등으로 인해 신체에 입은 외상을 수술적 또는 비수술적 치료를 통해 치료하는 외과 진료 분야

위해 나는 얼마나 고민해 왔던 것인가? 환자가 죽는 것을 왜 모두 '무기력함'으로만 바라보고, 다른 가능성은 보지 못했던 것일까?

의과대학 공부를 하는 도중에도 한두 번씩 이런 희망을 엿볼 때가 있다. 과거에는 불치병이라고 여겨졌던 질병들이, 표적 항암치료와 질병 특성에 대한 연구가 더욱 많이 이뤄지면서, 생존율이 비교할 수 없이 높아졌다는 내용을 강의록에서 발견하는 것이다. 그럴 때마다 생각한다. 의사도 결국 인간이고, 완벽하게 모든 것을 알 수 없는 존재라는 사실을. 신이 아닌 인간의 입장에서는 어떤 행위가 무의미한지, 가치 있는지 알 수 없다. 인간의 시선으로 세상을 바라보는 이상 우리는 불완전할 수밖에 없기 때문이다.

그렇다면 끝까지 최선을 다하는 것이 늘 옳은 선택일까? 아니면 때로는 환자의 고통을 덜어주는 데 집중하는 것이 더 현명한 길일까?

나는 이 에피소드에서 '끝까지 최선을 다하는 가치'에 대해 적었다. 그러나 이 질문에 대해서는 한 가지 정답만을 고집할 필요가 없다고 생각한다. 상황과 환자의 상태, 그리고 환자와 가족의 바람에 따라 다른 선택지가 존재할 수 있다. 때로는 생명을 연장하려는 의료적 시도가 그들에게 희망의 끈을 놓지 않게 해 줄 수 있고, 다른 경우에는 고통을 덜어주는 완화의료가 삶의 질을 더 지켜 줄 수도 있다.

결국 중요한 것은 어떤 선택을 하든, 환자와 의사가 함께 고민하며 '환자의 삶'을 위해 진심으로 노력하는 것이라고 생각한다. 결과가 완벽하지 않을지라도, 그 과정에서의 진심과 헌신은 환자와 가족에게 깊은 위로와 용기를 줄 수 있다.

그래서, 어떤 경우 우리는 끝까지 희망의 끈을 놓지 않을 수 있다.

"당신이라면, 불확실한 기적을 끝까지 좇겠습니까, 아니면 사랑하는 이의 고통을 덜어주는 길을 택하시겠습니까?"

한 가지의 정답만 있는 것은 아니라고

"저도 힘들었어요. 의사로서 환자가 치료돼서 나가는 걸 보고 싶죠. 그런데 마침 상태가 호전되고 있던 환자가 약에 내성이 생겨 갑자기 죽음을 맞이하게 되면, 스트레스를 받는 경우가 많았어요."

환자를 살리는 것을 목표로 의사가 매 순간 최선을 다하는 것은 누가 봐도 훌륭한 자세다. 그러나 모든 사람은 결국 죽는다. 의사가 매번 죽음 가까이에서 환자를 구하기란 쉽지 않다. 더군다나 대학병원에 내원하는 환자들은 질병이 악화된 경우가 많다. 아무리 최선을 다하더라도 결국 몇몇은 생을 마감하게 된다. 이 경우 의사가 단순히 환자를 살리는 것을 목표로 한다면 필연적으로 좌절하는 순간이 있을 것이다. 그렇다면 의사는 어떤 목표를 가지고 환자를 대해야 할까?

답은 간단하다. 의사에게는 '단순히 환자를 살리는 것' 그 너머의 목표가 필요하다.

"말기 환자를 보는 의료진은 확고한 자기만의 신념이 없으면 버티기 어려워요. 실제로도 종양내과 선생님 중에서도 이게 잘 안되는 분들은 10년, 20년이 지나도 '그만하고 싶다'고 말하기도 해요."

종양내과 의사로 20년 넘게 대학병원에서 근무하신 L 교수님도 처음에는 병원의 전화벨 소리가 두려웠다고 하셨다. 환자의 상태가 악화되었다는 소식을 듣기가 힘들어서였다. 하지만 이제 그는 자신만의 해결책을 찾았다. 완치라는 목표를 넘어서, 말기 환자의 고통을 덜어주고 좋은 죽음을 맞이하게 하는 것에 집중하기로 한 것이다.

"사실 말기 환자에게 의사가 해줄 게 없는 건 아니죠. 말기로 갈수록 더 많은 도움을 줄 수 있어요. 증상이 많이 생기니까요. 그런데 자꾸 질병 치료 중심으로만 생각하니까, 해줄 게 없다고 생각하는 거예요."

'증상 조절'이라는 목표를 세우니 환자에게 해 줄 수 있는 일이 많아졌다. 말기 환자의 삶의 질을 높이고, 고통을 덜어주며, '좋은 죽음'을 맞이할 수 있도록 돕는 것이 그분의 새로운 목표가 되었다.

"네가 어떻게 하든 환자는 죽는다. 사실 병원에 들어오는 그 순간부터 환자의 운명은 정해져 있다. 여기에서 걸어 나갈 것인지, 혹은 죽을 것인지 말이다. 의사가 해줄 수 있는 일은 거의 없다."

응급실에서 근무하시는 지인인 의사 선생님이 어느 날 나에게 이렇게 말씀하셨다. 절망적이었다. "그러면 저는 어떠한 마음가짐을 가져야 하죠? 저는 어떻게 환자를 대해야 할까요?"라고 되물었다. 그분은 이렇게 답하셨다.

"가치를 한 곳에만 두지 말아라."

생명을 연장하는 일이 아니더라도, 환자에게 내가 해줄 수 있는 다른 일들은 분명히 있다. 이것들을 찾아야 한다. 환자의 마지막을 조금 더 의미 있게 만들기 위해, 의사는 끝없이 '답을 찾는' 사람이 되어야 한다.

마지막으로 내가 가장 좋아하는 책『희망이 삶이 될 때』[2]의 한 구절을 인용하며 글을 마무리하고 싶다.

희망이란 하늘에 소원을 빌고 뭔가 좋은 일이 일어나길 기대하는 것 이상이다. 희망은 행동을 이끌어낼 수 있어야 한다. 특히 의학과 과학 분야에선 희망이 행동으로 이어질 때, 꿈은 헛된 바람으로 끝나지 않고 현실이 된다. 희망이 삶이 되는 것이다.

의사로서 내가 해야 할 일은 환자의 삶에 진정한 의미를 부여하는 것이다. 한 가지 정답에 얽매이지 않고, 그 속에서 나만의 답을 찾으며 환자를 돕는 용기를 가져야 한다. 그것이 환자와 나를 위한 진정한 희망이 될 수 있을 것이다.

"언젠가 맞닥뜨릴 '마지막 순간'을 떠올려 볼 때, 당신은 어떤 가치를 붙잡고 오늘 무엇부터 실천하겠습니까?"

---

2 데이비드 파젠바움. 희망이 삶이 될 때. 더난콘텐츠그룹; 2019. p.12.

당신의 결정이 틀리지 않았어요

"제가 ~했더라면 더 괜찮았을까요?"

"제가 ~해도 괜찮을까요?"

본과 3학년 실습 당시, 모의 진료 상황에서 만난 환자들이 나에게 자주 던지던 질문이었다. 진단이 암처럼 심각한 질병이라면 더욱 그랬다. 예상치 못한 소식을 들은 환자는 과거에 대한 후회와 미래의 결정을 앞둔 불안을 털어놓았다. 처음에는 이런 질문들에 당황했다. '정말 일찍 검진을 받았으면 더 나았을까?', '어떻게 대답해야 후회를 덜어줄 수 있을까?' 고민이 깊었다.

시간이 지나면서 나는 조금씩 답을 찾아갔다.

"갑작스러운 진단에 많이 놀라셨을 것 같아요. 당연히 그런 고민을 하실 수 있습니다. 그러나 제가 하고 싶은 말은, 그 전에 검진을 받았다고 하더라도, 병을 진단받았을지는 아무도 모른다는 거예요. 질병의 진행 경과 속도는 사람마다 다르기 때문에 그때 어떤 결과가 나왔을지는 알 수 없습니다. 게다가 지금이라도 병원에 찾아오셨잖아요. 그것만으로도 다행이라고 생각합니다."

갑작스럽게 자신의 질병을 인지하게 된 환자에게, 최대한 그분의 후회를 덜어주는 방식으로 접근한다. 또한 지금까지 해 온 것만으로도 충분하고, 최선을 다한 것이었음을 알려준다.

"충분히 고민되셨을 것 같아요. 어떤 선택이 맞을지 확신이 안 드실 수 있지만, 지금으로서는 검사를 조금 더 진행해 보는 게 좋을 것 같습니다. 결과가 나오면 설명드릴게요. 그 후에 환자분께 가장 도움이 되는 방향을 함께 찾아가겠습니다. 저희가 최선을 다할 테니 걱정하지 마세요."

환자가 치료 방법을 고민하는 상황에서는, 그들의 불안감을 덜어주면서도 신중하게 결정을 내리겠다고 약속드린다. 무조건적으로 특정한 치료 방식을 주장하기보다는 환자에게 '맞는' 치료 방식을 '함께' 찾아가겠다고 말씀드려야 한다.

"환자나 보호자는 자신의 선택이 최선이기를 바라요. 그런데 환자의 상태가 심각해지면 그게 과연 정말 최선인지 혼란스러워하는 경우가 많죠. 그럴 때 저는 '그렇게 선택하시는 것도 최선이다'라는 얘기를 해드려요. 예를 들면, '저희 아버지 집에서 보내드려도 괜찮을까요?'라는 질문이 있을 때 '저희 아버지께서도 집에서 돌아가셨습니다'라고 하면서 그분을 응원해 드린 적도 있어요."

P 교수님은 환자와 보호자의 결정을 지지하는 것이 중요하다고 강조하셨다.

"그 결정이 정답인지 아닌지는 아무도 알 수 없어요. 중요한 건 환자와 보호자가 충분히 고민한 끝에 내린 결정을 존중해주는 거예요. 그래야 나중에 한이 남지 않죠."

P 교수님의 이야기를 듣고 문득 이런 생각이 들었다. 환자와 보호자는 정말로 의사의 의견이 궁금해서 질문을 하는 것일까? 어쩌면 자신의 결정을 확인받고 싶어서 질문을 던졌던 게 아닐까? 그들의 고민은 우리가 계획을 다 세워놓은 후, 주변 사람들에게 '나 이거 해도 될까?'라고 물으며 확신을 얻고 싶어하는 마음과 비슷하지 않을까 생각이 들었다.

본과 3학년, 외과 회진을 돌 때 한 암 환자가 이렇게 말했다.

"편안한 곳에서 남은 인생을 보내고 싶어요."

그때 교수님은 환자의 말을 가볍게 넘기지 않으셨다.

"실제로 공기 좋은 곳으로 가서 사시는 분들도 있어요. 그렇게 하셔도 좋죠."

교수님의 대답은 인상적이었다. 분명 그의 머릿속에는 다른 치료법이나 선택지가 존재했을 것이다. 하지만 교수님은 자신의 생각을 내세우지 않고, 환자의 의견을 먼저 존중해 주셨다. 그 순간 환자에게 가장 중요한 것은 의사의 치료 계획이 아니라, 자신의 결정을 지지받는 경험이었을지도 모른다.

환자의 선택을 존중한다는 것은, 단순히 그들의 결정을 따르는 것이 아니다.

그들이 충분히 고민하고 내린 결정을 인정하고, 그 선택이 틀리지 않았음을 알려주는 것이다. 치료가 불가능한 상황에서, 혹은 선택이 어려운 상황에서 '당신의 결정이 최선입니다'라는 의사의 한 마디가 환자와 보호자에게 큰 위로가 될 수 있다.

앞으로 나는 환자의 질문을 마주할 때마다 그 질문의 의미를 곱씹을 것이다.

"이것은 나의 의견을 묻는 걸까? 아니면 결정에 대한 확신을 얻고 싶어하는 걸까?"

그들의 마음에 더 가까이 다가가, 그들의 선택이 틀리지 않았음을 진심으로 전할 수 있는 의사가 되고 싶다. 그들의 선택을 지지하며, 함께 최선의 답을 찾아가는 동반자가 되고 싶다.

"사랑하는 이의 선택, 당신은 어떻게 지지하시겠습니까?"

한 걸음, 또 한 걸음

좋은 의사가 되고 싶었다. 그렇지만 어려웠다. '좋다'라는 말은 막연하게만 느껴진다.

환자는 어떤 의사를 '좋다'고 여길까? 질병을 잘 고치는 사람? 아니, 항상 그럴 수는 없다. 현대의학의 한계는 분명히 존재한다. 환자의 이야기를 주의 깊게 들어주는 사람? 물론 이상적이다. 하지만 바쁜 일상 속에서 항상 그럴 수는 없다. 몇몇 순간은 가능하겠지만, 현실은 의사가 환자에게 쏟을 수 있는 정성과 시간이 일정하지 않다.

그 사실은 내 마음속에 오래 남았다. 어쩌면 나 자신이 다른 사람에게 불규칙적인 정성을 쏟아붓는 사람이라서 그랬을지도 모른다. 환자의 이야기를 잘 들어주고 싶다가도, 그 사람의 삶 뒤에 있을 나의 피로와 생활을 떠올리면 마음이 느슨해지는 순간들이 있다.

피곤한 기색이 역력한 얼굴로 긴 회진을 도는 교수님들을 보면 가끔은 초능력자처럼 보였다. 내가 그럴 수 있을까? 내가 '좋은' 의사가 될 수 있을까? 나의 나약함은 나에게 자꾸만 질문을 하게 만들었다. 더

불어 나는 스스로를 환경 탓에 어쩔 수 없었다고 주장하는 선의의 피해자로 만들고 싶지 않았다. 공감성 피로를 방지하고 싶다고, 체력을 아껴야 한다고 말하며 진심을 덜어내게 되는 상황을 합리화시키고 싶지 않았다. 그래서 나는 고민할 수밖에 없었다. 좋은 의사가 되기 위해서는 어떻게 해야 할까? 내가 만들고 싶은 '좋음'은 보다 구체적이고 현실적인 것이야 했다. 그저 입 안에만 머무르는 다짐은 하고 싶지 않았다.

가까운 가족을 암 투병으로 떠나보낸 지인 N에게 '의료진에게 어떤 말을 해주고 싶으냐'라고 물어본 적이 있다. 지인 N은 어머니와 함께 오랫동안 그녀의 담당 주치의인 종양내과 의사 선생님을 만나왔다. 크게 친절하거나, 획기적인 치료법을 기획해오는 분은 아니셨다고 한다. 말투는 무뚝뚝했고, 대학병원의 환자가 너무 많은 나머지 진료 시간도 많이 내지 못하셨다. 항암치료의 표준 가이드라인만 따라가는 것 같다는 생각이 들 때는 아쉬운 감정도 들었다고 했다.

그러나 N은 의사 선생님께 감사했다고 말했다. 그러한 순간들에도 불구하고 의사 선생님의 행동들 속에서 '환자를 향하는 진심'을 엿본 적이 있어서였다. 더 이상 종양내과에서 치료를 할 수 없을 정도로 어머니의 상태가 악화되었을 때, 그녀의 몸 속에 흉수가 차서 응급실에 내원한 적이 있다고 한다. 현재 닥친 상황에 대해서 응급 조치만 할 수 있을 정도였지, 더 이상 새로운 항암치료를 시작할 단계는 아니었다. 그 때 종양내과 주치의 선생님께서 응급실로 내려와 어머니께 인사를 건네고 가셨다.

"엄마. 지금 상태가 안 좋지만, 엄마 생각해 주는 사람이 엄청 많다~ 바쁜 의사 선생님도 엄마 걱정돼서 보러 왔네."

바쁘신 와중에 시간을 쪼개서 환자를 보러 오는 마음에 N도, 그녀의 엄마도 감동했다고 한다. 이 말을 듣고 생각했다. 굳이 연속적이지 않은 '좋음'이라도 괜찮다. 간헐적인 좋음이라도 괜찮다. 의사도 인간이기 때문에 모든 순간에 완벽할 수는 없다. 항상 친절할 수도 없다. 그럼에도 불구하고, '좋음'에 가까운 순간을 만들면 된다. 그리고 그 순간들을 조금씩 쌓아 나가면 된다.

문득 프랑스의 작가 생텍쥐페리(『어린왕자』의 작가)의 소설 『인간의 대지』가 떠올랐다. 소설 중반부에 안데스 산맥에서 홀로 좌초되었다가 4박 5일 동안 걸어서 살아 돌아온 조종사, 기요메의 이야기가 나온다. 날씨는 영하 40도인데다가 보호장비도, 식량도 없는 최악의 상황을 이겨낸 인물이다. 어떻게 그는 살아나올 수 있었을까? 기요메의 증언에 따르면 그를 살린 것은 희망도, 반드시 살아 돌아오겠다는 투철한 의지도 아니었다. 다만 그는 절망적인 상황에서도 그저 걸었다. 앞으로 한 걸음, 또 한 걸음... 그는 자신을 살린 것은, 언제나 다시 시작된 그 한 걸음이었다고 말했다.

물론, 기요메의 이야기와 내가 겪는 의사의 현실은 전혀 다른 종류의 시련이다. 하지만 나는 그가 보여준 태도, 절망 속에서도 한 걸음을 내디딘 그 끈기를 보며 생각했다. 좋은 의사가 되는 것도 결국, 완벽함이 아니라 매 순간 다시 시작하는 태도에서 비롯되는 것이 아닐까. 나의 평생 목표를 '좋은 의사'가 되는 것이라고 가정하고 계속해서 그 틀에 나를 맞추기 위해 고군분투하는 것은 힘겨운 일로 보인다. 그 보다는 여유가 있을 때, 적어도 마음이 있을 때 한 번이라도 더 좋음을 향해 나아가는 것은 할 수 있음직해 보인다.

지인 N은 환자를 진심으로 위하는 마음을 꼭 잃지 않았으면 좋겠다고 나에게 당부했다. 의사의 한마디는 생각보다 큰 힘을 가질 수 있다고 말했다. 어머니가 살아계셨을 당시, 의사가 '검사 결과가 좋다'라는 말을 하면 집안에서는 축하 파티가 열렸다고 한다. 반면 조금이라도 안 좋은 소식이 있으면, 그날은 온 집안이 조용해지고 각자 방 안에서 우는 소리밖에 들리지 않았다고 한다. 그럼에도 불구하고, 좋은 소식이든지, 나쁜 소식이든지 간에 그걸 전하는 의사의 태도가 진심으로 보이면 그것으로 위안을 삼았다고 말했다.

나는 의사가 된 후 내 행동과 언어의 무게를 계속해서 되새길 수 있을까? 죽음을, 그리고 환자를 계속 마주해야 하는 의사 선생님들을 보며 지치지는 않을까 걱정도 되었지만 동시에 반복되는 사건들에 너무도 익숙해진 나머지, 무심결에 삶이나 죽음, 혹은 환자에게 가벼운 태도를 가지게 되지는 않을까 두려웠다. 의사라는 직업은 오래 해야 하는 직업인데, 갈수록 나에게 남겨지는 것이 환자를 위하는 마음이 아닌, 기계적인 태도와 냉소가 된다면 어떡하지? 이 걱정들을 부디 미래의 내가 보란듯이 피해갈 수 있었으면 좋겠다고 생각했다.

앞으로 의사 생활을 하면 더욱 많은 흔들림이 있을테지만, 결국에는 그 방황들이 모이고 모여 환자를 대하는 좋은 태도로 나아갈 수 있었으면 한다. 마음이 있을 때는 진심을 말하고, 마음이 없을 때는 그 마음을 잃어버렸다는 사실만이라도 기억하고 싶다. 그래야 비로소 다음 날, 다시 내가 지향하는 좋은 의사를 향한 한 걸음을 내디딜 수 있을 테니까.

완벽하지 않더라도 매 순간 진심을 선택하는 사람이 되고 싶다. 오늘은 피로에 지고, 내일은 감정에 밀릴 수 있어도, 결국엔 다시 마음을 되살려 작은 친절을 건넬 수 있는 의사가 되고 싶다. 삶과 죽음의 경계에서 환자와 마주할 때, 내 표정과 말이 누군가에게는 하루를 버티게 하는 힘이 되기를 바라며.

"당신이 생각하는 좋은 의사는 어떤 사람인가요?"

생각 정리:
'우리'에서 '나'로

우리는 조금 다른 역할을 수행하는 '사람'일 뿐이다.

 좋은 의사가 되려면 어떻게 해야 하는가? 글을 쓰고 인터뷰를 진행하며 오래 고민했다. 이에 대한 해답을 얻고 싶었다. 그러나 질문을 계속하며 내가 답이 없는 질문을 던지고 있었다는 사실을 점차 깨닫게 되었다. 세상에 복잡하고 다양한 사람이 있듯, 우리 역시 환자와 소통하고 개인적으로 배워나가며 자신만의 답을 찾아야 한다는 사실을 알게 되었다.

 "필요한 건 '내가 당신 옆에 있는 사람 중 과학적인 면에서는 가장 전문가다'라는 신뢰를 주는 거예요. 당신의 삶의 가치를 결정해 주는 전문가는 아니겠죠."

 환자에게 있어서 의사의 역할은 무엇이냐는 질문에 혈액내과 P 교수님께서 주신 답변이다. 교수님께서는 의사의 가치를 '의학적으로 근거 있는 이야기를 해줄 수 있는 사람'으로 정의하셨다. 삶의 가치를 선택하는 일에는 의사보다 환자 자신이나 가족, 혹은 성직자와 같은 이들의 의견이 더 중요할 수도 있다고 하셨다.

이 글을 쓰며 교수님의 말씀에 깊이 공감했다. 글을 쓰기 전에는 의사가 환자에게 절대적인 존재라고 생각했었다. 그러나 글을 완성해 나가며 알게 된 것은, 의사도 환자를 항상 살릴 수 있는 전지전능한 존재는 아니라는 것이다. 어떤 치료가 최선일지도 확신할 수 없는 상황 속에서 고민하고, 함께 결정해나가는 사람일 뿐이었다. 의사는 '의학적 전문가'이면서 동시에 '환자 곁에서 이야기를 듣는 주변인 중 하나'인 역할을 수행하는 존재였다.

의사가 환자를 진료하며 가져야 하는 목표가 '질병 완치'에만 국한될 필요가 없다는 것도 깨닫게 되었다. 인생에 단 하나의 정답만 있는 것이 아니듯, 치료에도 환자 상태와 선호도에 따라 다양한 목표가 존재할 수 있다. 말기 환자라면 무조건적으로 '강도 높은 항암치료'를 권하기보다는, "가족들과 더 많은 시간을 보내고 싶으신가요?", "지금 상태에서는 어떤 치료를 받는 게 더 편하실까요?"와 같은 질문을 통해 환자에게 적합한 치료 계획을 세우는 것이 중요하다.

뿐만 아니라, 환자와의 대화 속에서 그들이 진정으로 원하는 것을 이해하려는 노력이 필요할 듯하다. 이는 반드시 의학적인 이야기가 아니더라도 가능하다. 때로는 일상적인 대화나 소소한 관심이 환자의 마음을 여는 열쇠가 되기도 한다. 환자가 내리는 결정을 지지하고, 그들의 선택을 응원하는 것 역시 의사가 할 수 있는 중요한 역할이라는 것을 글을 쓰면서 다시 한번 깨달았다. 이는 의사가 아닌 주변 사람들도 할 수 있는 일이지만, 의사가 이를 적극적으로 실천하는 것만으로도 환자에게 큰 힘이 될 수 있다.

물론, 의사가 환자의 주변 인물 역할에만 머무른다면 의사 본연의 역할을 다하지 못하는 것이라고 생각한다. 의사는 무엇보다도 환자의 질병에 대해 의학적 전문가로서 신뢰를 제공해야 한다. 하지만 의학적 전문성만큼 중요한 것은 환자를 대하는 태도다. '환자에게 특별한 무언가를 해줘야 한다'는 부담보다는, 작은 일이라도 환자를 위하려는 마음으로 실행에 옮기는 자세가 필요하다.

결국 의사는 환자 앞에 선 한 인간으로서 '내'가 할 수 있는 일을 찾아나가야 할 뿐이라고 생각한다. 나는 의사라는 이름으로 환자 곁에 있는 주변인 중 한 명일뿐이다. 그 역할을 잊지 않고, 환자를 위하는 데 최선을 다하는 사람이 되고 싶다.

제 3 장

그들과 우리의 관계:
환자와 의사

들어가는 글

"환자분들과 대화할 때가 많은데, 무슨 말을 해야 할지 잘 모르겠어요. 어떻게 해야 할까요?"

병원 실습을 하기 시작한 후, 교수님들께서 '학생 질문 있어?'라고 물으실 때마다 단골처럼 묻던 질문이었다. 말 그대로였다. 어떻게 해야 더 도움이 될 수 있지? 어떤 게 정답인지 모르겠다는 고민이었다. 교수님보다 지식이 부족하니, 내 수준에서 환자가 궁금해하는 것에 대한 답을 드리기도 힘들었고, 그렇다고 그분들보다 인생 경험이 많은 것도 아니었다.

"환자에게 도움이 되어야지. 자신에게 도움이 되지 않는데 정보를 알려주는 사람은 없단다. 그러니까 너는, '혹시라도 교수님께 말씀 다 못 드린 게 있으면 제가 전달해 드릴게요.'라는 식으로 말하면서 그분들이 겪는 다른 증상들을 들으면 돼."

본과 3학년 때 외과 교수님께서 주신 조언이었다. 어려 보이고 자신에게 별 도움이 되지 않을 것 같은 사람에게 환자가 특별히 뭘 말하고 싶지 않을 거라는 것이었다. 그래서 그 조언을 그대로 따랐다.

"혹시 어디 따로 불편하신 데는 없으세요? 제가 전달해 드릴게요." 라고 말하며 추가진료가 필요한 사항들을 적어 교수님께 전달했다.

"환자와 보호자에게 환자 상태를 최대한 자세히 알려줘야 해. 나빠질 때마다 나빠진다, 좋아질 때마다 좋아진다. 이걸 말해줘야 더 현실적인 판단이 가능해지고 환자에게 도움이 된단다."

외상 외과 교수님께서는 환자의 상태를 그때그때 알리라고 하셨다. 그리고 직접 이를 실천으로 옮기셨다. 당시 중환자실 병동 회진을 돌던 교수님께서는 환자의 혈액 속 산소 농도가 떨어지자 바로 기관 삽관을 시행하셨다. 그런 뒤, 보호자에게 전화를 걸어 "환자분의 상태가 나빠지고, 숨을 혼자서는 잘 쉴 수 없는 상태가 되어서 기관 삽관을 했습니다."라고 알리셨다.

"손 한 번 더 잡아주고, 등 한 번 더 두드려주고, 환자에게 조금이나마 더 관심을 주면 돼. 그게 은근히 큰 역할을 차지할 거야."

류마티스내과[1] 교수님께서는 또 다른 조언을 해주셨다. 아무래도 외과처럼 수술을 통해 환자에게 즉각적으로 도움을 줄 수 있는 분야와는 달리, 류마티스내과는 만성질환을 다룰 때가 많다. 그래서인지 오랫동안 꾸준히 환자가 치료를 받을 수 있도록 인간적인 연결을 강조하시는 것 같았다. 어차피 지금 내 수준에서는 환자에게 공감해주는

---

1 **류마티스내과**: 류마티스 질환, 즉 자가면역 질환으로 인해 발생하는 관절 및 전신 질환을 전문적으로 진료하고 치료하는 내과 분야. 류마티스 질환의 예시로는 류마티스 관절염, 전신 홍반성 루푸스, 강직성 척수염 등이 있음

것이 할 수 있는 전부라고 생각해서 이 조언도 잘 따르려고 노력했다. '고개 끄덕여주기, 최대한 당신의 말을 듣고 있다는 사실을 드러내기' 같은 작은 행동들을 실천하려 했다.

종양내과 교수님께서는 조금 다른 말씀을 하셨다. 암 진단을 내릴 때는 환자가 충격을 받을 수 있으니 천천히, 환자가 납득할 수 있도록 속도를 맞춰 전달해야 한다고 하셨다.

"환자에게 이 사실을 받아들일 수 있는 시간을 줘야 해요. 환자분의 상태가 안 좋아진다고 조금씩 말해주고, 잠시 시간을 두고, 마음의 준비가 된 것 같으면 지금 어떤 상태인지 다시 말씀드리는 거예요."

돌아보니, 교수님들의 조언은 각각 다루는 환자의 특성에 맞춘 것이었다. 외상외과는 갑작스러운 치명적 사고로 인해 환자의 상태가 시시각각 변하지만, 종양내과에서 보는 암 환자는 비교적 서서히 질병이 진행되기 때문이다.

'아, 환자를 대하는 방법이 상황에 따라, 경험에 따라 다르구나. 더 많은 환자를 보다 보면 나도 이런 판단력을 기를 수 있겠지. 그런데 나는 아직 경험이 부족하니 어떻게 해야 할까?'

교수님의 특성, 질병의 특성, 환자마다의 개인적 특성 등 다양한 요인이 면담 방식을 결정하는 듯했다. 하지만 그럼에도 불구하고 모든 상황에서 적용될 수 있는 공통된 원칙이 있지 않을까?

이 궁금증을 담아 교수님들께 몇 가지 질문을 드리기로 했다.

Q. 교수님 자신의 이야기도 하시나요?

A. 환자와 가족의 선호도가 다르고 가치가 다르기 때문에

– 종양내과 L 교수님

'정신과 의사는 환자에게 blank screen(빈 화면)이 되어야 한다. 자신을 개방하지 않고 중립적인 존재로 만들면서 환자가 무엇이든 쉽게 투영할 수 있게 해야 한다.'

정신건강의학과 실습을 돌며 가장 중요하게 들었던 말 중 하나였다. 하지만 이 원칙을 실제로 지키는 일은 생각보다 어려웠다. 환자와 적당한 거리를 유지하며 자신의 이야기는 드러내지 말라는 지침은, 평소 다른 사람들과 대화하며 자연스럽게 "나도 그런 경험이 있었어" 또는 "그랬다면 정말 기분 나빴겠다" 같은 공감 표현을 해왔던 내게 다소 어색하게 느껴졌다. 특히, 정신과에 입원했던 환자들의 삶이 너무도 불운한 경우가 많아 그들의 이야기를 들으면서 '정말 힘내셨으면 좋겠다'는 마음이 자주 들었는데, 이 감정을 표현해야 할지 고민이 되었다.

'내가 힘들었을 때 위로가 되었던 책 구절을 말해주고 싶은데, 이게 혹시 그들에게 나쁜 영향을 미치진 않을까?'라는 걱정에 결국 말을 삼킨 적이 많았다.

> 환자들은 대체로 내가 그들과 개인적인 일을 공유하는 것을 고
> 마워했다. 그리고 그런 것이 더 많은 것을 공유할 수 있도록 만들
> 곤 했다.[2]

그러나 어빈 얄롬의 『삶과 죽음 사이에 서서』를 읽으며, 의사가 자신의 개인적인 경험을 적절히 공유하는 것이 항상 나쁜 것만은 아니라는 점을 깨달았다. 스탠포드 대학의 명예 교수이자 정신과 의사인 얄롬은 자신의 개인사와 감정을 아낌없이 공유하며 환자와 깊은 신뢰를 쌓아가는 방식으로 동행자적 관계를 형성한다고 한다. 이를 통해 환자가 인간이라면 누구나 겪는 삶과 죽음에 대한 고통을 더 잘 표현하도록 돕는다.

그렇다면 대학 병원의 교수님들은 환자와 이야기를 나눌 때 자신의 개인적인 이야기를 나누실까? 어떻게 대화하는 것이 환자에게 더 도움이 될까? 이러한 궁금증을 안고 몇몇 교수님들께 질문을 드렸다.

"나의 이야기요? 아니요. 그렇지는 않아요. 개인적인 이야기를 하게 되면 생각보다 환자나 가족이 이에 지나치게 의존할 수 있어요. 표현을 부드럽게 했다고 하더라도 만약 의료진이 '우리 어머니라면 이렇게 할 것 같아요.'라고 하면 환자, 보호자가 '아! 저게 맞는 거구나' 오해해서 스스로의 가치보다 의료진의 말에 많이 끌려갈 수 있거든요. 아주 드물게, 환자에게 해악을 끼칠 치료를 말려야 할 상황이 있을 때는 사

---

2 어빈 얄롬. 삶과 죽음 사이에 서서. 시그마프레스; 2015. p. 105.

용할 수도 있지만, 일반적으로는 하지 않아요."

종양내과 L 교수님께서는 의사가 개인사를 밝히는 것이 환자의 결정을 유도하거나 편향시킬 가능성이 있기 때문에 최대한 피하신다고 하셨다. 환자에게 의사는 자신의 병을 다루는 중요한 인물로 보이기에, 그 언행의 영향력이 생각보다 크다는 것이다.

L 교수님 외에도 '의사 본인의 이야기를 환자에게 하시나요?'라는 질문에, 대부분의 교수님들은 "그렇지 않다"고 답하셨다. 환자의 가치를 존중하고, 스스로의 위치에 대한 책임감을 느끼는 답변들이었다.

교수님들과 대화를 나누며, 환자를 위하는 마음으로 내 의견을 무심코 언급하는 것은 조심해야겠다고 느꼈다. 특히, 아직 경험이 부족한 나로서는 내 행동의 무게감을 완전히 이해하기 어렵기 때문에, "별거 아닐 거야. 참고용으로 들으시겠지"라는 마음으로 하는 조언이 섣부른 행동이 될 수 있다. 환자가 스스로 원하는 결정을 내릴 수 있도록 돕는 역할에 힘써야겠다고 다짐했다.

"평소에 얘기할 때는 의사의 입장을 밝히기보다는, 환자와 가족이 충분히 생각할 시간을 갖도록 하는 게 중요해요. 환자들은 상태가 나빠지는 것을 모르지는 않아요. 하지만 현실감이 떨어지기 때문에, 조금씩 자주 반복해서 이야기를 해줘야 해요. 시간이 필요한 거죠. 우리가 경험을 이야기하는 것은 오히려 도움되지 않을 때도 많아요."

L 교수님께서는 자신의 이야기 대신, 환자가 스스로 선택할 수 있는 시간을 주는 것이 중요하다고 강조하셨다. 결국, 환자의 몸은 환자 자신의 것이고, 최종 결정권자는 그들 자신이다. 의사는 그 결정을 존중

하고 옆에서 최선을 다해 돕는 역할을 해야 한다는 것이다.

의사의 말 한마디는 때로 환자의 삶에 큰 파장을 남길 수 있다. 그래서 우리는 '무엇을 말할 것인가'보다 '언제 말하지 않아야 하는가'를 더 자주 고민해야 한다. 때로는 무언가를 덧붙이는 말보다, 그저 조용히 곁에 머물며, 의학적 지지로 환자의 선택을 존중하는 것이 더 큰 도움이 될 수 있다. 그래서 나는 환자를 마주하기 전, 이렇게 자신에게 묻고 싶다.

"당신의 말 한 마디가 큰 영향을 줄 때, 침묵과 발언 중 무엇을 택하십니까?"

Q. 교수님 자신의 이야기도 하시나요?

A. 이야기하고 공유하려는 부분이 있어요.

– 완화의학과 P 교수님

인터뷰 중 '교수님 자신의 이야기도 하시나요?'라는 질문에 많은 교수님들은 단호히 고개를 저으셨다. 하지만 모두가 그랬던 것은 아니다. 몇몇 교수님들은 때로 자신의 경험을 환자에게 털어놓는 순간이 있고, 그것이 필요할 때도 있다고 말씀하셨다.

그렇다면 어떤 순간에, 어떤 방식으로 의사는 자신의 이야기를 환자에게 드러낼 수 있는 걸까?

그리고 그것은 과연 환자에게 어떤 의미와 도움이 될 수 있을까?

"어빈 얄롬처럼 '죽음이 두렵다'는 표현까지 사용하며 얘기한 적은 없지만 저도 솔직하게 제 경험이나 감정을 얘기해요. 이야기하고 공유하려는 부분이 있어요."

완화의학과 P 교수님은, 환자의 감정에 깊이 공감할 수 있는 상황에서는 자신의 이야기를 조심스럽게 공유하는 것이 도움이 될 때가 있다고 말씀하셨다. 실제로 교수님은 한 입원 환자와의 관계에서 이런 경험을 한 적이 있다고 한다. 환자는 공황장애를 앓고 있었고, 병원 환경이 답답해 공황 발작이 올까 봐 두려움을 자주 표현했다. 그 환자에게 교수님은 아래와 같이 말씀하셨다.

"사실 저도 매우 오래전이지만 공황발작을 경험한 적이 있거든요."

교수님께서는 환자에게 '자신 역시 어렸을 때 공황발작을 경험해본 적이 있으므로, 환자분의 심정을 이해한다'고 자신을 노출하시며 공감 표현을 하셨다. 이후 교수님은 심호흡법, 창문을 열어 환기를 시키는 일, 병동 복도를 잠시 산책하는 등의 방법이 공황 발작 완화에 도움이 될 수 있다고 안내하셨다.

"저도 비슷한 상황을 겪었던 당사자로서 그 감정을 이해하는 거죠. 그러면서도 두려운 상황이 왔을 때엔 의료진이 있고 도움을 못 받는 상황은 절대 없으니 공황발작이 발생하면 언제든지 저희들한테 이야기를 해달라고 합니다."

지금 그들은 의사와 환자의 관계로 각각 다른 위치에서 이야기를 나누고 있다. 그러나 비슷한 감정과 두려움을 느끼는 인간이라는 측면에서, 때로 의사의 이야기는 환자에게 도움이 되기도 한다. 의사와 환자 모두 질병과 죽음이라는 거대한 숙명 앞에서 모두 겸손해질 수밖에 없는 사람이다.

감염내과 L 교수님께서도 비슷한 관점에서 말씀하셨다.

"의사는 '환자가 나빠지는 것에 자신의 감정을 섞게 되면 개인적인 결정을 하지 못한다. 너무 거기에 몰입하지 말고 환자와 보호자들이 상황을 객관적으로 파악할 수 있도록 감정을 다스려라'라고 배우지.

나도 그렇게 트레이닝을 받았고 20대에서 30대 초반까지는 그렇게 세상을 살았는데 의업을 계속 하다 보니 감정이 생기더라고.

간단히 예를 들어보자면, 소아 환자를 보게 될 때가 있어. 나도 그때는 아이를 가진 부모로서 감정이 갈 수밖에 없지. 이런 경우 가끔 혼자 올라가서 따로 회진을 돌기도 하고, 보호자에게 외래에 오라고 해서 만나보기도 하고 그런 식으로 추가적인 이야기를 하지.

의사들은 대부분 자신의 감정을 숨겨야 한다고 생각해. 그래야 더 객관적으로 환자의 상황을 판단할 수 있다고 배웠으니까. 그리고 실제로 그런 경험들을 해보기도 하고, 그렇게 후배 의사에게 가르치기도 하지. 그러한 측면도 물론 인정하지만, 한편으로는 이게 스스로를 방어하는 기제 같기도 해. 의사 역시 사람이기 때문에 환자를 보면 드는 감정에 휩쓸릴 때가 있고 그게 무서운 거지, 준비가 안 되어 있으니까. 그런데 이게 의사로서 딜레마이자 실수가 될 수도 있는 거야."

L 교수님께서는 환자와 동등한 눈높이에서 진심으로 마주하기 위해, 때로는 감정 표현이 필요하다고 말씀하셨다. 교수님께서는 감정을 완전히 차단하는 것이 오히려 진료의 진심을 흐릴 수 있다는 가르침을 주셨다.

의대생으로서 6년 동안 교육을 받으면서 자기 노출의 위험성에 대해서는 여러 차례 들었다. 그러나 실제 임상 현장에서 의사가 자신을 드러냈을 때 생기는 '효용'에 대해서는 이번 인터뷰를 통해 처음으로 접하게 되었다. 의사의 흰 가운 뒤에 감춰진 중립성의 가면을 벗고, 자신의 감정이나 경험을 드러내는 일은 결코 쉬운 선택이 아니다. 때로는 드러내는 것보다 감추는 편이 오히려 환자에게 더 안전할 수도 있다.

그러나 미숙하다고 해서 감정을 감추는 것이 과연 옳은 일일까? 의사도 결국 한 명의 인간이다. 환자를 보며 느끼는 감정들은 억제하려고 노력한다고 해서 사라지지 않는다. 말로 꺼내지 않았을 뿐, 그의 감정은 언제든 표정이나 태도 속에서 드러날 수 있다. 그리고 때로는 이러한 간접적인 노출보다, 직접적으로 의사 스스로를 드러내는 순간 더 깊은 신뢰의 끈이 생기기도 한다. 의사가 비슷한 경험을 지닌 사람이라는 사실을 고백할 때, 환자는 마음의 경계를 조금씩 내려놓는다. '이 선생님의 공감이 형식적인 것이 아니구나. 이 사람 역시 비슷한 불안이 있었구나.' 등의 생각은 신뢰의 싹을 틔운다. 결국 두 사람이 서로의 불안과 결핍을 조금씩 감싸 안을 수 있을 때, 치료 관계는 단순한 의사-환자 관계를 넘어 깊은 인간적 접점으로 확장된다.

환자를 위하는 마음, 그리고 그에게 해악을 끼치고 싶지 않다는 마음을 일순위로 가지고 있되, 그들도 나도 같은 인간이라는 겸손함을 항상 잃지 않은 채 살고 싶다. 아직도 나는 의사가 된 뒤, 나 자신에 대해 어디까지 드러낼 수 있는지 그리고 드러내는 게 좋을지 고민 중이다. 그리고 높은 확률로 실제 임상 현장에서는 지금 상상하는 것보다 훨씬 더 까다롭고 복잡한 상황을 맞이하게 될 것이다. 그러나 조심스럽게라도, 천천히 나아가며 내 마음과 환자의 마음이 진심으로 만나는 순간을 만들고 싶다.

이번 인터뷰를 통해 내가 말해도 될 것과 그러지 말아야 할 것을,

그리고 내 말이 환자에게 위로가 되는 순간과 그렇지 않은 순간을 구분할 수 있는 지혜가 나에게 생기기를 기도했다.

"만약 당신이 의사라면, 환자 앞에서 자신의 마음을 어디까지 드러낼 수 있을 것 같나요?"

Q. (죽음 설명 방식에 대하여) 희망과 현실, 어느 쪽을 선택하시겠습니까?

A. 희망은 늘 소중하게 간직하고, 그 희망을 이루기 위해서 노력을 해야 되는데 대신에 이게 거짓 희망이면 안 된다는 소리예요.

– 가정의학과 K 교수님

'절망이 허망한 것은 희망이 그러한 것과 같다.'

중국 현대문학의 거장 루쉰은 희망도 절망도 결국 허망하다고 말했다. 이 둘은 모두 불확실한 미래를 향한 추측에 지나지 않기 때문이다.

어떤 상황에서도 희망을 잃지 말라고 말하고 싶었다. 판도라의 상자에서 희망이 가장 마지막까지 남아있었듯, 불확실하고 어려운 상황 속에서 버티는 힘은 희망에 있다고 믿었다. 그러나 실습을 돌며 더 이상 나아지기 어려운 환자들을 만날 때마다 그 믿음은 흔들렸다. 내가 건넨 희망이 오히려 환자에게 잔인한 기대가 되는 건 아닐까 조심스레 되묻게 되었다.

희망을 말해야 할까, 아니면 현실을 말해야 할까. 그 경계는 늘 어렵고 조심스럽다. 지인 중 척수 손상을 입으신 분이 있다. 척수 손상 정도에 단계를 매겨 가장 회복 가능성이 높으면 1점, 회복 가능성이 없으면 5점이라고 한다면, 5점의 점수를 받으신 분이다. 의사에게 직접적으로 나아질 가능성이 없으니, 재활이 필요 없을 것이라는 말을 들은 적이 있을 정도이다.

"걸을 수 있을 거예요." 그분께서는 초반에 그렇게 말씀하셨다. 나 역시 그분의 의지를 믿었고, 기적이 일어났으면 좋겠다고 생각했다. 하지만 1년이 지나고, 2년이 지나도 회복의 기미는 보이지 않았다. 이와 더불어 내가 해줄 수 있는 말들도 '걸을 수 있을 것이다'는 말에서, '걸을 수 있었으면 좋겠다'로, '이 생활에서도 평온을 찾았으면 좋겠다'로 바뀌기 시작했다.

물론 그분이 걸을 수 있다면, 희망이 현실이 된다면 정말로 좋을 것이다. 그러나 희망이 크면 실망 역시 큰 법. 무작정 잘 될 거라고 말하기보다는 '현실적으로 나아질 확률은 없어요. 그렇지만 최선을 다할게요.'라고 하는 게 나은 게 아닌가 고민했다.

"우리가 희망을 버리는 것이지, 희망이 우리를 버리는 것은 아니다.'는 말을 들은 적이 있어요. 희망은 늘 소중하게 간직하고, 그 희망을 이루기 위해 노력해야 해요. 대신 그게 거짓 희망이면 안 된다는 소리이죠. 예를 들어, 말기 암인데 살려달라는 건 거짓 희망이에요. 대신 '안 아프게 해주세요, 가족과 함께 어디 가고 싶어요.' 같은 희망이라면 우리 의료진이 가능한 한 모든 노력을 다할 수 있어요."

가정의학과 K 교수님은 환자가 실현 가능한 희망을 품을 수 있도록 돕는 것이 중요하다고 하셨다. 거짓 희망 대신, 환자가 후회 없이 삶을 정리하고 지금의 시간을 충분히 누릴 수 있도록 돕는 것이 진정으로 환자를 위하는 길이라고 하셨다.

현실적인 희망을 품게 하라. 이 말에 동의하지만 아직 의학적 경험이 부족한 나에게는 이 일이 쉽지 않다. '혹시나, 혹시나' 하는 마음이 조금은 남아 있기 때문이다. 하지만 환자가 불확실한 가능성에 매몰되어 지금 할 수 있는 것을 놓쳐버리지는 않았으면 한다. 내가 지금 당장 '괜찮아질 거예요.'라고 말하는 것은 내 마음을 편하게 할 수 있을지 몰라도, 나중에 그 말이 환자에게 어떤 영향을 줄지 늘 마음속에 새기고 싶다.

척수 손상을 앓고 계신 지인분과 다시 이야기할 기회가 생긴다면 이렇게 말해야겠다. 당신의 기적을 바란다고. 그렇지만 '만일의 가능성' 때문에 지금, 이 순간을 놓치지 말라고. 현재의 삶 속에서도 평온을 찾으셨으면 좋겠다고 말이다.

더불어 이 말씀도 드리고 싶다. 모든 것은 확률 싸움이지만, 정작 그 당사자에게는 어떤 일이 일어나면 100%, 일어나지 않으면 0%인 것처럼 느껴질 수밖에 없다고. 그렇기 때문에 희망을 품는 것은 중요하지만, 희망만큼 현재를 소중히 여기는 것도 필요하다고.

마지막으로 전하고 싶은 메시지는 이렇다.

'희망이 때로 허망할 수 있듯이, 절망 또한 허망하다고.'

절망에 사로잡혀 아무것도 시도하지 않으면, 자신 앞에 펼쳐질 가능성을 놓쳐버릴지도 모른다고. 그렇지만 절망 속에서도 앞으로 나아갈 수 있는 작은 기회를 찾는다면, 그것만으로도 희망과 절망의 경계를 넘어설 수 있을 것이라고 감히 말씀드리고 싶다.

"당신은 절망 속에서도 잃지 않을 희망을 품기 위해, 오늘 어떤 행동을 시작하시겠습니까?"

Q. 치료를 거부하는 환자들에게는 어떻게 접근하시나요?

A. 처음부터 환자의 모든 것을 다 알 수는 없어.

– 소화기내과 L 교수님

"이미 아픈데, 치료받고 싶지도 않아! 뭐, 나아지기나 하겠어?"

본과 3학년 때, 만성폐쇄성폐질환(COPD) 환자 면담을 한 적이 있다.

COPD는 쉽게 말해 폐와 기도가 망가져서 숨이 잘 쉬어지지 않는 병이다. 주로 담배를 오래 피웠거나 대기오염에 오랫동안 노출된 사람들에게 생기는데, 한번 손상된 폐와 기도는 다시 회복되지 않는다. 그래서 치료의 목표는 증상을 줄이고, 병이 더 나빠지지 않도록 관리하는 것이다. 하지만 환자 입장에서는 '나아지지 않는다'는 점 때문에 치료에 회의적인 태도를 보일 때가 많다.

'아, 그럴 수 있겠구나. 이런 상황에서 나는 어떤 말을 해 드려야 할까?'

고민하던 중, 환자가 핸드폰 사용에 어려움을 겪고 있다는 것을 알게 되었다. 고령의 할아버지였던 그분은 핸드폰 앱 설치하는 방법을 몰라 간호사를 부르려고 하셨다.

“제가 해드릴게요.”

‘그래, 이거라도 도와드리자’는 마음으로 앱 설치를 도와드렸다. 그러자 할아버지의 마음이 조금 누그러지신 것 같았다. 처음에는 하지 않던 이야기를 조금씩 꺼내기 시작하셨다.

“이 병원 다니면서 나아진 게 없어, 차라리 다른 병원에 갔어야 했는데. 여기는 뭐, 힘들어지기만 하는 것 같고.”

푸념에 가까운 말씀이었다. 이 순간 할아버지의 말에 내가 어떻게 답해야 할지 몰라 조금 당혹스럽기는 했지만, 마음속으로 한 가지 사실을 깨달았다. ‘핸드폰 사용을 도와드린 내 작은 행동이 이분과 나 사이의 벽을 허물었구나. 조금씩 더 이야기를 나누고 관계를 쌓다 보면 이분의 속마음을 더 들을 수 있겠구나.’

“처음부터 환자의 모든 것을 다 알 수는 없어.”

소화기내과 L 교수님께서는 환자가 치료를 거부할 경우에도, 그의 말에 천천히 귀 기울여야 한다고 말씀하셨다. 특히 말기 환자는 심리적으로 불안정한 상태이기 때문에 이를 배려해야 한다고 하셨다.

“왜 치료를 거부하시는지 바로 물으면 잘 대답해주지 않는 경우가 많아요. 그래서 처음부터 직접적인 질문을 하기보다는 일상적인 물음을 던져야 해요.

‘집에 가서 무슨 일 하실 거예요?’, ‘어디에 가 계실 거예요?’ 같은 의학적이지 않으면서도, 물어보기에 어색하지 않은 질문이 필요할 때가 있어요.”

환자 마음의 문을 열기 위해서는 조금씩 그들과의 거리감을 좁히며 접근해야 한다. 환자들이 치료를 거부하는 이유는 단순히 정보 부족 때문이 아니라, 경제적인 부담이나 삶의 우선순위처럼 그들 각자의 사정에서 비롯되기도 하기 때문이다.

의사는 환자를 파악하는 탐정과도 같다.

의학 교과서 속에서는 환자의 증상, 과거력, 질병의 원인까지 모든 것들이 한 번에 주어진 경우가 많다. 그러나 현실은 이와 사뭇 다르다. 환자는 모든 증상을 한 번에 말해주지 않고, 불안감에 감추는 이야기들도 많다. 이를 알기 위해서는 탐정이 단서를 찾듯, 환자에 대해 알아가야 한다. 그리고 그 단서를 찾는 열쇠는 바로 '환자와의 친밀감'이다.

친밀감은 의학적인 지식을 더 갖춘다거나, 환자에게 더 많은 검사를 해야 얻을 수 있는 게 아니다. 환자와 함께 시간을 보내며 소소한 대화를 이어가는 것이 중요하다. 환자에 대해 조금 더 관심을 가져야 그 '사람'에 대해 잘 알 수 있다.

앞서 만난 COPD 환자의 경우는, 내가 핸드폰 앱을 설치해드린 게 그분의 속마음을 들을 수 있었던 비결이었던 듯하다. 그분이 병원에 대한 불안감을 털어놓기까지, 나의 작은 도움이 단초를 제공한 셈이었다. 하지만 그때 나는 그분의 불안을 충분히 덜어드리지 못했다.

'이 병원이 마음에 안 드셨다면, 어디서 치료받고 싶으셨을까?'

'평소에 어떤 일을 하셨고, 지금 가장 하고 싶은 일은 무엇일까?'

그때 조금 더 자연스럽게 대화를 이어가며 환자의 이야기를 더 들을 수 있었다면 어땠을까? 환자의 마음에 조금 더 깊이 다가갈 수 있지 않았을까 하는 아쉬움이 남는다.

앞으로 환자를 만나면 사소한 질문부터 시작해 봐야겠다.

"오늘 날씨가 좋네요. 밖에 산책 다녀오셨어요?"

"요즘 이 노래가 유행이라던데, 들어보신 적 있으세요?"

작은 대화가 쌓이면, 환자들도 나를 신뢰하게 될 것이다. 때로는 예상치 못한 답변에 당황할 수도 있겠지만, 자연스럽게 대화를 이어가는 연습을 해야겠다. 그러다 보면 언젠가는 L 교수님처럼 환자의 마음을 여는 기술을 갖춘 의사가 될 수 있을 것이다.

환자에게 가까이 다가가고, 편안하게 마음을 열 수 있도록 돕는 사람이 되고 싶다. 그렇게 단서를 찾는 탐정처럼 환자의 이야기를 하나하나 풀어가며, 그들의 진짜 모습을 알아가는 의료인이 되고 싶다.

"당신은 소중한 이의 마음을 열기 위해, 오늘 어떤 '작은 질문'부터 건네시겠습니까?"

Q. 보호자가 상태 공개를 원치 않을 때에도 환자에게 현 상태를 설명하시나요?

A. **"I tell them I will be with them and teach them how to deal with cancer patients after disclosing the disease.**
저는 병을 알린 이후, 제가 함께하며 암 환자를 어떻게 대해야 할지 알려드릴 거라고 말씀드립니다.**"**

– 일본 정신종양학과 H 교수님

"저희 아버지께는 사실대로 말하지 말아주세요."

드라마 속에서 불치병에 걸린 환자의 보호자가 의사에게 이런 부탁을 하는 장면은 익숙하다. 하지만 이는 단지 허구의 장면만은 아니다. 실제 임상 현장에서도, 환자에게 병의 상태를 알리지 말아달라는 요청을 종종 듣는다. 본인이 불치병에 걸렸다는 사실에 충격을 받을까 봐, 더는 나아질 수 없다는 생각에 절망할까 봐, 보호자들은 때때로 진실보다 거짓을 택하려 한다. 이럴 때, 의사는 어떻게 해야 할까?

예전에는 별다른 고민 없이, '당연히 환자 본인에게 상태를 알려야지. 그랬다가 정말 하고 싶은 것을 못 해보고 돌아가시면 어떡해'라고 생각했었다. 요즈음은 그 생각이 조금 바뀌었다. 진실을 아는 것이 오히려 고통이 될 수도 있다는 사실을 자주 마주하게 되었기 때문이다. 특히 그 진실이 결코 바뀌지 않는 현실이라면 더욱 그렇다.

보호자는 어쩌면 '이제 삶의 끝이 다가오고 있다면, 남은 시간만큼은 환자가 조금 더 편안한 마음으로 보낼 수 있게 해주고 싶다.'라고 생각할지도 모른다. 환자가 오래도록 곁에서 지켜본 가족이라면, 그가 믿기 힘든 현실을 잘 받아들이지 못하는 사람이라는 걸 누구보다 잘 알 수 있을 테니까. 바꿀 수 있는 일과 바꿀 수 없는 일을 구분하고, 바꿀 수 있는 일에 집중하는 것이 인생을 사는 데 가장 큰 지혜라고 하지만 그렇게 살지 못하는 사람들도 많다. 바꿀 수 없는 일을 하루종일 떠올리며 전전긍긍하다가, 차라리 그 사실을 몰랐더라면 할 수 있었던 일도 그르치는 경우도 많다. 그래서 나는 이제는 보호자의 심정을 이해할 수 있다. 왜 보호자들이 병의 심각성을 알리기 꺼려하는지, 왜 그런 부탁을 의사에게 전하는지 충분히 공감한다.

그렇더라도, 한 번쯤은 그 부탁의 이면에 숨어 있는 '가장 본질적인 두려움'에 다가가야 하지 않을까?

인터뷰 중 교수님들께 '보호자가 환자 상태 공개를 원치 않을 때에도 환자에게 현 상태를 설명하시나요?'라는 질문을 드렸다. 많은 교수님들은 '환자가 자신의 몸 상태를 알아야 하지 않느냐'라고 설득은 하지만 최대한 보호자의 의견을 존중하려 한다고 답하셨다. 특히 가족 중심의 문화가 뿌리 깊은 한국에서는 가족의 의견이 환자 못지않게 중요한 변수로 작용한다고 덧붙이셨다. 실제로 병원에서 환자의 보호자 역할을 하는 사람 대부분이 가족이라는 점에서, 이들의 생각은 단순한 주변인의 의견이 아니라 환자의 의사결정에 깊이 관여하는 현실적 요소다.

그리고 비슷한 결로 이뤄진 여러 대답 사이, 일본의 사이마타 대학병원 정신종양학과에서 27년간 근무해온 H 교수님은 이렇게 답하셨다.

"In that case, I ask the parents the reason to hide the diagnosis.

그런 경우에는 보호자에게 왜 진단을 숨기고 싶으신지 이유를 여쭙습니다."

H 교수님은 '보호자가 환자 상태를 숨기려고 한다'라는 사실에만 머물지 않고, 그 너머를 살펴보셨다. 왜 보호자가 진단을 숨기려 하는지 물어보셨다. 그리고 '환자에게 병을 알리면 자살할까 봐 두렵다'느니, '생의 막바지에 있는 환자를 어떻게 대해야 할지 몰라서 그런다'는 등의 답을 캐낸다고 하셨다. 그 후 교수님께서는, 이 불안의 본질을 해결하려 하셨다.

"So I tell them I will be with them and teach them how to deal with cancer patients after disclosing the disease. After that, they agree to disclose the diagnosis to patients.

그래서 저는 병을 알린 이후, 제가 함께하며 암 환자를 어떻게 대해야 할지 알려드릴 거라고 말씀드립니다. 그러고 나면, 보호자는 대부분 환자에게 병을 알리는 것에 동의하게 됩니다."

환자에게 병을 알릴지 말지를 결정하는 상황. 좋은 의사의 역할은 단지 그 선택에 머무는 것이 아니라, 그 너머에 있는 더 본질적인 문제를 들여다보는 데 있지 않을까. H 교수님은 보호자의 말 너머에 있는 불안과 걱정을 꿰뚫어보셨다. 어쩌면 이 상황에서 정말 중요한 것은 '진단을 알릴 것인가, 말 것인가'의 이분법이 아닐지도 모른다. 진짜 중요한 질문은, 진실을 알게 된 후 우리는 '그들과 함께 어떻게 이 시간을 견뎌낼 수 있는가'이다.

환자와 보호자는 모두 진단을 들은 시간부터 다른 시간 속에 놓이게 될 확률이 높으므로. 이때 의사는 단지 병명을 전달하는 사람이 아니라, 그 뒤에 이어질 하루하루를 어떻게 보낼 것인지 방향성을 안내하는 사람이 될 수 있어야 한다. 병의 이름보다 더 중요한 것은, 그 이름 이후에 남겨진 시간들이다.

H 교수님의 말처럼, 의사는 진단을 전달하는 데 그치지 않고, '그 진단을 견디게 해줄 태도'를 함께 준비하는 사람이 되어야 한다. 보호자가 두려워하는 환자의 절망, 그 마음의 빈틈까지도 함께 책임질 수 있는 존재가 되어야 한다. 나는 미래의 의사로서 단지 환자에게 진실을 알려야 한다고 설득하는 사람이 아닌, 혹은 보호자의 심정도 이해할 수 있겠다고 수긍만을 하는 사람이 아닌, 보호자의 마음을 존중하면서도 그들이 다른 선택을 내릴 경우 걱정을 함께 감당하겠다고 약속할 수 있는 사람이 되고 싶다. 진심으로 그런 마음을 가지고 환자를 대하고 싶다. 설령 그 진실이 절망을 안겨줄지라도, 그 절망을 함께 견뎌내자고 손 내미는 사람이 되고 싶다.

물론 이러한 단단한 존재가 되기까지 의사가 된 이후에도 많은 시간이 필요하리라 생각한다. 그러나 절망을 견디는 힘은 관계에서 비롯될 수 있음을 먼 미래의 그날까지 기억하기를 바란다. 정직한 설명과 공감 어린 동행이 이 관계의 시작이 될 수 있다고도 믿고 싶다.

"당신이 보호자의 입장이라면, 진실을 알리는 것과 지켜주는 것 사이에서 어떤 선택을 하시겠습니까?"

A. 본인이 조금 충격을 받아가지고 '나는 그럼 사는 게 의미가 없겠네' 장난스럽게 애기를 하시더라고요.

- 가정의학과 H 교수님의 이야기

병원 실습 중 접하게 된 교수님들께서 설명하시는 모습들은 저마다 제각각이었다. 어떤 교수님은 환자 교육용 책자를 활용했고, 어떤 분은 X-ray나 CT 사진을 직접 보여주며 설명했다. 심지어 3D 프린터로 만든 장기 모형을 활용해 환자의 몸속 상태를 시각적으로 보여주는 교수님도 계셨다.

"아버님 같은 병을 앓으시는 분들 중에서 10명 중 3명이 5년 이상 생존하십니다." 같은 통계적 수치를 사용하는 교수님도 계셨고,

"제가 수술한 환자 중에서는 해당 부작용을 겪으신 분이 없습니다."라고 자신의 경험을 빗대어 설명하시는 교수님도 계셨다.

이렇게 다양한 설명 방식을 접하며 두 가지 질문이 머릿속에 맴돌았다.

첫째, '이 설명을 환자가 잘 이해할 수 있을까?'

둘째, '환자가 이 설명을 듣고 충격받지는 않을까?'

암과 같은 심각한 질병이나 평생 관리를 요구하는 만성 질환을 진단받았을 때 환자의 마음속에는 어떤 감정이 스칠까? 환자가 이러한 상황을 조금이라도 더 자연스럽게 받아들일 수 있게 하려면 어떻게 해야 할까? 고민했다.

환자에게 자기 몸에 대한 결정권이 있기 때문에 가능한 솔직히 의료 검진 결과를 말해주는 것이 중요하다. 하지만 이에 대한 전제조건이 있다. 환자가 진단 결과를 받아들일 준비가 되어 있어야 한다.

가정의학과 H 교수님께서는 위암 말기로 호스피스 병동에 입원했던 한 환자분을 떠올리셨다. 위암 치료를 담당했던 외과에서는, 그에게 '이제 가망이 없다'라고 말했다. 이 말이 할아버지께 큰 좌절감을 안겨 준 듯하다. 호스피스 병동에 입원한 그는 암성 통증 조절도 잘 되었고, 퇴원도 가능한 상황이었지만 '나는 이제 사는 게 의미가 없겠네.'라고 장난스럽게 말씀을 하셨다. 결국 할아버지는 퇴원한 지 얼마 되지 않았을 때 자택에서 스스로 생을 마감하셨다. 교수님은 그 소식을 듣고 안타까움에 마음이 무거워졌다고 하셨다.

종양내과 L 교수님은 환자의 성격과 상태에 따라 설명의 속도를 조절하신다고 하셨다. 환자 한 명 한 명이 다른 만큼, 그들이 죽음 앞에 있을 때 면담하는 방식에도 차이를 둬야 한다고 하셨다. 항암 치료에 큰 고통을 호소하시는 분들에게는 만약 항암제의 치료 효과가 별로 없다 하면 사실대로 그냥 이야기하는 게 낫다고 하셨다. 반면에 '죽는 한이 있더라도 치료를 계속 받겠다'라고 말씀하시는 분들에게는, 직접적으로 회복 가능성이 떨어진다고 밝히면 위험할 수 있다고 하셨다.

환자가 '이 의사가 나를 포기했구나'라는 오해를 할 수 있기 때문에 가족과 먼저 대화를 나눈다고 하셨다. 환자가 치료를 계속하려고 하는 이유가 뭔지, 평소 의지하던 사람이 있는지 등을 파악해 그들에게 도움을 요청하기도 하셨다.

소화기내과 L 교수님은 환자에게 조금씩 정보를 전달하는 기술을 알려주셨다.

"췌장암 환자에게 전이가 있다고 할 때, 처음에는 '전이가 조금 있다.'고 이야기합니다. 간과 폐에 모두 전이가 있다면, 처음에는 간 전이를 먼저 설명하고, 이후 폐전이도 말씀드리죠. 이렇게 범위를 조금씩 넓혀 나갑니다."

이 방식은 환자가 한꺼번에 모든 정보를 받아들이며 느낄 충격을 줄이고, 자신의 몸 상태를 점진적으로 이해할 수 있게 한다.

나쁜 소식을 전하는 데 정답은 없는 것 같다고 느꼈다. 결국 이를 받아들이는 것은 환자 개인의 특성에 따라 너무나도 다를 것이기에… 중요한 것은 환자가 인생의 마지막을 더 잘 준비할 수 있도록 돕겠다는 마음가짐이 아닐까?

환자가 소식을 들었을 때 가장 큰 좌절감을 느끼는 지점이 무엇일지 고민하는 의사가 되고 싶다. 오랫동안 해오던 취미 활동을 더는 할 수 없다는 사실일지, 사랑하는 가족과 함께할 시간이 없다는 아쉬움일지, 아니면 또 다른 불안감일지.

정보를 전달하기 전에, 그 수신인의 특성을 꼼꼼히 살피고 그들의 마음을 헤아리고 싶다.

이것이야말로 진정으로 환자를 위하는 태도라고 생각한다.

"누군가에게 불편한 진실을 알릴 때, 상대의 감정을 어떻게 배려할 수 있을까요?"

Q. 죽음에 대해 의연해 보이는 환자에게는 어떤 방식으로 면담하시나요?

A. 구분할 필요가 없다고 생각해요. 왜냐하면 환자는 이제 그러려고 노력하는 거잖아요. 저한테 그런 모습을 보여주고 싶은 거고요.

– 완화의학과 P 교수님

정신건강의학에 대해 배우다 보면 다양한 방어기제에 대해 접하게 된다. 받아들이기 어려운 현실 앞에서 인간이 어떻게 반응하고, 자신을 어떻게 보호하려 하는지를 살펴보는 개념이다. 어떤 사람은 극심한 고통을 유머나 예술과 같은 창작 활동으로 승화시키기도 하지만, 보다 미성숙한 방식으로 반응하는 경우도 있다. 예를 들어, 고통스러운 상황을 무의식적으로 '부정'하는 것, 심리적인 불편함을 배가 아프다는 식의 신체 증상으로 표현하는 '신체화' 등이 있다. 이 외에도 여러 유형이 있는데, 그중 하나가 바로 '격리(isolation)'라는 방어기제다. 이는 고통스러운 생각과 감정을 분리함으로써 스스로를 지키려는 반응이다. 예를 들어, 강박적인 사람이 감정적인 동요 없이 담담하게 분노나 상처를 설명할 때, 우리는 그가 자신의 감정을 '격리'하고 있다고 볼 수 있다.

죽음에 관한 인터뷰 질문지를 구성하면서, 환자 역시 이러한 '격리'를 통해 두려움을 감추고 있을 수 있다는 생각이 들었다. 정말로 죽음을 담담히 받아들여서 의연해 보이는 것과, 도저히 마주할 수 없는 절망을 무의식적으로 감춰내는 것은 분명 다르다. 특히 후자의 경우, 그 억눌린 감정이 언제 터질지 알 수 없기 때문에 오히려 눈물을 쏟는 환자보다 더 위험하게 느껴지기도 했다. 의사가 된 이후, 누군가의 내면에 자리한 두려움을 알아차리지 못한 채 '이분은 준비가 되셨구나'라고 착각하고 무심히 지나친다면 어쩌지, 걱정이 앞섰다. 그래서 교수님들께 질문을 드리게 되었다. "죽음에 대해 의연해 보이는 환자에게는 어떤 방식으로 면담하시나요?"

대부분의 교수님들은 죽음에 대해 의연해 보이는 환자를 만났을 때, 그 태도를 단정 짓지 않고 꾸준히 경과를 지켜보며 감정의 변화를 관찰한다고 말씀하셨다. 지금 당장은 환자의 생체 징후가 비교적 안정되어 있어 죽음이 실제처럼 다가오지 않을 수 있으므로, 시간이 지나며 그 인식이 어떻게 달라지는지를 유심히 살펴본다는 것이다. 언어로 드러나는 말뿐 아니라, 표정이나 태도 같은 비언어적 표현, 그리고 환자의 말에서 나오는 맥락을 함께 고려해야 한다는 의견도 있었다. 환자가 정말로 죽음을 담담히 받아들이고 있는지, 아니면 감정을 억누르고 있는지를 파악하기 위해서는 결국 어느 정도의 직감이 필요하다는 것이었다.

완화의학과 P 교수님은 조금 다른 시선을 보여주셨다. 우리의 질문에 교수님은 이렇게 답하셨다.

"구분할 필요가 없다고 생각해요. 왜냐하면 환자는 이제 그러려고 노력하는 거잖아요. 저한테 그런 모습을 보여주고 싶은 거고요."

P 교수님은 환자의 의연함이 진짜인지, 혹은 감정을 숨기기 위한 일종의 방어인지 굳이 구별하려고 들지 않는다고 했다. 중요한 건 지금 환자가 '의연해지고 싶어 하는 마음'을 표현하고 있다는 것이며, 의사는 그 마음 자체를 있는 그대로 받아들여야 한다는 것이다. 다만 교수님은 이런 이야기도 함께 덧붙이신다.

"환자분께서 98%, 99% 정도는 의연할 수 있어요. 그럼에도 불구하고 1% 정도는 불안감이 있을 수 있고, 부정하고 싶고, 우울하고, 분노할 때도 있을 수 있어요. 그런 1%가 충분히 있을 수 있고, 이런 감정이 올라오면 저희 의료진뿐만 아니라 사회복지사, 혹은 다른 도움을 주실 수 있는 분들과 상담을 하거나 이야기를 나누실 수 있어요."

그 이야기를 들으며 '진짜'와 '가짜'를 이분법적으로 나누려 했던 나 자신이 부끄러웠다. 한 사람의 내면에는 다양한 자아가 공존한다. 어떤 자아는 죽음을 담담히 받아들이려 하고, 또 다른 자아는 여전히 두려움 속에 머물러 있다. 어떤 자아는 자신의 감정을 고스란히 드러내고 싶어 하고, 또 어떤 자아는 그 감정을 말없이 감추고자 한다. 나는 그 복잡한 마음의 결들을 단순화시키며, 이 자아는 진짜고 저 자아는 가짜라고 판단하려 했던 것이다.

하지만 인간 안에는 크고 작은 감정의 조각들이 얽혀 있다. 어떤 감정은 서슴없이 꺼내 보일 수 있지만, 또 어떤 감정은 그러고 싶지 않거나 아직 꺼낼 준비가 되어 있지 않을 수도 있다. 혹은 지금 이 순간 자신의 감정이 무엇인지조차 인식하지 못하는 상태일 수도 있다. 의사의 역할은 바로 그 틈을 섬세하게 알아차리고, 환자가 자신의 감정을 말로 꺼낼 수 있도록 조심스럽게 돕는 일이다. 환자의 마음이 조금씩 열릴 수 있도록 안정되고 신뢰 가득한 공간을 만들고, 그 공간 안에서 표현된 모든 감정을 있는 그대로 받아들일 수 있는 용기가 의사에게 필요하다.

정신건강의학과 P 교수님은 환자를 면담하는 데 있어 가장 중요한 기술은 '안정된 심리적 공간을 만드는 것'이라고 말씀하셨다. 의사가 꼭 대단한 말을 하지 않더라도, 환자가 환대받고 있다고 느끼며 편안하게 자기 자신을 드러낼 수 있도록 돕는 그 공간 자체가 진료의 핵심이라는 것이다.

"그래서 수련을 받는 의사선생님들한테도 계속 말 자체의 콘텐츠에 너무 신경 쓰지 말고 환자와 본인이 그 공간을 자꾸 만드는지, 그리고 눈에 보이지 않는 것들이 뭐가 오가는지를 자꾸 보면서 면담을 하라고 얘기를 하거든요. 환자분들도 알아요, 이 공간이 어떤 공간인지, 무슨 의미가 있는지를요.

그러한 공간을 같이 형성해 가는 것이 의사가 할 일이에요. 그래서 어떠한 한 순간에, 뭔가 조금 더 부드럽고 조금 더 존중받고 환영받고 따뜻한 그 분위기에서 이제 환자분들이 힘을 얻고 그 힘을 통해서 환자분들이 특정한 질문에 대해서도 어떤 날은 이런 생각을 말씀하시기

도 하고, 다음 날은 또다른 생각을 하시기도 하고 할 수 있게 말이에
요. 그러한 상황에서 환자들은 의사가 던지는 질문에 대해 대답을 명
확하게 하지는 못할지언정 또 그럭저럭 지내시다가 돌아가시기도 하고
그래요."

누군가의 죽음 앞에서, 말보다 더 중요한 '공간'을 함께 만들어나가
는 사람이 되고 싶다. 침묵 속에서 기다릴 줄 알고, 있는 그대로의 감
정을 함께 견디는 법을 아는 사람이 되고 싶다. 환자가 보여주는 태도
를 얕게 해석하지 않고, 또 너무 깊이 파헤치려 들지도 않으면서, 그가
지금 할 수 있는 표현을 최대한으로 존중하는 태도를 갖고 싶다. 환자
가 털어놓는 '1%의 마음'이라도 들어주는 의사가 되고 싶다. 환자가 자
신 안의 여러 감정 중, 지금 당장 꺼내고 싶은 마음 하나를 조심스레
내보였을 때, 그 마음이 거절당하지 않을 것이라는 확신을 줄 수 있는
사람, 그런 의사가 되고 싶다.

*"겉으로 괜찮다고 말하는 사람의 속마음을, 끝까지 기다려본
적 있으신가요?"*

Q. 죽음에 대해 어떻게 접근하시나요?

A. 나는 솔직한 게 최고라고 생각해요.

– 정신건강의학과 K 교수님

"죽음이 두려우신 거예요?"

"죽음에 대한 준비는 많이 하고 있으신가요?"

죽음이라는 주제는 일상 대화 속에서 자주 등장하지 않았다. 삶과 죽음에 대해 논하기보다는 현실에 닥친 많은 문제를 해결하기에 바빴을뿐더러 세상에 있는 다른 재미있는 일들로도 대화 주제가 충분했기 때문이다. 물론, 죽음에 대해 아예 이야기하지 않은 것은 아니었다. 하지만 내가 주로 다른 사람들과 얘기했던 죽음에 관한 대화는 매우 추상적이었다. '한 사람이 이 세상에서 겪게 되는 모든 것들을 뒤로 하고 사라진다.'는 식으로 죽음에 이르는 거의 모든 과정을 생략한 채 결과만을 언어로 표현하는 것이 대부분이었다.

건강한 사람들 사이에서는 가끔 힘들다는 생각이 들 때 '차라리 죽고 싶어.'라는 말이 무심코 나오기도 했다. 그러나 그 대상이 실제로 죽음과 가까운 사람이라면, 정말로 말기 암을 앓고 있는 친척이나 할아버지, 할머니가 대상이었다면 비슷한 말을 입 밖에 꺼내지도 않았다. "할머니 곧 돌아가셔?" 같은 말은 차마 할 수 없었다. 그런 말을 하면 마치 내가 그분의 존재를 세상에서 지워버리는 것만 같았다. 이런 말에 혹시나 할머니가 상처받지는 않으실까 걱정도 되었다.

죽음을 앞둔 이들의 가족 역시 타인에게 "가족이 죽음에 가까워지고 있어요"라고 말하기를 꺼리는 듯했다. 갑작스레 친척이 돌아가셨다는 소식을 들은 적이 있었다. '분명 전에 봤을 때는 건강하셨던 것 같은데, 언제부터 이렇게 아프셨던 걸까?'라는 의문을 품고 장례식장에 가보면, "사실 그분은 오래전부터 아프셨는데, 걱정할까 봐 굳이 말하지 않았어요."라는 답을 듣기도 했다. 아마도 그 당시 막 성인이 된 내게 충격이 될까 봐, 그분들이 일부러 말을 아끼셨던 건지도 모른다.

"죽음에 대한 여러 감정을 느끼고, 그런 문제를 겪으면서도 환자 자신이 잘 말하지 못할 때가 있거든요. 그런 맥락이 느껴지면 다짜고짜 묻지는 않지만, 정확하게 질문해요. 쉽게 말하면 환자분께 '죽음을 두려워하시는 것 같아요'라고 이야기하거나, '본인의 상태가 어떻게 될 거라고 생각하시나요?'라고 여쭤보죠."

정신건강의학과 K 교수님은 죽음에 대해 이야기할 때 환자가 솔직하게 자신의 생각을 털어놓을 수 있도록 돕는다고 하셨다. 교수님은 환자가 두려움 때문에 판단을 두리뭉실하게 하며 넘어가게 되면 오히려 많은 것을 놓칠 수 있다고 말씀하셨다.

"생각보다 죽음에 대해 직접적으로 이야기할 때 거부하는 환자를 거의 못 봤어요. 오히려 좋아하는 사람도 있어요. …의외로 선생님들이나 다른 의료진이 그런 언급을 해주길 바라는 사람도 많아요. '제가 병원을 몇 년을 다녔는데, 이 얘기를 처음 꺼내주신 분이 선생님이십니다'라는 말을 자주 들어요."

교수님께서는 죽음에 대해 직접적으로 언급했을 때 오히려 안도감을 느끼는 환자들이 많았다고 하셨다. 그들도 혼란스러워 전문가의 의견을 듣고 싶었지만, 해당 주제를 먼저 꺼내기 어려웠다는 것이다.

죽음에 대한 불안과 공포를 이야기하던 환자가, 대화를 이어가는 동안 자아가 강해지면서 삶과 죽음을 별개로 생각하지 않게 되었던 사례도 있었다고 한다. 암이 재발하여 7~8년 정도 항암치료를 받으며 죽음을 두려워하셨던 그 환자는 면담 끝에 '죽을 것 같고, 죽는 게 무서워서 아무것도 못 하는 게 아니라 할 건 다 하면서 최선을 다하다가 딱 놓고 가는 게 인생이다'라는 깨달음을 얻으셨다고 한다. 그 후 공포에 빠지기보다는 생의 마지막까지 최선을 다하며 생을 아름답게 마무리하셨다고 한다.

교수님과의 대화를 통해, 인생의 많은 것이 그렇듯 언젠가 맞이해야 할 죽음이라면 두렵더라도 회피하지 않고 대면하는 것이 필요하다고 느꼈다. 그래서 나는 죽음에 대해 고민하고, 공부해야겠다. 나중에 내가 만날 환자들, 그리고 내 주변 사람들을 위해서도, 나 자신을 위해서도 말이다.

"사랑하는 이와 죽음에 대해 솔직한 대화를 시작해야 한다면, 당신은 첫마디로 어떤 말을 건네시겠습니까?"

Q(1). 그들에게 안정감을 줄 수 있을까요?

A(1). 저 의사는 내가 뭐가 불편한지 다 알고 있어 그 정도만 돼도 환자는 불안감이 훨씬 덜해져요.

– 호흡기내과 L 교수님

환자의 입장에서 의사를 볼 때와 실습생의 입장에서 의사를 볼 때 그 느낌은 사뭇 달랐다. 중·고등학교 시절, 환자로 병원을 찾았을 때는 "의사선생님께서 나에게 시간을 더 쏟아주셨으면 좋겠는데"라는 생각이 들곤 했다. 옛날에 어떤 문제가 있었고, 지금 어떤 부분이 걱정되는지를 더 말하고 싶었지만, 진료 시간이 너무 짧다고 느꼈다.

그런데 대학병원에서 실습을 돌며 교수님의 진료 모습을 지켜보고, 일부나마 그들의 일상을 경험하자 생각이 달라졌다. "이 환경에서는 시간을 많이 내기가 정말 어렵구나. 교수님도 할 일이 너무 많으시구나." 느꼈다.

지인 K 역시 비슷한 경험을 했다.

"어머니께서 대학병원에 자주 다니셨는데, 처음에는 진료 시간이 너무 짧아 아쉬웠어요. 그런데 지금은 그 바쁜 걸 이해하게 됐어요. 한국에서는 어쩔 수 없는 거라고 하더라고요."

대학병원의 진료 시간은 지극히 한정적이다. 환자는 하루 종일 고통받고 있는데, 의사는 진료 시간이나 회진 시간에 잠깐 만난다. 그렇다면, 의사가 환자 곁에 오래 머무를 수 없는 상황에서도 환자가 안정감을 느낄 수 있도록 하는 방법은 무엇일까? 교수님들의 노하우가 궁금해 여쭤보았다.

"환자와 신뢰 관계를 쌓는 게 중요해요. 여러 방법이 있지만, '저 의사가 내가 말하는 것을 잘 듣고 있다'라는 인식을 주는 게 핵심입니다. 환자는 어젯밤 허리가 아파 잠을 설쳤고, 어제 겪은 일을 다 말하고 싶어 해요. 그런데 심장내과 의사는 가슴이 아팠는지만 듣고 싶고, 호흡기내과 의사는 숨이 찼는지만 궁금해하죠. 그래서 환자가 이런저런 얘기를 하면 잘 안 듣기도 해요.

그런데 환자는 그런 이야기를 통해 자신이 겪고 있는 고통을 의사에게 표현하고 싶어 해요. 그래서 '내 말을 의사가 알아들었다'는 느낌을 주면 환자는 '저 의사는 내가 뭐가 불편한지 다 알고 있어'라고 생각하고 안심하게 됩니다. 그 정도만 돼도 환자의 불안감은 훨씬 줄어들어요."

호흡기내과 L 교수님께서는 환자의 이야기가 치료와 직접적인 관련이 없다고 느껴지더라도 귀 기울여 듣는 것이 중요하다고 강조하셨다. 환자의 상태를 의사가 충분히 이해하고 있다는 확신만으로도 안정감을 줄 수 있다는 것이다.

이야기를 듣고, 실습 중 보았던 다른 교수님들의 모습이 떠올랐다. 환자가 전문 분야와 관련 없는 질문을 하면 "그건 제 영역이 아니니,

다른 과 선생님께 말씀해 주세요."라고 하던 몇몇 교수님들이 계셨다. 아마 교수님들께서는 자신이 전문적 해결책을 제시할 수 없다고 생각했기 때문에 그러셨을 것이다. 하지만 환자가 말하고 싶어하는 정보 이면에는 의사에게 의지하고 싶은 불안한 마음이 숨어 있을 수도 있다.

그래서 문득, 그 당시 교수님께서 이런 식으로 말씀하셨다면 어땠을까 하는 생각이 들었다. "아, 그런 점이 불편하셨군요. 힘드셨겠습니다. 그 부분은 저희가 다른 과 선생님께 협진을 요청드릴게요. 거기에서 한 번 더 말씀해 주시면 좋겠습니다."

가끔 환자의 이야기를 듣는 것이 귀찮고 힘들게 느껴질 때도 있을 것 같다. 그러나 과거 환자로서 의사를 만났을 때의 내 감정을 떠올려야겠다. "이 의사 선생님께서 나에게 더 많은 관심을 가져주셨으면 좋겠다"던 그 마음. 의사를 만나는 시간은 환자에게 매우 한정적이다. 그렇기에 의사로서 환자를 만나는 그 짧은 순간만큼은 최선을 다해 들어주는 사람이 되고 싶다. 환자가 더 큰 신뢰와 안정감을 느낄 수 있도록 말이다.

"몇 초간의 따뜻한 위로가 당신을 다독였던 기억을 떠올려 보시겠습니까?"

Q(2). 그들에게 안정감을 줄 수 있을까요?

A(2). 우리는 한 팀이다. 이거를 좀 많이 강조를 하는 편이에요.

– 혈액내과 P 교수님 & 순환기내과 S 교수님

고등학교 때 소록도로 봉사활동을 간 적이 있다. 소록도는 과거에 한센병[3] 환자들이 격리되어 생활하던 섬으로, 지금도 과거 병의 후유증을 가진 분들이 치료와 생활을 이어가는 곳이다. 한센병은 한센균에 감염되어 피부와 신경이 손상되는 질환으로, 피부에 반점이 생기거나 신경 손상으로 감각이 무뎌지는 증상이 나타난다. 과거에는 치료가 어려워 큰 고통을 겪는 경우가 많았지만, 현대에는 치료제가 있어 조기 치료를 통해 병의 진행을 막을 수 있는 질환이 되었다. 하지만 여전히 병이 남긴 흔적은 삶의 많은 부분에서 불편을 줄 수 있다.

'한센병 후유증이 남은 환자분들은 일상생활을 하는 데 불편한 점

---

3 **한센병**: 한센균에 감염되어 피부와 신경이 손상되는 질환으로, 피부에 반점이 생기거나 신경 손상으로 감각이 무뎌지는 증상이 나타난다. 과거에는 치료가 어려워 큰 고통을 겪는 경우가 많았지만, 현대에는 치료제가 있어 조기 치료를 통해 병의 진행을 막을 수 있는 질환이 되었다.

이 많이 있으시겠지? 내가 좋은 마음으로 도와드리면 되겠구나.'라는 가벼운 마음으로 봉사활동에 참여했었다. 어르신들 집 앞에서 인사를 드리며 말했다.

"제가 뭐 도와드릴 일 없을까요?"

"도울 것 없으니까 놀다 가."

마을에 계신 어르신들은 나에게 일을 맡기지 않으려 하셨다. 분명 도움이 필요한 일이 있을 텐데, 왜 그러실까? 처음에는 당황스러웠다. 할 일이 없어 아침 드라마를 보며 시간을 보내다가, '이렇게 봉사활동을 끝낼 순 없다.'는 마음에 다시 마을로 내려갔다.

"혹시 제가 집안 정리를 도와드려도 괜찮을까요?"

조금 더 할 일을 찾고자 하고, 어르신들과 가까워지려고 노력하자 생각보다 할 일이 많았다. 어르신께서는 손수 하신다며 극구 만류하셨지만 집안 청소를 도와드렸고, 마을에서 단체로 나눠주는 고기 반찬을 심부름으로 가져다드리기도 했다. "막상 찾고 보니 할 일이 있었는데, 왜 처음에는 일을 맡기지 않으셨을까?" 내심 궁금했다.

그러던 중, 마을에 오래 사셨던 한 할머니께 이유를 들을 수 있었다. 할머니께서는 어차피 봉사자들과 정을 붙이고 이야기를 해도, 곧 갈 사람들이기 때문에 마을 주민들이 굳이 외부인들과 말을 섞지 않는 경우가 있다고 하셨다.

그 당시에는 어린 마음에 고등학교를 졸업하고 나서 다시 이곳에 오리라 다짐했다. 그러나 대학에 가고, 새로운 지역에서 생활하며 결국 그곳에 다시 가지 못했다. 친했던 할아버지와의 통화 한두 번이 마지막이었다. 그것은 지금도 내게 마음의 짐으로 남아 있다.

'마음만은 그곳에 다시 가고 싶지만, 현실적으로 시간이 부족하면 의미가 없는 것들이 있구나. 말을 함부로 하지 말아야겠다.'는 교훈을 얻었다.

이 경험은 의사가 환자에게 안정감을 줄 방법이 있을지를 고민하게 된 또다른 이유였다. 현실적으로 시간이 부족한 상황에서도 환자에게 어떻게 안정감을 줄 수 있을까? 아무리 시간을 내고 싶은 마음이 있어도, 현실적으로 가능하지 않다면, 어떤 방법이 있을까 궁금했다.

"항상 곁에 있어주는 게 불가능해 보일 때, 저는 전공의 선생님, 간호사 선생님, 그리고 우리가 한 팀이라는 걸 강조해요. 주말에 제(=교수님)가 없더라도, 학회를 가느라 자리를 비워도 전공의 선생님이 저와 연락할 수 있으니 걱정하지 말라고 말씀드리죠. 항상 누군가가 환자분을 돌보고 있고, 모든 정보가 의사에게 전달된다는 걸 환자분께 알려주려고 해요."

혈액내과 P 교수님을 비롯한 여러 교수님들이 제시한 해결책은 '팀 중심 접근법'이었다. 의사가 환자 곁에 항상 있을 수 없더라도, 팀으로 환자를 돌본다는 점을 환자에게 확신시켜 안정감을 주는 것이다. 병동의 간호사, 수녀님, 사회복지사, 자원봉사자 등 다양한 사람들이 함께 환자를 위해 노력한다는 점도 강조하셨다.

"환자만 보는 게 아니고요. 환자의 옆에 있는 가족들에게 환자의 정신적, 육체적 상태에 대해 좀 더 물어보고, 그분들의 걱정거리에 대해 공감을 해주고 확인해 주면 좀 더 도움이 됩니다."

순환기내과 S 교수님은 환자의 가족과 함께 상담하며 지지체계를 만들어주는 것도 중요하다고 말씀하셨다. 환자의 곁에 의사보다 오래 머물러 있는 사람은 결국 가족이니, 가족에게 의지가 되어주는 것 역시 결국 환자에게 도움이 된다는 것이었다.

교수님들의 답변을 듣고 내가 환자에게 안정감을 주는 사람을 의사로만 한정해 생각하고 있었다는 점을 깨달았다. 환자의 가족, 간호사, 사회복지사 등 병원에 있는 모든 사람들이 환자가 평안함을 느끼게 하는 데 기여할 수 있다. 오히려 그들은 의사보다 환자 곁에 오래 머물며 세심하게 보살펴줄 수 있는 사람들이다.

의사가 모든 일을 혼자 해결할 수 있다는 착각에 빠지지 말아야겠다. 환자의 안정감은 의사 한 사람의 노력만으로 만들어지는 것이 아니다. 환자를 돌보는 다른 팀원들과 긴밀히 협력하며 서로의 노력을 존중하고, 그들의 전문성을 신뢰하는 것이 중요하다. 환자 곁에 오래 머물 수 없는 상황에서도, 의사는 팀워크를 통해 환자와 가족에게 믿음을 줄 수 있다. 환자가 팀 전체의 보살핌 속에서 안정감을 느낄 수 있도록, 나는 환자 중심의 팀워크에 적극적으로 참여하는 의사가 되고 싶다.

"지금 곁에 당신을 지지해 줄 사람이 얼마나 되는지 떠올려 볼까요?"

생각 정리:
'그들과 우리'에서 '우리들'로

환자에게 어떻게 말하는 것이 도움이 될까? 내가 무엇을 더 해줄 수 있을까?

병원 실습을 하면서 가장 많이 고민했던 부분이었다. 나는 이 질문에 대한 답을 교수님들로부터 배우고 싶었다. 환자를 대하는 노하우를 전수받고 싶었다.

이 글을 마무리하며 느낀 것은 크게 두 가지였다.

먼저, 이 물음에 대한 답을 찾기 어려웠던 이유는 그 열쇠가 나에게 있지 않았기 때문이었다. '환자에게' 도움이 될 수 있는 말하기의 정답은 나에게 있지 않았다. 교수님들께도 있지 않았다. 그 해결책은 환자들에게 있었다. 환자가 느끼는 불안감, 평소의 가치관, 그리고 개인적인 경험은 모두 다르다. 때문에, 환자 한 명 한 명에게 적합한 답은 달라질 수밖에 없다. 더 나아가, 앞선 글들에서 이야기했던 것처럼, 환자 역시 우리 주변에서 흔히 볼 수 있는 평범한 사람들이다. 그리고 나 또한 언젠가 환자가 될 수 있는 사람이다.

결국 '환자'라는 집단은 별개의 존재가 아니라, 우리가 일상적으로 마주하는 사람들과 다를 게 없다. 그렇다면 환자를 대하는 방식은 곧 주변 사람들을 대하는 방식과 크게 다르지 않을 것이다. 이렇게 생각해보니, 나는 세상 어려운 난제에 도전하고 있었던 셈이다. '세상 모든 사람과 어떻게 관계를 맺는 것이 좋을까?'라는 질문을 던지고 있었기 때문이다.

다만, 이것만은 확실했다. 환자마다 다 다르기 때문에, 그들을 대할 때, 내가 이미 익숙해진 습관이나 방법, 그리고 과거에 잘 통했다고 생각했던 방식에 안주하면 안 된다. 항상 마음을 새롭게 하고, 매번 처음 만나는 사람을 대하듯 환자를 마주해야 한다.

두 번째로 느낀 점은, '말기 환자에게 어떤 말을 해야 할까?'라는 질문이 '죽음 앞에서 우리는 어떻게 대처해야 할까?'라는 질문과도 맞닿아 있다는 것이었다.

이 두 질문 모두 본질적으로는 무력감을 마주하는 법을 묻고 있다. 막막하고 답이 없어 보이는 상황에서, 우리는 무엇을 할 수 있을까? 교수님들의 조언 속에는 그 답이 담겨 있었다.

- 죽음에 대한 질문을 회피하지 않기
- 사소해 보이는 것이라도 꼼꼼히 챙기기
- 내가 할 수 없는 일이라면, 주위 사람들의 도움을 빌리기
- 현실적으로 가능한 희망에 집중하기

결국 무력감을 견디고 대처하는 방법은, 이렇게 현실적인 선택과 주변의 도움에 의지하는 데 있었다.

결론적으로, 이 챕터의 제목을 '그들과 우리의 관계'에서 '우리들의 관계'로 바꾸고 싶다.

이 글은 단지 '환자'라는 특수한 집단과 '의사'라는 또 다른 집단 사이의 관계만을 다룬 글이 아니기 때문이다. 글을 쓰며 나는 환자를 대하는 법을 고민하는 일이, 곧 사람과 사람이 관계를 맺는 방식을 탐구하는 과정이라는 것을 깨달았다. 이 문제는 단순히 환자에게 도움이 되기 위해서만 중요한 것이 아니다. 이는 나 자신이 느끼는 허탈함과 무력감을 극복하는 방법이 될 수 있기도 하다.

죽음을 앞둔 환자에게 어떻게 대하는 것이 최선인지는 정해진 답이 없다. 다만, 그때그때 '우리들'이 서로 관계를 맺어가며 함께 답을 찾아가는 과정이 있을 뿐이다.

이것이야말로 우리가 마주해야 할 진정한 관계의 모습이 아닐까 싶다.

제 4 장

의료진도 힘들지 않나요?

들어가는 글

'아, 교수님 진료 빨리 끝났으면 좋겠다.'

대학 병원에서 실습을 돌던 시간들은 분명 감사하고도 뜻깊은 시간이었다. 학생 신분으로 많은 환자를 만나고, 어깨 너머로 수술도 참관하고, 교수님들께 많은 지혜를 배울 수도 있었다. 하지만 그 시간은 동시에 너무나 버거웠다.

"이 환자한테 내가 왜 이 검사를 했을 것 같아?", "이 심전도를 보고 어떤 것을 떠올려야 하지?"라는 교수님의 질문에 아는 게 별로 없다는 사실을 깨닫고 부끄러움을 느끼곤 했다. 환자를 문진하고 관련 자료를 찾기 위해 도서관과 인터넷을 뒤지는 과정도 쉽지 않았다. 본과 2학년까지는 강의록만 달달 외우면 됐지만, 이제는 능동적으로 자료를 찾아 발표해야 한다.

체력적으로도 힘들었다. 교수님을 따라 아침 회진부터 시작해, 길게는 10시간 넘는 수술을 서서 참관하고, 수십 명의 환자를 진료하는 모습을 지켜보다 보면 지칠 수밖에 없었다. 피곤함에 '빨리 끝났으면 좋겠다'는 생각이 들 때도 있었다.

죄책감과 무력감이 뒤섞여 밀려올 때도 있었다. 환자 입장에서는 '병원에 오려고 예약을 잡고, 일상에서 겨우 시간을 내어 왔는데 꼼꼼한 진찰을 받는 건 당연하지'라는 마음이 충분히 이해됐다. 그러면서도 '하지만 환자가 너무 많고, 주어진 시간은 너무 짧은데... 모든 환자를 보려면 결국 진료를 빨리 볼 수밖에 없잖아' 하는 현실적인 마음이 자주 부딪쳤다.

심각한 질병을 앓는 환자를 보면서 '이 분에게는 정말 큰일인데, 나는 잠이나 자고 싶다는 생각만 하고 있네'라는 생각이 들면 부끄러웠다. 치료가 제한적이어서 증상 조절만 가능한 질병 앞에서는, '아, 이 환자가 점점 나빠지는 걸 막을 수가 없구나'라는 허탈함이 밀려오기도 했다.

자연스럽게 병원 실습이 너무 힘들다는 생각까지 들었다. 심지어 나는 환자를 직접 진료하고, 치료하지 않는 학생의 입장이었는데도 말이다.

이러한 고민 속에서 깨달았다. 좋은 의사가 되기 위해서는 환자의 진료 질을 높이는 것뿐만 아니라, 의사로서 자신의 신체적, 정신적 건강도 챙겨야 한다는 것을.

그래서 교수님께 다음과 같은 질문을 드렸다.

'말기 환자를 대하면서 힘든 점은 없으셨나요?'

교수님께서도 죽음을 자주 보면서 허무주의에 빠질 때가 있는지 궁금했다. 죽음을 맞이하게 되면 '아, 어차피 우리는 모두 죽는구나'라는 감정이 생기지는 않는지, 그리고 어쩌면 정이 들었던 환자와 이별하면서 고통을 느끼지는 않는지 궁금했다.

또한 환자가 죽음을 맞이할 때 죄책감을 느끼지는 않을까 하는 의문이 들었다. 의사가 환자를 '치료'하는 존재로 여겨지다 보니, 환자가 세상을 떠났을 때 책임감을 느끼거나 예기치 못한 죽음에 미안함을 느끼지는 않을까 알고 싶었다. 특히 예측된 수명 이전에, 혹은 갑작스럽게 질병이 악화되어 환자가 세상을 떠나는 경우라면, 의사도 큰 혼란감을 겪는 건 아닐까 싶었다.

이러한 소진감을 어떻게 극복하는지도 궁금했다. 의사로서 이런 고민을 털어놓을 만한 곳이 있는지, 아니면 스스로 참고 견디는 경우가 많은지 알고 싶었다. 의대생 시절을 떠올려 보면, 나 역시 힘든 감정을 나누기가 어려웠던 기억이 있다. 나와 비슷한 경험을 공유하는 사람이 많지 않았고, 바쁜 일상 속에서 '이런 고민은 사치야. 당장 내 앞의 과제나 잘하자'라고 마음을 다잡으며 힘든 마음을 애써 덮어두곤 했다. 그렇기에 경험이 더 많으신 교수님들은 이러한 감정들을 어떻게 다루고 계실지 궁금했다.

좋은 의사가 되기 위해서는 환자를 어떻게 대해야 할지 뿐만 아니라, 의사로서 어떤 삶을 살아야 할지 명확한 가치관을 확립해야 할 것 같았다.

그래서 4장에서는 환자에게 좋은 의사가 되려면 어떻게 해야 하는가, 그리고 의사로서의 삶 도중에 찾아올 수 있는 소진감은 어떻게 극복해야 하는가, 웰다잉을 위한 의사의 역할은 무엇인가에 대해 다뤄보려 한다.

계속 이 일을 하면
무감각해지는 걸까?

"수술이 아무리 잘 되어도 지금 이 상태를 유지하는 정도이고, 더 좋아지지는 않을 거예요."

응급의학과 실습 중 만났던 뇌출혈 환자의 이야기가 지금도 선명히 떠오른다. 뇌 CT에서 출혈이 심각하게 보였고, 환자는 이미 돌이킬 수 없는 손상을 입은 상태였다. 환자를 응급실에 데려온 가족은, 평소 잘 지내던 환자가 연락이 닿지 않아 걱정되어 가보니, 대소변을 지린 채 쓰러져 있었다고 전했다. 급히 큰 병원으로 옮겼지만 이미 회복 가능성이 거의 없는 상태. 신경외과 의사 선생님은 보호자인 딸에게 냉철하게 환자의 상태를 설명하셨다.

"이미 뇌손상이 심해서 수술 안 하면 며칠 이내에 돌아가실 거예요. 수술을 해도 이미 뇌손상은 일어났고, 이 손상은 돌이킬 수 없어서 수술이 아무리 잘 되어도 지금 이 상태를 유지만 할 수 있지 더 좋아지지는 않을 거예요.”

딸이 듣기에는 지옥 같은 선고였을 것이다. 하루아침에 쓰러진 엄마가 곧 죽거나 평생 좋아지지 않을 거라니. 그러나 더 충격적이었던 것은 물건을 소개하는 것마냥 환자 상태를 설명하는 의사 선생님의 냉정한 말투였다. 수술 결정을 조금 이따 해도 되냐는 보호자의 물음에 ‘아뇨, 지금 해야 해요’라고 단호하게 말했고, 결국 수술을 결정했을 때에도 보호자에게 환자가 더 좋아지지 않을 거라고 단언하셨다. 그 말에 내 마음이 무너져내리는 듯했다.

물론 나는 설명을 하던 의사선생님의 속마음을 모른다. 그리고 그가 이 같은 상황을 얼마나 많이 겪어왔을지도 예측하기 어렵다. 그가 의사로서의 의무를 다한 것도 안다. 의사는 환자의 상태와 예후를 정확히 설명해야 하고, 말하기 힘든 진실일지라도, 환자와 보호자를 위해 전해야 할 때가 있다. 하지만 그 광경을 보며 마음이 무거웠다.

결국 나도 저렇게 되는 걸까? 저렇게 감정을 배제하는 것이 가장 덜 힘든 방법일까? 환자의 아픔에 하나하나 공감하게 되면 나 역시도 너무 힘들어지니까…

‘환자들의 죽음을 많이 지켜보면서 힘들지는 않으셨나요?’라는 질문에 많은 교수님들이 비슷한 답을 주셨다. 젊은 시절에는 힘들었지만, 시간이 지나면서 익숙해졌다고. 감정을 최대한 배제하려고 노력한다는 분들도 계셨다. 환자들의 고통에 계속 공감하다 보면 자신의 마음이 먼저 지쳐버리기 때문이다. 그리고 아무리 최선을 다해도, 의학적으로 어쩔 수 없는 상황을 자주 마주하게 되니 감정을 억누르는 것이

하나의 생존 전략처럼 보였다.

그렇지만 때로는 감정이 억눌리지 않는 순간들이 있는 것 같았다. 순환기내과 실습 중 만났던 한 장면이 떠오른다. 심장 상태가 좋지 않은 할아버지와 보호자인 할머니가 교수님께 수술 전 며칠 동안 병실에 입원할 수 없겠느냐고 요청하셨다. '먼 곳에서 왔다갔다 하기 힘들다, 며칠만 병상을 내주면 안되겠냐'는 그들의 물음에 교수님은 단호히 말씀하셨다.

"어머니, 이걸 제가 하고 싶다고 해 드릴 수가 없어요. 이게 다 병원이 하는 일이기 때문에…"

그런데 그 때 하얀 마스크 위로 보였던 교수님의 눈시울이 정말 붉었다. 말투가 정말 아무렇지 않아 보여서 '내가 잘못 본 건가' 싶을 정도였지만, 다시 봐도 분명 그랬다. '자신이 할 수 없는 일에 대해서 일부러 단호하게 말씀하시는 건가?'라는 생각이 들었다.

병원에 있다 보면 많은 환자들을 보게 될 것이다. 모든 환자들이 다 웃으면서, 병이 나아서 퇴원할 수 있다면 좋겠지만, 그렇지 않은 경우들이 더 많을 것이다. 의사는 환자들의 절망과 고통을 자주 맞이할 것이고, 그 속에서 자신을 지키기 위해 감정을 억누르고, 무감각해지는 과정을 겪는 것은 어쩌면 자연스러운 일일지도 모른다. 그렇지만 과연 그게 최선인가? 감정을 꼭 죽여야만 할까?

의사로서, 그리고 한 인간으로서 느끼는 감정들을 건강하게 해소할 수 있는 방법이 더 연구되었으면 좋겠다. 감정을 억누르고 회피하는 대신, 적절히 나누고 털어놓으며 회복하는 법이 마련된다면, 의료진도 더 오래, 더 행복하게 환자 곁을 지킬 수 있지 않을까 하는 바람을 품어본다.

"죽음에 익숙해지며 감정이 무뎌지는 순간, 우리는 무엇을 잃고 있는 걸까요?"

너무 바쁘다 보니까

이주 노동자를 대상으로 주말마다 무료 진료를 제공하는 곳에서 봉사 활동을 했던 적이 있다. 그곳에서 내가 맡았던 주된 역할은 '예·재진'[1], 즉 환자의 상태를 간단히 파악한 후 내과, 치과, 산부인과, 재활의학과 등 필요한 진료 부서로 연결해 주는 일이었다. 단순히 증상을 물어보고 부서를 배정하는 과정이라고 생각했지만, 실제로 해보니 결코 쉽지 않았다. 영어로 환자에게 증상을 묻고, 그에 따른 결정을 내리는 과정은 생각보다 많은 에너지를 소모했다. 4시간이 넘도록 예·재진 활동을 하는 동안 환자 한 명과 10분씩 대화를 나눌 때마다 온몸의 진이 빠지는 듯했다. 대학 병원에 있다 보면 교수님들은 4시간 동안 30~40명의 환자들을 기본으로 진료하시던데 새삼 대단하다고 느꼈다.

그러나 의사의 일은 단순히 환자를 진료하는 데에서 끝나지 않는다.

---

1 **예·재진**: 예진과 재진을 합친 말. 예진은 환자의 병을 자세하게 진찰하기 전에 미리 간단하게 진찰하는 일, 또는 그렇게 하는 진찰을 뜻하며, 재진은 의사와 초진을 한 후 다시 하는 진찰을 뜻함

질병에 대한 공부도 해야 하고, 수술과라면 수술도 해야 하고, 논문 연구에 다른 일들도 할 것들이 많다. 그러다 보면 자연스레 환자의 불행에 둔감해지게 될 것 같다. 이리 치이고, 또 저리 치이다 보니 이끼 낄 틈 없이 구르는 돌처럼, 감정이 싹틀 시간이 없게 되는 것이다.

나는 의과대학을 다니며 실습생 신분으로 병원에 머물렀다. 그 당시 환자를 치료하지 않았는데도, 그런데도 바빠서 환자의 불행에 선택적으로만 공감하는 나의 모습을 발견하고는 했다. 교수님의 진료를 참관하며 뒤에서 과제를 해야 할 때 특히 그랬다. 교수님 입장에서 이 과제는 학생에 대한 배려이다. 몇 시간 동안 당신이 환자에게 하는 말만 듣다 보면 지루하고 공부가 되지 않을 수 있으니 과제를 하며 해당 질병에 대해 공부해보라는 의도이다.

"방금 진료 봤던 환자가 앓고 있던 질병에 대해 공부해보고 이따가 나한테 말해줘."

교수님께서 위와 같은 과제를 주시면, 교수님이 진료를 보시는 동안 핸드폰으로 검색하며 해당 질병에 대해 공부하고는 했었다.

내과 실습을 돌던 그 날도 교수님께서 과제를 내주셨다. 진료가 끝나면 교수님께 대답을 해야 해서 열심히 찾고 있었는데 마지막 환자는 상태가 너무 안 좋아서 환자 대신 보호자인 아내와 두 딸이 왔다. 교수님께서 '환자 상태가 너무 안 좋아서 임종을 생각하셔야 한다. 이제 유지치료 하는 건 환자를 괴롭히는 거다, 보내줘야 한다.' 이렇게 단호하게 설명해서 아내분이 많이 우셨다. 우리 엄마쯤 되는 나이의 여성분이셨다. 그런데 나는 한 사람의 삶이 끝나고 한 가족의 가장이 죽을 준비를 해야 한다고 하는데 뒤에서 과제를 하기에 급급했다. 진료가 끝나면 교수님께서 질문을 하실 것이기 때문에 빨리 답을 찾아야 해서 그 모든 얘기를 다 들으면서도 흘리고 바쁘게 교과서와 강의록을 뒤졌다. 진료가 끝나고, 교수님께 답변을 드리고 진료실 밖으로 나오는데, 의자에 앉아 우는 어머니를 딸들이 달래고 있었다. 그런데 나는 아무 말도 해줄 수가 없었다.

그 일로 울적해하고 자괴감을 느낄 틈도 없이 학습실로 올라가서 내일 모레까지 완성해야 하는 환자 발표 준비를 했다. 환자의 사례를 공부하고, 진단 및 치료계획을 이해하기 위해 교과서와 논문을 뒤졌는데, '그래서, 질병에 대한 이해도는 높아졌어도, 내가 이 질병을 앓는 사람의 삶은 잘 알 수 있게 되는 것일까?' 하는 생각이 들었다. 질병을 앓고 있는 사람들은 다 제쳐두고 질병만 보고 달리는 것 같았다. 허무했다. 스스로가 한심하게 느껴졌다.

이 글을 쓰기까지 많은 고민이 있었다. 단순히 내가 느끼는 체력적, 정신적 피로 때문에 환자에게 공감할 여유가 없었다는 핑계를 대는 것처럼 보일까 두려웠기 때문이다. 그러나 이 주제를 다루지 않고 지나칠 수 없었던 이유는, 의사가 느끼는 소진감의 중요한 원인 중 하나가 바로 '너무 바쁜 환경'일 수 있다는 생각 때문이었다.

친절과 공감은 여유로움에서 비롯된다고 생각한다. 여유가 없는 상태에서 환자에게 진심으로 다가가기는 쉽지 않을 것이다. 따라서 의료진의 소진감을 해결하기 위해, 물리적 피로를 줄이고 여유를 확보할 수 있는 방안을 고민해볼 필요가 있다. 이를 통해, 의사와 환자 모두가 조금 더 따뜻하고 인간적인 관계를 만들어갈 수 있기를 바란다.

"바쁘게 지내느라 주변 사람이 힘들어하는 모습을 놓친 적 있나요?"

Q. 말기 환자를 대하시면서 힘드시진 않았나요?

**A. 한 보호자는 내 아이가 죽은 걸 기억하라고, 이 아이가 선생
님한테 주는 메시지를 기억하라고 그래서 마음이 많이 힘들
었고**

– 소아청소년과 L 교수님

실습을 돌 때 뵙게 되었던 소아청소년과 L 교수님께서는 내 입장에
서는 그야말로 '참 교수님'이라는 생각이 드는 분이셨다. 물론 다른 교
수님들께도 많은 존경심을 느꼈지만, L 교수님께는 '환자가 정말 잘 되
었으면 하는 마음으로 대하는구나'하는 느낌이 드는 순간들이 있었다.
예를 들면, 교수님께서는 본인이 맡은 소아 환자가 핸드폰만 보고 엄
마 말을 잘 듣지 않자 대신 혼을 내시기도 했다. "네가 아파서 엄마가
혼을 잘 못 내는 것 같으니까, 네가 좋은 어른이 되라고 내가 대신 혼
내는 거야. 누워서 핸드폰만 보지 말고, 오늘은 다른 것도 해보자. 선
생님이 내주는 숙제야."라고 말씀하시는 모습을 보고, '이 교수님께서
는 정말 인간적으로 소아 환자가 잘 되기를 바라시는구나. 대단하시
다.'라고 생각했다.

L 교수님께서는 환자 진료와 더불어 소아청소년 완화 의료 부분도 담당하신다고 하셨다. 실습생인 나에게 안내 책자도 주시며 관심 있으면 한 번 읽어보라고 하셨다. 그 때까지만 해도 그 일이 얼마나 힘든 일일지는 크게 생각하지 않았다. 그냥 TV에서 나오는 '소아암 청소년 꿈 이뤄주기 프로젝트' 같은 일을 하시는 것 아닐까? 아이를 대신해서 파티도 열어주고, 이것저것 같이 해 주는 그런 것이 아닐까? 생각했었다.

"개인적으로 소아의 죽음을 많이 맞이한 의사들은 스트레스가 굉장히 높을 것이라고 생각해요."

L 교수님께서는 당신께서 소아청소년 완화의학을 담당하시며 특히 안타까웠던, 보호자가 아이의 죽음에 매우 힘들어했던 사례를 이야기해주셨다. 환자였던 아이는 어찌 보면 엄마와 아빠를 이어주는 유일한 연결고리였다. 아이의 상태가 안 좋아지면서 엄마와 아빠 사이의 관계도 소원해졌을 정도였다. 의료진은 그 아이를 살리기 위해 최선을 다했지만, 이는 쉽지 않은 일이었다. 결국 아이는 사망했다. 아이가 죽은 후 보호자는 교수님께 이렇게 말하였다.

'내 아이가 죽은 걸 기억하라고, 이 아이가 선생님한테 주는 메시지를 기억하라고. 그래서 내 아이는 살리지 못했지만 다른 아이는 꼭 살려달라고.'

"소아를 담당하는 각 분과의 의견을 최대한 수렴하고 이걸 조율해서 최선의 선택지를 찾아가지만, 그것이 항상 좋은 선택지가 될 수는 없잖아요. 그런 측면에서 엄마가 생각하는 거랑 의견이 다를 수도 있어요. 그리고 각 분과마다 서로 의견이 다른 경우도 있고 그런 경우에는 오해가 생기기도 하죠. 보호자들에게 '다시 돌아갔을 때 다른 치료를 했으면 어땠을까?' 이런 아쉬움이 남는 거죠. 다시 돌아간다고 해도 원래 했던 치료를 할 가능성이 높지만요. 그리고 환자들이 중환자실에서 사망하는 경우 보호자들이 환자를 충분히 보지 못하거든요. 그래서 의료진의 설명에 많이 의존하게 되고, 그 과정에서 어려움이 있어요. 사실 그 상황을 되돌아보면 보호자들은 '너네가 살려 내, 너네가 잘못했어'라고 의료진을 비난하려 했던 게 아니라 '우리 아이를 왜 못 살린 거예요, 도대체'라는 식으로 아이를 잃은 슬픔과 무력감에서 오는 절박한 감정을 드러낸 것 같아요."

그 소아 환자가 죽은 후 L 교수님께서는 마음이 많이 힘드셨다고 하셨다. 교수님께서는 죽음을 계속 맞이하는 의료진은 소진감을 심하게 겪는다고 말씀하셨다. 스트레스의 종류도 여러 가지였다. 죽음 자체를 보는 고통, 환자에게 자신의 동생이나 조카 등의 가족을 투영시키면서 생기는 스트레스, '최선의 치료가 있지 않았을까'라는 생각에서 오는 스트레스 등 여러 형태가 있다고 하셨다.

"죽음을 보는 것 자체는 굉장히 힘들죠. '우리가 뭔가를 더 해줄 수 있지 않았을까?'라는 고민도 늘 하게 되고, '그래도 최선을 다했어'라고 스스로를 위로하기도 해요. 전공의 선생님이나 전임의 선생님[2]이

---

2 전공의, 전임의
전공의: 흔히 병원의 레지던트 과정을 말함. 전문의가 되기 위한 수련 과정을 밟는 의사
전임의: 펠로우, 전문의를 취득한 후 세부 분과를 더 전문적으로 배우거나, 진료와 교육을 병행하며 교수가 되기 위해 연구하는 의사

환자를 잃었기 때문에 울기도 하거든요. 속상하고, 힘들어서요... 그래도 저는 전공의, 전임의 선생님들을 다독이며 '다시 돌아가도 그게 최선이었어, 우리는 최선을 다했어. 그러니 죄책감 같은 건 갖지 말자'라고 말하곤 해요."

L 교수님의 말씀을 들으면서, '환자의 죽음을 맞이하는 의사도, 정말 힘든 점이 많겠구나' 하는 생각이 들었다. 아이를 위해 중환자실 앞에서 매일같이 기도하는 보호자분들께, 이틀에 한 번씩 자러 가면서도 미안한 마음이 들어 쪽문으로 나가셨다는 L 교수님. 결국 아이가 사망한 후에도 교수님을 찾아와 감사하다고 말하는 보호자들과 함께 부둥켜안고 울었다는 교수님의 말씀을 들으며 그 먹먹한 감정이 나에게도 전달되는 듯했다.

L 교수님은 그 힘든 감정을 기도와, 팀원들과의 공유를 통해 극복하신다고 하셨다. '저 환자가 제발 살았으면 좋겠다'라는 기도 부탁을 드리기도 하고, 완화의료를 함께 하는 전문간호사 선생님과, 사회복지사 선생님과 환자들의 소식을 공유하신다고 한다. 감정의 공유와 영적인 믿음이 교수님의 스트레스 해소 방안이었다.

개인적으로는 소아청소년과 실습을 돌았을 당시 학생이었던 나에게도 L 교수님의 환자를 향한 진심이 느껴졌을 정도이니, 직접 진료를 받는 환자와 보호자분들도 그 마음을 알아차렸을 것이라고 생각한다. 진심이 담긴 의사의 치료와 정성스러운 태도는 분명 그들에게 큰 힘이 되었을 것이다. 나는 흔히 환자가 죽음을 맞이했을 때 '가족들도 정말 힘들겠다', '주변 사람들이 슬펐겠다' 같이 그분께서 일상 생활을 하기

편했을 때 맺은 사회적 관계들만 떠올리고는 했었다. 그런데 이번 인
터뷰를 통해, 환자를 살리고 고통을 줄이기 위해 끝까지 최선을 다한
의료진 역시 엄청난 스트레스를 받았겠다는 생각이 들었다. 의료진이
받을 스트레스 역시 엄청나겠구나, 이 감정을 받아들이는 법을 배우고
익혀야겠구나 싶었다.

**"어린 환자의 죽음 앞에서 눈물 삼키는 의료진의 마음까지,
우리는 한 번이라도 떠올려 본 적 있나요?"**

Q. 말기환자를 대하면서 허무주의에 빠지게 되지는 않으시나요?

A. 우리가 이렇게 아등바등 사는데 인생 뭐 있나 이런 생각도 자꾸 들고

– 정신건강의학과 L 교수님

"인생 그렇게 쉽게 망하지 않더라고요. 인생 편하게 살고 싶어요."

지인 중에 입버릇처럼 이런 말을 하는 사람이 있었다. '인생을 극기훈련처럼 생각하지 말아라.'라는 말까지 들어본 나에게, 처음에는 와 닿지 않는 말이었다. 나 같은 경우에, 인생의 가장 큰 가치는 주로 '성장'이었다. 노력을 해서 좋은 성과를 거두는 것, 예전에 불가능했던 것이 가능해지기 시작하는 것이야말로 정말 짜릿한 경험이었다. 그래서 궁금했었다. '이 사람의 인생은 어떠했기에 그런 말을 하는 것일까?'

그 지인과의 만남이 지속되고, 많은 대화를 나누게 된 후 그 이유를 알게 되었다. 그분의 어머니께서 많이 아프셨고, 그 이후로 그분께서는 힘들기보다는 하고 싶은 일을 하면서 즐기는 인생을 추구하게 된 것이었다.

지인과 많은 대화를 나누면서 '인생 사는 법'에 대해 조금씩 더 고민하게 되었다. '지금처럼 계속 성장 추구형 인생만 살면 후회하게 될까?' 스스로에게 질문했다. 분명히 죽기 전에 후회할 것 같았다. 소중한 사람들과 시간을 더 많이 보내지 못하고, 조금 더 여유롭게 생각하지 못한 것들이 아쉬울 듯하였다.

당시에 운동을 다니면서 생각이 많이 변한 것도 있었다. 스트레스 해소 겸, 운동을 하러 자주 다녔었는데, 곁에 있는 운동을 좋아하는 사람들이 다들 너무 행복해 보였다. 다른 사람들과 장난을 치면서 웃고, 운동이 조금 더 잘 되면 웃고, 사소한 일에도 즐거움을 느끼는 그들을 보고 그들에게 부러움을 느꼈었다. 그러면서 '주변에서 행복을 찾고, 조금 긴장을 풀고 사는 것이 좋지 않을까?'라는 쪽으로 생각이 점점 바뀌어갔다.

"죽음을 맞닥뜨리는 환자를 자주 보다 보니까 삶에 대해서 자꾸 생각하게 돼요. '삶이 무엇인가. 우리가 이렇게 아등바등 사는데 인생 뭐 있나.' 이런 생각이 들기도 하고."

정신건강의학과 L 교수님께서 하신 말씀을 듣고 내 지인 생각이 났다. L 교수님께서는 '죽음을 맞이하는 환자를 자주 보게 되면 허무주의에 빠지지 않느냐'는 우리의 질문에 '그렇다'고 답변하셨다. 자연스럽게 죽음을 보다 보면 비슷한 생각을 하게 되고, 삶을 곱씹게 된다고 하셨다.

"일반 사람들, 내가 접하는 그냥 건강한 사람들의 삶과, 죽음을 앞둔 환자들의 삶을 비교하게 되면 '그냥 그때그때 행복해야 되는구나'라는 생각이 들어요. 결국 누구도 죽음을 피해갈 수가 없거든요. 왜냐하면 진짜 이렇게 힘들게 살았는데, 이제야 좀 살 것 같은데, 갑자기 병에 걸려서 힘들어지고 그러면 환자 입장에서는 굉장히 억울할 거 아니에요. 누구나 죽음은 언젠가 다 한 번씩 겪는 일이고, 그게 언제인지 아무도 모르니까요."

교수님께서는 인생의 유한함과 허무함에 대해 생각하면서, '어떻게 사는 것이 의미 있는 삶인가'에 대해 고민하게 된다고 하셨다. '**매일매일 그 시간을 충분히 잘 누리고 그 때 해야 할 일을 지혜롭게 하는 것.**' 그것이 교수님께서 생각하시는 의미 있는 삶이었다.

L 교수님께서는 말기 환자를 보며 죽음, 그 자체로 인한 스트레스를 받으신다. 하지만 그 덕분에 삶에 대해 더 생각해볼 수 있다고 하셨다. 어쩌면 환자의 죽음을 자주 맞이하고, 소진감을 느끼는 것도 의사에게 양날의 검과도 같을 수 있겠다. 삶에 대해 더 많이 고민하는 만큼, 더 나은 삶을 위해 많은 시도를 할 수 있기 때문이다. L 교수님께서는 잘되지 않을 때도 많지만, 의미 있는 삶을 계속 추구하면서 더욱 온전히 인생을 보내기 위해 노력한다고 하셨다.

교수님과 인터뷰를 하며, 그리고 개인적으로도 인생의 허무함에 대해 생각해보며 크게 두 가지 정도를 느꼈다.

첫째는 죽음을 많이 보게 되는 의사라고, 이것을 힘들게만 여길 것이 아니라, 이러한 경험에 대해 감사함을 느껴야 한다고 생각했다. 말기 환자들의 삶을 아름답게 마무리하도록 돕는 것은 정말 큰 의미가 있는 일이며, 그분들을 바라보며 '죽기 전에, 나는 어떻게 살아야 할까?'하고 고민해볼 수도 있다. 환자들이 내 삶의 스승이 되어 주는 것이다. 죽음을 바라보면 슬프기만 할 것이라고 여기는 것은 나의 편견이라는 것을 깨달았다.

둘째는, 일반인의 입장에서 '좋은 죽음'을 맞이하고 허무한 삶을 피하는 노력을 할 수 있는지에 대해 고민하게 되었다는 점이다. 개인적으로 생각하는 해답은 내가 지인을 만났듯이 삶에 대한 다양한 시각을 가진 사람을 많이 만나고, 관련된 글을 읽으며 최대한 많은 의견을 들어보는 것이다. 다른 시야로 삶을 바라볼 수 있는 기회가 많을수록, 인생도 더 풍성한 시각으로 받아들일 수 있으리라 생각한다.

"죽음을 피해갈 수 없다면, 오늘 당신은 무엇에 시간을 쓰시겠어요?"

Q. 말기환자를 대하는 어려움을 어떤 방식으로 극복하세요?

A. 커피 한 잔 하면서 무슨 일이 있었는지 같이 얘기를 좀 하지.

– 감염내과 L 교수님

병원 실습을 하던 친구에게 감염내과[3] C 교수님에 대한 이야기를 들은 적이 있다. 친구는 교수님을 가리켜 '정말 걸어다니는 내과학 교과서 같다'고 표현했다. 인체 전반에 대한 이해가 탁월하고, 환자를 대하는 태도에서 깊은 통찰이 느껴졌기 때문이다. 친구는 교수님께서 특히 환자를 직접 보지 않고 컴퓨터 전산으로만 불필요한 검사를 처방하는 것을 싫어한다고 말했다.

'가서 환자가 어떤 상태인지 직접 봐보지도 않고 마우스로 생각 없이 처방했다가, 환자가 잘못되어서 평생 요양원에 누워 있는 상태로 살아야 한다면 그게 무슨 치료냐'고 레지던트에게 화를 내신 적도 있다고 했다.

그 교수님께서 감염내과를 전공으로 선택하신 이유는 감염내과 환

---

3 **감염내과**: 세균, 바이러스, 곰팡이 등 미생물에 의해 발생하는 감염 질환을 진단하고 치료하는 내과 진료과. 병원 내 감염, 발열 환자, 면역 저하 환자 등을 관리하기도 함

자들이 치료를 통해 가장 극적으로 좋아질 수 있기 때문이라고 한다. 걷지도 못하던 환자의 감염 원인을 찾아 치료하면 마법처럼 좋아져 걸어서 병원을 나가는 모습을 보며 교수님께서는 보람을 느끼셨다. 하지만 감염내과가 주는 보람만큼이나, 환자가 갑자기 악화되거나 죽음을 맞이하는 상황도 빈번히 발생한다.

C 교수님께서는 항생제 처방이 늦어 사망하게 된 한 환자가 아직도 마음에 남아 있다고 하셨다. 젊은 30대 남성이 열이 나서 동네 병원에서 약을 처방받고 치료받아도 낫지 않아 대학병원에 뒤늦게 내원했는데, 이미 피를 통해 온몸에 세균이 퍼진 상태였다. 전신 염증 반응으로 환자는 끝내 사망했다. 교수님께서는 중환자실에서 울던 환자의 젊은 아내와, 엄마 다리를 붙잡고 있던 어린아이 둘의 모습이 머릿속에서 잊히지 않는다고 하셨다.

교수님의 이 말씀은 단순히 한 환자를 살리지 못했다는 아쉬움만을 의미하는 것이 아니었다. 그 안에는 의료진이 마주할 수밖에 없는 한계와 책임감, 그리고 아무리 최선을 다해도 남게 되는 깊은 슬픔이 담겨 있었다.

감염내과 L 교수님과의 인터뷰에서도 비슷한 이야기가 나왔다. 교수님께서는 항암 치료 후 전신 감염이 생긴 환자에게 항생제 처방을 하고, 곧 나아지겠거니 생각했는데 갑자기 그날 밤에 돌아가시는 분들이 가끔 있다고 하셨다. 특히 젊은 환자가 갑자기 사망하면 더 큰 당혹감과 자책감을 느끼게 된다고 하셨다.

"그러면 이제 나도 당황스럽고, 전공의도 당황스럽지. 그런 경우에는 그 전공의와 커피 한 잔 하면서 무슨 일이 있었는지 같이 얘기를 좀 하지. 무슨 일이 있었는지 설명도 듣고, 그런데 내가 꼬치꼬치 물어보면, 마치 자기(전공의)가 잘못한 것을 내가 캐는 듯한 모습이니까 그렇게는 안 하고, 미리 환자 기록을 좀 보고 가지. '다음에는 이런 사람들은 이렇게 약을 써야 될 것 같아' 같은 이야기를 하는 거야."

L 교수님은 갑작스러운 환자의 죽음 앞에서 두 가지 역할을 하신다. 첫 번째는, 그 일을 통해 다음에 생길 수 있는 갑작스러운 죽음을 막으려고 노력하는 것이다. 이번 환자의 죽음은 분명 안타깝고 가슴 속에 묻어야 할 일이겠지만, 이를 통해 다음 환자에게는 더 나은 치료를 제공하기 위해 방법을 찾는 것이다.

두 번째는, 환자의 죽음을 훨씬 더 많이 지켜본 대학 병원 교수로서 후배 의사에게 위로와 조언을 건네는 것이다. 갑작스러운 죽음이 남긴 충격 앞에서 의료진들끼리 서로를 다독이며 함께 버텨내려는 모습이 마음에 남았다.

바꿀 수 없는 죽음을 받아들이는 차분함, 그리고 그것을 배우고 극복하려는 용기야말로 의료인의 삶을 지탱하는 중요한 힘이 아닐까. L 교수님뿐만 아니라 많은 의료진은 환자의 죽음을 맞이하는 순간 이를 단순히 비극으로만 여기는 것이 아니라, 앞으로 자신이 감당할 수 있는 책임과 노력으로 받아들이고, 더 많은 생명을 구하고자 계속해서 나아가고 있다.

병원에서는 예측 불가능한 죽음 사건이 발생했을 때 '죽음 회의'를 연다. "왜 이런 일이 생겼을까?"를 되짚으며 의료진들은 심근경색, 호흡부전 등 다양한 가능성을 분석하고 논의한다. 이 회의를 통해 얻은 교훈은 같은 일이 반복되지 않도록 방지책을 마련하는 데 쓰인다. 과거에 예측할 수 없었던 상황을 최대한 통제 가능하도록 만드는 것, 그것이 의료진의 목표다.

결국, 이 과정은 의료진에게도 또 다른 치유의 시간이 아닐까. 바꿀 수 없는 것을 인정하고, 바꿀 수 있는 부분은 끝까지 바꾸려는 노력은 의료진에게 삶과 죽음의 경계에서 자신이 해야 할 역할을 재정립하게 만든다.

'신이여, 바라건대 제게 바꾸지 못하는 일을 받아들이는 차분함과 바꿀 수 있는 일을 바꾸는 용기를 주소서. 또한 그 차이를 구별하는 지혜를 주시옵소서.'

라인홀트 니버의 기도문은 의료진이 경험하는 이 과정의 본질을 잘 담고 있다. L 교수님과 많은 의료진이 매 순간 치열하게 맞닥뜨리는 이 현실은 단순하지 않다. 이는 생명을 향한 끝없는 책임감과 성찰의 여정이며, 그 속에서 의료인은 자신을 다독이고 다음 생명을 구할 힘을 얻는다.

"예상치 못한 비극 앞에서, 당신은 용기를 어디에서 찾으시나요?"

생각정리:
자신의 일을 사랑하라

"진짜 밉고 싫어도 사랑하려고 노력하는 방법밖에 없지 않을까"

완화의학과 P 교수님께서는 번아웃을 극복할 방법에 대한 질문을 받고 영화감독 이옥섭의 이야기를 떠올리셨다. 이옥섭 감독은 미국 여행 중 2층 버스를 탔을 때 어떤 여성이 버스 안에서 매니큐어를 칠하는 모습을 보았다고 한다. 처음에 그는 이 냄새를 불쾌하게 느꼈다. 그래서 그는 생각을 전환했다 '이 여자분이 만약 내 영화의 주인공이라면?'이라는 공상을 하기 시작한 것이다. 그러고 나니 그녀가 너무 사랑스러운 인물이라는 생각이 들었다. 인물의 행동은 바뀐 것이 전혀 없는데, '내'가 생각을 바꾸니 그 인물을 다르게 인식하는 경험을 하신 것이다.

P 교수님께서는 이 이야기를 통해 '무언가가 미워질 법해도, 그 대상을 미워하지 않고 다른 면을 보려 하면 이를 사랑할 수 있다'는 깨달음을 얻었다고 하셨다. 이처럼 교수님께서는 직업적 소진감을 느끼거나

환자와의 대화가 어려울 때도 그 일을 사랑하려고 노력하신다.

"진짜 밉고 싫어도 사랑하려고 노력하는 방법밖에 없지 않을까, 세상에 공짜가 없더라고요. 노력을 해야 하더라고요."

이 말씀을 들으며, 나 역시 생각했다. 힘들고 지칠 때 그것을 이겨내는 가장 강력한 방법은 사랑이 아닐까? 환자에 대한 사랑, 내 일에 대한 사랑, 그리고 더 나아가 인류에 대한 애정이야말로 번아웃을 극복하고 스스로 행복과 평온을 찾는 열쇠일 것이다. 물론 그렇게 되기까지의 과정은 결코 쉽지 않으며, 많은 노력이 필요하다.

학생 신분으로 선배 의사들을, 교수님들을 엿보며 그 과정은 마냥 힘들고 지치리라는 편견을 가지고 있었다. 불편할 것 같은 점들은 항상 눈에 밟히기만 했고, 고된 삶 속에서 '물리적인 어려움'만을 극복하는 해결책을 얻으려 했던 것 같다.

그러나 병원에서 오랜 기간 근무하며 환자를 돌보는 교수님들과의 인터뷰에서 자신의 일을 사랑하고 그 속에서 보람을 찾는 이야기를 많이 들을 수 있었다. 완화의학 분야에서 15년간 종사하신 H 교수님께서는 '일이 즐겁다'고 말씀하셨다. 물론 환자가 모두 돌아가시는 분들이라는 점에서 슬플 때도 많지만, 환자가 고통에서 해방되어 조금이나마 편안함을 찾는 모습을 볼 때 큰 뿌듯함을 느낀다고 하셨다.

정신종양학 분야에서 일하고 계신 P 교수님 역시 환자들과의 시간이 얼마나 소중한지 강조하셨다. 그분은 환자들과의 만남이 단순한 치료를 넘어 삶의 가장 진솔한 순간들을 함께할 수 있는 기회라고 말씀하셨다.

"저는 되게 몸이 아프신 환자분, 말기 환자분들하고 일하는 시간이 소중하고 좋아요. '너무 즐겁다' 이런 건 아니지만 그 만남만이 주는 굉장히 아름답고 소중한 순간들이 있어요. 어떻게 보면 그분의 인생에서 굉장히 중요하고 진솔해질 수 있는 그런 순간들을 같이 하는 건데, 그게 너무 감사하고 좋을 때가 있어요. 가족들도 정말 제 작은 격려나 설명에 깊은 감사를 표현하시는데, 그 순간들에서 보람을 느껴요. 그분들에게 실제로 얼마나 도움이 되었는지는 모르겠지만, 그런 감사의 마음이 저에게 큰 위안과 동기부여가 됩니다."

어떤 일이 힘들고 지치더라도, 그 일이 나에게 가져다줄 수 있는 아름다움을 바라봐야겠다. 사실 모든 일에는 아름다움이 존재한다. 내가 그것을 발견하지 못했을 뿐이다.

세상을 사랑하려고 노력하고, 그 안에서 좋은 점을 찾아내려고 노력해야겠다. 그 일이 나에게 값진 선물처럼 다가오기를 바라면서…

제 5 장

죽음을 통해 배우는 삶의 의미:
좋은 삶이란 무엇인가

들어가는 글

이 글을 쓰던 날 밤, 먼 친척이 돌아가셨다는 이야기를 들었다. 백 살이 넘게 산 할머니께서 오늘 아침 세상을 떠나셨다고 한다. 돌아가시기 전 며칠간은 주사자국으로 퉁퉁 부어 있던 할머니 손에서 부종이 빠지고, 의식도 돌아오며 상태가 나아지셨다고 한다. 그래서 왕진 의사의 "열흘은 더 사실 것 같다."는 말만 믿고 며칠 전부터 찾아왔던 따님이 다시 집으로 돌아가던 길이었다. 그런데 출발한 지 한 시간 만에 사망 소식을 듣게 되었다.

검은 옷을 입고 엄마, 아빠와 함께 장례식장에 갔다. 할머니의 영정 사진 앞에 서서 기도를 드리는데, 말로 설명하기 어려운 묘한 감정이 밀려왔다. 생전에 뵌 적도 없는 먼 친척이었고, 사진으로만 본 적 있는 분이었지만, 그마저도 정이 들었는지 낯설지 않았다. 한 사람의 인생이 이렇게 마무리되었구나 싶었다.

장례식장에서 나오는 길에 엄마가 외할머니를 보고 싶다고 해서 오랜만에 외할머니 댁에 갔다. 외할머니는 외할아버지가 돌아가신 후 큰

이모와 함께 살고 계신다. 외할머니의 하루는 규칙적이었다. 아침에 일어나 약을 드시고 TV를 보다가, 노인 유치원에 갔다가 다시 돌아와 TV를 보며 잠드는 일상. 밤이면 몸이 힘드셔서 7~8시 정도에 잠자리에 드신다고 했다. 엄마는 "엄마, 그렇게 일찍 자면 안 돼. TV도 좀 더 보고 자."라며 걱정하시곤 했다. 외할머니 얘기가 나올 때마다 엄마는 "자주 보러 가야 하는데."라며 같은 말을 반복하셨다.

"외할머니가 많이 늙으셨어. 왼쪽 다리도 퉁퉁 부어 있고, 치매 기운도 있으셔."

엄마의 말을 들으며, 나 역시 외할머니를 자주 찾아뵙지 못했던 게 떠올라 죄송한 마음이 들었다. 시간이 있을 때 더 자주 찾아뵈어야지 다짐했다.

"아이구, 밖에서 보면 누군지 몰라보겠네. 키도 나보다 크고."

늦은 밤이었지만 오늘따라 외할머니는 아직 깨어 계셨다. 침대에 누워 TV에서 가수가 노래 부르는 프로그램을 보다가 나와 엄마를 보고 반가워하셨다. 나를 보시며 키가 너무 커서 몰라보겠다며 웃으셨다. 내 나이를 듣고 놀라시며, 계속해서 내가 첫째인지 둘째인지 물으셨다. 우리 엄마를 보고도 "밖에서 보면 몰라보겠다."며 웃으셨다.

외할머니의 모습은 예전과 많이 달라져 있었다. 까맣게 염색하셨던 머리는 희끗희끗했고, 보행 보조기가 집에 놓여 있었다. 짧은 거리를 걸을 때도 보조기에 의지하셨고, 화장실에는 미끄럼 방지 매트가 깔려 있었다. 집 구석구석이 조금씩 바뀌어 있었다.

"죽는 날만 기다리고 있는 거지. 사는 게 무슨 의미가 있겠어."

외할머니를 돌보고 계신 큰이모의 한마디가 가슴에 남았다. 외할머니를 집에서 오래 모시고 싶어 약을 챙겨드리고, 함께 산책도 하고, 노인 유치원에도 보내드리지만 외할머니의 나날은 점차 단조로워지고, 활동의 범위도 좁아지고 있었다. 큰이모는 외할머니께서 가족의 얼굴을 잊지 않도록 식탁 위에 옛 사진을 붙여두고, 옛날 이야기를 나누며 하루하루를 보내셨다.

외할머니 댁에 머물면서 자연스레 '죽기 전 삶의 의미가 무엇일까?' 하는 질문이 떠올랐다. 우리는 흔히 죽음 앞에서 자신이 끝까지 이성적이고 명확한 판단을 할 수 있으리라는 착각을 한다. 죽기 전에 시간을 정리하고, 주변 사람들과 작별 인사를 나누며, 하고 싶은 일들을 다 하고 인생을 평온히 마무리할 수 있을 것이라 기대한다. 그러나 실제 죽음에 가까워진 삶의 모습은 그런 이상적인 그림과는 거리가 멀다. 오히려 무기력하고 고단한 순간의 연속일 수 있다.

영화 '매트릭스'에 나온 '길을 아는 것과 걷는 것은 다르다.'라는 명대사가 떠올랐다. 머릿속에서 상상하는 삶과 실제로 겪는 삶은 다르다. 마찬가지로, 내가 죽음을 맞이하며 느낄 삶의 의미 역시 지금의 생각과는 전혀 다른 모습일지도 모른다.

지금은 너무나 자연스럽고 당연하게 하고 있는 모든 활동을 더 이상 할 수 없는 순간이 온다면, 그때 나는 무엇을 내 삶의 의미로 삼을 수 있을까?

죽기 전에 정말로 무엇을 정리하고, 어떻게 마무리해야 하는 걸까?

이 질문이 머릿속에서 떠나지 않았다. 결국, 인생의 다양한 순간을 목격하며 환자들과 가족들, 그리고 여러 사람들과 깊이 교감해 오신 교수님들께 이 질문을 던져 보기로 했다.

"죽음에 가까운 사람들이 할 수 있는 의미 있는 일에는 어떤 것들이 있을까요?"

"교수님께서는 삶의 의미가 무엇이라고 생각하시나요?"

사랑하는 이들의 소중함

K 교수님은 지금까지 만나온 환자들 중, 60대 초반에 진행성 위암이 식도, 췌장, 복막까지 퍼졌던 할아버지 한 분이 가장 기억에 남는다고 하셨다. 할아버지께서는 위암 완치 실패로 인해 미래를 비관적으로 생각하고 계셨고, 극심한 고통으로 인해 자살 시도를 하고 응급실로 실려 온 상태이셨다. 응급수술 후 겨우 목숨을 건진 그를 담당하게 된 K 교수님께서는 두 가지 치료 목표를 세우셨다.

하나는 고통을 줄여주는 것이었다. 환자의 증상을 완화하며 삶의 질을 높이고자 했다. 둘째는 가족들과의 관계를 회복하는 것이었다. 교수님은 할아버지의 몸 상태가 나아지자 가정형 호스피스를 권유했다. 덕분에 할아버지는 집에서 가족들과 더 많은 시간을 보내고, 함께 여행도 다녀오며 소중한 추억을 쌓을 수 있었다.

"왜 이분이 기억에 남느냐 하면, 자살 시도가 실패했음에도 불구하고 이 환자가 마지막엔 정말 편안하게 임종하셨기 때문이에요. 굉장히 괴팍하고 독불장군 같던 분이었지만, 죽기 전 한 달 동안 가족들과 여행도 다니시고 많은 대화를 나누시면서, 가족들이 자신을 여전히 사랑하고 있다는 사실을 깨달으셨어요. 그 기간 동안 가족들에게 미안한 마음과 사랑하는 마음을 모두 표현하신 뒤, 준비된 죽음을 맞이할 수 있었던 정말 특별한 사례였어요."

사랑하는 이들의 존재가 주는 힘

병원 실습을 돌며 특히 느끼게 된 것이었다. 죽음의 문제가 아닐지라도, 곁에 사랑하고 신뢰하는 누군가가 있는 환자에게서 종종 안정감을 느낄 수 있었기 때문이었다. 재활의학과 실습 중 만난 한 할머니 환자가 기억난다. 음식 삼키기를 힘들어하셔서 잘 먹지 않았던 그분을 위해 외국에서 따님이 간병을 하러 오셨다. 그 후 그분의 건강이 눈에 띄게 호전되었다. "참 대단하시지." 교수님께서는 어머님을 위해 먼 곳에서 달려온 따님을 그렇게 표현하셨다. 나도 그 말에 깊이 공감했다.

사랑하는 이의 존재는 환자의 회복에 놀라운 힘을 발휘한다. 그리고 그 대상이 꼭 가족일 필요는 없다. 당신 삶의 의미가 가족이라고 하셨던 순환기내과 S 교수님께 "세상 사는 동안 많은 관계를 맺어오지 않았던 환자들에게 삶의 의미는 무엇이라고 생각하세요?"라고 여쭤본 적이 있다. 교수님께서는 아래와 같이 답변하셨다.

"그분들도 본인의 삶을 살고 계시죠. 꼭 가족이 있어야만 삶이 아니거든요. 보육원에 있는 어린이들이나 정말 가족이 없는 사람들 있잖아요. 그런 사람들은 그러면 가족이 없기 때문에 그냥 아무것도 아닌가요? 그건 아니잖아요. 본인이 지금까지 살면서 어느 정도 경제적인 도움을 받았다거나, 그런 게 아니더라도 다른 사람과 어떤 관계를 맺을 일이 있었다고 하면, 그것도 일종의 삶의 의미라고 생각할 수 있겠죠."

아, 살아가면서 어떻게든 모두가 관계 속에 있기는 하겠구나. 그리고 그 관계 속에서 사랑과 의미를 찾는 것 역시 삶의 중요한 부분이구나 생각하게 되었다.

정신과 실습을 돌 때 만난 조울증을 앓고 계셨던 한 여자 환자가 생각난다. 정신병동에 입원하신 그분을 위해 남자 친구분께서 매일 면회를 오셨다. 매일 먹고 싶은 것이 있냐고 물어보고 여자 친구를 위한 간식을 사 오셨다. "오늘은 탕수육 먹을 거예요." 그 환자는 그동안 자신을 위해 남자 친구가 가져온 간식들을 나열하시면서 미소 지으셨다. 남자 친구가 환자 당신을 참 강인한 사람이라고 했다고, 나아지고자 하는 의지를 이루는 사람이라고 믿어준다고 말이다. 그래서인지 몰라도 그분은 내가 실습을 돌면서 보아왔던 분 중에 가장 빠르게 회복하셨다. 하루가 다르게 좋아지는 게 느껴졌고, 사랑의 힘이 얼마나 위대한지 몸소 체감한 순간이었다.

삶을 살면서 내 주위를 스쳐 지나갔던 수많은 인연이 떠오른다. 정말 친했지만 어느 순간 연락이 끊긴 사람들, 나의 바쁨에 밀려 소홀히 했던 사람들. 또 가끔 힘들어 보일 때마다 묵묵히 위로의 손길을 내밀어 준 이들이 내 곁에 있었다.

그 소중한 이들에게 다시 한번 연락해 봐야겠다. 내가 그들에게 받은 사랑을 다시 돌려주는 삶을 살아야겠다는 다짐을 하며 글을 마무리한다.

"오늘 당신 마음에 떠오르는 소중한 사람은 누구인가요?"

할 수 있는 일을 하는 것

종양내과 L 교수님께서는 죽음에 대해 굉장히 준비가 잘 되었던 사례로, 30대 후반 여성 환자를 떠올리셨다. 간암이 폐에 전이되어 더 이상 손쓸 수 없다는 진단을 받은 환자는, 남은 1년 6개월 동안 자신이 할 수 있는 일을 차근차근 실천했다고 한다.

그 환자는 처음 6개월 동안 자신이 하던 일을 정리했다. 업무를 마무리하고, 맡길 사람에게 일을 인계하며 깔끔하게 마무리했다고 한다. 그 다음 8개월 동안은 자신이 좋아하는 유명 피아니스트의 연주 여행을 따라다니며 모든 공연을 감상했다. 폐 상태가 좋지 않아 비행이 힘들었지만, 항암 스케줄을 여행 일정에 맞춰 조정하며 자신의 소망을 실현했다.

죽기 3개월 전, 환자의 상태는 급격히 나빠져 산소 없이는 움직일 수 없게 되었다. 그런데도 환자는 일본에 마지막으로 가고 싶다고 했다. 일본에 신세 진 사람이 있어 꼭 인사를 하고 싶다는 이유였다. 환자는 3일간의 일본 여행을 마치고, 기념품으로 호박 같은 물건을 들고 와 교수님께 "그동안 감사했습니다."라며 마지막 인사를 전했다. 이어 연명의료를 거부하겠다는 의견을 명확히 밝혔다.

그 후, 환자는 침상에서 남은 시간을 보냈다. 가족과 오랜 시간을 보내며 이야기를 나눴고, 친구들에게는 전화를 통해 인사를 남겼다.

"환자가 계획을 짠 것 같아요. 처음부터 멀리 가서 해야 할 것, 그 다음엔 가까이에서 할 수 있는 것, 마지막에는 침상에서 할 수 있는 정리들. 이걸 나눠 놓은 것 같더라고요."

L 교수님은 이 환자의 이야기를 통해 단순히 의료 처치에만 매달리는 것이 항상 환자를 위한 최선은 아닐 수 있다고 하셨다. 남은 시간을 어떻게 보내야 후회가 없을지 고민해보는 것이 더 중요하다는 것이다.

"사별 가족들을 만나보면, 환자와 충분한 시간을 보냈던 가족은 슬픔 중에도 감사의 마음으로 찾아오는 경우가 많아요. 반면, 끝까지 치료에 매달렸던 환자의 가족은 후회하는 경우가 많죠. '그때 다른 선택을 했더라면' 하고 아쉬워하곤 해요."

이 이야기를 들으며, 걱정과 불안에 휩싸이기보다 지금 할 수 있는 일을 찾아 실행하는 것도 삶의 의미라는 생각이 들었다. 죽기 전에 반드시 무엇인가를 해야 한다고 집착하기보다, 지금 실현 가능한 것에 집중하는 것이 중요하다.

종양내과 K 교수님께서는 젊은 시절에는 "6개월? 그까짓 거 더 살아서 뭐하나."라는 생각을 하셨다고 한다. 그러나 내과 레지던트로 환자들을 많이 접하면서 6개월이 결코 짧지 않은 시간이라는 것을 깨달으셨다고 말씀하셨다.

"예를 들어, 지금 나이가 60살이라고 하면, 건강한 사람이 80살까지 산다고 가정했을 때 20년이 남는 거죠. 그럼 6개월이 몇 번 있는 거야? 40번 있는 거지? 40번. '그중에 한 번이면 되게 긴 거 아닌가?'하는 생각이 들더라고. 6개월이면 뭐 이것저것 해볼 수 있는 것도 많고, 가족들이랑 시간도 보낼 수 있고."

'추억이란 지나기 전엔 돌덩이, 지나고 나면 금덩이'라는 이원진 시인의 시가 떠올랐다. 나 역시 이 시의 메시지처럼 과거에 대한 후회와 현재의 게으름이 반복되는 삶을 살고는 한다. 그러나 과거를 후회하고 현재를 놓치다 보면, 결국 이 순간도 과거가 되어 또다시 후회하게 될 것이다.

물론 모든 시간을 완벽하게 쓸 수는 없다. 그러나 삶에서 후회를 완전히 없앨 수는 없다고 하더라도, 지금 할 수 있는 일들을 실천해나가는 자세가 필요하다. 어쩌면 그렇게 작은 노력들을 하다 보면 예상치 못했던 성취와 만족감을 얻을 수도 있다. 그리고 그것이야말로 '할 수 있는 일들을 해보는 것'의 진정한 가치일 것이다.

"만약 인생의 마지막 3개월을 계획해야 한다면, 당신은 무엇부터 실천하시겠습니까?"

위대한 유산

교수님들께 인상 깊었던 죽음의 사례가 있었느냐고 여쭤보면 대답의 종류가 크게 두 가지로 나뉘었다. 하나는 죽음을 정말 잘 준비한 사례였다. 또 다른 하나는 안타까운 죽음의 사례였다.

그럼 어떤 죽음이 안타까운 사례에 속할까? 대부분 예측하지 못한 상황에서의 죽음이었다. 예를 들면 건강했던 사람의 갑작스러운 죽음이나 소아 청소년의 죽음 같은 경우다.

감염내과 L 교수님께서도 본인이 겪은 안타까운 죽음의 사례를 들려주셨다. 그 환자의 가족은 경제적 어려움을 겪고 있었다. 폐렴으로 아픈 부인을 위해 남편이 열심히 돈을 벌어오는 상황이었다. 부인의 예상 여명은 3~4개월이었지만, 폐렴 치료가 잘 이루어져 6개월 이상 생명을 유지할 수 있었다. 남편은 아내를 위해 계속 밖에서 일해야 했고, 아내는 병원에 홀로 입원해 있었다. 그러던 중 아내의 폐렴이 다시 악화되었다.

몇 십 년간 감염 환자를 많이 보아 온 교수님께는 이번 상황이 좋아

보이지 않았다고 한다. 그동안 환자가 많은 죽음의 위기를 넘겼지만, 이번에는 쉽지 않을 것 같았다. 교수님은 남편을 불러, 부인 옆에 있는 것이 좋겠다고 말씀하셨다.

"자기가 돈을 벌어야 부인이 병원 생활을 할 수 있는 상황이라는 걸 내가 알고 있었는데도 불구하고, 입원한 환자 옆에 있으라고 하니까 왜 그러냐고 물어보더라고요. 그래서 내가 '이번에 위기를 넘기지 못하실 가능성이 크겠다. 시간이 일주일 정도 남아 있는 것 같은데, 남편이 계시는 게 좋겠고, 다른 가족들도 불러라.'라고 했어요. 그러니까 남편이 좀 당황스러워했죠. 그동안 내가 그런 얘기를 한 번도 한 적이 없었거든요."

교수님은 임종 면회를 시켜줄 테니 가족들을 전부 부르라고 말씀하셨다. 결국 남편과 아내는 죽기 직전 며칠 동안 함께할 수 있었고, 환자는 2~3일 후 임종을 맞이했다.

이전 글들에서는 주로 죽기 전에 환자의 의식이 명료하고 자기 죽음을 잘 준비한 사례들을 다뤘다. 하지만 현실에서는 그렇지 못한 경우도 많다. 현대의학이 아무리 발전했다 하더라도, 예측하지 못한 죽음과 안타까운 죽음은 항상 존재한다.

나의 할머니나 할아버지의 사례도 그렇다. 할아버지께서는 내가 태어나기도 전에 뇌출혈로 돌아가셨다. 갑작스럽게 극심한 두통을 호소하시다가 며칠 지나지 않아 돌아가셨다고 한다. 당시 시골에 살던 가족들은 병원에 가볼 생각조차 하지 못하고, 단순히 두통이라고만 여겼다고 한다. 머리가 너무 아프다고 하시며 말도 제대로 하지 못하셨던 할아버지는 결국 돌아가셨다.

할머니의 경우는 갑작스럽지는 않았지만, 죽기 전까지 치매를 앓으셨다. 주변 사람들을 잘 알아보지 못하고, 정신이 돌아왔다가도 금세 잊어버리곤 하셨다. 할머니의 모습을 보며 아버지께서는 "의식이 있어야만 죽기 전에 준비도 할 수 있을 것 같아. 그렇게 준비도 되지 않은 채 가족들을 떠나보내면 후회가 많이 되지."라고 말씀하셨다.

안타까운 죽음들에 대한 많은 이야기를 들으며 생각했다. 삶의 의미는 죽음을 앞두고 찾으려고 하면 너무 늦을 수도 있지 않을까? 생을 살아가는 동안, 지나치게 집착하지는 않더라도 자기 죽음을 한 번쯤 고민해 보는 것이 의미 있을 것 같다. 죽음을 준비한 사람과 준비하지 못한 사람이 맞이하는 죽음의 차이는 크다. 후회 없이 살기 위해, 자신만의 가치를 미리 찾아야겠다.

또한 삶의 의미를 찾지 못했거나, 환자의 상태가 급격히 나빠져 마음의 준비를 할 수 없었던 경우에는 어떻게 해야 할까? 환자가 의식도 없고, 침대에 누워 있는 상황에서 무엇을 해줄 수 있을까?

'환자가 의식이 없을 때는 삶의 의미를 어떻게 찾을 수 있나요?'라는 질문에 대한 종양내과 L 교수님의 말씀에서 의문에 대한 실마리를 찾을 수 있었다.

"저는 의사소통이 안 돼도 감각 같은 건 느낄 수 있다고 생각해요. 정말 대화도 안 되고 의식도 없는 환자에게 계속 지극정성으로 말을 건네고, 주물러 주고, 닦아주는 보호자나 가족들이 있거든요. 누가 보면 '전혀 대화도 안 되고 의사소통도 안 되는데 시간 낭비 같고, 보호자 입장에서는 피곤할 텐데, 이게 의미가 있나?' 싶을 수도 있어요. 그런데 저는 그 시간이 보호자에게는 환자에게 후회 없이 사랑을 쏟을 수 있는 기회라고 생각해요. 환자에게도 엄마라면 아들의 봉양을 받는다든지, 아내라면 남편의 지지를 받으면서 끝까지 그 사람의 역할을 하는 시간이라고 봐요.

그래서 저는 그게 다 의미가 있다고 생각해요. 그러한 시간이 있으면 나중에 결국 작별하고 나서 보호자가 환자를 더 잘 추억할 수 있을 거예요. 삶이라는 게 반드시 대화가 되고, 눈을 마주쳐야만 의미가 있는 건 아니에요. 그냥 손을 잡아주는 것만으로도 그 사람의 감정이 전달될 수 있다고 믿어요."

결국은 마음의 힘과 감각들을 믿어야 할 것 같다. 환자의 의식이 명료하지 않더라도, 우리의 작은 행동과 마음은 여전히 의미를 가질 수 있다. 너무 늦기 전에 우리가 환자에게, 그리고 사랑하는 이들에게 할 수 있는 것들을 다하는 것이 중요하다. 그것이 환자에게 주는 마지막 선물이자, 남겨진 사람들에게도 후회를 줄이는 방법이라고 생각한다.

"말없이 누워 있는 이에게도, 당신은 어떻게 사랑을 전하려 애쓰시겠습니까?"

후회 없는 죽음을 맞이하기 위하여

- 환자 가족 인터뷰

교수님들과 인터뷰하고, 환자를 곁에서 보며 느낀 내 생각들을 적었지만, 실제로 가족의 죽음을 곁에서 지켜보는 분들은 환자가 죽기 전에 무엇을 해야 한다고 생각할까? 의사가 된 후 조금이나마 더 도움이 되고 싶어, 그분들의 의견 역시 들어보고 싶었다. 그래서 조심스럽게 어머니께서 돌아가셨던 지인 K에게 이런 질문을 던졌다.

"말기 환자들이 죽기 전에 고려해야 할 점은 무엇이라고 생각하시나요?"

예민할 수도 있고, 슬픈 기억을 떠올리게 할 수도 있는 질문이었지만, 지인 K는 정성스러운 답변을 보내주었다.

우선, 제가 말기 환자 당사자가 아니기 때문에 삶을 끝내기 전에 무엇을 해야 후회가 남지 않을지를 얘기하기에 조심스럽고 어렵네요. 그렇지만, 사랑하는 가족이 점점 아파하고 삶의 끝을 향해 가는 과정을 가장 가까이서 보았기에, 환자의 죽음에 대한 제 생각이 조금이나마 도움이 되지 않을까 싶어요.

저희 엄마의 죽음을 준비하면서, 저도 후회 없는 삶과 죽음에 대해 많이 고민했습니다. 제가 생각하기에는 죽음을 빨리 받아들이는 것이 가장 중요하지 않을까 싶어요. 그래야 죽기 전 무엇을 하고 싶은지 명확히 보일 테니까요. 사람마다 죽기 전 원하는 건 다 다른 거 같아요. 생각보다 누구는 여행을 안 가고 싶을 수도 있고, 누구는 사랑하는 사람을 한 번 더 보고 싶을 수 있고, 또 누구는 가족보다 친구를 더 보고 싶을 수도 있고요. 죽기 전 어떤 것을 해도 좋으나, 이것을 정확히 알려면 죽음을 온전히는 아니어도, 부분적으로라도 받아들이는 과정이 가장 중요하지 않을까 싶어요.

저희 어머니는 호스피스에서 하늘로 가시기 하루 전에도 퇴원할 거라고 하셨어요. 그래서 솔직히 어머니는 자기의 죽음을 스스로 준비하지 못하셨어요. 다행히도 자식들이 알아서 같이 여행도 가고, 서로 평소 못했던 말도 하는 그런 시간을 많이 보냈지만, 저는 그 모습을 보고, 제 죽음은 달라야겠다는 생각이 들었어요.

어머니는 죽음을 항상 부정하셨다 보니 무엇을 원하시는지 말씀도 안 하셨고, 저희에게 유언도 안 남기셨거든요. 남은 가족들은 그저 엄마의 죽기 전 소원과 유언을 추측해서 행동할 수밖에 없었고 그래서 더 힘들었습니다. 당연히 죽음을 받아들이기 싫죠. 특히나 어린 자녀를 둔 환자나 젊은 환자들은 더 그럴 것입니다. 제가 이렇게 얘기할 수 있는 것도 젊고 건강해서 쉽게 말하는 걸 수도 있으니까요.

이런 말이 너무 조심스러운데도 하는 이유는 저희 엄마와 다른 환자분들의 투병 일기를 보면서 너무 많이 느꼈습니다. 죽음을 끝까지 부정하다 남은 소중한 시간을 놓치는 분들을 너무 많이 보았습니다. 자연치유나 가망 없는 항암치료를 이어가시다 가족들과 인사도 못 한 채 갑자기 떠나시는 분들을 많이 보았습니다. 희망의 끈을 놓으라는 게 아니라, 죽음에 대한 준비도 같이하는 것이 현명한 길이 아닌가 싶습니다. 마지막 가는 길 끌려가듯이 가는 게 아닌, 내 삶을 내가 잘 마무리하는 시간을 갖는 게 가장 중요하고, 이를 위해서는 죽음을 받아들이는 게 첫 번째라고 조심스럽게 말해봅니다.

죽기 전 무엇을 해도 좋다고 생각합니다. 살고 싶다는 희망을 품어도 괜찮습니다. 그러나 빨리 죽을 수 있다는 가능성을 받아들이고 마지막을 미리 준비하는 것이 필요하다고 생각합니다. 이 준비가 무겁고 슬프겠지만, 꼭 해야 하는 과정이 아닐까 싶네요. 저희 엄마는 암이셨는데, 암 환자의 특성상 갑자기 상태가 안 좋아집니다. 갑자기 못 일어나고 다음 날은 밥이 안 들어가고 그러다 말할 힘도 없어집니다. 그렇기에 조금이라도 건강할 때 죽음을 빨리 준비하는 게 죽기 전 후회를 덜어내는 방법이라고 말하고 싶어요.

K님의 이야기를 들으며 생각했다. 죽기 전 후회하지 않으려면, 죽음에 대해 '진심'이어야 한다는 점. 환자로서도, 의사로서도 죽음을 단순히 외면하거나 피할 대상으로만 보지 않고, 진심으로 받아들이고 준비할 때 비로소 후회 없는 마무리를 할 수 있을 것 같다.

죽음에 대한 진심은 단지 자신만을 위한 태도가 아니다. 환자는 자신의 죽음을 받아들이며 스스로 삶을 정리하고, 남겨진 가족들에게 진심으로 준비된 마지막 순간을 물려줄 수 있다. 의사 또한 진심으로 환자와 가족을 대할 때, 그 진정성이 환자와 보호자에게 큰 위로와 감동으로 전해질 것이다.

"당신은 언젠가 맞이할 죽음을 마음속으로 받아들여 본 적이 있나요?"

생각정리:
삶의 의미는 언제,
왜 생각해야 하는가

어떻게 살았든지 간에 "사느라 고생했다. 꽤 잘 살았구나."라고 말할 수 있다면, 그것이 잘 산 삶이 아닐까? 그런데 왜 굳이 삶의 의미를 찾으려 노력해야 하는 걸까? 삶의 의미에 대한 글을 쓰며 이런 의문이 들었다.

삶의 의미는 생각보다 사소해 보였다. 사랑하는 사람과 함께 시간을 보내거나, 작은 행복을 발견하는 것. 이렇게 간단한 것들이 정말 '삶의 의미'일까? 그리고 어떻게 살아왔든 마지막에 삶을 잘 정리하고 포장하면 '잘 살았다'고 말할 수 있는 것 아닌가? 그렇다면 굳이 의미를 찾으려 애쓰는 이유는 무엇일까? 그리고 삶의 의미는 언제부터 찾아야 하는 걸까?

더 나아가, 삶의 의미를 찾으려는 노력 자체가 어쩌면 현재 삶에 불만족하고 있다는 신호처럼 느껴졌다. '제대로 살고 싶은데, 이건 좀 아닌 것 같아. 내가 무엇을 해야 내 삶이 의미 있을까?'라는 말처럼 들리기도 했다.

『아침에는 죽음을 생각하는 것이 좋다』에서 김영민 교수님은 이렇게 말씀하신다.

> 밥을 먹다가 주변 사람을 긴장시키고 싶은가. 그렇다면 음식을 한 가득 입에 물고서 소리내어 말해보라. "나는 누구인가." 아마 함께 밥 먹던 사람들이 수저질을 멈추고 걱정스러운 눈초리로 당신을 쳐다볼 것이다. 정체성을 따지는 질문은 대개 위기 상황에서나 제기되기 때문이다. 사람들은 평상시에는 그런 근본적인 질문에 대해 별 관심이 없다. 내가 누구인지. 한국이 무엇인지에 대해 궁금해하기보다는, 내가 무엇을 하는지, 한국이 어떤 정책을 집행하는지, 즉 정체성보다는 근황과 행위에 대해 더 관심을 가진다. 그러나 자신의 존재 규정을 위협할 만한 특이한 사태가 발생하면, 새삼 근본적인 질문을 던지지 않을 수 없다.
>
> * 출처: 김영민. 아침에는 죽음을 생각하는 것이 좋다. 어크로스; 2018. p. 59.

책에서 나온 말처럼, '삶의 의미를 찾고 있어요.'라는 말은 자신의 정체성이 흔들릴 법한 스트레스 상황에서 제기되기 쉬운 질문일지도 모른다. 실제로 인터뷰 중 한 교수님께서는 삶의 의미를 찾는 질문이 우울한 사람들이 자주 던지는 질문 같다고 말씀하시며, "인간이고, 사람이니까 삶을 당연하게 여기는 것이 맞지 않겠냐"고 하셨다. 그 답도 충분히 수긍이 되었다.

잘 살고 있고, 행복하다면 굳이 삶의 의미를 찾으려 애쓸 이유가 없다고 느껴질 수 있다. 그렇다면 정말로, 삶의 의미는 그저 불안한 순간에만 필요한 것일까?

계속 이 질문을 던지면서 스스로 내린 결론은 이것이었다. 삶의 의미는 정말 다양하게 존재한다. 사랑하는 사람들과 맺은 관계에서 얻는 의미, 내가 이루어낸 성과에서 느끼는 의미, 그리고 단순히 살아가는 것 자체에서 발견할 수 있는 의미까지. 한 사람의 삶이 복잡하고 다채로운 만큼, 그 속에서 찾아낼 수 있는 의미도 여러 가지일 것이다.

그런데 이 의미들을 조금 더 일찍 고민하지 않거나, 생각할 기회가 적었다면 어떨까? 결국 내가 발견할 수 있는 의미의 일부만 겨우 알게 되고, 나머지는 그냥 놓쳐버릴 수도 있지 않을까 싶었다. 비유하자면, 내 삶의 의미가 정육면체라면 여섯 면 중 두세 면만 겨우 발견하고 나머지는 남긴 채로 떠나는 거다. 삶의 의미를 늦게 고민하거나, 그럴 기회를 놓친다면 내가 내 삶에 대해 더 깊이 이해하고 풍성하게 만드는 기회를 잃어버리는 셈일지도 모른다.

그래서 삶의 의미를 찾아야 한다고 생각한다. 더 깊이 있는 삶의 의미를 알아내기 위해, 그리고 내 자신에 대해 더 잘 이해하고 '나답게 살기' 위해. 지금 잘살고 있다고 느끼더라도, 조금 더 행복해지기 위해 삶의 의미를 고민해보는 건 어떨까. 내 안에 숨겨진 새로운 면모를 발견하고, 삶의 다른 가능성들을 더 찾아내는 것이다. 그렇게 해서, 나중에 죽음이 다가왔을 때 '아, 나는 내 삶의 많은 의미들을 찾아냈구나' 하고 덜 후회할 수 있다면 좋지 않을까?

삶의 의미는 최대한 일찍, 내가 할 수 있는 일이 많은 지금부터 고민
해보는 게 좋다고 생각한다. 결국, 잘 사는 건 죽음을 준비하는 것과
다르지 않다.

제 6 장

결론:
웰다잉의 철학과 메시지

죽음에 대해 물을 용기

병원 실습을 하며 교수님들과 인터뷰를 하고, 다양한 자료를 찾아보면서 이전보다 죽음에 대한 생각이 깊어졌다. 동시에, 환자와의 면담에서 어떤 방식으로 접근해야 할지도 약간은 알게 된 것 같다. 그러나 실제로 현장에서 그런 말을 입 밖으로 꺼낼 용기가 생길지는 여전히 걱정이 된다.

학생 신분으로 진행했던 환자와의 면담에서는 내가 그분의 진료를 책임지는 의사가 아니었기에 상대적으로 부담이 적었다. 교수님들의 이야기는 그들이 직접 경험한 일이었지, 내가 해낸 일은 아니었다. 그래서 나는 스스로에게 묻게 된다.

"과연 나는 잘할 수 있을까? 내가 이 경험을 바탕으로 환자들에게 진정한 힘이 되는 의사가 될 수 있을까?"

본과 3학년 때 종양내과에서 했던 환자와의 면담이 생각난다. 1년 전에 폐암으로 인해 폐 부분을 잘라내는 수술을 했는데, 폐암이 재발

한 환자였다. 폐암은 뇌까지 전이되어 있었고, 더 이상 암을 잘라내는 것으로 치료할 수 없었다. 항암치료를 통해 암의 크기를 줄이며 삶의 질을 유지하는 것이 목표였다. "힘드시지는 않으셨어요?" 환자분과 면담했을 때 여쭤보았다. "처음에는 힘들었죠. 살도 빠지고, 숨쉬기도 힘들고. 그런데 이제 다시 암 진단을 받고 나서는 오히려 후련해요. 치료 받아야죠." 그 말을 듣고 나도 모르게 안심했다. 만약 환자가 치료를 거부하거나 삶이 너무 고통스럽다고 말했다면 어떻게 대처했을까? 나는 혼자 마음속으로 불안해했던 것 같다.

환자가 치료를 거부한다면, 혹은 죽고 싶다고 한다면, 나는 어떻게 해야 할까? 나 스스로가 환자에게 이 병이 치료 불가능한 병이라고 말할 수 있을까? 환자와 죽음에 대해 이야기를 나눌 때, 내가 그들의 마음을 조금이라도 편하게 해드릴 수 있을까? 이런 고민은 나의 경험 속에서 끊임없이 이어졌다.

책을 쓰며, 나는 어머니나 아버지, 혹은 형제의 죽음을 곁에서 지켜본 지인들에게 죽음에 대한 준비와 조언을 묻게 되었다. 교수님들과 나눈 대화와는 또 다른 무게감이었다. 죽음을 직접 경험한 가족들에게 이를 묻는 일은 쉽지 않았다. "죽음"이라는 단어가 지인들에게 상처가 되지는 않을지 고민하며, 질문을 던지기까지 많은 용기가 필요했다. 다행히도 지인들은 내가 뜻깊은 일을 하고 있다고 응원해주었다. 나는 그 과정이 나를 성장하게 만드는 중요한 시간이었다고 느꼈다.

이 글을 쓰면서 알게 된 사실은, 어떤 말이 꼭 필요하지만 망설여질 때, 그 말을 하는 것이 옳다는 점이었다. 환자의 상태가 죽음에 가까워지고 있다면, 그 사실을 환자와 공유해야 한다. 이를 회피하면 환자와 그들의 삶에 악영향을 끼칠 수 있다. "괜찮아지실 겁니다." 혹은 "희망을 가집시다." 같은 말로 현실을 덮는 것이 꼭 정답은 아닐 수 있다.

환자가 후회 없이 인생을 마무리하도록 돕는 것, 그것이 내가 의사로서 해야 할 진정한 역할임을 깨달았다. 내 마음의 불편함을 피하지 않고, 환자의 삶을 진심으로 이해하며 필요한 말을 꺼낼 용기를 가져야 한다. 그분들이 삶을 온전히 마무리할 수 있도록, 환자에게 실질적인 도움이 되는 의사가 되기 위해 앞으로도 더 노력해야겠다고 다짐했다.

내가 생각하는 죽음에 관하여

죽음에 대한 책을 쓰면서도, 만약 누군가 나에게 "죽음에 대해 어떻게 생각하나요?"라고 묻는다면, 나는 아마도 "내 죽음은 아직 실감나지 않는다."고 답할 것 같다. 아직 나이가 젊고, 크게 아파본 적이 없어서 그런지 내 죽음은 막연하고 멀게 느껴진다. 하지만 내가 사랑하는 사람들의 죽음을 떠올리면 이야기가 달라진다. 부모님의 죽음, 친구의 죽음, 혹은 내가 익숙하게 여기는 공간에서 누군가가 사라지는 일은 무섭고도 슬픈 현실로 다가온다.

스스로에게 묻는다. "내가 죽음의 두려움에 대해 아직 제대로 느끼고 있지 않은 걸까?" 하지만 곰곰이 생각해보니, 나의 죽음보다는 다른 사람의 죽음이 더 선명하게 상상되는 것은 자연스러운 일일지도 모른다. 자기 자신이 세상과 타인에게 미치는 영향을 가늠하기는 어렵다. 반면에 다른 사람들이 내게 주는 의미와 그들이 사라질 때 내가 느낄 감정은 더 쉽게 예측할 수 있다.

그렇다면 나는 내 죽음을 어떻게 준비하고 바라봐야 할까?

그동안 좋은 죽음에 대해 글을 쓰고 고민하며, 나는 '삶의 의미는 정형화된 것이 아니며, 잘 죽는다는 것은 잘 사는 것에서 시작된다.'라는 깨달음을 얻었다. 죽음을 준비한다는 것은 단순히 마지막 순간을 계획하는 것이 아니라, 지금 이 순간을 더 의미 있게 만드는 노력을 포함한다.

삶을 잘 살기 위해서는 아래와 같은 간단한 방식으로 접근해볼 수 있을 것 같다. "10년 후의 내가 지금의 나를 보며 '잘 살았다.'고 말하려면 지금 무엇을 해야 할까?" 같은 질문을 스스로에게 던지는 것이다. 이 질문을 통해 삶에서 후회할 만한 일이 있으면 고칠 수 있는 건 고치고, 고칠 수 없는 것은 새로운 시각으로 재해석해보면 좋을 듯하다.

예를 들어, "공부에만 매달리느라 주변 사람들을 돌보지 못한 것이 아쉽다."는 후회가 예상된다면, 지금부터라도 주변 사람들에게 더 신경을 쓰는 것이다. 반대로, "다양한 경험을 시도했지만 한 가지에 집중하지 못한 것이 아쉽다."는 후회가 든다면, 과거의 경험에서 얻은 교훈과 즐거움을 떠올리며 그 가치를 재평가하는 시간을 갖는 것이다.

'그래, 모임에 들어가서 내가 힘들 때 연락할 수 있는 친구를 만났었지',

'열심히 한 경험 속에서 즐거움도 느꼈었지',

'색다른 경험들 역시 나중에 내가 성장하는 데 밑거름이 될 거야. 어떤 경험이 나중에 쓰일지는 아무도 몰라'

이처럼, 내가 해온 선택과 경험에서 스스로 의미를 찾아내는 시간을 주기적으로 갖는 것이 필요하다고 생각한다. 내가 선택한 삶에서 의미를 만들어가는 이러한 과정이야말로, 후회 없는 죽음을 맞이할 수 있는 기반이 될 것이다.

삶과 죽음은 별개의 것이 아니다. 죽음을 준비하는 것은 곧 하루하루를 잘 살아내는 것에서 시작된다. 죽음에 대한 인식은 내가 후회 없는 인생을 보낼 수 있도록 올바른 방향을 제시해주는 나침반이 된다.

어떻게 죽고 싶은지에 대해서는, 아직까지는 확실치 않지만 일단은 고통스럽지 않게 죽고 싶다. 사람이 고통에 빠지면 평소 자신이 했던 사고방식을 갖지 못하고, 자신을 잃어버리게 되는 것 같아 두렵다. 내가 죽기 직전까지도, 다른 사람들이 나를 보며 "아, 예전과 같은 성품을 가지고 있구나."라고 느끼기를 바란다.

죽기 직전까지 내 몸의 일부라도 내 뜻대로 움직일 수 있기를 바란다. 내 고개 한 번, 손가락 한 번 내 뜻대로 움직일 수 있었으면 좋겠다. 적어도 '내가 통제할 수 있는 내 몸의 부분이 있구나' 느낄 수 있었으면 좋겠다.

또한, 내가 죽은 뒤에 남겨진 사람들이 나로 인해 지나치게 슬퍼하거나, 정리하지 못한 문제들로 인해 다투는 일이 없기를 바란다. 돈, 관계, 혹은 기타 문제로 남겨진 사람들이 고통받지 않도록 미리 준비하는 것이 중요하다고 생각한다. 죽음의 시기는 지금으로서는 크게 중요하지 않다. 일찍 죽든 늦게 죽든, 내 삶에 최선을 다했다는 확신과 정리 작업만 마무리된다면 그것으로 충분할 것 같다.

항상 죽음의 가능성을 염두에 두고 매 순간 의미를 만들어가는 삶이야말로, 삶의 측면에서도 죽음의 측면에서도 가장 좋은 듯하다. 후회하지 않도록, 내가 할 수 있는 일에 집중하며 살아가야겠다. 그리고 그 과정을 통해 내 삶을 조금 더 아름답게 만들어가야겠다.

깨닫게 된 사실들

죽음에 대한 글을 쓰며 깨달은 점이 몇 가지 있다.

첫째, 죽음 앞에 솔직함으로 나아가야겠다.

죽음을 언급하면 환자가 충격을 받을까 봐 걱정이 컸다. '환자에게 꼭 도움이 되는 말을 해주고 싶다', '뭔가 의미 있고 희망적인 메시지를 전해야 한다'는 압박감도 있었다. 그러나 교수님들과의 인터뷰를 통해, 그런 생각이 오히려 시간을 낭비하거나 환자와의 진정한 소통을 방해할 수 있다는 것을 알게 되었다.

환자에게 진정으로 도움이 되는 것은 의학적으로 완벽하거나 거창한 말이 아닐지도 모른다. 그보다는 환자의 두려움에 공감하며, 내 진심을 담아 그들과 마주하는 태도가 더 중요하다. 조금 미숙하더라도 내가 가진 진심과 노력을 믿고 담대히 나아가자. 내가 할 수 있는 것에 최선을 다하는 것만으로도 충분할 수 있다.

둘째, 주위를 둘러보며 함께하는 사람을 믿어야 한다.

의사가 된 후에도 나 혼자 모든 환자를 책임지는 것이 아니라는 점을 잊지 말아야겠다. 환자의 가족, 간호사, 사회복지사 등 다양한 사람들이 환자를 위해 함께 노력한다. 의사로서 환자와 충분히 시간을 보내지 못해 아쉬울 수 있지만, 주변의 도움을 신뢰하며 맡길 줄 알아야 한다.

또한, 이번 글을 쓰면서 환자의 가족도 환자의 삶의 큰 부분이라는 것을 더 깊이 느끼게 되었다. 환자와 가족은 서로 영향을 주고받는다. 의사결정을 내릴 때 환자를 최우선으로 하되, 가족의 목소리와 감정을 공감하며 듣는 것도 중요하다. 가족들 역시 죽음을 준비하고 마주하며 큰 스트레스와 슬픔을 겪는다. 나는 이분들의 고통과 수고로움에도 귀기울일 수 있는 의사가 되고 싶다.

셋째, 사랑을 항상 마음에 품고 살아야겠다.

의사가 되어 죽음을 계속 마주하다 보면 내가 짓눌리거나 무감각해질지도 모른다는 두려움이 있었다. 그러나 이번 글을 쓰며 그런 두려움에 갇히지 말아야 한다는 점을 깨달았다. 대신 지금 이 순간 내가 할 수 있는 일에 감사하고, 환자와 가족을 사랑하며, 내 일을 사랑하려고 노력해야겠다.

마지막으로, '모든 것은 진행형'이라는 사실을 잊지 말아야겠다.

죽음에 대해 생각하며 처음에는 무력감을 많이 느꼈다. 모든 사람은 결국 죽음을 맞이하고, 내가 의사로서 해줄 수 있는 일에도 한계가 있다는 사실이 크게 다가왔다. 이런 깨달음은 처음에는 나를 짓누르는 부담으로 느껴졌지만, 점차 다르게 받아들일 수 있게 되었다.

나는 인터뷰를 통해 무력감에 갇히는 대신, 내가 할 수 있는 작은 일들을 소중히 여겨야 한다는 것을 배웠다. 환자에게 따뜻한 한마디를 건네는 것, 보호자에게 조금 더 진심 어린 설명을 하는 것, 그리고 환자가 떠난 후에도 그들의 메시지를 기억하며 더 나은 진료를 위해 노력하는 것. 이런 일들은 작아 보일지 모르지만, 결국 환자와 가족에게는 큰 의미를 남길 수 있다.

모든 것이 한 번에 해결되거나 완벽할 수는 없다. 그러나 내가 할 수 있는 일을 찾아 최선을 다하는 자세는 무력감이 아닌 희망으로 이어진다. 완벽을 목표로 하기보다, 현재 나에게 주어진 일과 환자 곁에서 할 수 있는 일을 소중히 여기며 나아가야겠다.

삶의 의미를 찾는 과정도, 환자를 대하는 태도도 처음부터 완벽할 수는 없다. 하지만 현재의 부족함을 인정하고, 앞으로도 배우고 성장하려는 마음을 잃지 않는다면, 나는 더 나은 의사, 더 나은 사람이 될 수 있을 것이라고 믿는다.

'카르페디엠'과 '아모르파티'

　죽음에 대한 글을 쓴 후 나는 일상에서 '카르페디엠'과 '아모르파티', 이 두 가지를 실천하려고 하는 중이다.

　'카르페디엠'은 현재를 사랑하라는 뜻이다. 지금 이 순간, 다시는 돌아오지 않을 시간을 누리는 것이다. 학생 시절에는 빡빡한 일상에 치여 살면서 항상 미래를 불안해하고는 했었다. 본과 1학년 방학이 되면 본과 2학년 때 겪을 수많은 양의 공부가 두려웠고, 본과 2학년 방학이 되면 다가올 3학년이 두려웠다. 모든 것이 두려웠다. 몸은 현재에 있었지만 마음은 항상 미래에 있었다. 방학을 할 때면 항상 이 순간이 언젠가 지나가리라는 것이 두려웠다. 그래서인지 몰라도 의과대학 본과 생활에 진입한 후, 해외여행 한 번 가 본 적이 없다. 여행을 떠났다가 다시 돌아왔을 때 느껴지는 '내 세계가 바뀌는 느낌', '지난 일을 추억하기만 하며 사는 순간'들이 너무 싫을 것 같았다. 차라리 호수처럼 잔잔한 인생을 계속 살고 싶었다. 엄청나게 행복한 순간이 없다고 하더라도, 계속 '삶이란 원래 이런 거지.'라고 스스로를 달래며 지내는 것이 편했다.

　그러나 이 글을 쓰고 나서는, 짧은 순간이라도 하고 싶은 일을 계속하고자 하면 많은 것을 이룰 수 있으리라는 것을 깨달았다. 짧은 시간이라도 그 시간을 내가 의미 있게 보내고자 했다면 많은 일을 할 수 있었을 것이다. 왜 그렇게 아무 것도 하려고 하지 않고 집에서 누워 있기만 했는지, 미래를 두려워하느라 시간을 허투루 보낸 것이 아쉬웠다.

　그래서 이 글을 쓰는 시간은(본과 4학년, 국가고시가 끝난 후의 방학이다.) 다르게 보내기로 결심했다. 친구도 만나고, 여행도 떠났다. 예전의 나였다면 '글을 써야 하는데, 글을 써야 하는데.'라고 생각하며 집에 틀어박혀 있었을 것이다. 그러나 이 글을 적으면서는, 마음의 여유를 갖고 현재를 사랑하며 방학을 즐기려고 한다. 놀 때는 노는 것에, 글을 쓸 때는 쓰는 것에 집중하며, 순간에 충실하려고 노력 중이다.

　두 번째로 실천하려고 하는 '아모르파티'는 네 운명을 사랑하라는 뜻이다. 이전에는 일상 속에서 안 좋은 일이 생길 때마다 "왜 이런 일이 나에게만 일어나는 걸까?"라고 생각하며 불평하곤 했다. 다른 사람들은 모두 행복하고 좋은 일만 있는 것처럼 보였고, 나만 불행한 것 같았다. 보편적인 기준에서 멀어지는 일이 내게 일어나면, 나는 참 불행한 사람인 것 같았다. '다른 사람들은 다 행복하고 좋은 일만 있는 것 같은데, 왜 나만 그럴까?' 생각하고는 '내가 보이지 않는 곳에서 다른 사람들도 안 좋은 일이 있을 수 있어. 보이는 대로만 사람을 판단해서는 안 돼.' 라고 결론짓고는 마음을 진정시키고는 했었다. 그러나 글을 쓰면서, 질병과 죽음이라는 우연의 덫에 걸린 수많은 사람들을 보고서는 '아, 인생의 많은 부분은 우연이구나.'라는 생각이 들었다. 불공평해보일 수 있다. 억울할 수도 있다. 모든 인생은 똑같지 않으니 말이다.

 좋아하는 웹툰 〈플랫다이어리〉의 한 에피소드가 떠올랐다. '영어 강의'라는 이름의 에피소드였다. 작가 임현은 대학 시절 아르바이트를 병행하며 장학금을 받기 위해 열심히 공부했다. 그러나 영어가 유독 약했던 탓인지, 영어 과목을 수강하는 데에는 어려움을 겪었다고 한다. 교수님의 강의가 모두 영어로 이뤄졌던 탓이었다. 어찌어찌 그래도 공부를 열심히 하다가, 시험을 보게 된 날, 열심히 알고 있는 답을 적어 내려가고 있었다. 그런데 옆에 있는 다른 사람들이 갑자기 어떤 내용이 적힌 종이들을 주섬주섬 꺼내는 것을 보게 되었다. 자신을 제외한 모든 사람들이 말이다. 알고 보니, 영어 시험의 마지막 부분에 본인의 생각을 서술하는 과제가 있었다. 교수님께서는 참고 자료를 가져와도 되고, 도움이 될 만한 것들을 적어 와서 시험을 보는 데 활용하라고 하셨었다. 다만 이 말을 영어로 말해서 작가가 알아듣지 못했던 탓에, 준비를 하지 못했고, 시험을 잘 치르지 못하게 되었다.

 장학금을 받게 되지 못할 것 같아, 절망에 빠진 작가를 교수님이 따로 부르셨다. 그리고는 교수님께서 당신이 해외 유학을 하던 시절의 이야기를 들려주신다. 당시 동양인이라고는 두 명 밖에 없어서, 의지할 사람이 정말 없었다고. 게다가 다른 한 명의 동양인이던 일본 친구가 서양인 남자친구를 사귀며 교수님을 떠났을 때는 더더욱 힘들었다고 말씀하셨다. 절망에 빠져 있던 순간, 교수님을 가르치던 미국 교수가, 교수님을 불러 당신의 이야기를 하셨다. 미국 교수는 유태계의 사람이 었는데, 2차 대전 때 스웨덴 행 티켓을 구하느라 힘들었었다고. 그러나 결국 마지막 티켓을 찾았다고 하시며 이런 말씀을 하셨다.

"인간은 제각기 다르기에 남을 이해할 수 없다. 널 이해한다는 말은 대부분 순수한 거짓말이다. 네 고통을 이해해보려 노력했지만, 내 이야기밖에 들려줄 수 없어서 미안하다. 하지만 너도 꼭 마지막 티켓을 찾아라."

그 얘기를 들으며, 작가는 자신과 전혀 다르다고 생각했던 사람의 이야기에 힘을 얻었다고 한다. 장학금을 받지도 못했고, 계속해서 많은 아르바이트를 해야만 했다. 그렇지만 '더 이상 나의 불행에 견주어 타인이 가진 것을 미워하지 않기로 했다.'고 적어놓았다. 대신 자신의 삶과 운명을 받아들이기 시작했다.

다른 이와 다르고, 때로는 더욱 힘들어 보일 때가 있어도 사랑해야 하고, 또 그만큼 특별한 게 우리의 인생 아닐까? 이 글을 쓰면서 그 사실을 더욱 잘 깨닫게 되었다. 내 인생은 지금까지도, 그리고 앞으로 도 우연의 연속일 것이다. 때로는 불공평해 보이고 억울한 순간도 있 겠지만, 그것 역시 내가 받아들이고 사랑해야 할 내 삶의 일부다.

이것이 내가 죽음에 대한 글을 쓰며 깨닫고, 바뀌게 된 부분이다. 순간을 사랑하며, 내 삶과 운명을 있는 그대로 받아들이고 사랑하는 것. 결국 이는 내가 현재를 충실히 살아가는 데 큰 힘이 되어줄 것이다.

이 글을 읽은 당신에게

모든 글을 마무리하며, 확실히 알게 된 점 한 가지를 적어보려고 한다.

'죽음에 대해 뾰족한 정답은 없다.'

죽음은 각자의 삶의 방식과 가치관에 따라 다르게 이해되고, 개별적으로 접근해야 하는 주제이기 때문이다.

정답도 없는 문제에 계속해서 도전해야 할까? 후회하지 않는 삶을 살겠노라.고 선언한다고 해도 현실 속에서 바쁜 삶에 치이다 보면 그 다짐을 잊거나 실행하지 못할 때가 많다. '좋은 삶'을 위해 예비했던 계획들이 생각대로 풀리지 않아 좌절할 수도 있다.

그렇다면 죽음에 대해 생각한다고 해서 정말로 삶이 달라질까? 죽음에 대해 고민하지 않는 사람과 고민하는 사람 사이에 과연 얼마나 큰 차이가 있을까?

이 질문에 대해 내가 잠정적으로 내린 결론은 다음과 같다.

"그럼에도 불구하고 생각해야 한다."

죽음에 대해 고민하는 것은 당장에는 큰 변화를 만들지 못할 수도 있다. 그러나 이는 마치 콩나물 시루에 물을 주는 것과 같다. 물을 퍼부으면 모두 아래로 빠져나가 아무 효과가 없는 것처럼 보이지만, 시간이 지나면 콩나물이 무성하게 자란다. 죽음에 대한 고민도 이와 비슷하다. 지금 당장은 헛된 일처럼 느껴질 수 있지만, 결국에는 아름답고 귀중한 결실을 맺을 것이다.

왜 이런 생각을 하게 되었느냐고 누군가 묻는다면, 과거에 내가 철학 모임을 같이 하던 사람들에게 조언을 받았던 때가 떠올라서이다. 그 모임에서, 우리는 항상 '어떻게 사는 것이 좋은지'에 대해 대화를 나눴다. 나는 노력하고서 별다른 성과를 이뤄내지 않은 내 자신이 한심하다고 말을 하고는 했었고, 그 모임에서는 그러면 '그 때 그래도 이런 일을 겪으셨으니, 조금 성장하지는 않았을까요?', '긍정적으로 해석해보면 되지 않을까요?' 라는 조언을 건넸었다. 그 당시에는 억지로 '아, 그럴 수도 있겠네요.'라고 대답을 하고, 속으로는 그들이 해준 이야기들을 부정했다.

그런데 집에 와서 잠을 자려고 하다 보면 다른 사람들이 나에게 해준 말이 하나 둘씩 떠올랐다. '아, 이 사람 말이 맞을 수도 있었겠네, 내가 한 행동을 이렇게 해석할 수도 있겠구나.'라는 생각이 들었다. 그렇게 하다 보니 내가 그 전에 했던 일들을 다시 생각해볼 수 있게 되었고, 스스로를 한심하다고 생각했던 부정적인 기분들이 부분적으로는 해소될 수 있었다.

죽음에 대한 고민도 이와 같다고 생각한다. 지금은 별 의미가 없어

보일지라도, 결국에는 그 작은 생각이 만들어내는 차이가 있을 것이다. 죽음에 가까운 사람들을 위해 그분들의 고통을 덜어주려고 노력하고, 병간호를 해주고, 삶의 의미를 찾아보자고 하는 것들도 무의미해 보일 수도 있겠지만, 이러한 작은 행동들이 분명히 어떠한 가치를 만들어낼 것이라고 믿는다. 그래서 우리는 죽음에 대해 생각하고, 그리고 죽음에 가까운 사람들을 어떻게 도울지도 고민해야 한다.

"유서를 먼저 한번 써본다든지, 사전 연명 계획서를 쓴다든지, 이렇게 죽음에 대해서 한번 생각하는 사람과 그렇지 않은 사람은 차이가 많은 것 같다고 느꼈어요. 얼마되지 않았지만, 그 동안 저의 의사 생활들을 돌아보면 말이죠."

– 소아청소년과 L 교수님

죽음에 대해 생각하는 것은 단순히 두려움을 마주하는 일이 아니다. 그것은 삶의 가치를 되새기고, 지금의 나와 주변 사람들에게 더 나은 삶을 만들어주는 시작점이다.

이 글을 읽는 당신도, 잠시 멈춰서 삶과 죽음에 대해 한 번 더 깊이 고민해보는 게 어떨까? 그 노력들이 결국 빛을 보는 날이 있을 것이다.

나는 의사가 되었고, 요즘은
호스피스 봉사를 다니는 중이다

1. 계기

2024년 2월, 나는 의과대학을 졸업했고 비로소 의사가 되었다. 원래대로라면 인턴 과정을 밟았어야 했고, 대학병원에서 근무할 예정이었다. 그러나 뜻하지 않은 의정갈등 때문에 나는 1년 그 이상을 쉬게 되었다. 죽음에 관한 책을 쓰면서, 죽음을 포함하여 모든 인생의 경로는 우연이라고 적었는데 정작 그 우연이 큰 흐름으로 내게 다가올 줄은 몰랐다. 역시 인생은 어떻게 될지 모르는 일이구나, 겸손해야겠다, 몇 번을 스스로에게 중얼거릴 수밖에 없는 시간들을 살았다.

이 쉬는 기간 동안 나는 오래도록 병원 생활을 떠올리지 않았다. 내 삶은 환자와 멀어져 갔고, 나는 그저 활자에 허기진 사람처럼 책을 읽었다. 예기치 않은 휴식이 주는 불안감에서 벗어나기 위해 책 속에 있는 여러 사람의 인생을 들춰보아야만 했다. 이들의 인생을 관조하며, 인생은 정말 괴상하고도 아름다운 것이구나, 나 역시 그런 인생을 살고 있구나, 스스로를 위로했다.

그렇게 책을 몇 개월 정도 읽었을 무렵, 나는 점점 지겨워지기 시작했다. 책은 분명 어느 순간에는 위로가 되었지만, 또 어느 순간에는 내가 세상으로 나아가는 길을 가로막는 장애물이 되는 듯했다. 세상으로 다시 나아가야만 했다.

그런데, 내가 무얼 할 수 있지? 대학생활을 하며 의학을 제외한 다른 영역에 대해 학습할 기회가 적었기에 내가 무언가를 할 수 있다는 자신이 없었다. 더불어 나는 이미 정신적으로 많이 고갈된 상태인 듯했다. 무언가에 삶을 들이붓고 싶으면서도 동시에 삶을 충만하게 채우고 싶었다. 그게 무엇일까? 나를 다시 세상 속으로 집어넣을 수 있는 그것은 무엇일까?

그러던 중 다시 내게 예정된 것만 같던 우연이 찾아왔다. 우연히 내가 할 수 있는 봉사활동을 찾는 중 내가 살고 있는 지역의 한 병원에서 호스피스 자원 봉사자를 모집한다는 공고를 보게 되었고, 홀린 듯이 해당 봉사에 지원했다. (나중에 알고 보니, 해당 활동의 봉사자를 오랜만에 지원받게 되었다고 했다. 기막힌 우연이었다.) 그렇게 나는 주 1~2회 호스피스 봉사를 나가며 다시 세상에 나가게 되었다.

2. 봉사

내가 하는 봉사는 정말 간단했다. 마음의 준비를 단단히 하고 갔는데, 예상보다 훨씬 수월했다. 그냥 호스피스 환자들의 발마사지를 하면 되는 일이었다. 알코올로 환자들의 발을 소독하고, 향기가 나는 로

선을 바르고 혈관과 힘줄을 따라가며 그들의 발을 주무르고, 내 체온과 기력을 전하는 일. 단지 그것이면 되었다. 큰 능력이나 기술을 필요로 하지 않았다. 나는 그저 환자들의 발을 주물렀다. 때로는 내 온기가 그들에게 전해지기를 바라면서, 내 비언어적인 움직임이 그들에게 미약한 도움이라도 되기를 바라면서.

이 봉사가 환자에게 도움이 될 수 있을까? 내가 발마사지를 받는 당사자가 아니기 때문에, 솔직히 말해서 잘 모르겠다. 다만 그 순간에 나에게 '발이 시원하고 좋다'며, '젊은 청년이 수고하고 있다. 고맙다'라고 말한 환자들에게 감사했다. 수고하셨다고 말하며 '아버지(혹은 어머니) 호강하네~'라고 옆에서 웃으며 말하는 보호자들을 보고 뿌듯했다. 내가 하는 일이 이들에게 사소하지만 즐거운 한 에피소드로 남길 바랐다. 그 순간은 내가 환자에게 도움을 주면서 동시에 도움을 받는 순간이었다.

봉사 도중 행복은 생각보다 거창하지 않으며, 가까운 곳에 있다는 사실을 깨달을 수 있었다. 나는 호스피스의 사회복지사 선생님께 이 기관에서 하는 다른 프로그램에도 참여해보고 싶다는 의사를 밝혀 '음악 프로그램'에도 참여를 했는데, 마음이 일렁이는 듯한 순간을 몇 번 겪었다.

한번은 할머니 환자들 네 명이 모여 있는 병실에 음악 선생님이 들어간 때였다. 선생님은 우쿨렐레[1]를 들고, 환자들에게 '혹시 듣고 싶

---

1 **우쿨렐레**: 기타족에 속하는 하와이 악기. 밝고 경쾌한 소리를 낸다.

은 노래 있느냐'라고 여쭤봤는데, 할머니들은 '그런 거에 관심 없다'라고 하면서 시큰둥한 반응을 보였다. "그래도 이거 좋은데, 한 곡만 들어보세요~"라는 설득을 통해 그 방에서 겨우 연주가 이뤄졌다. 그런데 예상 외로 반응이 좋았다. 환자들은 선생님이 부르는 오랜 유행가를 함께 불렀고, 흥겨워했고, 노래 중간에 내가 마라카스를 가져다주자 이를 열심히 흔들기도 하셨다.

"내가 노래 좋아하는 걸 잊고 있었어요. 정말 고마워요."

어떤 환자는 노래를 열심히 따라 부르며, 내게 다시 음악이라는 세계를 일깨워줘서 고맙다고 선생님께 말씀하셨고, 또 다른 환자는 다음 주에는 아예 노래 한 곡을 우리에게 알려달라고 말씀하셨다. 그 광경을 보며 마음이 따뜻해졌다. 노래 한 곡으로도 병실의 분위기가 달라질 수 있다. 어떤 행복은 목소리만으로도 이루어질 수 있다는 걸 느꼈다.

음악 프로그램 보조를 하며, 음악을 통해 환자와 보호자가 연결되는 순간을 체험한 적도 있다. 그 환자는 상태가 너무 좋지 않아 임종실에 있었는데(상태가 비교적 괜찮은 환자의 경우 호스피스의 일반 병실에 있고 기대수명이 며칠 남지 않았다고 판단되었을 때, 환자들은 임종실로 옮겨진다.), 환자의 보호자께서 그를 위해 그가 교회를 다녔던 시절 좋아했던 찬송가를 불러 달라고 요청했다. 음악 선생님은 그곳에 가셔서 노래를 불렀다. '나 같은 죄인 살리신 주 은혜 놀라워–' 병실 안에 감미로운 음악이 울려 퍼졌다. 환자의 아내였던 보호자는 그 노래를 부르며 눈물을 소매로 훔치셨다. 슬프고도 숭고한 장면이었다. 그렇게 슬픔을 온 몸으로 느끼고 있는데, 기적이 일어났다. 눈만 껌뻑껌뻑하고 있던 환자가 함께 입을 열어 그 노래를 함께 부르는 것이었다. 숨도 쉬기 힘든데, 함께 눈물을 흘리며 다 갈라져가는 작은 소리를 기어코 한 음, 한 음 내어놓는 것이었다.

"어머님 말이 맞네요. 환자분께서 진짜 이 노래를 좋아하셨나봐요."

어머니는 그 말을 들으며 눈물을 더욱 자주 훔쳤다. 애 아빠가 건강할 때 자주 찬양을 인도했다고, 이 노래를 정말 좋아했다고 말씀하셨다.

그러니까 이 순간들은 연결이었다. 삶과 죽음, 환자와 보호자, 나와 그들, 음악과 기억이 하나로 이어지는 찰나. 나는 그 곁에 있었고, 그 곁에서 함께 떨리는 마음으로 노래를 들었다.

나는 그런 순간들을 보내며 충만해졌다.

3. 봉사자

"나는 내가 죽은 다음에 피해 안 끼치려고 장례 비용을 준비해놓고 있어."

호스피스에서 신규 봉사자를 모집한 지 얼마 안 되었기에, 그동안 이곳에서 봉사하던 분들은 다 베테랑이셨다. 기본 10년 정도의 시간을 봉사에 쏟으신 분들이었다. 나이든 분들이 많았다. 그분들은 봉사와 함께 늙어가신 분들이었다.

그분들은 다른 사람의 죽음을 보며 동시에 당신들의 죽음을 준비하고 계셨다. 나는 그분들을 보며 깨끗하게, 자신의 삶을 정리하며 죽음을 대비하는 삶의 자세를 배웠다. 죽은 후 남겨질 자식들과, 세상에 벌어질 일들을 정리하는 방법을 익혔다.

동시에 나는 자아를 버리고 다른 사람을 온전히 돕는 방법을 익히기 시작했다. 이 선생님들은 자신이 발마사지를 해줬던 환자가 임종실로 가고, 병실에서 사라지고, 그렇게 세상과 이별하는 모습을 오래도록 겪어온 분이셨다. 그런데도 이분들은 계속해서 봉사를 했고, 아무 기대도 하지 않고 단지 묵묵히 최선을 다해 환자들을 도왔다.

환자들에게 정도를 넘는 기대나, 현실적이지 않은 희망을 걸지 않고, 계속해서 그냥 자신이 할 일을 다하는 자세. 나는 봉사자분들을 통해 내가 이런 의사가 되어야겠다고 생각했다. 환자가 계속해서 말라가고, 수척해 가고, 눈빛에 총기를 잃어가다가 사망한다고 해도, 그럼에도 내가 할 수 있는 최선을 다하며 그 순간에 이를 족하다고 여길 수 있기를 바랐다.

4. 사랑

"이 봉사를 하면 마음이 편해져요. 피곤하지도 않고, 오히려 내가 휴식하는 느낌이랄까?"

봉사가 끝나고 집으로 돌아가는 길, 한 봉사자가 나에게 이런 말을 했다. 그러게? 나도 이 말에 공감을 했다. 이상했다. 분명 슬픈 순간들도 있고, 이 환자들이 만나는 마지막 사람이 나일 수도 있다는 생각에 가슴 아프기도 했고, 저번 주에는 일반 병실에 계셨던 환자가 다음 주에 임종실로 옮겨져 있으면 안타깝기도 했는데. 왜 나는 이 봉사를 하며 마음이 심하게 힘들다는 생각을 하지 않았을까? 왜 이 봉사가 좋다고 내심 생각하고 있었을까?

답은 사랑이었다. 호스피스의 환자들은 삶의 마지막 순간을 바라보고 있었기에, 세상의 다른 많은 것들을 재고 따지지 않았다. 그들은 진실했고, 발마사지 같은 작은 도움에도 감사했고, 또 온화했다. 삶의 마지막 순간에 결국 남는 것은 물질들이 아닌 사랑이라는 것을 나는 호스피스 봉사를 통해 배웠다.

이 봉사를 통해 나는 그동안 내가 인터뷰했던 교수님들이 하신 말씀을 이제야 조금 더 알 것 같다. 누군가의 인생 끝자락을 곁에서 바라보며 함께한 이 시간들은 결국 사랑을 배우는 시간이었다. 호스피스 봉사는 내게 단순한 봉사가 아니었다. 이 봉사는 내게 살아간다는 것, 누군가를 돌본다는 것, 그리고 이 모든 시간 끝에 결국 남는 것이 결국 사랑이라는 것을 알려주었다.

요즘도 나는 계속해서 호스피스 봉사에 가고 있고, 내가 주는 것보다 훨씬 더 많은 것을 받고 있는 중이다.

프롤로그

권 서 연

병원의 볼드모트

병원은 죽음과 맞닿아 있으면서도 적극적으로 죽음을 회피한다. 환자든 의사든 죽음을 입에 올리는 것은 피하고, 죽을 사(死)를 떠올리게 하는 4층이나 444호 병실은 없으며, 검은 넥타이도 못하게 한다. 큰 병원에서는 매일 심폐소생술 방송이 울리고, 병색이 완연한 환자들이 가득해서 다들 죽음의 존재를 느낀다. 그러면서도 환자뿐 아니라 의사도 약속이나 한 듯이 죽음 따윈 없는 척을 한다. 소설 해리포터에서 모두 두려워하며 이름조차 감히 입에 담지 못하던 볼드모트가 병원에도 있는 셈이다.

의료 전문가가 아닌 환자는 죽음이 두렵고 피하고 싶을 수 있다. 하지만 생명을 다루는 전문가인 의사라면 죽음을 두려워하는 환자를 품을 수 있어야 하지 않을까. 그런데 병원에서 환자든 의사든 똑같이 죽음을 쉬쉬하는 모습은 마치 아이가 밤에 혼자 잠들기 무섭다고 엉엉 울 때, 부모도 무섭다며 똑같이 엉엉 우는 모습과 같아 보인다. 혼자 자는 것은 어른이 되는 자연스러운 과정임을 아이에게 알려주면서 두려움을 다독여주고 혼자 잘 수 있도록 이끌어주는 것이 부모의 역할이지 않은가.

아이가 커가면서 혼자 자는 두려움을 이겨내는 법을 배우듯, 의사도 죽음에 대한 두려움을 극복하는 법을 배우며 전문가가 된다. 죽음을 피하지 않고 성숙하게 받아들이는 것은 생명을 책임지는 의사에게 꼭 필요한 자질이라고 생각한다. 그런데 의대에서는 어떻게 하면 환자를 살리는가에 대해서만 줄곧 배우지, 어떻게 하면 환자가 편안하게 죽을 수 있는지에 대해서는 제대로 배우지 않는다. 의대 입학 전에 나는 한의사였다. 한의대를 졸업하고 한방병원에서 인턴과 레지던트 수련을 거쳐 전문의가 된 직후 의대에 들어왔다. 그런데 한의대에서도, 한방병원 수련 과정에서도, 의대에서도 죽음에 대해서 제대로 배우지 못했다. 죽음이란 묻지도 따지지도 말고 무조건 피해야 할 두려운 존재였다.

의대 입학 전 한방병원에서 수련 받던 중 있었던 일이다. 인턴 때 처음으로 내 환자가 돌아가셨다. 처음 맡았을 때부터 그 분은 의식이 없었고 콧구멍, 목, 팔, 옆구리, 요도에 온갖 줄이 꽂혀 있었다. 관이 꽂힌 부위를 매일 두 번씩 소독하느라 환자를 자주 뵀고, 보호자인 딸과 이런저런 이야기를 하기도 했다. 환자 상태는 점차 악화되는 중이었는데, 어느 날 담당 레지던트가 내게 환자가 곧 돌아가실 것 같다고 했다. 심장이 멈추더라도 심폐소생술을 하지 않겠다는 동의서를 이미 보호자인 딸에게서 받은 상태여서 인턴인 내가 할 수 있는 건 그저 돌아가실 때까지 기다리는 것뿐이었다. 몇 시간 후 심전도가 평평해지자 레지던트는 몇 가지를 더 확인하더니 이내 사망선고를 했다. 나는 환자 몸에 꽂혀 있던 온갖 줄을 하나씩 조심스레 뽑았다. 그리고 관이 꽂혀 있던 자리를 한 땀 한 땀 꿰맸다. 의식이 없는 게 차라리 나았을지도 모르겠다 싶을 정도로 온갖 관이 참 많이도, 깊게도 꽂혀 있었다. 몸이 힘드셨겠구나, 사는 게 사는 게 아니었겠구나 싶었다. 정리하는 동안 환자 몸이 서서히 차가워지는 것을 느꼈다. 그렇게 나는 아무런 사전 준비도 없이 태어나서 처음으로 사람이 죽는 것을 경험했다.

　시신을 본 게 처음은 아니었다. 학생 시절 해부 실습 때 처음으로 시신을 보았다. 그 때는 시신이 이미 차가워진 상태에다가 얼굴도 모르던 사람이었지만, 이 환자는 익숙한 얼굴이었고 따뜻하던 몸이 식어가는 것이 느껴져서 느낌이 너무 달랐다. 진짜 죽음이구나. 돌이킬 수 없구나. 다음날 그 환자가 있던 병실 자리에 다른 환자가 들어와 있었다. 한동안 그 병실 앞을 지나가며 그 분 자리에 다른 사람이 있음을 확인할 때마다 다시금 죽음은 되돌릴 수 없다는 사실이 마음 깊이 박혔다.

　이후 레지던트가 되어 병동 주치의를 맡았을 때 내 환자가 조금이라도 죽음과 관련한 이야기를 꺼내면 난 불안해졌다. 통증 환자를 주로 맡았는데 여기저기 아파하는 노인 환자들은 넋두리처럼 '아유 인제 그만 죽어야지.' 하셨다. 지금 생각하면 그 말에 너스레를 떨면서 '증손주도 보고 오래오래 사셔야죠, 별 말씀을 다하신다'든지 아니면 그분들의 죽음에 대한 불안에 귀 기울여야 했지만 나는 그러지 못했다. 환자들의 불안을 안아주기에는 주치의인 내가 갖고 있는 불안이 너무 컸다. 그래서 환자들이 죽음이란 이야기를 내게 꺼내지 못하게 막아버렸다. '새벽부터 나와서 환자분 어떻게 하면 낫게 해드릴지 고민하는 주치의한테 그런 말씀하시면 어떡해요.'라고 대꾸했다. 참… 못났다. 그때 그 말을 하면서도 이게 아닌데 싶었지만 달리 어떻게 반응해야 할지 몰랐다. 넉넉하게 그분들의 두려움을 받아내기엔 내 마음 속에 두려움이 너무 크게 자리잡고 있었다. 성숙한 주치의가 되어 환자의 두려움을 보듬어 주고 싶었다. 그러려면 어떻게 해야 할까 생각해보니 결국 죽음을 똑바로 쳐다보아야 했다. 그 때부터 건강한 죽음관을 배우고 싶다는 마음이 자리잡았다. 죽음을 앞두면 어떤 마음이 들까? 누구나 죽는데 이 죽음을 어떻게 준비할 수 있을까? 좋은 죽음은 무엇일까?

중환자실에 가본 적 있는가? 의대 병원 실습 중 처음 중환자실에 갔을 때가 기억난다. 스르륵 문이 열리자 아프도록 쨍한 불빛이 동공을 때렸다. 중환자실 불빛은 밤이고 낮이고 24시간 새하얗게 켜져 있다. 비릿한 기저귀 냄새가 인공적인 알콜 소독약 냄새와 섞여 코를 채웠다. 가지런히 서로 마주보게 늘어선 침대는 한눈에 환자들이 보이도록 커튼도 없었다. 몸 곳곳에 이어진 줄이 주렁주렁 달려있고 그 줄의 끝은 머리맡에 있는 복잡한 기계에 연결되어 있었다. 기계가 내는 규칙적인 쒸익쒸익 소리와 심박수에 따라 울리는 삑삑삑 소리가 고막을 쉴 틈 없이 건드렸다. 의식 없이 축 늘어진 환자 한 분 한 분을 따라 시선을 옮기다가 문득 나를 보고 있던 환자와 눈이 마주쳐 흠칫 놀랐다. 그 분 바로 옆에 누워있는 환자에게는 의사들이 우르르 달려들어 환자의 가슴을 온 힘을 다해 정신없이 눌러대고 있었다. 어디선가는 면회 온 가족들이 우는 소리가 들렸다. 조금 뒤에는 사망선고가 들렸다. 이런 곳에서 사람들이 죽고 있었구나. 그런데 이 곳에서, 그 환자는 의식이 있었다. 겁에 질린 그 분의 눈은 '나도 이렇게 죽는 건가요?'라고 묻고 있었다. 한 발짝 떨어져 이 모든 장면을 보고 있는 나 또한 언젠가 죽을 사람으로서 불행한 미래를 '미리보기'하고 있는 기분이었다. 급사가 줄어들고 대부분 병사로 사망하는 현실을 생각하면 나도 높은 확률로 이렇게 죽을 것이다. 그런데, 이건 정말 아니다. 삶의 마지막 모습은 이것보단 나아야지, 아니, 나아야 해. 그럼 난 어떻게 죽고 싶지? 다시, '좋은 죽음은 무엇일까?'라는 물음이 강하게 들었다.

그러나 죽음에 대한 두려움은 나를 계속 방어적으로 만들었다. 이 두려움을 굳이 마주해야 할까? 죽음을 마주하기 싫어서 어떻게든 핑계를 만들었다. 죽음에 대해 굳이 모든 의사가 고민할 필요가 있을까? 모든 의사가 죽음을 다루는 것도 아닌데? 그런데 이미 죽음에 대한 의문을 마음에 품은 상태라 그런지 어느 과 실습을 가든 죽음과 닿아 있는 부분이 보였다. 좋은 죽음은 무엇인가에 대한 고민은 말기 환자를 보는 일부 의사에게만 필요한 것이 아니었다. 낫지 않는 질병으로 평생 고통받는 사람, 자식에게 짐이 될까 걱정하는 노인, 사는 것보다 차라리 죽는 게 낫다며 자살을 시도하는 사람, 산전 검사에서 기형아 확률이 높다고 나온 태아, 환청과 망상으로 고통받는 조현병 환자 등 죽음은 남녀노소를 가리지 않았다. 결국 어느 분야의 의사든 건강한 죽음관이 필요하다. 이것을 안 후부터 건강한 죽음, 즉 웰다잉 (Well-dying)에 더욱 관심을 갖게 되었다. 죽음이 두려워 피하기만 했는데, 사실은 그 두려움이야말로 한 인간으로서, 그리고 예비 의사로서 내가 꼭 마주해야 할 주제라고 생각했다.

예비 의사로서 죽음에 대하여 환자와 성숙한 대화를 하기 위해 필요한 자질을 고민해보았다. 환자가 죽음을 두려워할 때 어떻게 표현하는지 알아차리고 그 마음을 이해하는 의사가 되고 싶다. 환자가 솔직하게 불안을 털어놓을 수 있도록 넓은 마음 그릇을 갖추고 싶다. 하지만 아쉽게도 그동안의 의대 교육과 병원 수련에서는 죽음에 대해 생각해보거나 좋은 죽음에 대해 배울 수 있는 기회는 없었다. 다른 사람들이 느끼는 고통과 절박함을 헤아릴 통찰력도 배우지 못했다. 웰다잉에 대한 건강한 인식을 배우기 위해서는 별도의 노력이 필요했다.

의대 입학 후 본과[1] 3~4학년에 걸쳐 6주 동안 관심 있는 분야에 대해 외부실습을 할 수 있는 시간이 있었다. 그 기간을 활용해서 웰다잉을 배우고 싶어서 교수님들께 도움을 구했더니, 국내보다 해외에서 많이 배울 수 있을 것이라고 하셨다. 실습 목표는 웰다잉 롤모델을 찾는 것으로 삼았다. 그래서 웰다잉 문화 선진국인 일본과 영국에 실습을 다녀왔다. 그 기간 동안 뜻이 맞는 동기 2명과 웰다잉을 주제로 국내외 교수님 30분들을 인터뷰해서 교내 인문학 과정의 보고서를 썼다. 그 외에도 본과 2학년 선택 과정으로 '의대생을 위한 죽음학 수업'을 듣기도 하고, 평소에는 빅터 프랭클, 어빈 얄롬, 알베르 카뮈와 같

---

1 **본과**: 의대는 6년 과정으로, 첫 2년은 '예과', 이후 4년은 '본과'라고 한다. 예과 때에는 기초 과목을 배우고, 본과 때에는 진료에 보다 가까운 전공 과목을 배운다. 보통 본과 1~2학년에는 이론을 배우고, 본과 3~4학년에는 병원 실습을 나간다.

이 죽음에 대해 깊이 다룬 철학자의 책을 읽으며 웰다잉에 대한 이해를 넓히고자 했다. 그렇게 죽음을 쉬쉬하지 않고 마주하려는 노력 덕분에 두려움이 점점 줄어들었다. 의료인으로서 죽음에 대한 나의 불안을 비로소 마주할 수 있었고, 어떤 죽음이 좋은 죽음인지에 대한 건강한 가치관을 조금씩 배울 수 있었다. 여러 환자들과 가족들, 의료진들을 만나고 웰다잉 롤모델도 찾을 수 있었다.

감사하게도 나의 고민에 공감하는 분들이 계셨고, 건강한 죽음관을 배워가는 과정에 관심을 가져주셨다. 같은 고민을 하고 계신 분들이 각자의 답을 찾는 과정에 조금이나마 도움이 되길 바라며 나의 여정을 나누기 위해 이 책을 썼다. 평소 죽음에 대해 생각해보지 않으셨던 분들도 이 책을 읽으며 죽음에 대해 생각해보실 수 있길 바란다. 환자들과 선배 의사들께서 전해준 깨달음의 횃불이 이 책을 통해 여러분들의 마음 속에 작은 불씨로 퍼지길 바란다. 초보 의사라 서툴겠지만 그래도 이 책이 누군가의 시행착오를 줄여줄 수 있을 거라 기대하며 부끄러움을 무릅쓰고 써내려 갔다. 제 다듬어지지 않은 울퉁불퉁함에 불편함을 느끼실 수 있어 미리 양해를 구한다.

책을 쓰는 동안 의정갈등으로 혼란스러운 시간도 있었으나 그 시간은 의사로서 가고자 하는 길을 되새길 수 있는 계기가 되었다. 그동안 이 프로젝트가 학교 과제 보고서로 끝나지 않고 책으로 나올 수 있도록 용기를 주시고 지도해주신 서울성모병원 정신건강의학과[2] 채정호 교수님, 삶과 죽음에 대해 많은 이야기를 나누며 인터뷰와 책 작업을

---

2 **정신건강의학과:** 흔히 정신과라고 부르는데, 정식 명칭은 정신건강의학과이다.

함께한 민혜, 센스 있는 질문으로 인터뷰의 깊이를 더해준 지율, 귀한 시간을 내어 지혜를 나누어주신 환자들과 교수님들을 비롯해 마음 써 주신 모든 분께 감사드린다.

제 1 장

죽음을 마주하다:
환자와 가족의 이야기

사람은 이렇게 죽어가는 거란다

93세 여성. 폐암 전신 전이. 심부전, 신부전. 현재 호소하는 증상은 설사. 여명 3개월 예상. 60대 아들 세 분이 돌아가며 가정에서 간호 중

병원에서 받은 이 정보를 보면 어떤 환자 모습이 떠오르는가? 잠시 상상해보자. 이분은 영국 런던 가정방문 호스피스에서 뵌 환자분이었다. 93세에 말기암에다 심장과 신장도 제 기능을 못한다고 하니 침대에 힘없이 누워 계실 거라고 나는 예상했다. 담당 의사 선생님과 같이 차를 타고 할머니 댁으로 방문 진료를 갔다. 할머니 댁에 도착해서 초인종을 누르자 집 저 안쪽에서부터 달달달달 바퀴 구르는 소리가 들렸다. 바퀴소리가 현관을 향해 천천히 다가왔다. 삐걱거리며 문이 열렸다. 백발의 할머니께서 보행기를 잡은 채 우리를 보며 환하게 웃으셨다. 당황스러울 만큼 정정하셨다. 말기 환자는 병약하게 침대에만 있을 것이라고 생각한 건 편견이었다.

부엌 식탁에 둘러 앉자 의사 선생님은 진료를 시작하셨다. 할머니께서는 밤마다 보이는 것이 헛것이라는 것을 스스로 알고 계실 만큼 당

신의 상황을 잘 인지하고 계셨다. 의사 선생님과 대화 중에 할머니께서는 '저는 죽어가는 단계잖아요.'라고 담담하게 말씀하셨다. 그 담담함이 너무 자연스러워서 편안함마저 느껴졌다. 그리고 할머니께서는 지금 쓰고 있는 약 하나하나에 대해 이 약은 왜 먹는 것이고, 언제 먹는 것인지, 끊으면 안되는 것인지 관심을 갖고 의사에게 직접 설명을 해달라고 부탁하셨다. 수전증 때문에 떨리는 손으로 삐뚤빼뚤하게 메모까지 하셨다. 정리해서 처방전으로 드린다고 해도 '아까 그 약 다시 말해줄래요?'하며 꼼꼼하게 메모하셨다. 상황을 파악한 후 스스로 모든 결정을 하셨다. 그 정도 연세와 몸 상태라면 약물이 헷갈리고, 이런저런 설명을 듣고 결정 내리기가 머리 아프니 아들에게 결정을 맡길 법도 한데, 할머니는 꼿꼿하셨다.

지금 드시고 있는 약과 남은 약을 확인하려고 의사 선생님과 아드님이 잠시 자리를 비운 사이 할머니와 대화할 수 있는 시간이 생겼다. 무슨 이야기를 할까 고민할 필요도 없이 할머니께서 먼저 말을 걸어오셨다. 요즘 세계사 책을 읽는데 이집트 문명이 참 재미있더라며 부엌 테이블에 놓여 있던 책을 펴서 보여주셨다. 여생이 몇 달 남지 않았음에도 여전히 책을 읽고 호기심을 느끼는 여유라니. 입장을 바꾸어서 몇 달 뒤에 죽으리란 걸 안다면 나는 과연 책을 읽으며, 심지어 참 재미있다고 느낄 수 있을까. 책 이야기에 이어서 할머니는 눈을 반짝이며 내게 질문을 해오셨다. 처음부터 의사가 되고 싶었던 것이냐고. 중학생 때 꿈은 외교관이었다고 하니 할머니께서 당신의 전 남자친구가 외교관이었다고 하셨다. 오늘 처음 본 외국인 의대생인 내게 아무렇지 않게 전 남자친구 이야기를 하시는 할머니의 소녀 같은 순수함과 소탈함에 웃음이 났다. 2차 대전 즈음에 혼란스러웠던 이야기, 태국 여행 다녀오신 이야기를 도란도란 나누었다.

어느덧 헤어질 시간이 되었다. 할머니는 인자한 표정으로 내게 '사람은 이렇게 죽어가는 거란다.(This is how a human dies, dear.)'라고 하셨다. 죽음을 앞에 두고 두려워하는 것이 아니라 죽음까지 자연스러운 삶의 과정으로 받아들인 할머니의 평화로움이 전해져 여운이 오래 남았다. 만나서 정말 반가웠다고 마지막 인사를 드리니 미소를 지으시며 '행복한 미래가 되길 바라요.(Happy future.)'라고 인사해주셨다. 여명이 얼마 남지 않은 사람에게 듣는 축복이라니. 마치 인생 선배로서 '나는 참 만족스러운 삶을 살았지. 너도 앞으로 그럴 거란다.'라고 토닥여 주시는 것 같았다. 그저 으레 하는 인사말이기도 하지만, 지난 삶에 불만과 억울함이 많은 사람이었다면 죽음을 앞에 두고서 다른 사람에게 웃으며 할 수 있는 말은 아니었을 것이다.

93세. 마냥 좋은 일만 있었다고 하기에는 긴 세월이다. 우여곡절을 겪으면서도 세상을 향한 따스함과 순수함을 유지하신 비결은 무엇일까? 같은 일을 겪어도 과거에 머물며 미련과 원망만 남은 사람이 있고, 할머니처럼 현재 누릴 수 있는 것에 집중하는 사람이 있다. 같이 2차 대전을 겪어도, 같이 말기 암이어도, 누군가는 지난날을 후회하고 현실을 원망하며 피해자가 되지만, 누군가는 지금 할 수 있는 것들에 집중하기를 선택하며 이 순간의 주인이 된다. 할머니께서는 얼마 남지 않은 삶이라도 끝까지 당신답게 살고자 노력하셨다. 죽음을 앞에 두고도 변함없이 묵묵히 지금의 일상을 살아가고자 하는 용기를 느낄 수 있었다. 그 노력의 시간이 쌓여 할머니처럼 삶을 사랑하게 되는 것 같았다. 고집스럽다 느껴질 정도로 모든 사소한 결정까지 스스로 하시고 주변에 대한 순수한 호기심을 간직하면서 마지막까지 자신의 색깔을 유지하는 모습은, 뭐랄까. **아름다웠다.** 말기 환자를 만나면서 같이 웃는다거나 아름답다고 느끼게 될 줄은 몰랐는데, 만남의 시작부터 끝까지 반전을 보여주신 할머니셨다. 지금은 아마 세상을 떠나셨을 테지만 할머니께서 전해주신 울림은 오래도록 내게 남아있다. 인생의 마지막 시기에 나 또한 할머니와 같은 여유와 편안함을 느끼고 싶다. 죽는 날까지 세상을 애정 어린 따뜻한 눈빛으로 바라보고 싶다. 할머니를 보며 나답게 살아가는 것이 곧 나답게 죽는 것으로 이어진다는 사실도 배웠다. 삶과 죽음은 이어져 있다는 말이 이런 뜻인가보다.

죽어가는 중? 살아가는 중!

24시간 내내 자기만의 시간 없이 다른 사람과 함께 지내야 하는 삶,

하고 싶은 말은 많은데 온몸이 마비되어 말도 잘 못하고 움직이지도 못하는 삶,

정신은 온전한데 점점 마비가 심해지다가 결국 숨을 못 쉬어 몇 년 뒤에 죽게 될 것이라는 걸 알고 살아가는 삶.

여러분의 삶이 이렇다면 어떨 것 같은가? 이 삶을 실제로 살아가는 분이 있다. 일본 H 호스피스 병원에서 만난 루게릭병[1] 아주머니 환자이다. 루게릭병은 스티븐 호킹 박사도 앓았던 병으로, 정신은 온전한데 온몸의 근육이 서서히 마비되다가 수년 뒤에는 결국 호흡 근육이 마비되어 사망한다. 원인도 명확하지 않고 완치방법도 없다. 완치 대신, 점점 심해지는 마비로 인해 생기는 소화불량, 호흡곤란 같은 증

---

1 **루게릭병**: 뇌와 척수의 운동신경세포만 골라서 파괴하는 질환이다. 서서히 진행하며 팔다리에 힘이 없어지는 증상에서 시작하여 결국 호흡근육이 마비되어 수년 내에 사망에 이른다.

상을 의학적으로 조절하게 된다. 마비가 심해지면 기본적인 식사와 대소변부터 모든 걸 다른 사람 손에 의지해야 한다. 몸에 모기가 앉아도 눈으로는 보이는데 잡을 수가 없다. 나는 그분께서 퇴원하시기 전에 병원에서도 뵈었고, 댁으로 같이 퇴원해서 그분께서 가정 돌봄을 받는 모습도 볼 수 있었다. 글로는 배웠지만 루게릭 환자를 직접 뵙는 건 처음이었다. 환자를 뵙기 전 그분의 의학적 상태에 대해 설명을 들었을 때 나는 그분이 자기다움을 잃어서 우울하고 무기력하게 살아가고 계실 거라 생각했다. 어쩌면 죽고 싶을지도 모른다고 생각했다.

　병실 문을 노크하고 들어가자, 모니터가 달린 커다란 특수 전동 휠체어가 먼저 눈에 들어왔다. 그분은 휠체어에 파묻혀 힘없는 연체동물처럼 몸을 기댄 자세로 앉아계셨다. 스스로 숨쉬기가 힘들어서 목에 기관절개관[2]이 꽂혀 있었고, 삼키는 근육도 약해져서 음식을 입으로 드시지 못하고 배에 관을 꽂아 영양을 공급받고 계셨다. 혼자서는 일상생활이 불가능해서 몇 년 동안 이 환자만 담당하는 24시간 돌보미 두 명이 돌아가며 교대근무를 하고 있었다. 목에 관이 꽂힌 상태라 목소리를 내지 못해서 그나마 힘이 약간 남아있는 허벅지에 조이스틱을 끼워 모니터에 나타난 키보드를 보며 천천히 한 음절 한 음절 입력해서 의사소통을 하신다. 당연히 한 단어를 입력하는 데만 해도 시간이 한참 걸린다. 루게릭병 진단 당시에 직업이 있었는지, 결혼은 한 상태였는지, 진단받고 어떤 생각이 들었는지, 진단 이후 가족은 어떤 반

---

2 **기관절개관**: 코와 입으로 호흡할 수 없는 사람들에게 목 가운데의 기관(숨길) 일부를 절개해서 기관절개관을 꽂아 그 통로를 통해 숨을 쉴 수 있게 한다.

응이었는지, 진단 전후로 삶이 어떻게 변했는지, 죽음에 대해서 어떻게 생각하는지 등 여쭤보고 싶은 것이 많았다. 하지만 허벅지로 힘겹게 한 글자 한 글자를 입력하는 것이 너무 벅차 보여서 거의 여쭤보지 못했다. 그런데 환자는 온몸이 힘없이 처져 있었지만 눈빛만은 반짝이며 나를 바라보셨다. 그 눈빛에서 그분도 내게 하고 싶은 말은 많은데 그저 삼키고 있다는 걸 느낄 수 있었다. 실제로 환자는 힘겹게 자판을 쳐서 내게 전하기를, 당신께서 하고 싶은 말의 1/10도 못하고 살고 있다고 하셨다. 여기까지는 내 예상대로 암울한 상태였다.

그런데 조금 더 이야기를 나눠보고, 댁에도 찾아가보니 내가 참 오만하게 지레짐작했다는 것을 알았다. 퇴원을 앞두고 집에 오랜만에 간다며 환자는 온 얼굴로 기뻐하고 설레하셨다. 입원해 있는 동안 계절이 봄으로 바뀌어서 집 현관에 겨울에 두었던 목화를 벚꽃으로 바꿀 거라고 하셨다. 퇴원하는 환자를 따라 가정방문 간호사 선생님과 함께 댁으로 갔다. 환자는 그날그날 입고 싶은 옷을 직접 고르시고, 인테리어 소품도 하나하나 손수 골라 배치하시고, 오늘 식사 메뉴도 고민해서 정하셨다. 당신께서 직접 못하셔서 도우미분께 매번 부탁하는 것이 눈치 보일 법도 한데 원하는 것을 명확하게 표현하셨다. 환자 머리부터 발끝까지, 그리고 그 집 곳곳에서 그분만의 색깔이 물씬 느껴져서 마치 온몸과 물건으로 당신이 살아있음을 표현하는 것 같았다. 그분은 자신의 삶을 사랑하고 계셨다. 신체가 불편하다고 해서 그분이 삶을 비관할 것이라 함부로 속단했었다. 이런 편견이 나치의 우생학과 다르지 않다는 걸 문득 깨닫고 많이 부끄러웠고 반성했다.

나와 환자의 대화가 끝나자 간호사 선생님이 기관절개관과 배에 꽂힌 영양공급관을 소독했다. 소독하는 모습을 가만히 보고 있었는데 문득 환자가 나를 빤히 바라보는 눈빛을 느꼈다. 환자와 눈이 마주쳤는데 순간 그때의 내 표정이 신경 쓰였다. 행여나 동물원의 동물을 보듯 호기심 어린 눈으로 환자를 보고 있진 않았나 싶어 얼른 표정을 고치려고 했는데 어떤 표정을 지어야 할지 모르겠어서 얼굴 근육 하나하나가 어색하게 느껴졌다. 환자는 눈빛으로 많은 걸 읽어내려 하고 말씀하고 싶어하시는 것 같았다. 가만 보니 환자가 오히려 나를 호기심 어린 눈으로 찬찬히 뜯어보고 있단 걸 알았다. 환자를 나보다 나약한 존재로 보고 나만 일방적으로 환자를 관찰한다고 생각했던 내가 부끄러웠다. 불치병에 걸린 사람은 죽어가는 중이므로 우울하고 연약하고 삶을 즐기지 못할 것이라는 편견을 내가 갖고 있었다는 사실이 부끄러웠다. 불치병에 걸려도 이 아주머니 환자처럼 다른 사람에게 호기심을 갖고 소통하고, 하고 싶은 것이 많고, 설레기도 한다.

그분을 보면서 말기 진단은 사형 선고가 아니라 어쩌면 새로운 시작일 수 있겠다는 생각이 들었다. 우리는 죽음에 이르는 과정을 상실감과 슬픔뿐만 아니라 사랑과 설렘, 나눔과 친절 같은 따스함으로 채워갈 수 있다. 숨을 쉬는 한, 우리가 인간으로서 하던 일을 죽기 전까지 계속 할 수 있다. 생애 말기는 죽을 일만 남은 상태가 아니라 다른 사람과 눈빛을 주고받고, 대화를 나누며, 서로 영향을 주고받는 상태이다. 여전히 삶을 살아가면서 삶의 마지막 단계인 죽음을 준비하고 배우는 능동적인 시기이다. 죽음도 삶의 일부이다. 처음 삶을 시작할 때

아기가 부모와 사랑을 주고받으며 용기를 갖고 수없이 넘어지고 일어서며 삶의 시작을 배우듯, 죽음에 이를 때 또한 다른 사람과 사랑을 주고받으며 용기를 갖고 삶의 마무리를 배우는 것이 아닐까? 퇴원하고 오랜만에 집에 간다는 설렘과 새로운 사람을 향한 호기심, 낯선 외국 의대생에게 기꺼이 베푸는 친절. 생애 마지막까지 겸손하면서도 용감하게 삶을 배우는 자세가 필요하다는 것을 루게릭병 아주머니 환자에게서 배울 수 있었다. 그분과 시간을 보내며 내가 많은 걸 느끼고 영향을 받은 것은 그분께서 여전히 주변과 소통하며 역동적으로 살아가는 중임을 증명한다. 루게릭병 환자를 만나기 전의 나처럼 불치병이나 말기 판정을 받았다고 해서 이제 인생은 끝났다고 생각한다면 삶에서 가장 중요한 페이지인 결말을 읽지도 않고 삶을 다 안다고 아는 척하는 것이나 다름없는 것이라고 생각한다. 말기 환자도 여전히 삶을 살아가고 있는 중이다.

떠날 용기

영국 런던에 있는 R 호스피스에서 2주 동안 실습하면서 가정 방문 호스피스를 자주 참관했다. 병원보다 집에서 뵐 때 환자들도 더 편안해하셨다. 집을 둘러보며 환자에 대해 더 잘 이해할 수 있었고, 이야기 나눌 기회도 많았다. 환자에게서 직접 듣는 이야기가 가장 날 것 그대로이고 교과서에서 배울 수 없는 이야기이기에 최대한 환자와 대화할 수 있는 시간을 만들려고 했다. 영국의 가정 방문 호스피스의 경우, 평소에는 호스피스 전문 간호사 선생님들이 정기적으로 방문하고, 진료가 필요한 상황이 생기면 호스피스 의사가 왕진을 간다. 방문 주기는 환자 상태에 따라 다른데 2~3주에 한두 번씩은 가고, 중간에 언제든 환자가 전화로 진료를 요청할 수 있다.

영국 런던 호스피스 실습을 한창 하던 중에 하루는 96세 말기암 할아버지 환자 댁을 방문했다. 그 날은 2주 동안의 영국 실습이 끝나는 날이기도 했고, 일본에서 영국으로 이어진 6주간 전체 해외 실습의 마지막 날이기도 했다. 마지막이라 생각하니 익숙해진 출퇴근 길도 평소와 달라보였고, 이곳의 모습을 되도록 눈에 많이 담아 가고 싶었다. 실습도 후회 없이 마무리하고 싶어서 평소보다 더 많이 느끼고 배우려고 했다.

담당 간호사 선생님이 같이 차를 타고 가면서 환자에 대해 말씀해 주셨는데 걱정이 한가득이셨다. 오늘 할아버지를 뵈면 이제 집보다 요양원으로 옮기시는 게 낫겠다고 말씀을 드려야 했기 때문이었다. 예전에도 한 번 요양원 이야기를 꺼냈는데 강력하게 거부하셨다고 했다. 하지만 최근 환자 상태가 급격하게 악화되어서 집에서 가족들이 돌보기 힘들다보니 다시 한 번 요양원을 권하려 한다고 하셨다. 싫다고 하시면 뭐라고 해야 할까 고민이라며 무거운 마음으로 같이 초인종을 눌렀다.

중년의 따님과 까만 리트리버가 우리를 맞아주었다. 거실로 안내받아 들어가는데 따님 표정이 좋지 않아서 간호사 선생님이 무슨 일 있느냐고 물어보셨다. 알고 보니 그 날 아침에 갑자기 환자가 혈변을 많이 보셨다고 했다. 이런 적이 처음이라 환자도 당황하고 가족도 당황한 상태로 오전 내내 혈변 처리를 하느라 정신없다가 다 마무리되었을 때 마침 우리가 왕진 온 것이라고 했다. 자초지종을 들은 간호사 선생님은 환자 상태에 대해 묻고는 조심스럽게 딸의 안색을 살폈다. 그리고 잠시 말을 잇지 않고 계시다가 '괜찮아요?'라고 물어보셨다. 딸은 그 말을 듣고서 울음을 터뜨렸다. 이대로 돌아가시는 줄 알았다며 너무 무서웠다고. 간호사 선생님은 딸을 가만히 안아주셨다.

2층에 계신 할아버지를 뵈러 계단을 올라갔다. 1층 거실에서 2층으로 올라가며 집을 둘러보았다. 벽걸이 흑백 가족사진들, 누렇게 변한 책, 삐걱삐걱 소리 나는 계단, 해진 카페트, 손때 묻은 가구들, 오래되어 보이는 벽지, 계단 난간 틈에 두껍게 낀 먼지, 쿰쿰한 냄새. 곳곳에 할아버지께서 살아오신 흔적이 쌓여 있었다. 2층에 올라가니 할아버지는 휠체어에 앉아 신문을 보시다가 우릴 보시고는 신문을 내려놓으셨다. 오늘 갑자기 혈변을 많이 보셔서 놀라셨겠다며 간호사 선생님이 할아버지 상태를 물어보셨다. 아무런 전조증상 없이 갑자기 소변보듯이 혈변을 보셨다고 했다. 다행히 혈변을 보시기 전이나 후에 통증도 없었고 다른 불편감도 없었다. 소변인지 대변인지도 나중에 뒤처리를 하면서야 아셨다고 했다. 혈변 이야기를 얼추 마무리 짓고 간호사 선생님은 요양원 이야기를 꺼내기 위해 조심스럽게 운을 띄웠다. 나도 덩달아 조마조마했다. 화를 내시면 어떡하지? 오늘 안 그래도 혈변 때문에 놀라셨을 텐데 요양원 이야기까지 꺼내면 괜히 더 심란하게 만드는 건 아닐까?

그런데 다행히도 할아버지께서 더 이야기해보자고 담담하게 말씀하셨다. 당신께서도 이제 요양원이 낫겠다는 생각을 하고 계셨다며. 얼마 남지 않은 시간을 소중한 사람들과 의미 있게 보내고 싶은데 악화되는 증상에 불안해하고 증상 뒤처리만 하다가 시간이 다 가는 것은 원하지 않는다고 하셨다. 모두 안도하며 부드럽게 대화가 진행되었다. 간호사 선생님이 요양원을 몇 군데 추천해주셨다. 마침 딸이 미리 알아본 요양원과 같았다. 요양원은 집과 가까운데다, 의료진도 친절하고, 시설도 좋고, 반려동물도 출입이 자유로운 곳이라 할아버지께서도 만족스러워하셨다.

하지만 이렇게 부드럽게 술술 풀리는 대화가 내게는 어색하게 느껴졌다. 마음에 드는 요양원을 찾았다고 마냥 좋아할 수가 없었다. 요양원으로 가시면 이제 할아버지는 평생 살아온 흔적이 있는 이 집에 다시 못 오실 수도 있다. 예전에 요양원을 권유 받았을 때 거절하신 이유에는 아마 다시는 집에 돌아오지 못할 것에 대한 두려움도 있지 않았을까. 요양원으로 가시겠다는 그 결정이 할아버지께 결코 쉽지 않았을 거란 생각이 들었다. 마침 그날은 내게 해외 실습 마지막 날이어서 더 이입이 되었을 수도 있다. 런던에서 2주 동안 매일 다니던 출퇴근 길, 그동안 지내던 아늑한 3층 다락방, 새벽에 창문에 부딪히던 빗소리, 잦은 비에 질퍽거려 불평했던 진흙길, 퇴근길에 들러 엽서도 쓰고 혼자 저녁도 먹었던 지중해식 레스토랑, 런던 공항에 내리자마자 귀에 들려서 설레었던 영국 악센트, 기념품 삼아 실습병원 앞에 책을 사러 들어갔다가 서점 주인의 취향이 흠뻑 묻어나는 분위기가 마음에 들어 한참 둘러보았던 서점까지. 마지막이라 생각하니 모든 것이 달리 보였다. 고작 2주 머문 곳에서 떠날 때에도 이렇게 모든 것이 새로워 보이고 아쉬운데, 몇 십 년을 사셨을 이 집을 떠나겠다고 결정할 때에는 어떤 마음이었을까. 요양원으로 옮기실 즈음이면 나는 한국에 돌아왔을 때겠지만 그 때 할아버지의 마음은 어떨까.

비단 집뿐일까. 죽음을 앞두면 세상 모든 것과 이별할 준비가 필요할 것이다. 집, 가족, 친구들, 반려동물, 길거리, 햇빛, 음식, 손때 묻은 물건, 추억. 내 생활을 이루던 소소한 부분들의 무게가 죽음의 비가역성 앞에서는 한없이 무겁게 느껴질 것이다. **그럼에도 할아버지 스스로 당신의 마지막 거처를 결정하고 기꺼이 이별의 아픔까지도 감내하고 받아들이시는 모습에서 느낀 것은 '용감함'이었다.** 할아버지 곁을 든든하게 지킨 가족과 담당 간호사 선생님이 계셨기에 할아버지께서도 용기를 내실 수 있었을 것이다. 죽음 앞에서 이렇게 용기를 내어 익숙한 환경을 떠나기로 결심하는 것은 할아버지께 어쩌면 삶의 마지막 도전이자 성장이었을 것이다. 어느 교수님께서 말씀해주셨던 말기 환자의 내적 성장이란 바로 이런 것인지도 모르겠다.

"영국과 한국 의료는 어떻게 다를까?"

영국에서는 진료를 요청하더라도 실제 간호사나 의사를 바로 만나지는 못한다. 진료를 받기까지 아무리 빨라도 하루는 걸린다고 한다. 예를 들어 암 환자가 밤에 급성 통증이 심해서 진통제를 추가로 받고 싶다고 전화를 하면 추가 진통제를 그 다음날이 되어서야 받을 수 있다는 뜻이다. 이런 상황을 예방하기 위해 미리 진통제를 넉넉히 처방해주고 갑자기 심한 통증이 왔을 때 진통제를 추가로 투여하는 방법을 환자와 보호자에게 교육해놓는다고 한다. 그래서 한 번 왕진을 갔을 때 여러 약에 대해 논의를 충분히 한다.

영국에서는 진료를 받기까지 왜 이렇게 시간이 오래 걸리는 걸까? 영국과 한국 의료 시스템이 어떻게 다른지 살펴보았다. 한국은 진료 행위 하나하나당 값을 매겨서 의사가 진료하는 만큼 돈을 받는데 이를 행위별 수가제[*]라고 한다. 그리고 한국은 환자들이 병원 진료를 쉽게 받을 수 있어서 하루에도 병원을 몇 군데씩 다닐 수가 있다. 그런데 영국은 인두제[*]라는 시스템으로 각 동네를 담당하는 동네 주치의들이 있고 나라에서 그 동네 인구 수에 맞추어 동네 주치의에게 해마다 진료비를 미리 지급한다. 주치의들 입장에서는 받을 진료비가 이미 정해져 있고, 진료를 더 한다고 해서 진료비가 더 나오지 않는다. 그러다보니 진료를 적게 하려고 해서 효율성이 낮고 오래 걸린다. 일을 얼마를 하든 월급은 똑같이 받는 공무원과 같은 셈이다. 그리고 환자들은 마음대로 내가 원하는 병원이나 의사를 찾아갈 수 없고 자기 동네 주치의를 통해서 상급 병원에 의뢰를 해야만 다른 병원 진료를 볼 수가 있어서 진료를 받기까지 시간이 오래 걸린다.

[*]

	한국 의료	영국 의료
진료비 책정 방식	행위별 수가제 (진료 행위마다 비용 청구)	인두제 (인구 수에 맞추어 정부가 매년 진료비 지급)
의사의 수입 구조	진료를 많이 할수록 수입 증가	진료량과 무관하게 수입 고정
병원 접근성	환자가 원하는 병원 자유롭게 방문 가능	반드시 동네 주치의를 통해 상급 병원 진료 가능
진료 대기 시간	짧다 하루에 여러 병원도 방문 가능	길다 절차와 대기 시간이 길고 진료 횟수 제한
의료진 동기부여	수익 증가가 동기부여로 작용	수익과 무관해 진료량을 줄이려고 함
의료 시스템 예시	민간 중심, 병원 중심	국가 중심, 1차 진료(동네 주치의) 중심

돌볼 용기: 보호자편

30대가 되면서 친구들이 하나 둘 결혼하기 시작했다. 메신저 프로필에는 결혼 사진과 아기 사진이 많아졌다. 친구들이 아이를 키울 때 모든 것을 내어주어도 아깝지 않다는 희생정신을 발휘하는 것을 자주 보았다. 부모가 되면 아이에게 생긴 작은 문제라도 다 자기 탓인 것만 같고, 아이에게 행여나 해가 되는 것은 없을까 금이야 옥이야 아이를 보호하게 되는 것 같았다. 소아과에 내원하는 아이 부모님들이 평소에는 합리적이고 관대하다가도 아이 문제에 있어서는 작은 것에도 예민해지는 경우를 종종 보는 것도 생명을 책임진다는 것이 그만큼 무겁기 때문일 것이다. 이렇듯 생명을 돌보는 일은 책임이 따르는데 심지어 그 생명이 가족이라면 그 무게는 엄청날 것이다. 이는 점차 자라나는 생명을 돌볼 때뿐만 아니라 점차 꺼져가는 생명을 돌볼 때에도 마찬가지인 것 같다. 생업과 돌봄을 병행하는 부담과, 오늘이 환자의 마지막이 될지도 모른다는 애틋함과, 돌봄 과정에서 자칫 자기의 무지와 실수 때문에 환자가 얼마 남지 않은 시간 동안 고통스러워할지도 모른다는 불안 등으로 그 가족이 느낄 부담은 쉽게 가늠하기 힘들다.

런던 R 호스피스의 가정방문에서 지극정성으로 아내를 간호하는 남편을 만났다. 부부 모두 머리가 희끗한 70대 고령이었다. 아내는 자궁경부암이 전신에 퍼진 말기 환자로, 스스로 거동을 못하고 섬망이 심해서 현재 장소와 날짜를 인지하지 못하는 상태였다. 남편은 스스로를 챙기기도 힘들 나이에 다른 보호자도 없이 홀로 하루종일 아픈 아내를 돌보고 있었다. 노부부를 만나러 가기 전 방문 간호사 선생님이 그분들의 이야기를 해주셨다. 아내는 젊을 때 끔찍한 성폭행을 당해서 트라우마로 고통받았다. 그러다 다행히 지금의 남편을 만났고 남편은 사랑으로 아내의 상처를 보듬어주어 결혼생활 중에는 아무런 문제가 없었다. 그런데 자궁경부암이 발병했고 자궁경부암은 아내에게 과거의 성폭행 트라우마를 상기시켰다. 아내는 불안해했고 현실감각을 잃고 섬망[3]에 빠졌다. R 호스피스에서 환자 컨퍼런스 때 이 환자에 대해 다루었는데 당시 정신과 의사 선생님께서 여성 생식기 암이 과거 성폭행 피해 경험을 상기시키는 경우가 많다고 하셨다. 내 의지와 상관없이 함부로 내 몸을 망가뜨린다는 공통점, 그리고 자궁경부암을 유발하는 바이러스가 성관계를 통해 전파된다는 점 때문일 것이다.

암이 진행되면서 섬망은 점차 심해졌다. 약으로 조절하려고 해도 환자에게 천식과 약 알러지가 많아서 약을 정하기 힘들었다. 비록 아내

---

3 **섬망**: 평소와 다르게 정신이 또렷하지 않고, 사람이나 시간, 장소를 헷갈리며, 말이나 행동이 이상해지는 상태. 고령, 수술 후, 감염, 약물 부작용 등으로 뇌가 일시적으로 혼란스러운 상태. 예를 들면, 평소 멀쩡하던 어르신이 갑자기 자기 병실이 병원이 아니라고 하거나, 돌아가신 가족이 왔다고 하시는 상태

환자는 스스로 명확한 의사표현이 힘들었지만 지극정성인 남편 보호
자는 아내에 대해 모르는 것이 없어서 의논이 수월했다. 약 알러지 때
문에 약을 바꾼 적이 많은데다 약 이름이 어려울 법도 한데, 언제 무
엇 때문에 무슨 약을 어느 정도 용량으로 썼고 당시 어떤 부작용 때문
에 무슨 약으로 바꾸었는지 남편은 줄줄이 꿰고 있었다. 이번에 섬망
이 악화되어 약을 다시 바꾸어야 했는데 또 부작용이 생길까 봐 걱정
가득한 눈으로 간호사 선생님을 보셨다.

간호사 선생님은 남편 보호자의 하소연을 한참 들은 후에 오늘 R
호스피스에서 회의를 통해 약물을 어떻게 변경하기로 했는지 차근차
근 설명하기 시작했다. 지금 쓸 수 있는 약물은 무엇인지, 그 약의 부
작용은 무엇인지 하나하나 설명하고, 부작용이 생겼을 때 어떻게 처치
하면 되는지 이야기했다. 알러지 때문에 현실적으로 쓸 수 있는 약에
한계가 있지만 섬망이 심하니 약간의 위험을 무릅쓰고 낮은 용량부터
조금씩 약을 써보자고 하셨다. 그러자 남편 보호자는 너무 고마워하
면서 이렇게 설명해주는 의료진이 없었다며 안심된다고 하셨다. 아내
환자는 일주일에 한 번씩 방문하는 간호사 선생님 얼굴은 알아보지
못했지만 남편 얼굴은 알아보고 남편 목소리에는 반응했다. 부부가 서
로를 바라보는 눈빛에는 수십 년 동안 쌓인 신뢰와 애정이 가득했다.
남편은 아내의 모든 것을 아는 듯했다. 아내가 침대를 어느 각도로 해
서 앉아있는 걸 좋아하는지도 알고, 간호사 선생님이나 나는 못 알아
듣는 아내의 웅얼거림을 남편은 정확히 알아듣고 대화를 하는 등 남
편의 신경은 온통 아내를 향해 있었다. 마치 남들은 못 알아듣는 아기

옹알이를 부모는 알아듣는 것처럼.

남편 보호자의 지극정성을 보고 어떻게든 힘이 되고 싶은 마음에 응원한다는 말이라도 전하고 싶었다. 마지막 인사를 할 때 '말기환자를 볼 때 돌볼 용기가 필요한데 굉장히 용감하신 것 같다. 감동받았다.'고 말씀드리니 남편 보호자의 눈시울이 붉어졌다. 오히려 당신께서 내게 고맙다고 하셨다. 그런 남편 보호자가 대단해 보이면서도 위태로워 보이기도 했다. 아내가 머지않아 사망하고 나면 남편이 무너지지 않을까 걱정스러웠다. 집을 나와서 간호사 선생님께 그 이야기를 했더니 간호사 선생님도 남편 보호자를 주시하고 있다고 하셨다. 아내를 돌보느라 남편은 아무도 만나지 않는다고 했다. 지금은 다른 보호자도 없고 남편 보호자가 무조건 자신이 처음부터 끝까지 간호해야 한다며 완강하게 주장한다고 하셨다. 스스로를 돌볼 여력이 없는 남편 보호자가 걱정되어 의료진이 가정 방문을 할 때마다 남편의 상태도 살피고 있다고 하셨다. R 호스피스는 사별 클리닉도 활발하게 운영하고 있어서 아내 사망 전후에 남편을 위해 신경쓸 것이라고 하셨다.

돌봄에 대해 생각하게 해준 또다른 일화가 있다. R 호스피스 병동에 새로 입원한 환자가 있었다. 할머니 환자이셨고 첫째 딸이 간병을 하고 있었다. 할머니는 영어를 거의 못하셔서 주치의인 의사 G는 주 보호자인 첫째 딸과 면담했다. 면담을 시작하자 첫째 딸은 엄마의 상태에 대해 말을 쏟아냈다. 그런데 대변 이야기가 대부분이었다. 변비일 때 변의 첫 부분과 끝 부분의 모양이 어떻게 다른지, 며칠 동안 변비 상태였다가 무슨 약을 쓰니 설사가 며칠간 나왔다든지, 며칠 동안 대변이 어떻게 변했는지 브리스톨 대변 척도[4]를 써가며 이야기했다. 처음에는 귀 기울여 듣다가 대변 이야기를 몇 십 분 동안 듣고 있으니, 이야기를 끊고 다른 병력을 물어봐야 할 것 같았다. 그런데 의사 G를 보니 놀랍게도 진지한 눈빛으로 고개를 끄덕이며 경청하고 있었다. 한 시간이 다되도록 대변 이야기를 하는데 그게 저렇게 귀 기울일 만큼 중요한 이야기인가? 딸 보호자의 기나긴 대변 이야기도 당황스러웠지만 의사 G의 경청하는 태도 또한 당황스러웠다. 그렇게 1시간쯤 지나자 딸 보호자가 이제서야 다른 증상에 대해서도 이야기를 하기 시작했다. 면담 초반에 빠른 말투로 쏟아내듯이 말하던 것과 달리 말투와 눈빛이 한결 부드러워졌다. 그제서야 의사 G도 질문을 하면서 대화가 이루어졌다. 한국에서도 처음 보는 환자를 진료할 때는 병력을 파악하느라 시간이 걸리는 편이긴 하지만 길어야 20~30분이다. 그런데 그 날 의사 G는 딸 보호자와 결국 2시간이 넘게 면담했다. 효율성을 중시하는 한국 의료에 비해 영국 의료는 효율성이 낮고, 여기가 호스피스라서 으레 저렇게 하는 것인가 했다.

그 다음날 R 호스피스에서 환자 컨퍼런스를 하는데 의사 G가 그 환자에 대해 보고했다. 딸 보호자가 환자의 대변 양상에 집착하고 있고 말을 끊을 수 없을 정도로 말을 쏟아냈다고 했다. 그 이야기를 들은 다른 의사들은 딸 보호자가 극도의 중압감과 불안 상태임을 알고 딸

---

4 의학에서 대변을 굳기와 모양에 따라 분류한 척도

에게 꼭 쉬고 오도록 하기로 결론이 났다. 알고 보니 영국에서도 아무리 처음 보는 환자여도 2시간씩 진료를 보는 것은 드물고, 의사 G도 대변이 의학적으로 중요해서 딸의 이야기를 한참 듣고 있었던 것이 아니었다. 의사 G는 딸 보호자의 불안을 알아채고 일부러 충분한 시간을 들여 이야기를 들어준 것이었다. 의사 G의 배려와 대처가 놀라웠다. 몸이 배배 꼬이고 몰래 시계를 확인하던 스스로가 부끄러웠다. 그렇게 라포가 형성되고 나자 딸 보호자는 의사 G를 부드럽게 대했고 하루씩이라도 중간중간 휴식을 취하고 오자 더이상 말에 잔뜩 힘이 들어간 모습을 보이지 않았다.

한국에서의 돌봄은 어떨까 알아봤는데 돌봄의 부담과 어려움은 매한가지였다. 한국에서 돌봄 보호자의 고충을 여실히 보여주는 에세이가 있다. '사랑에 따라온 의혹들'은 백혈병에 걸린 아이의 엄마가 쓴 책이다. 가족 여행을 계획하며 행복하게 일상을 살던 엄마가 갑작스럽게 초등학생 딸이 백혈병 진단을 받은 후로, 돌봄 보호자로서 겪은 것을 적나라하게 보여준다. 저자는 돌봄의 중요성을 강조하면서, 가사 노동보다도 돌봄 노동이 더 평가절하되어 있다고 꼬집는다. 저자의 말을 가져오자면, 돌봄은 인류의 생존에 필수적임에도 성별 균형도 심하게 맞지 않고, 돌봄 노동의 양과 강도는 측정되지도 않는다. 돌봄은 훌륭하고도 창의적이며 능동적인 일이다. 약자를 존중하면서도 보호하기 위해 강력한 윤리와 고도의 전문적 능력과 이성이 필요하기 때문이다. 매들린 번팅의 말을 빌려 저자는 돌봄이 미래에 인공지능으로도 대체할 수 없는 가장 창의적인 일이라고 한다. 또한 돌봄은 결코 본능으로

하는 것이 아니라고 힘주어 말한다.

의사로서 환자가 질병에서 회복할 수 있도록 도우려면 환자의 질병에만 초점을 맞출 것이 아닌 것 같았다. 환자가 질병을 경험하면서 가장 연약할 때 가장 오래 접촉하는 사람이 바로 돌봄 보호자이다. 돌봄 보호자가 어떤 태도로 환자를 대하는지는 환자 회복에 큰 영향을 끼친다. 돌봄 보호자에게서 짐짝 취급을 받는 환자와 소중한 존재로 대접받는 환자가 질병에 맞설 때의 태도는 다를 수밖에 없을 것이다. 돌봄 보호자에게 어떻게 환자를 함부로 대할 수 있냐고 비난할지도 모른다. 하지만 긴 병에 효자 없다는 옛말이 왜 있겠는가. 건강한 사람도 돌봄을 맡아 하다 보면 몸도 마음도 지쳐간다. 돌봄 보호자도 돌봄이 필요한 것이다. 이 책에서는 간병이 꼭 갓난아기를 돌보는 것과 같다고 했다. '무력하면서도 전능'하다는 면에서 돌봄 보호자는 갓난아기의 엄마와 같다. 아이를 잘 키우는 법에 대한 정보는 많은데 아픈 사람을 잘 돌보는 법에 대한 정보는 부족하다. 돌봄 보호자가 환자를 돌보며 어떤 어려움을 겪는지 알아내어 이를 해결해 준다면, 돌봄 보호자의 번아웃을 줄일 수 있을 것이다. 돌봄 보호자가 건강해야 환자도 더 잘 회복하지 않을까. 엄마가 건강해야 아이도 잘 크는 것처럼.

말기 환자의 보호자는 이처럼 엄청난 압박을 느끼고 스트레스 반응을 보이기 쉽다. 자궁경부암 환자의 남편 보호자가 70대임에도 자신의 건강도 돌보지 않고 모든 신경을 아내에게 쏟으며 강박적으로 모든 약을 다 외우고 약 하나에도 전전긍긍하는 것이나, 딸 보호자가 어머니의 대변이 어떻게 변하는지 집착하는 것 모두 그들의 책임감이 그만큼 무겁다는 것을 나타낸다. 환자를 돌보느라 몸과 마음이 지쳐 자신도 환자가 되었으면서 감히 자신을 돌볼 생각은 못한다. 자신도 쉼이 필요하고 치료가 필요하다는 것조차 알지 못하기도 한다. 돌봄 보호자가 건강하지 못하면 환자도 충분한 돌봄을 받기 어렵다. 이를 이해하지 못하고 주변을 피곤하게 하는 극성 보호자로 치부한다면 보호자는 더욱 날카로워지고 환자도 편안한 돌봄을 받기 힘들 것이다. 가족은 말기 환자 돌봄에서 중요한 역할을 하는 만큼 그들이 후회 없이 마지막 시간을 최대한 같이 누릴 수 있도록 주변의 배려와 관심이 필요하단 걸 배웠다. 보호자의 중압감과 불안을 덜어주기 위해서는 가족들에게 그들이 혼자가 아니라는 것을 일깨워주고 의료진이 같이 고민하고 도움을 줄 것이며 옆에 있을 것이라는 지지가 필요하다고 느꼈다. 책 '사랑에 따라온 의혹들'에서 말한 것처럼, 돌봄은 가장 인간적인 특성이다. 돌보는 마음은 '누군가의 삶에서 가장 고통스러운 순간을 꿋꿋하게 직면하고 버티면서 슬픔을 함께 나누고 변함없이 곁에 있어주고 신체 및 신체의 배설물로 엉망진창인 물리적 현실을 기꺼이 다루고자 하는' 용기이다. 혹시 주변에 환자를 돌보는 사람이 있다면 그분의 용기를 알아주고 따뜻한 격려를 보내는 것은 어떨까?

남겨진 사람들

정신과 하면 흔히 우울증, 조현병, 중독 같은 걸 떠올리지만, 그 외에도 다양한 세부분과가 있다. 그중에서도 조금 생소할 수 있는 것이 정신종양학(Psycho-oncology)[5]이다. 정신종양학이라고 하면 뇌에 암이 생기는 걸 다루는 분야인가 하는 오해를 하기도 하는데, 암이 환자의 정신 건강에 미치는 영향을 다루는 분야이다. 암은 몸뿐만 아니라 마음에도 큰 영향을 준다. 예를 들어, 어떤 환자는 치료를 받아야 하는데 불안감이 너무 심해서 다음 치료를 못 받기도 한다. 이럴 때 정신적인 문제를 해결해서 환자가 현명한 결정을 하고 치료를 받을 수 있도록 돕는 것이 정신종양학의 역할이다. 흥미로운 점은, 환자뿐만 아니라 가족도 중요한 치료 대상이 된다는 것이다. 암 투병 과정은 환자에게도, 가족에게도 큰 스트레스이다. 그래서 전문적으로 사별 클

---

5 **정신종양학(Psycho-oncology):** 암 환자의 마음을 돌보는 의학분야. 마음이 안정되어야 치료도 잘 받고 삶의 질도 지킬 수 있다. 말기 환자, 어린 자녀를 둔 암환자, 치료 후에도 삶이 공허한 경우 등에 사용한다. 상담을 통해 감정을 정리하고, 약물 치료로 불안, 우울을 완화시키며, 가족(유족) 상담과 죽음 준비, 애도 반응까지 다룬다.

리닉을 운영하면서 가족이 겪는 감정적인 어려움을 돕기도 한다. 전 세계적으로 정신종양학이 가장 발달한 나라가 일본인데, 거기서 실습하면서 이 분야가 어떤 일을 하는지 배울 수 있었다.

약 20년 전인 2007년에 일본 최초로 개설된 사별 전문 클리닉인 S대학병원 사별 클리닉을 참관했다. 사별 클리닉이라고 해서 사별 이후 유족 돌봄만 하는 줄 알았는데 사별하기 전인 예비 유가족도 돌보고 있었다. 하루는 40대 여성이 진료를 보러 오셨는데 양쪽 어깨에 부피가 큰 이불과 가방을 짊어지고 계셨다. 저번 주 사별 클리닉 진료에서도 그렇게 무겁게 짐을 가지고 오셨던 게 특이해서 기억을 하고 있었다. 20살 외동 아들이 백혈병으로 이 병원에 입원 중이라고 하셨다. 아들은 골수 이식 후 거부반응 때문에 말기 환자 판정을 받았다고 했다. 원래는 아들에게 유일한 낙이 먹는 것이었는데, 이제는 장출혈 때문에 먹지도 못하고 말할 기운도 없어서 처져 있는 데다가 안면마비까지 와서 더더욱 말하기가 어려워졌다고 한다. 그런 아들의 모습을 엄마로서 지켜볼 수밖에 없다는 사실 때문에 감정 조절이 힘들어서 진료를 보러 오셨다. 말기 환자인 경우 집에서 여생을 보내고 싶어하면 퇴원해서 집으로 가는 경우가 많은데, 이 분의 아들은 병세가 위중해서 말기 환자임에도 집에 가지 못하고 병원에서 지내야 한다고 했다. 아들이 조금이나마 집처럼 느낄 수 있도록 집에서 이불과 시트를 가지고 다니느라 엄마는 이렇게 매번 가방을 짊어지고 다니는 것이라고 했다. 엄마 환자는 매일 오늘이 아들과의 마지막일지도 모른다는 두려움에 떨고 있었다. 아들의 주치의가 할 말이 있다고 엄마를 부르면 가슴이 벌렁거린다고 했다. 말기이다 보니 이제 마지막을 준비하는 대화를 해보라고 권해야 하는데 교수님께서 이 환자에게 그 말을 꺼내기가 어렵다고 하셨다. 이런 경우에는 비슷한 환자들끼리 만나 집단치료를 하면 대화 연습을 할 수도 있고 위로를 받을 수도 있어서 집단치료를 권하셨다. 호스피스라고 하면 말기 환자를 돌보는 것만 생각했는데, 사별 클리닉을 따로 전문적으로 운영할 만큼 말기 환자의 가족 또한 호스피스와 정신종양학에서 중요하게 다루는 분야라는 것을 배웠다.

하루는 사별 클리닉에 40대 부부가 찾아왔다. 딸 아이가 백혈병으로 죽은 지 10년이 넘었다고 했다. 아내를 먼저 면담했는데 10년이 지나도 죽은 딸의 방을 치우지 못했고, 딸 아이 친구가 어느덧 성인이 되어 아기를 낳았다는 소식에 마음이 이상해졌다고 했다. 죽은 딸의 흔적이 남아있는 집을 떠나지 못하던 부부는 이제서야 이사를 하고 딸의 방을 치우기로 결심했다. 그러기까지 10년 넘는 시간이 필요했다. 나중에 남편을 따로 면담하는데 방을 치우기로 한 것이 하늘에 있는 딸에게 못내 미안해서 기도를 하곤 한다고 했다. 울먹이며 '미안해'라고 하는 아빠 환자를 보며 먹먹해졌다. 10년이 지났음에도 자식을 잃은 부모의 슬픔이 고스란히 전해졌다. 아니, 감히 고스란히 전해졌다고 할 수 없는 깊이의 슬픔이었다.

다음 환자는 9살 아들이 자살한 후 내원한 엄마 환자였다. 일본에서 매년 5월에 열리는 카부토(남자 아이들을 위한 축제)에 도저히 갈 수가 없다고 했다. 이 환자뿐만 아니라 아이를 잃은 부모는 매년 새해를 비롯해 명절, 졸업식, 입학식 등이 있는 기간을 지내기 어려워한다.

아이에 대한 감정과 기억이 감당하기 힘들 정도로 올라오기 때문이다.

또다른 환자는 생전 금슬이 좋았던 부부 중 아내 환자였다. 남편이 먼저 사망한 후 한동안 남편의 죽음을 받아들이지 못했다. 남편이 없는데도 식사시간마다 아이들에게 위층에서 아빠 보고 내려와서 식사하시라고 전하라고 했다. 처음에 이런 증상으로 병원에 와서 치료를 통해 현실 감각을 되돌렸더니, 마침내 남편이 사망했다는 현실을 자각하고는 오히려 우울증이 와서 다시 진료를 받고 있었다. 이처럼 유족들은 환자 사망 전부터 이후까지 꽤 오랫동안 힘들어하곤 한다. 정신종양학에서는 유족들의 고통을 다루며 이별의 슬픔을 견딜 용기를 주고 있었다.

그런데 슬픔을 견딜 힘을 주는 것, 흔히 위로라고 부르는 그것이 쉽다고 생각한다면 오산이다. 사별 클리닉에서 종종 돌아가신 분의 사진을 꺼내보이는 분들이 계셨다. 아무 말없이 그저 사진을 내려다보고 있는 유족의 눈빛은 슬프다는 말로는 다 담아내기 어려웠다. 어떤 마음일까. 그들의 감정을 조금이나마 헤아려보기 위해 내 경험 안에서 비슷한 감정을 느낀 때를 되짚어보기도 했다. 연인과 헤어졌을 때가 그나마 비슷하려나. 헤어진 당시는 심장이 아리게 아팠지만 다른 일에 집중하다보면 어느새 잊고 다른 연인을 만나 예전의 아픔이 치유되기도 한다. 유족이 힘들어할 때 그를 지켜보던 주변 사람들도 아마 나와 비슷하게 그들의 경험에 빗대어 죽음으로 인한 아픔 대신 일에 집중해보라든지, 다른 사람을 만나보라든지 하는 말로 위로해주려고 했을 것이다.

　그런데 유족들이 힘들어하는 가장 큰 원인이 바로 '도움이 되지 않는 지지(Unhelpful support)'이다. 주변에서 건네는 섣부른 위로를 듣고 유족들이 더 상처받는 경우가 많았다. 내가 놀랐던 것은 아이를 잃은 부모에게 대표적으로 상처를 주는 말이 바로 '다른 아이를 가져보라'는 말이란 것이었다. 연인과 헤어진 아픔은 다른 연인으로 치유하라는 말도 있는데, 유족에게는 해당되지 않았다. 다른 대표적인 예시로는 '빨리 힘내'라는 말이 있었다. 남편을 잃은 아내 환자가 있었는데 그분의 친어머니는 딸의 슬픔이 깊고 오래가는 것을 이해하지 못하고 답답해했다. 어머니는 딸에게 시간 있으면 하고 싶은 것도 좀 하라고 권하기도 했다. 하지만 그 환자는 남편이 사망한 지 몇 년이 지났음에도 불구하고, 일상을 유지하는 것만으로도 이미 안간힘을 써서 버티고 있는 중이었다. 몇 년쯤 지났으면 이제 괜찮아질 때도 되지 않았냐는 다그침을 들으며 그녀는 그 이해 받지 못함 때문에 더 힘들다고 했다. 사랑하는 사람을 잃은 슬픔이 지속되는 시간을 어느 시점을 기준으로 정상 비정상이라고 나눌 수가 있을까. 섣부른 위로의 또다른 예시가 있다. 아이를 10살에 암으로 잃은 엄마가 환자로 병원에 왔다. 어떤 친구가 환자에게 '너는 그래도 아이를 10년은 키우면서 행복한 기억이라도 있으니 다행'이라며 자기는 유산을 해서 그런 기억조차 없다고 했는데, 위로인지 자기연민인지 모를 그 말이 상처가 되었다고 한다.

　누구나 죽고 누구나 유족이 되므로 사랑하는 이를 죽음으로 잃는 경험은 드문 것이 아니다. 그럼에도 사람들은 사랑하는 이를 잃은 사람에게 어떤 위로를 해야 할지 몰라서 실수하기 십상이었다. 상황을 보면 일부러 유족에게 상처를 주려고 한 말은 아니었음에도 그 말이 유족의 마음에 오래 남는다는 걸 알 수 있었다. 그런데 의료인인 나조차도 어떤 말이 유족에게 도움이 되고 어떤 말이 상처가 되는지 판단하기 어려웠다. 도움이 되는 지지와 도움이 되지 않는 지지에 대해 의료인과 일반인에게 교육하면 되지 않느냐고 교수님께 여쭈어보았다. H 교수님께서는 일반인들이 '도움이 되는 지지(Helpful support)'의 필요성을 못 느끼고 찾아보지도 않기 때문에 일반인에 대한 교육은 효과가 크지 않다고 하셨다. 그래서 유족이 상처를 덜 받도록 하기 위해서는 일반인들에게서 부적절한 위로를 듣더라도 유족이 스스로의 마음을 지킬 수 있도록 무엇이 '도움이 되는 지지'이고 무엇이 '도움이 되지 않는 지지'인지 그 예시를 유족에게 교육한다고 하셨다. 그만큼 유족의 애도반응에서 '도움이 되는 지지'가 중요하다고 하셨다.

그렇다면 유족에게 '도움이 되는 지지'는 무엇일까? 정기적으로 연락을 하면서 그들을 생각하고 있다는 것을 알려주는 것이 좋다고 한다. 장보기나 청소, 요리 같은 일상을 도와줄 수도 있다. 사람마다 애도반응이 다르다는 것을 이해하고 함부로 판단하거나 조언하지 않으며, 애도반응이 오래 지속될 수 있다는 것을 알고 충분히 기다리면서 이야기를 들어주는 것이 좋다. 그에 반해 부적절한 위로에는 사별 가족이 아직 회복할 수 있는 힘이 없는데도 불구하고 그 슬픔을 헤아리기보다 함부로 괜찮을 거라고 하는 말이 많았다. 대표적인 예시로는, 바쁘게 지내보라든지, 시간이 지나면 다 해결된다든지, 남은 가족을 위해서라도 힘내라고 하는 것이다. 유족들도 왜 모르겠는가. 그렇게 하고 싶어도 도저히 그럴 힘이 생기지 않아서 그런 것을.

사랑하는 사람을 잃은 슬픔은 이처럼 수 년씩 오래갈 수 있다. 상처가 깊은데도 죽음은 무거운 주제라 쉽게 주변에 이야기할 수도 없다. 일반인이 쉽게 위로할 수도 없다. 우울증도 쉽게 동반한다. 우울증 전조증상으로 신체증상이 먼저 나타나는 경우가 많은데, 신체 질환을 다루는 의사들 대부분은 검사에서 이상이 없으면 그것으로 진료를 끝낸다. 그러면 우울증이 악화되다가 자살로 이어질 수도 있어 위험하다고 한다. H 교수님께서는 당신의 임상경험에 따르면 사랑하는 이가 사망한 이후 유족의 내적 성장은 보통 사별 5~6년 뒤에 나타난다고 하셨다. 이처럼 애도반응은 충분히 회복하는 데에 몇 년씩 시간이 필요할 수도 있고, 우울증이 쉽게 오고, 각종 통증 같은 신체 증상을 호소하기도 하는 과정임을 아는 것이 유족을 이해하고 치료하는 데에 중요하다고 하셨다.

사별 클리닉을 참관하면서 말기 환자는 별개로 존재하는 것이 아님을 배웠다. 환자를 볼 때는 그를 사랑하는 가까운 사람들까지 고려해야 한다는 것, 환자가 죽음을 잘 받아들이도록 돕는 것뿐만 아니라 남겨진 사람들이 겪을 사별의 아픔을 돌보는 것도 정신종양학의 중요한 분야라는 것도 배웠다. 유족들은 겉으로 멀쩡해보여도 저마다 가슴에 응어리 하나씩 품고 살아가고 있었다. 차라리 어딘가 눈에 보이는 곳이 아프면 주변에서 알아보기라도 해줄 텐데. 다른 가족들이 걱정할까 봐 가족들에게도 말 못하고, 주변에도 말 못하는 어려움이 있었다. 그럼에도 세상이 그럭저럭 돌아간다는 것이 안쓰럽기도, 다행스럽기도, 서글프기도, 위태롭기도 하다.

불확실성을 견디는 힘

　일본에서 사별 클리닉을 참관하고 있었는데 하루는 40대 여성 환자가 오셨다. 4년 전 남편이 사망한 후 지금까지 진료를 받고 계셨는데, 평소 부정적으로 생각하는 성향이어서인지 일반적인 경우보다 애도 기간이 너무 길어지고 있었다. 그런데 다행스럽게도 이번 진료에서는 환자 상태가 꽤 좋아진 모습이었다. 이전까지는 남편 사망 후 홀로 세상에 남겨졌다는 느낌이었는데, 최근 들어서는 남편의 죽음을 받아들이고 남편과 연결되어 있다는 느낌을 받는다고 했다. 남편이 생전에 '둘이 함께'라는 말을 좋아했다고 한다. 예전에 남편과 함께 약속한 것을 마음에 지니고 이것을 단단한 밑받침 삼아 다시 현실적인 행동을 할 수 있도록 변화하고 있다고 했다. 교수님께서는 이런 케이스가 1년에 한두 명에서 볼까 말까 한 성장이라고 하셨다. 정신과에서 유족을 치료할 때 목표로 삼는 것이 바로 내적 성장인데 이 환자가 좋은 예라고 하셨다.

　그런데 잘 이해가 되지 않았다. 남편과 이어져 있다고 느끼는 것은

아직도 남편의 죽음을 온전히 받아들이지 못한 것 같은데 왜 내적 성
장인지 교수님께 질문 드렸다. 그러자 교수님께서는 역으로 내가 생각
하기에 유족의 이상적인 내적 성장은 어떤 모습인지 물어보셨다. '음…
연애 후 이별의 아픔을 극복하는 것과 비슷할 것 같습니다. 이별이든
죽음이든 떠난 사람의 흔적이 순간순간 떠올라서 아무 것도 못하는
상태였다가 점차 무뎌지는 것이니까요. 시간이 많이 지나도 여전히 그
사람이 생각나긴 하지만 그 때 떠오르는 생각은 일상적인 생각과 똑같
은 느낌이 되어 더이상 아프지 않아지는 것이 아닐까요?'라고 대답했
다. 그러자 교수님께서는 아프지 않은 것에서 더 발전해야 한다고 하
셨다. 곰곰이 생각해보았다. 문득 해리포터의 번개 흉터가 떠올랐다.
그 흉터가 해리포터의 정체성이기도 하고 해리포터에게 앞으로 삶의
방향을 제시하기도 했던 것처럼, 사별의 아픔도 잘 극복하면 그런 해
리포터의 흉터 같은 존재가 되는 것 같다고 했더니 교수님도 끄덕이셨
다. 그 환자가 남편과 연결된 느낌을 받는 것도 사별의 흉터가 잘 아
물어서 환자의 정체성을 이루고 삶의 방향을 제시하는 역할을 해내기
때문이었을 것이다.

그리고 그 환자가 말한 '둘이 함께'의 의미란 그리스 로마 신화에 나
오는 오르페우스 이야기의 교훈과 같다는 생각도 들었다. 먼저 세상
을 떠나 지하 죽음 세계에 있던 아내 에우리디케를 다시 데려오기 위
해서 남편인 오르페우스는 음악으로 신들의 마음을 움직여 허락을 받
는다. 단, 지하 세계를 빠져나갈 때까지는 아내가 따라오는지 확인하
려고 뒤를 돌아봐서는 안된다는 조건이 있었다. 그러나 아무런 인기척

도 들리지 않아 불안해진 오르페우스는 결국 뒤를 돌아보고 아내를 또다시 잃게 된다. 이 신화를 해석하는 어떤 이는 이것이 애도하는 사람들이 해결해야 할 모순이자 과제라고 한다. 고인이 된 사랑하는 이를 다시 삶으로 데려와 미래로 함께 나아가기 위해서는 초조하게 뒤돌아보며 확인하지 말고, 보이지 않는 방식으로 그가 나와 함께 걸어가고 있음을 신뢰해야 한다는 교훈을 주는 것 같았다. 내가 만난 아내 환자는 그 과제를 멋지게 해결해서 한걸음씩 나아가고 있는 것이었다.

교수님은 이어서 '불확실성을 견디는 힘(Negative capability)'라는 말을 알려주셨다. 뒤에 아내가 따라오는지 아닌지 확신하지 못하고 안절부절못하던 오르페우스와 달리, 답이 나오지 않는 불확실함 속에서도 견디는 힘이라는 뜻이다. 그 힘을 기르는 것이 사별 가족이 성장하고 회복하는 데에 핵심이 된다고 하셨다. 그 말이 오랫동안 맴돌았다. 그러고 보면 한 치 앞도 모르는 세상에서 우리는 아옹다옹 살고 있다. 어제까지 나와 말도 잘 하던 사람이 오늘 이 세상에 없기도 하고, 별이라도 따 줄 것 같던 연인이 남보다 못한 존재가 되기도 하고, 험한 세상에서 이 사람만은 믿어도 된다고 여겼던 친구가 내 이야기를 함부로 하고 다니기도 하고, 음식점을 열려고 했는데 코로나19가 터지기도 한다. 미래에 관해 유일하게 확실한 사실은 우리가 반드시 죽고, 언제 어떻게 죽을지 아무도 모른다는 것이다. 어떻게 다가올지 모를 죽음 앞에서 우리가 취할 수 있는 현명한 태도는 무엇일까?

이리저리 치이며 살다보니 내 의지와 상관없이 벌어진 일들이 너울처럼 밀려오면 난 그저 개구리밥마냥 묵묵히 그 너울에 몸을 내맡겨야 한단 걸 어렴풋이 알게 됐다. 정신없이 휩쓸리다가 옆에서 나처럼 이리저리 휩쓸리고 있는 다른 개구리밥들을 보다 보면 나를 뒤덮는 물에 정신이 없는 와중에도 '세상, 참 재밌네.'하고 피식 웃음이 나기도 했다. 개구리밥을 무시하지 마시라. 개구리밥이 된다는 건 포기도, 실패도, 나약함도 아니다. 억지로 흔들리지 않으려고 힘을 잔뜩 주고 있는 것이 아니라 오히려 너울을 받아들이고 넉넉하게 흔들리는 힘이다. 난 개구리밥이다, 큰 물결에 순응할 수밖에 없는. 개구리밥끼리 뭉친다고 물결을 멈출 순 없다. 다른 개구리밥이 내가 겪을 물결을 대신 맞아줄 수도 없다.

그럼에도,
나 혼자 이 너울을 견디는 것이 아니라는 위안,
내 미약한 존재를 알아주는 다른 존재가 있다는 위안,
보잘것없지만 내 존재만으로 또 다른 미약한 존재에게 힘을 줄 수 있다는 위안.

그것으로 불확실성 속에서 넉넉히 흔들리며, 때로는 웃기도 하며 살아내는 것이라고 생각한다. 그 위안을 사랑이라 하는 것 아닐까. 부디 나중에 언젠가 환자들이 내게 죽음과 불안이라는 말을 꺼냈을 때, 그때에는 보다 성숙한 개구리밥이 되어 함께 넉넉히 흔들릴 수 있길 바라본다.

제 2 장

죽음을 돌보다:
의사의 이야기

생명에 대한 예의

주말에 쓰레기를 버리러 아파트 밖으로 나갔다가 앰뷸런스에서 들것을 들고 로비로 들어오는 구조대원들과 마주쳤다. 천천히 움직이시는 걸 보니 응급 상황은 아닌 것 같았다. 주위를 보니 과학수사라고 적힌 봉고차와 경찰차도 와 있었다. 앞에 경비 아저씨께서 계시길래 무슨 일 있느냐고 여쭤봤더니 말없이 고개를 끄덕이셨다. 더 이상 여쭤보지 않았다. 쓰레기를 버리고 엘리베이터를 타려고 보니 우리 집보다 아래층에 엘리베이터가 멈춰 있었다. 집으로 엘리베이터를 타고 올라오면서 이런저런 생각이 들었다. 앰뷸런스나 경찰차 사이렌 소리도 들리지 않았는데, 누가 처음 발견한 걸까. 마지막 순간이 어땠을까. 고통스럽진 않았어야 할 텐데. 다시 우리 집으로 들어왔다. 집이 참 고요했다. 내가 아무렇지 않게 살던 어느 때, 지금 딛고 선 바닥 아래 어느 집에서는 누군가가 마지막 숨을 내쉬었다. 밖과 상관없이 흘러가는 내 공간과 시간이 문득 이상했다. 슬퍼해야 하는 걸까. 아무렇지 않아도 되는 걸까. 이질감은 한동안 주변에 머물렀다.

비슷한 이질감을 느낄 때가 또 있다. 학교 도서관에서 공부할 때 맞은 편에 대학병원 건물이 보인다. 가끔 고개를 들어 가만히 병원을 바라본다. 저 안에서는 지금 누군가는 죽어가고, 누군가는 아파하고, 누군가는 웃고, 누군가는 밥을 먹고 있을 텐데. 스크린으로 보는 드라마를 볼 때보다도 무심하게 병원을 쳐다보고 있는 것이 이상하다. 이래도 되는 걸까. 바로 앞에서 누가 아파하면 신고를 하든 걱정을 하든 뭐라도 하겠지만 벽이 놓여있다는 차이 하나로 그저 가만히 바라보고만 있는 지금이 이상하다. 중요한 걸 그냥 덮어두고 있는 느낌이다. 이렇게 무뎌도 되는 걸까. 애초에 너무 민감하게 느끼는 걸까. 지금 아무렇지 않다면 사이코패스 아닐까. 왜 남들은 아무렇지 않은 걸까. 그들도 괜찮아 보이는 것뿐인 걸까. 다시 눈은 책으로 향한다. 도서관이 참 고요하다.

이런 느낌을 누군가에게 이야기한 적은 없다. 생명을 다룰 사람인데 나약해 보일까 봐 두려웠다. 나는 괜찮아야만 했다. 생명을 책임질 사람인데 부끄럽게도 난 죽음을 어떻게 대할 것인지에 대해 배운 적이 없다. 누군가의 죽음을 접할 때마다 느끼는 이질감을 어떻게 소화해야 할지는 늘 숙제였다.

이질감을 처음 느낀 건 한방병원에서 수련을 시작했을 때였다. 병원에서 일하기 시작한 첫 몇 달은 길거리에서 건강하게 돌아다니는 사람들이 어색했다. 지하철에서 눈감고 있는 사람들이나 조금이라도 힘든 기색이 있는 사람들을 보면 그 사람들이 몸져누워있을 때의 모습이 겹쳐 보이곤 했다. 오랜만에 뵐 때마다 나이 들어가는 부모님 얼굴도 예외가 아니었다. 부모님이 여기 아프다, 저기 아프다하는 작은 투정조차 모두 죽음에 대한 내 불안을 자극했다. 성숙하지 못한 내 불안은 내가 부모님께 화를 내게 만들었다. 지금 돌아보면 부모님께 건강관리 좀 하라는 짜증 섞인 말 뒤에는 사랑하는 부모님이 사라질까 봐 두려운 마음이 자리 잡고 있었다. 사람이라면 누구나 죽는단 걸 머리로는 알고 있지만, 사랑하는 당신들이 언제든 죽을 수 있다는 사실을 받아들이기엔 큰 용기가 필요하다.

그러던 중에 본 영화가 '그린마일'이었다. 미국의 한 사형 감독관과 사형수의 이야기이다. 죽음을 어떻게 받아들여야 할지에 대한 의문을 늘 마음에 품고 있었는데 이 영화를 보면서 죽음에 대한 불안이 점차 죽음을 수용하는 마음으로 변하는 걸 느낄 수 있었다.

영화에서는 아내가 뇌종양이라는 걸 알게 되어 낙담한 남자도 나온다. 행복하게 사랑할 때는 미래에 아내가 몸도 마음도 내가 알던 사람이 아닌 존재로 변해버릴 것을 상상조차 해보지 못했을 것이다. 이 장면을 볼 때만 해도 죽음이 부담스럽기만 했다. 누구나 죽고, 내가 사랑하는 당신도 어떤 식으로든 죽게 되는데, 그 죽음의 과정을 과연 같이 견뎌낼 수 있을지에 대한 고민 없이 사람들은 해맑게 사랑하고 결혼하고 아이를 낳는 것 같았다. 의사로서 나는 가족의 죽음뿐만 아니라 환자들의 죽음도 마주해야 하는데, 두려움이 컸다.

'그린마일'에 나오는 사형 감독관도 마찬가지였다. 사형수에게 '이제 내일이군'이라고 말을 꺼내야 하고, '마지막 소원이 무엇인지' 껄끄럽지만 말을 꺼내어 그 무거운 대답을 짊어져야 한다. 사형 감독관의 모습에서 나를 보았다. 사형 감독관이 사형수의 마지막을 함께하듯, 누군가의 행복했고, 슬펐고, 아름다웠고, 고통스러웠던 그 여정의 마지막이 나와 함께라는 사실 때문에 난 더욱 그 사형 감독관과 사형수가 죽음을 어떻게 받아들이는지에 집중해서 보았다.

사형수인 존커피는 사형을 집행해야 해서 미안해하는 사형 감독관 폴에게 '나에게 삶은 고통이라 이젠 지쳐서 끝내고 싶다'고 했다. 마치 사랑하는 당신의 죽음을 두려워하는 내게 당신이 말해주는 것만 같았다. 그래, 어쩌면 죽음은 당신을 덮치는 것이 아니라 당신에게 꼭 필요한 것일 수도 있겠구나. 이 세상에 태어나 끊임없이 숨을 쉬고, 살아내느라 행복했지만 고통스러웠을 이 삶에도 마침표가 필요하지. 그렇게 먼저 돌아갈 사람은 돌아가는 것이고, 남은 사람은 그의 흔적을 사무치게 느끼며 살아가는 것 또한 이 세상을 살아내며 누릴 고통이구나. 영화의 첫 장면은 100살이 넘도록 정정하게 살아오던 사형 감독관 폴이 옛날 영화를 보다가 사형수 존커피를 추억하며 눈물을 흘리는 장면이다. 폴이 그러했듯이 나 또한 먼저 돌아간 당신을 뼛속 깊이 그리워하면서도 세상에 남은 사람으로서 내 삶을 묵묵히 살아내는 것이 당신이라는 생명에 대한 예의가 아닐까.

의사는 환자의 죽음을
어떻게 받아들일까?

의대 본과 3학년 병원 실습을 돌 때였다. 오후 2시, 점심을 먹은 지한 시간쯤 지나 무거운 눈꺼풀을 겨우 들어 올려가며 진료를 참관하던 중,

딩동딩동

심폐소생술 방송이 울렸다.

코드블루. 본관 11층 병동. 코드블루. 본관 11층 병동.

억제했지만 늘 심폐소생술 방송을 하는 목소리에선 다급함이 느껴진다.

하.. 안타까움에 작은 한숨을 쉬었는데 바로 이어서

보호자를 찾습니다. OOO님 보호자분 본관 11층 병동입니다.

보통은 저렇게 한 번 하고 만다.

그런데 또 이어서 보호자 찾는 방송을 하고 또 이어서 한 번 더 방송했다.

아... 방금 그 환자 보호자를 찾는 건가 보다. 심폐소생술을 지속할지 물어봐야 했을 테니까. 내가 식곤증과 싸우는 이 순간에, 같은 병원 어딘가에서 누군가는 심장이 멎고, 누군가는 그를 살리려고 숨 가쁘게 뛰어가서 그의 가슴을 있는 힘껏 누르고, 누군가는 사랑하는 사람을 영영 하늘나라로 보낸다. 모르면 지나갈 일이지만 내가 있는 이 건물, 바로 얼마 떨어지지 않은 곳에 사랑하는 사람을 살리려는 심폐소생술을 그만해달라고 자기 입으로 말해야 하고, 흰 가운을 입은 의사들이 심각한 눈으로 땀을 뻘뻘 흘리며 둘러싸고 있고, 심폐소생술로 가슴뼈가 부러지고 불러도 대답 없는 사람을 보고 있을 그 누군가가 있다는 걸,

난 안다.

어떤 상황일지 머릿속에 다 그려지는데 다들 아무렇지 않게 가던 길을 가고, 듣던 음악을 계속 흥얼거리고, 하던 말을 계속한다. 병원실습을 나가보면 하루에도 몇 번씩 코드블루 방송이 울린다. 좀처럼 익숙해지지 않을 것 같은 이 상황이 대학병원에 근무하는 사람들에겐 일상이다.

선배 의사 선생님들은 방금 직접 그런 환자를 맡아 소생술을 하고 보호자를 만나고 와서도 다시 마주쳤을 때 보면 아무렇지 않아 보였다. 의사는 직간접적으로 환자의 죽음을 자주 경험한다. 괜찮을 수가 없을 텐데 병원 실습에서 뵙는 교수님, 레지던트, 인턴 선생님들은 다들 의연해보였다. 선배 의사 선생님들은 환자의 죽음을 어떻게 받아들이고 계신지 인터뷰에서 여쭈어 보았다. 반응은 다양했다. 인터뷰를

거부하는 분도 계셨고, '환자를 살릴 생각을 해야지 그럼 환자를 죽일 거냐' 하는 분도 계셨고, 환자는 천국에 가실 거라고 종교적으로 해석하는 분도 계셨고, 다음 환자도 봐야 하니까 감정이 올라오는 걸 꾹 참는다는 분도 계셨다.

국내 대학병원 내과에 근무하시는 P 교수님은 담당 암환자가 사망했을 때 당신께서 좀 더 많은 지식을 알고 있었다면 살릴 수 있었을 것이라는 죄책감과 다른 사람의 슬픔을 보며 느끼는 연민, 그리고 인간의 불완전성에서 오는 절망감으로 인해 힘들다고 하셨다. 그래도 다음 환자에게 폐를 끼치지 않기 위해 슬픔과 연민을 최대한 느끼지 않으려고 애써 잊으려 한다고 하셨다. 또다른 내과 교수님 K는 주변에 잘 이야기하지 않고 홀로 울고 술을 마시면서 힘듦을 삼킨다고 하셨다. 혈액암을 보시는 L 교수님께서는 의사로서 말기 환자를 보면서 어려운 점으로 무력함을 꼽으셨다. 환자가 낫는 걸 보고 싶어서 의학을 배웠는데 말기 환자들은 나아지는 것 없이 자꾸 나빠지다가 돌아가시기 때문이다. 이 때문에 어느 의사는 임종기 환자를 볼 때 자신은 어느 선까지만 진료하고 그 이후에는 다른 병원으로 보낸다고도 하셨다. 완치가 불가능한 상황에서 어떤 의학적 목적을 갖고 진료할지 의사 스스로 주관이 뚜렷해야 한다고 강조하셨다.

영국 완화의학 전문의 J는 아버지 임종도 당신께서 의사로서 돌보셨다. 아버지께서 돌아가실 즈음 비슷한 연배, 같은 진단명의 말기 환자를 보면 '아 우리 아버지도 저렇게 돌아가시겠구나.'하는 생각이 들어서 더 힘들었다고 하셨다. 임상 경험이 적을 때에는 이런 생각으로 힘들다는 것에 대해 스스로 감정적이라고 몰아붙이기도 하고 주변에 힘들다는 말을 하지 않아서 더 힘들었다고 하셨다.

괜찮은 줄 알았던 선배 의사 선생님들은 알고 보니 대부분 번아웃을 경험했고, 환자 앞에서 되도록 감정을 숨기면서 중립적인 태도를 취하려고 안간힘을 쓰고 계셨다. 다음 환자를 바로 진료해야 하고, 환자가 의사를 걱정하게 해서는 안되며, 환자가 의사에게 기댈 수 있게 해야 하기 때문이라고 하셨다. 그런데 환자에게 혼란을 줄 수 있으니 감정에 휩쓸림을 지양하는 것은 이해되지만, 그렇다고 감정을 무조건 억누르는 것은 부자연스럽고 위태로워 보였다. 환자도 그런 담당 의사에게서 벽을 느끼지 않을까? 번아웃은 죽음을 경험하면서 느끼는 복잡한 감정을 제대로 소화하지 못하고 누르기만 해서 생기는 것 같았다. 그들은 전혀 괜찮지 않았다. 의사도 죽음이 어렵다.

의사는 의사이기 이전에 한 인간이기도 하다. 의사도 당연히 감정을 느끼고 감정에 영향을 받는다. 환자를 잃을 때마다 느끼는 감정을 건강하게 소화시켜야 번아웃을 줄이고 의사이자 한 인간으로서 성장할 수 있을 것이다. 의사라는 직업에서 감정을 어떻게 다루고 환자와 인간적인 소통을 어떻게 이어나가면 좋을까? 그 방법을 인터뷰에서 여쭈었다.

여러 선생님께서 환자 앞에서 감정을 드러내도 괜찮다고 하셨다. 국내 대학병원 내과에서 근무하시는 L 교수님께서는 특히 젊은 의사가 하는 실수로 의사가 자기 감정을 숨겨야 한다고 생각하는 것을 꼽으셨다. 감정을 숨기는 이유는 객관적인 판단을 하기 위한 것이라고 생각하지만 사실 그보다는 스스로를 방어하기 위한 것이라고 하셨다. 의사도 사람이기 때문에 힘든 감정이 밀려오는 것이 무섭고, 스스로 죽음에 대한 준비가 없기 때문에 피하는 것이라고 짚으셨다. 일본 호스피스의 아버지라 불리는 쿠니히코 이시타니 선생님께서는 인터뷰에서 당신께서 운영하시는 호스피스 병원에서는 의료진에게 울어도 된다고 교육한다셨다. 인간 대 인간으로 공감하고 소통하는 것이 중요하기 때문이다. 그래서 환자 임종 후 병원 내 조문실을 만들어 유족뿐 아니라 의료진도 언제든 찾아가 애도할 수 있도록 한다. 또한 사적인 이야기를 환자와 나누는 것도 의사가 감정을 건강하게 드러내고 교류하는 데에 도움이 될 수 있다고 하셨다. 예를 들어, 아프기 전 건강했던 환자의 삶에 관심을 갖고 물어본다든지, 예술가 환자가 만든 작품을 보여달라고 해서 그에 대해 이야기를 나눌 수 있다. 단, 의사가 감정을 드러낼 때와 드러내지 말아야 할 때를 잘 구분하는 것이 중요하다고 말씀해주신 분도 계셨다. 환자 성격에 따라 의사가 감정을 어느 정도 개방할지 결정해야 한다. 감정을 잘 드러내지 못하는 강박적인 환자에게는 의사가 친근하게 감정을 보이며 다가가는 것이 좋을 수도 있으나, 감정이 불안정하고 충동적인 환자에게 의사가 섣불리 감정을 보이면 오히려 환자의 감정 조절이 더 어려워질 수도 있다.

의사가 환자 앞에서 감정을 드러내는 것 외에 의료진끼리 서로 지지체계를 만드는 것도 의사의 번아웃 방지와 감정관리에 도움이 된다고 한다. 미국의 어느 호스피스에서는 환자를 잃을 때마다 의료진이 느끼는 상실감을 줄이기 위해 병원에서 일주일에 한번씩 의료진이 모인다. 그리고 그 주에 돌아가신 환자들을 함께 추억하며 그분들의 이름이 적힌 돌이나 종이학을 모으는 시간을 갖는다. 영국에서 가장 오래된 호스피스 R에서는 의료진을 위한 정신과 상담이 상시 준비되어 있고 그 수요도 많다. 이 호스피스에서는 동료 의료인의 지지를 매우 강조해서 동료가 오래 일하거나 휴식을 취하지 못한 상태인지 서로 돌봐주며 적극적으로 도와주고 있다. 영국 완화의학 전문의 J는 여러 죽음을 거듭 경험하고 동료 의료진이 스트레스를 어떻게 관리하는지 보고 배우면서 점차 감정을 표현할 수 있었다고 했다. 요즘은 감정에 이름을 붙이기도 하고, 감정적으로 많이 힘들 때면 지금 할 수 있는 것에 집중해서 차근차근 눈 앞의 일을 해나가면서 감정을 조절한다고 했다.

감정을 무조건 억누르는 것보다는 의사도 인간으로서 환자나 동료 의료진과 감정을 공유하고 소통하는 것이 보다 장기적이고 건강한 의사생활을 위해 필요하다. 다만 감정과 사적인 이야기를 어느 정도 드러내야 하는지에 대한 명확한 기준은 없다. 의사마다, 만나는 환자마다 조금씩 다르게 균형점을 잡아야 할 것이다. 결국 인간에 대한 이해가 필요하다고 느꼈다.

현재 의학교육은 물질적인 것과 질병에 초점을 맞추고 있어서, 인간이나 감정이나 죽음과 같은 인문학적 주제에 대해서는 생각할 기회가 부족하다. 하지만 의료 현장에서 마주하는 것은 단순한 질병이 아니라, 삶과 죽음이 공존하는 인간의 이야기다. 불확실한 인생에서 단 한 가지 확실한 것은 누구나 결국 죽는다는 사실이며, 의사는 환자의 하루하루를 지키기 위해 최선을 다하되, 그 이후의 결과는 겸허히 받아들일 줄도 알아야 함을 느꼈다. 이는 할 수 있는 최선을 다하되 그 이후의 일은 '주여, 뜻대로 하소서(Non mea sed tua)'라고 맡길 수 있는 용기, 즉 진인사대천명의 태도를 갖는 것과 같다. 의사이자 한 인간으로서 의도적으로 시간을 들여 사람과 죽음에 대해 공부하고 깊게 성찰하며 사람과 교류하는 것이 필요하다는 생각이 들었다. 이를 바탕으로 환자와 진심어린 소통을 할 수 있을 때에 의사로서, 그리고 한 인간으로서 더욱 성장할 것이다.

돌볼 용기: 의사편

일본 도쿄 근처 S 대학병원에서 실습하는 4주 동안 H 교수님께서 나를 담당하셨다. H 교수님은 정신과 의사시고, 세부전공은 정신종양학인데, 이는 암환자의 정신건강을 담당하는 분야이다. 정신종양학은 정신과 안에서도 작은 부분을 차지한다. 전세계적으로 정신종양학자가 가장 많은 일본에서 실습하면서 정신종양학이 어떤 분야인지 배울 수 있었다. 얼굴 한 번 본 적이 없는데다 외국 의대생인 내가 웰다잉과 정신종양학에 관심있어서 실습을 하고 싶다고 불쑥 보낸 메일에 H 교수님은 흔쾌히 오라고 해주셨다. 유명하지 않은 분야여서 그런지 같은 관심사를 가진 나를 무척 반가워 해주셨다.

교수님은 일에 대한 자부심과 애정이 크셨다. 지금 근무 중이신 대학병원에 약 20년 전 일본 최초로 사별 클리닉을 개설하셔서 지금까지 운영 중이시기도 하다. 사별 클리닉에서 교수님 진료를 받기 위해 몇 년째 신칸센을 몇 시간씩 타고 오시는 환자들도 계셨다. 그 대학병원에 정신과 의사가 H 교수님 한 분뿐이라 정신종양학 분야 외에도 일반 정신과 외래와 입원 진료, 다른 과에서 의뢰 온 환자까지 다 맡아서 보시고, 진행 중인 연구는 내가 본 것만 해도 3개는 되었다. 매일 아침 7시에 출근하시고 늦게 퇴근하시는 일도 다반사였다. 그런데도 4주 동안 매일 하루종일 실습을 하면서 교수님이 지친 기색을 본 적이 없다. 오히려 일에 대해 이야기하고 고민하실 때 활기가 느껴졌다. 그 활기는 붕 뜨거나 폭발적인 에너지가 아니라 온화하고 자연스러운 활기였다.

매일 말기 환자와 사별 가족을 만나고 죽음에 대해 이야기하는데 어떻게 활기찰 수 있는 것일까? 말기 환자는 나을 가능성이 없는 사람들이다. 의사로서 무슨 처치를 하든 길어야 몇 달 뒤면 돌아가실 것이고, 그동안은 점점 죽어간다. 진료를 하면서도 환자가 낫는 보람이 없으니 의사로서 소모적일 것이라 생각했다. 정이 들었다가도 환자들은 금방 떠나버리니 한 인간으로서도 상실과 슬픔의 연속일 것 같았다. 웰다잉에 관심이 많으면서도 미래에 내가 의사로서 이 분야를 오랫동안 해낼 수 있을지 걱정스러웠다. 이번 실습을 하면서 이 길을 앞으로 계속 갈 수 있을지 스스로 답을 찾고 싶었다. 그런 고민을 하던 중이어서 그런지 H 교수님의 밝음은 이해하기 힘들었다. 어디서 저렇게 에너지가 계속 나오는 것일까?

하루는 교수님께서 신문기자와 인터뷰가 너무 길어져서 저녁도 못 드신 채 밤 9시가 넘어서 일이 끝났다. 아침 7시에 출근하고 밤 9시가 넘어서 퇴근인 셈이었다. 인터뷰를 참관하던 나도 저녁이 늦어져 교수님과 함께 저녁 식사를 했다. 빨리 퇴근하고 댁에 가고 싶으셨을 텐데 날 챙겨주시느라 귀가가 더 늦어지시는 것 같아서 고맙고 죄송하다고 했다. 그리고 일이 늦게 끝나는 날이 많은 것 같은데 교수님은 언제 쉬시냐고 여쭈었다. 운동이나 독서 같은 취미 이야기를 하시겠거니 했다. 그런데 교수님은 웃으시면서 '지금 이렇게 서연 학생과 이야기하는 시간도 쉬는 거지요.'라고 하셨다. 늦은 시간까지 퇴근 못하는 것이 나 때문이라고 자책할까 봐 따뜻하게 배려해주셔서 감사했고, 쉼과 여가를 거창하게 생각한 내 선입견도 알 수 있었다. 일처럼 보이는 것에서 스트레스를 받는 것이 아니라 그 또한 쉼이라고 하시는 모습에서, 교수님께서 당신의 일을 사랑하고 있단 것이 느껴졌다.

이어서 나는 교수님께 여쭈었다. 자꾸 죽는 환자를 보는 게 힘들진 않으시냐고. 교수님께서는 궁금할 만하단 듯이 고개를 끄덕이시고는 부드러우면서도 단호하게 '힘들지 않다'고 하셨다. 환자의 몸은 죽어가고 있을지 몰라도 그 분의 정신은 더욱 성숙하는 것을 보기 때문이라고 하셨다. 그리고 교수님께서는 환자에게 어떻게 해야 한다고 가르치기보다는 환자 스스로 회복하고 성숙해지려는 힘을 믿으며 지지하고 기다린다고 하셨다. 인류애 가득한 그 말이 참 따뜻해서 뾰족했던 내 걱정이 녹아버렸다. '북풍과 태양'이라는 이솝우화가 떠올랐다. 북풍과 태양이 나그네의 겉옷을 누가 더 빨리 벗기는지 내기하는데, 억지로 바람을 불어 옷을 벗기려던 북풍은 오히려 나그네가 옷을 여미게 만들었고, 뜨겁게 달군 태양은 나그네가 스스로 옷을 벗게 만들었다. 교수님은 따뜻한 태양이셨다. 시간이 걸리더라도 환자가 마음에서 우러나와 기꺼이 자발적으로 일어설 수 있게 해준 교수님의 따스한 지지를 환자도 느꼈을 것이다.

곰곰이 교수님 이야기를 곱씹다가 또다른 질문이 떠올랐다. 교수님께서는 환자의 내적 성장을 중요시하고 그것을 치료 목표로 보시는데, 그렇다면 의식 없는 환자들처럼 대화나 스스로 생각하는 것이 불가능한 환자를 대할 때 정신과 의사로서 치료 목표는 무엇일까? 이런 경우에는 내적 성장을 이루지 못하니 의사로서 더 해줄 것이 없고, 보호자도 힘들어한다면 무의미한 연명의료는 중단해도 되는 것일까? 질문은 더 나아가 안락사[1]에 대한 교수님의 의견을 여쭙는 데까지 이르렀다.

교수님께서는 환자뿐만 아니라 사별을 겪는 가족도 정신종양학에서 중요한 치료 대상이라고 하셨다. 환자의 내적 성장을 이루기 어렵더라도 환자 가족들의 내적 성장도 중요한 치료 목표라고 하셨다. 그리고 환자가 죽어가는 과정을 지켜보는 것은 가족으로서 지금은 힘들더라도, 장기적으로 봤을 때 그 시간 덕분에 애도기간을 건강하게 지낼 수 있다고 하셨다. 힘겨워도 그 과정이 없다면 환자가 돌아가신 후에 가족들에게 후회가 많이 남아서 애도 과정이 더 길어지고 힘들다고 하셨다. 같은 맥락에서 안락사를 반대한다고 하셨다. 또한 일본은 가족 관계가 끈끈하고 다른 사람에게 폐를 끼치기 싫어하는 문화가 강해서 안락사를 허용하면 그러한 문화에 떠밀려 안락사를 선택할 사람이 많

---

1 **안락사**: 고통이 심하고 회복이 불가능한 환자에게 죽음을 앞당기는 약물 등을 사용해 고통 없이 생을 마치게 해주는 것이다. 약물을 투여하는 등의 방법으로 죽음을 적극적으로 돕는다는 점에서 대부분의 나라에서 불법이다. 존엄사와는 다르다. 존엄사는 무의미한 연명치료를 중단하는 것으로, 직접적으로 생명을 끝내는 안락사와는 다르다.

을 것이 우려된다고도 하셨다.

H 교수님께서 다른 사람의 내적 성장 가능성을 따스하게 지지해준다는 걸 느낀 또다른 일화가 있다. H 교수님을 따라 호스피스 병동을 참관한 적이 있다. 본과 3학년을 갓 마친 나는 호스피스 병동 참관이 처음이었는데 마침 그날은 환자들이 전반적으로 상태가 좋지 않은 날이었다. 회진을 하느라 다인실에 들어갔다. 환자들이 식사를 하고 계셨는데 오른쪽에 있던 환자는 의식은 있지만 움직이지 못해서 침상에 기대어 앉은 자세였고 입으로 삼키지 못해서 콧줄[2]을 통해 액체만 위장으로 주입하느라 씹지도 맛을 느끼지도 못하는 상태였다. 그런데 맞은편에서 서로 마주보고 있는 침대의 환자는 밥 냄새를 풍기며 일반인처럼 밥을 드시고 계셨다. 이전에 병원 실습을 돌면서 심심찮게 봤던 광경인데 그날은 이상하게 그 모습이 잔인하게 느껴졌다. 걷지 못하고 말하지 못하는 환자 앞에서 멀쩡하게 걷고 말하는 스스로가 죄송스럽기도 했다. 그런데 그 죄송하다는 마음은 어찌보면 사실, 걷고 말할 수 있는 내가 그분보다 더 우월하다는 생각을 바탕으로 하고 있는 것 같아서 그것 역시 죄송스러웠다. 환자들 상태가 유난히 좋지 않았던 그 날, 회진을 돌면서 환자들을 보고 든 첫 생각이 '무엇을 해드릴 수 있을까'가 아니라 '나도 저렇게 죽는 건가'여서 스스로가 이기적이라고도 느껴졌다.

---

2 **콧줄**(Levin tube, L-tube): 콧구멍을 통해 위장까지 삽입되는 가늘고 휘어지는 플라스틱 관이다. 콧줄을 통해 액체로 된 식사와 약물을 투여하고, 위장에 고인 음식물이나 가스를 빨아들여 제거하기도 한다.

회진이 끝난 후 교수님께서 어땠냐고 물어보셨다. 회진 때 환자에게 느낀 죄송스러움을 말씀드렸더니 교수님께서는 '학생으로서 그런 생각을 하는 건 정상적이고 좋은 현상이다. 시간이 지나 의사가 되어 환자들을 위해 해줄 수 있는 것이 생기면, 그 때는 죄책감이나 두려움이 아니라 무엇을 해줄 수 있을지 생각할 수 있게 될 것이다.'라고 해주셨다. 그리고 교수님께서는 당신께서 학생일 때 그리고 의사가 되었을 때 환자의 죽음을 경험하고 쓴 에세이가 있다며 그 글을 복사해주셨다. 교수님께서는 본과 3학년 학생일 때 소아 환자의 죽음을 보고 소아과를 포기하셨다. 교수님께서 의사가 되어 첫 사망선고를 내렸을 때 이야기도 해주셨다. 여름이라 여전히 따뜻했던 환자의 피부와 온화하게 잠든 것만 같던 표정 때문에 환자가 정말 사망한 것인지 몇 번이고 확인하고 30분 뒤에 다시 가서 확인했다고 하셨다. 다들 죽음을 두려워한다고, 먼저 이 길을 가본 분께서 경험을 바탕으로 '괜찮아'라고 해주셔서 든든했고 용기가 생겼다. 그렇게 교수님은 예상치 못한 따스함으로 내 울퉁불퉁한 불안을 품어주셨다.

나중에 학교 인문학 과정에서 공감(Empathy)이라는 개념을 배웠다. Empathy는 환자에게 과하게 감정적 몰입을 하지 않은 상태에서 전문성을 갖고 적절한 거리를 유지하며 환자의 마음을 오롯이 느끼는 상태이다. 그에 비해 동정(Sympathy)은 환자를 자신보다 못한 처지로 보고 가엾게 여기는 상태이다. 교내 정신과 실습 첫날이 떠올랐다. 환자와 적절한 거리를 유지하라는 당부가 있었다. 사람과 가장 가깝다고 생각했던 정신과에서 역설적이게도 사람과의 거리를 가장 강조한 것은 바로 empathy를 의미한 것이었을 것이다. 내가 완화의료 병동에서 느낀 죄송스러움은 거리 조절을 잘 하지 못한 초보 의사의 sympathy에 가까웠던 것 같다.

호스피스 병동 첫 참관이었던데다 환자에게 죄송스러웠다는 내 말이 걱정되셨는지 그 다음날 교수님은 내게 괜찮은지 물어봐주셨다. 그리고 내게 도움이 될 거라며 정신종양학자로서 교수님의 인생에서 가장 인상 깊었던 책을 책장에서 꺼내 보여주셨다. 『The Courage to Care(돌볼 용기-저자 역)』라는 제목으로 캐롤 리트너(Carol Rittner)와 손드라 마이어스(Sondra Myers)가 쓴 책인데 국내에는 번역서가 없다. 이 책은 2차 세계 대전 중인 유럽에서 유대인을 보호하기 위해 목숨을 걸었던 비유대인들에 대한 이야기였다. 그들은 혼란스럽던 시기에 낯선 유대인들을 숨겨주고 비밀을 지켰다. 그 개개인의 용감한 행동이 생명을 구했고, 덕분에 역사가 바뀌었다. 또다른 책도 추천해주셔서 읽어보았는데, 한국에서는 『나이트』라는 제목으로 출간되었다. 노벨평화상 수상자이기도 한 엘리 위젤(Elie Wiesel)이 열다섯 살에 아우슈비츠 수용소에 수감되었다가 살아남은 경험을 바탕으로 쓴 자전적 소설이다. 글쓴이는 세상에서 인간다움이 사라져 혼란스러웠고, 인간과 신에 대해 사무치도록 실망했다. 하지만 그는 '그럼에도 불구하고' 굴하지 않고 끝까지 인간다움을 지키며, 자기다움을 잃지 않으려 한 몇몇 사람들의 숭고한 노력을 발견했다. 그 덕분에 마침내 저자는 그 실망까지도 끌어안고 지금은 인간과 신을 사랑하며 살고 있다.

이 두 책의 핵심은 '고통을 감내할 용기(Courage to suffer), 돌볼 용기(Courage to care), 살아갈 용기(Courage to live on)'이라고 할 수 있을 것이다. 그것이 바로 '인간에 대한, 세상에 대한 사랑이구나' 하는 것을 느꼈다. 예비의사로서 불확실성에 대한 불안이 컸던 내게 필요한 것은, 기꺼이 환자와 연루되겠다는 책임감과 용기이고, 그 용기는 인간에 대한 사랑에서 비롯된다는 말씀을 교수님께서 해주고 싶으셨던 것이 아닐까. 의사가 된다는 건 용기가 필요한 일이다. 환자의 삶에서 마지막을 함께 할 수 있음에 감사하며 기꺼이 그의 마지막 길을 함께 걷겠다는 용기가 필요하다. 나는 준비가 되었는가? 만약 여러분이 의사라면 어떨 것 같은가? 솔직히 두렵기도 하지만 H 교수님처럼 끝까지 인간에 대한 관심과 사랑을 잃지 않는다면 기꺼이 환자를 책임지겠다는 용기를 가질 수 있을 것 같다.

"공감(Empathy)과 동정(Sympathy)의 차이?"

	공감(Empathy)	동정(Sympathy)
정의	전문적인 거리에서 상대의 감정을 존중하는 것	상대를 나보다 낮게 보고 감정에 이끌리는 것
거리감	적절한 거리 유지 감정을 이해하되, 전문성을 잃지 않음	감정적 몰입 상대의 감정에 깊이 빠져 객관성 상실 가능
주체	"당신이 어떤 기분일지 이해해요. 당신 곁에 있어줄게요." → 상대의 입장에서 바라봄	"당신이 안타까워요, 안됐네요, 불쌍하네요." → 자신의 위치에서 판단
감정 깊이	상대방의 감정을 '함께' 느끼되, 절제된 반응	상대방의 감정에 '이끌리는' 감정적 반응
예시	암 환자의 공포에 공감하며, 환자의 말을 경청하고 치료적 지지를 제공	암환자를 불쌍히 여기며 지나치게 위로하거나, 눈물을 보이는 등 감정적으로 휘둘림
환자에 미치는 영향	환자가 존중받고 이해받는 느낌을 받으며 신뢰 형성	환자가 의존하거나 수치심을 느낄 수 있음

인간(人間), 사람과 사람 사이

학교에서 배우기로는 환자를 나와 동등한 인격체로 대해야 한다. 그런데 환자는 몸과 마음이 약해져 있고, 의사에 비해 의학 정보를 잘 모른다. 환자는 의사에게 의지하게 되고, 의사는 약자인 환자를 돌보게 된다. 그런데도 동등할 수가 있는 걸까? 실제 병원에서 관찰해보면 의사는 병원 이곳저곳 다니며 온갖 균과 더러움을 묻힌 흰 가운을 오직 자신의 신분을 드러내기 위해 입는다. 그 신분이라는 것은 의사라는 직함만 드러내는 것이 아니다. 드라마와 영화에서 웅장한 음악과 함께 흰 가운을 입은 의사 무리가 우르르 회진을 다니는 모습을 보여주는 것은 흰 가운이 드러내는 신분에 권위의식이 녹아있음을 나타낸다. 다 똑같은 환자복을 입은 상태에서는 그 사람이 아프다는 것 외에 개인적 특징이 드러나지 않는다. 병동 회진을 돌 때에도 의사는 환자 눈높이보다 위에 서서 이야기한다. 진료실에서는 환자와 눈을 마주치지 않고 모니터에 시선이 고정된 의사도 많다. 인사도 고개만 까딱하거나 환자를 쳐다보지도 않고 말로만 인사를 건네는 경우도 있다. 진료실 책상은 환자와 의사 사이에 거리를 둔다. 대부분 의사와 환자는 마주보고 앉거나 90도 위치에 앉아 모니터를 환자가 보지 못하게 하며 칸막이가 있는 경우도 있다. 모니터 속 영상을 환자가 봐야 할 때만 모니터를 돌려 환자에게 보여준다. 바쁘니까 어쩔 수 없지라며 의사도, 심지어 환자도 대수롭지 않게 넘긴다. 그래서인지 환자와 의사가 평등하다는 말은 아무래도 와닿지 않았다.

다른 나라에서는 어떨까? 영국에서는 의사가 펄럭이는 흰 가운을 입지 않는다. 보통 단정한 평상복에 청진기를 목에 두르고 차트만 갖고 다닌다. 병실에서든 진료실에서든 환자와 눈높이를 맞추기 위해 일단 앉아서 이야기한다. 일본은 진료실에서 환자와 의사가 가깝게 나란히 옆에 앉고 칸막이도 없다. 일본에서 진료를 참관하면서 이 장면을 보고 나는 교수님께 질문했다. 이렇게 환자와 가까이 옆에 앉아서 컴퓨터로 진료를 보다가 환자분이 모니터 속 내용을 보면 어떡하냐고. 그 질문에 교수님은 고개를 갸우뚱하시며 당연하다는 듯 환자가 봐도 상관없다고 하셨다. 그리고 일본은 진료실에서 매 환자마다 의사와 환자가 서로 허리를 굽혀 90도 인사를 2~3번씩은 한다. 우리나라에서 보던 의료 환경과는 많이 달랐다. 권위의식을 빼고 환자를 존중하려면 어떻게 해야 할까? 여러 선배 의사 선생님께 여쭈었다.

국내 S 대학병원 감염내과에 근무하시는 L 교수님께서도 의사의 권위의식을 짚으셨다. 환자를 존중하기 위해서는 동정(Sympathy)이 아닌 공감(Empathy)이 필요하다고 하셨다. 알아보니 이 둘은 비슷해 보이지만 엄연히 다른 의미였다. 드라마에서 '값싼 동정 따윈 필요 없어.'라는 대사가 나오듯, 동정(Sympathy)은 자신보다 힘든 사람을 불쌍하게 여기는 마음으로, 우월의식이 깔려 있다. 상대의 힘든 이야기를 들으며 나는 그렇지 않아서 다행이라고 생각하는 것이 대표적이다. 그에 비해 공감(Empathy)은 같은 입장이 되어 상대의 아픔을 오롯이 이해하는 것이다. 환자와 의사의 눈높이를 맞출 때에 비로소 의사는 권위의식에서 내려와 환자를 중심에 놓고 그의 고통을 이해할 수 있다. 그래야 진정으로 환자를 위한 진료를 할 수 있을 것이다. 공감(Empathy)은 특히 죽음을 앞둔 환자와 그 가족을 만날 때 필요하다. 의사는 영원히 살 것처럼 죽음을 남일 보듯 대하지 않고, 같은 인간으로서 환자를 이해해야 할 것이기 때문이다. 누구나 자신의 죽음은 처음이라 혼란스러울 것이다. 내가 얼마 뒤 이 세상에서 영영 사라진다는 것을 알게 된다면 질병만 신경 쓰는 것이 아니라 인생 전체를 곱씹으며 불안, 두려움, 후회, 슬픔, 행복, 감사 같은 온갖 감정이 오고 갈 것이다. 잘 죽는 것에 대한 길잡이가 없다면, 죽음에 가까운 시기가 인생 그 어느 때보다 연약하고 불안정한 시기가 아닐까. 그래서 공감(Empathy)을 바탕으로 말기 환자와 가족을 대하기 위해서는 어떻게 해야 하는지 선배 의사들께 여쭈었다.

L 교수님께서는 준비되지 않은 의사가 죽음을 앞둔 환자를 많이 보다 보면 의사 스스로도 죽음에 대한 두려움을 회피하느라 환자가 죽음을 준비하는 것을 돕지 못한다고 하셨다. 공감(Empathy)을 위해서는 의사 스스로 죽음에 대해 깊이 고민하고 좋은 죽음이 무엇인지에 관한 나름의 철학이 있어야 한다고 하셨다. 이는 갑자기 생기는 것이

아니라 임상 경험이 쌓이면서 점점 바뀌고 만들어지는 것이라고 하셨다.

미국 완화의학 전문의 L은 환자를 치료 대상으로만 보는 것이 아니라, 한 사람으로서 만난다는 생각을 항상 해야 한다고 하셨다. 병원에 있는 환자로서의 모습만 보는 데서 나아가 이 사람 자체를 알고 싶다는 생각이 필요하다. 구체적인 방법도 말씀해주셨다. 환자가 살아가면서 중요하게 생각한 것이 무엇인지, 무엇이 그분을 웃게 하는지, 친한 사람은 누구인지처럼 환자의 이야기를 들어보라고 조언해주셨다. 그것이 환자의 존엄성을 지키는 데에, 그리고 의사와 환자 관계를 맺는 데에 중요하다고 하셨다. 호칭도 함부로 부르지 않고 뭐라고 부를지 먼저 여쭤보는 것도 좋은 방법이라고 하셨다. '어르신'도 실례가 될 수 있고, 결혼한 적도 없는데 연세가 있다고 해서 '어머님'이라고 하는 것도 실례이다. 처음에는 이름으로 부르다가 과거 직업이 선생님, 교수님, 사장님, 박사님 등이었다면 그렇게 불러도 괜찮을지, 뭐가 더 나은지 물어보면 환자는 더 존중받는다고 느낀다.

또한 의사는 시한부 판정을 받아본 적이 없어서 죽음을 앞둔 환자의 마음을 온전히 아는 것이 불가능하므로 겸손하게 배워야 한다고 하셨다. 언제든지, 누구든지 아플 수 있고 도움이 필요한 순간이 올 수 있다. 환자가 지금 병원에 있고 내가 지금 의사이기 때문에 그를 돕고 있지만, 누구도 다음 순간을 예측할 수 없다. 누구나 다른 사람의 도움이 필요한 때가 있고 그 순간에 도움을 잘 받아들이는 것, 그것이 용기이고 사람을 강하게 만드는 요소이다. 그리고 의사가 환자를 돕는다고 생각하지만 실제로는 의사가 환자에게서 항상 배우기 때문에 어쩌면 환자와 의사는 서로 돕고 있는지도 모른다. 환자에게서 배운다는 겸손한 마음이 환자를 존중하는 바탕이 된다고 느꼈다.

S 대학병원 정신과에서 말기 환자를 주로 진료하시는 P 교수님께서는 사람이 만났을 때 서로 만들어내는 심리적 공간이 편안하도록 노력해야 한다고 강조하셨다. 자기 이야기를 하고 싶지 않은 공간이 있는가 하면, 별 얘기를 하지 않아도 편안하고 환영받는 느낌이 들어서 있는 그대로의 나를 보여주어도 괜찮을 것 같은 공간이 있다. P 교수님은 환자와 의사가 만났을 때 이 편안한 심리적 공간을 경험하는 것이 환자와 의사에게 모두 중요하다고 하셨다. 환자에게 어떤 말을 할지 고민하는 것보다 더 중요한 것은 환자와 의사가 심리적 공간을 따뜻하게 만들어내는 것이다. 지적하거나 간섭하거나 강요하지 않고 환자를 있는 그대로 받아들이는 것이 중요하다는 뜻 같았다. 일본의 O 교수님 말씀대로 환자의 회복력을 믿고 기다려주는 따스함이 필요하다는 말과도 통했다. 당사자인 환자는 주변에서 간섭하지 않아도 이미 스스로 가장 고통스러워하고 있는데, 환자의 마음이 충분히 열리지 않은 상태에서 받는 도움은 오히려 그분을 더 힘들게 한다. 환자는 의사가 자신을 존중하고 있는지 아닌지 섬세하게 느낀다. P 교수님께서는 그 존중받는 분위기에서 환자도 힘을 얻어서 삶과 죽음에 대해 새로운 생각을 하기도 한다고 하셨다. 환자에 대한 존중은 이 따뜻한 심리적 공간을 만드는 것에서 시작한다. **이렇듯 관계에는 둘 사이 공간이 중요해서 사람과 사람 사이, 즉 인간(人間)이라고 하는 것 같기도 하다.**

의료는 환자를 위해 존재한다. 바쁘다는 핑계로 가장 중요한 것을 놓치고 있었던 것은 아닌지 돌아본다. 환자를 존중하는 것은 앵무새처럼 환자와 의사는 동등하다고 말만 해서는 이루어지지 않는다. 환자와 의사는 동등하지 않다. 환자는 약자다. 오히려 그것을 인정해야 진정한 존중이 가능하다고 생각한다. 어린이, 임산부, 노약자를 만날 때 그들이 약하다는 것을 모두가 인정하기 때문에 양보하고 보호하는 것이 아닌가. 거기엔 권위의식이 없다. 같은 인간으로서 본능적인 측은지심을 느껴 그들을 지키고자 하는 것이다. 맹자는 측은지심(惻隱之心)을 설명하면서 아무것도 모르는 어린아이가 우물에 기어가 빠지려는 모습을 볼 때, 사람이라면 누구나 자신도 모르게 달려가 아이를 구할 것이라고 했다. 칭찬을 들으려고 하는 것도 아니고, 아이 부모에게 잘 보이려고 하는 것도 아니며, 비난받기 싫어서 하는 것도 아니다. 이렇게 본성에서 우러나와 약자를 불쌍하게 여기고 돕는 마음을 맹자는 측은지심이라 했다. 그리고 측은지심은 남을 사랑하는 마음과 이어진다고 했다. 서양에서 말하는 공감(Empathy)도 근본에는 남을 사랑하는 마음이 있다. 환자의 모습은 우리의 미래이기도 하다. 실 한 올은 끊어지기 쉽지만 한 올 한 올이 모여 실타래가 되고 밧줄이 되면 강한 힘도 견뎌낼 수 있듯이, 환자와 의사의 연대를 기반으로 서로에 대한 믿음이 가득 찬 따뜻한 공간에서 환자는 비로소 두려움과 외로움을 떨쳐내고 치유력이 생길 것이다. 죽음을 마주하는 것은 환자 혼자일지 몰라도 그 외롭고도 용감한 걸음걸음을 내가 지켜보고 응원하겠다고 알려주는 것이다. 그것이 측은지심과 공감(Empathy)을 이루는 사랑 아닐까.

곧 죽음을 앞둔 사람에게
삶의 의미는 무엇인가요?

말기 환자에게 삶의 의미는 무엇인가요?

기력이 쇠약해지고 점차 정신도 온전하지 못하게 되었을 때에도 삶의 의미가 있는 걸까요?

인터뷰에서 드린 질문이다. 이 질문은 더 나아가 죽음에 가까워질수록 몸과 마음이 힘들어질 것이 예상되어도 끝까지 살아가야 하는지, 자기다움을 잃은 식물인간이나 뇌사 상태에서도 삶의 의미가 있는 것인지, 삶의 의미가 없다면 안락사나 자살이 타당한 것인지에 대한 질문으로 이어졌다. 당돌한 질문이었다. 몸과 마음이 힘들 땐 죽어도 된다는 뜻을 내포하고 있었으므로. 하지만 이번 인터뷰가 아니면 여러 의사 선배님 이야기를 들을 수 있는 기회가 없을 것 같았다. 이 기회를 놓치면 의사가 된 후에 '왜 살아야 하는지' 환자를 설득할 수 없을 것 같았다. 감사하게도 인터뷰에서 선배 의사들께서 귀한 지혜를 많이 나누어 주셨다.

삶의 의미에 대해 고민한다면 꼭 읽어보라고 여러 번 추천받은 책이 있다. 바로 빅터 프랭클의 '죽음의 수용소에서'이다. 유대인이던 저자는 나치 수용소에서 살아남은 경험을 이 책에 담아냈다. 기약 없이 인간 이하의 대접을 받으면서도 그가 고통을 견뎌낼 수 있었던 이유는 삶의 목적을 찾기 위해 노력했기 때문이다. 삶에 목적이 있다면 시련과 죽음에도 반드시 목적이 있을 것이라고 그는 생각했다. 그는 니체의 말을 자주 인용했다.

'왜 살아야 하는지 아는 사람은 그 어떤 상황도 견딜 수 있다.'

삶의 의미가 홀로코스트도 견디게 해준다고 하니, 살아가는 이유는 대단한 명분으로 찾아야 할 것만 같았다. 그런데 미국 완화의학 전문의 L선생님께서는 삶의 의미가 꼭 거창한 것은 아님을 짚어주셨다. 죽음을 앞두고 있더라도 붉은 노을을 볼 수 있는 것, 가족과의 의미 있는 대화, 유머, 누군가 자신을 찾아와주는 것, 맛있는 음식을 맛볼 수 있는 것 모두 짧은 순간이지만 삶의 의미가 될 수 있다. 그저 일상에서 사랑할 수 있는 잠깐의 순간들이 우리가 오늘을 살게 한다고 하셨다. 건강한 사람들이라고 다르지 않다. 삶의 목표가 원대하고 꿈이 있어서 살 만하다고 느끼는 순간도 있겠지만, 왜 이렇게까지 살아야 하나 싶은 날도 있다. 그럴 땐 친한 친구와 맛있는 음식을 나눠 먹으며 깔깔대고 위로 받는 그런 순간들이 삶의 의미가 되는 것 같다고 하셨다. 소박하게 농사를 짓고 아무 대가 없는 새 소리를 들으며 수수하게 살고 싶다고, 지나가다 들러 강냉이 먹고 가라던 김상용 시인의 시구 '왜 사냐건, 웃지요'가 떠올랐다.

캐나다 완화의학 전문의 C선생님은 말기 환자의 삶의 의미에 대해 **'희망 재구성하기(Reframing hope)'**가 중요하다고 하셨다. 호스피스 완화의료에서는 완치가 목적이 아니고 남은 삶의 질을 높이는 것이 목적이다. 그래서 호스피스에서 몸과 마음 상태가 더욱 편안해지리라는 희망을 주는 것이 중요하다는 의미였다. 의사로서 환자의 여생을 예측하거나 변화시킬 수 있는 것이 없더라도 매일 환자와 가족을 방문해서 곁을 지키고, 자주 만나 이런저런 질문에 답해주는 것이 중요하다고 하셨다. 즉, 완치될 것이라는 희망에서, 남은 삶의 질이 좋아질 것이라는 희망으로 희망을 재구성하는 것이 환자가 죽음을 받아들이고 여생을 충만하게 보내는 데에 필요하다는 뜻이었다. 문득 일본에서 암환자의 정신건강을 돌보시는 H교수님께서 완화의료의 치료 목표는 환자와 가족의 내적 성장이라고 하셨던 것이 떠올랐다. 말기 판정 이후에 할 수 있는 것과 없는 것을 구분하여 받아들이고, 남은 시간에 충실하겠다고 결심하는 과정이 바로 환자와 가족의 내적성장 아닐까. 할 수 있는 것에 집중하는 모습은 캐나다 C선생님께서 말씀하신 '희망 재구성하기'와 연결되었다. 서로 다른 교수님과 진행한 인터뷰 내용이 연결되자 마치 점이 모여 선이 되고 차츰 그림이 되어가는 것처럼 느껴졌다.

그런데 죽음을 앞두고 몸도 마음도 약해진 상태에서 희망을 품는다는 것은 너무 어려운 일일 수도 있지 않을까? 힘들고 오랜 질병으로 희망을 가질 힘조차 없고 삶의 고통에 시달리는 환자가 이제 그만 죽고 싶다고 한다면, 과연 의사이자 같은 인간으로서 나는 환자에게 그럼에도 사셔야 한다고 감히 말할 수 있을까? 이런 걱정을 말씀드리자,

말기 환자를 주로 보시는 정신과 P 교수님께서 해주신 말씀이 마음에 오래 남아있다. 얼마나 힘들면 삶을 포기하고 싶다는 생각까지 하실지 마음이 아프지만, 그럼에도 불구하고 그 환자가 갖고 있는 고유한 아름다움을 발견해서 그 가치에 집중할 수 있게 돕는다면 환자는 절망에서 빠져나오는 힘을 얻는다고 하셨다. 환자가 갖고 있는 내면의 힘을 믿는 것이 중요하다는 뜻이기도 했다.

비슷한 이야기를 해주신 영국 호스피스 의사 J도 계셨다. '평행 접근법(Parallel approach)'이라고도 하는데, 있는 그대로의 건조한 사실을 전달하면서 약간의 희망도 가미하는 것이 말기 환자에게 필요하다고 하셨다. 의사 J는 당신의 어머니께서 얼마 전 돌아가실 때에 이를 깨달았다고 했다. 당시 어머니께 필요했던 말은 '엄마, 괜찮을 거예요.'였는데, 당시 어머니께서 헛된 희망을 품고 치료에 매달리면서 완화의료를 거부하실까 봐 냉혹한 사실만 전달하는 실수를 한 것이 너무 후회된다고 하셨다. 지금 돌이켜보면 어머니께서도 이미 현실은 알고 계셨지만, 그저 희망 한 자락이 필요하셨던 것 같다고 하셨다. 그 이후로는 환자를 볼 때 약물은 어떻게 할지와 같은 차갑고 건조한 사실만이 아니라 환자에게 줄 수 있는 희망에 초점을 맞추어 이야기해주려고 한다고 하셨다.

여러 선생님의 이야기를 정리하자면, 살아갈 이유는 거창할 필요가 없고 일상 속에서 사랑할 만한 순간이 곧 삶의 이유이다. 특히 말기 환자에게 삶의 의미는 남은 시간 동안 완치를 바라는 것이 아니라 내적 성장을 해나가는 것임을 깨닫는 것이 죽음을 받아들이고 남은 시간을 소중하게 쓰는 데에 중요하다. 삶의 이유를 찾는 여정에서 의사에게 필요한 태도는 환자 개개인이 가진 고유의 아름다움을 환자가 찾아낼 수 있도록 돕는 것이다. 선배 의사분들의 대답에서 삶에 대한 뿌리깊은 애착이 전해졌다.

'끝날 때까지 끝난 게 아니다.'

미국의 야구선수 요기 베라가 한 말이다. 현대의학이 온갖 연명의료로 말기 환자를 끌고 갈 때에 해당하는 말이라고 생각했는데, 이제 보니 역설적이게도 호스피스 완화의료에도 해당하는 말이었다. 호스피스 완화의료는 죽음에 이르기까지 그저 환자를 방치하는 것이 아니었다. 호스피스 완화의료는 죽는 그 순간까지 환자가 삶을 사랑할 수 있게 몸과 마음을 있는 힘껏 돕는 것이었다. 마지막까지 최선을 다하는 선배 의사분들에게서 느낀 삶에 대한 깊은 애정을 앞으로 나와 만날 환자들도 내게서 느끼실 수 있길 바라본다.

통증에서 나아가 고통을 이해하기

한방병원에서 레지던트를 하던 중에 여러 만성 통증 환자를 각각 1시간가량 인터뷰하는 연구에 참여한 적이 있다. 진료실이나 병실에서 짧은 진료 시간에는 미처 듣지 못했던 이야기를 들을 수 있었다. 보통 의학적으로 통증을 평가할 때 통증 점수와 빈도 같이 수치화할 수 있는 것을 조사한다. 그런데 인터뷰를 해보니 환자가 겪는 고통은 신체적인 통증보다 훨씬 크고 다양했다. 어느 삼차신경통[3] 환자는 운전하다가 갑자기 번개치듯 얼굴에 통증이 나타나서 눈도 뜨지 못할 정도라 사고가 날 뻔했다. 그 이후로는 운전도 못한다고 했다. 가만히 있다가도 예측할 수 없이 갑자기 심한 통증이 발생해서 중요한 일을 앞두고 있을 때 위축된다고 했다. 혹시나 신경이 자극될까 봐 양치도 아주 조심스럽게 한다. 그런데 통증이란 것은 상처나 피처럼 겉으로 보이는 증상이 없다보니 주변에서 그분이 아픈 줄도 몰라서 배려도 못 받고

---

3 삼차신경통: 얼굴을 지나는 신경인 삼차신경이 손상되어 얼굴에 통증이 발생하는 질환

심지어 꾀병이란 말을 들어서 억울하다 하셨다. 통증이 만성적인 탓에 계속 신경이 날카로워져서 가족과 관계도 틀어졌다. 잘 낫지 않는 통증이라 평생 이렇게 살아야 할지도 모른다는 것에 대한 절망감도 컸다. 이런 경험은 숫자로 나타내기는 어렵지만 환자는 실제로 겪고 있는 큰 고통이었다. 이런 줄 알았더라면 말 한마디라도 따뜻하게 해줄 수 있었을 텐데, 조금 더 좋은 주치의가 되지 못한 것에 대한 죄송스러움이 밀려왔다.

그 이후로는 병실 밖에서의 환자 모습을 알기 위해 종종 환자에게 건강할 때 사진을 보여달라고 했다. 사진을 찍을 때만 해도 앞으로 이렇게 아플 날이 올 줄은 몰랐을 것이다. 사진 속에서 속없이 환하게 웃는 모습과 지금 몸져 누워있는 모습이 달라 이질감이 느껴지곤 했다. 사진 속 모습은 나와 다를 바 없어 보여서 사람 일은 한치 앞도 모른다는 말이 이래서 그렇구나 싶기도 했다. 지금은 환자복을 입고 나의 수많은 환자 중 한 사람일지 몰라도 밖에서는 선생님, 사장님, 누군가의 엄마, 누군가의 아들이라는 사실을 새삼 다시 자각하게 되었다. 환자이기 이전에 한 인간이다. 암환자인 경우 암 진단을 받기 전의 삶, 진단까지의 과정, 진단 후 치료 과정, 악화 호전이 반복되는 지금까지의 과정에서 삶에 어떤 변화가 있었고 어떤 생각을 하셨는지처럼 그분다움을 이루는 이야기에 귀기울이는 노력이 필요하다고 느꼈다. 그래야 비로소 한 인간으로서 그분을 보다 전체적으로 이해하고 신체적 통증뿐 아니라 생활 전반에서 느끼는 고통(suffering)까지 헤아릴 수 있을 것이다. 하지만 진료실에서 보통은 몇 분 안되는 짧은 시간에 증상이 어땠고 치료는 어떻게 한다 정도의 이야기만 하니 환자가 겪는 삶 여러 영역에서의 고통은 미처 다루지 못하는 경우가 많다.

교내 외과 실습을 돌 때 그 날 수술 예정이었던 유방암 아주머니 환자의 회진을 참관했다. 그런데 환자가 팔 안쪽으로 여드름 같이 오돌토돌한 게 만져진다면서 이것도 암인 것 같다고 하셨다. 교수님께서 만져도 보시고 초음파도 해보시고는 아무래도 암이 의심된다 하셨다. 결국 오늘 수술을 취소하고 내과에서 항암치료를 해야 하는 상황이 되었다. 유방에 있던 암이 다른 부위에 전이된 상태이니 유방만 절제한다고 낫는 것이 아니었다. 다른 부위에 이미 암이 보일 정도면 눈에 보이지 않을 작은 암세포들이 어디에서 또 자리를 잡고 새끼를 치고 있을지 모른다. 완치를 위한 치료가 아니라 완화의료를 해야 하는 상태였다. 문제는 이 상황을 환자한테 설명하는 것이었다. 교수님은 완화의료라는 단어는 쓰지 않으신 채로, 유방 절제 수술을 해도 팔에 덩이가 남아있으니 괜히 몸만 더 힘들다고 하셨다. 지금은 수술보다 약을 먼저 쓰고 암이 줄어들면 그 때 수술을 하자고 달래셨다. 거기에 생략된 말은 약을 써도 줄어들지 않았을 땐 방법이 없다는 것이었다. 환자도 그걸 알아들었던지 담담하던 분이 결국은 울음을 터뜨렸다. '내가 아픈 거 티도 잘 안냈는데… 오늘 수술한다고 애들한테 오라 했던 거 오지 말라고 해야겠다.' 하셨다.

환자가 차라리 화를 냈다면 마음이 덜 아팠을 텐데 그 와중에 그 분은 오히려 의사 마음을 헤아려 주셨다. 교수님께서 힘들게 이야기를 꺼내실 때 교수님을 감싸주시면서 '이런이런 말씀이시죠? 네 알겠

습니다. 선생님은 다 낫게 해주시려고 하시는 거죠. 감사합니다.' 하고
연신 말씀하시는데 그게 더 마음이 아팠다. 진료가 끝나고 환자는 병
실로 돌아가야 하는데 휠체어를 타고 계셔서 휠체어를 끌어줄 보조원
을 기다리셔야 했다. 그동안 환자 곁에 아무도 없었는데 우는 소리라
도 날세라 숨죽여 눈물만 주르륵 흘리는 환자에게 내가 해드릴 수 있
는 건 어깨를 가만히 토닥이는 것뿐이었다. 눈물을 훔치시느라 고개
를 들어 날 보지도 못하셨고 그저 내 토닥임을 받으며 훌쩍이셨다. 휠
체어를 옮겨주실 분이 데리러 오자 그제서야 나를 올려다보시고는 고
맙습니다, 하고 가셨다. 그날 그분 병실에 올라가서 맞은편 환자 상처
소독을 참관하다가 그 환자가 통화하시는 것을 들었다. 간병인 신청했
던 걸 취소하는 전화였다. 취소하면서도 '네, 수술하려고 했는데 못하
게 됐어요. 정말 미안합니다.'하면서 우시는데 마음이 아렸다. 이 와중
에도 남에게 피해주는 게 더 미안한 분이었다. 전화를 끊고 나면 혼자
침대에 계시면서 추슬러야 하는 게 걱정됐다. 그렇다고 의료진이 계속
옆에서 다독이고 있을 여유는 현실적으로 없다. 이러한 고통은 교과서
에서도, 논문에서도 알려주지 않는다. 어떤 마음일지 가늠조차 되지
않았다. 전이암을 겪어보지 않은 내가 아무리 환자의 마음을 헤아려
본다 하더라도 한계가 있을 것이다. 그럴 때에는 환자들끼리 모여 집단
치료를 하도록 권하기도 한다.

　완화의료 분야에서는 암환자 집단치료와 유족 집단치료가 있는데
일본에서 둘 다 참관할 수 있었다. 집단치료에 의료진이 꼭 참여하는
데, 환자들끼리 만나서는 올바른 정보가 아닌 근거 없이 편향된 정보

가 공유되기도 쉽고 이야기의 방향도 건설적이지 못한 경우가 많기 때문이다. 실제로 그곳의 집단치료는 정신과 의사, 임상심리사, 간호사도 참여하고 의료진이 큰 방향성을 제시하며 진행해 나갔다. 암환자 집단치료에서 한 자궁경부암 환자는 다른 사람들에게는 말 못하지만 자궁경부암이 성관계를 통해 걸리므로 이혼한 남편을 원망한다고 하셨다. 어느 대장암 환자가 장루를 할지 말지 고민이라고 하자 장루를 해본 다른 환자가 장루를 하고도 온천 여행을 다녀왔고 어떻게 관리하면 좋은지 조언을 해주기도 했다. 또다른 분은 원래 부정적이고 남을 잘 믿지 못해서 자기 이야기를 진료실에서도 잘 하지 않았는데 집단치료에서는 마음을 열고 자기 이야기를 할 수 있게 되었다고 했다. 이런 집단치료가 아니면 암환자가 다른 암환자를 만나기도 어렵고, 만나더라도 선뜻 말을 걸기 어렵다고 한다.

암환자 집단치료 외에 유족 집단치료도 있었다. 여기에 참여하는 분들은 사별한지 기본 6~7년이 된 분들이셨고 10년이 넘은 분도 계셨다. 외국인인 나를 처음 보시고 밝게 인사를 먼저 해주시고 아는 한국어가 있다며 살갑게 다가와 주시던 분이 계셨다. 그런데 집단치료 세션이 시작되고 돌아가신 가족 이야기를 할 때에는 아까 밝던 그 사람이 맞나 싶을 정도로 표정이 어두워지셨다. 누군가는 사별한 지 4년이 넘었는데 아직도 죽은 가족을 생각하며 눈물이 난다 했고, 누군가는 사별 후 혼자 있으면 식사를 잘 챙겨먹지 않아서 영양 실조가 왔다고 했다. 누군가는 죽은 아내가 좋아하던 온천에 못 가다가 이번에 용기를 내어 다녀왔다고도 했다. 의료진에게 시시콜콜 말을 하긴 어렵지만 자신의 삶에서는 큰 부분을 차지하는 고통에 대해 환자들끼리 툭 터놓고 나누면서 서로에게 힘이 되고 있었다.

그분들의 경험을 그저 신체적인 통증(pain)이라고만 이름 붙일 수 있을까? 이처럼 환자는 신체적 증상인 통증(pain)에서 그치지 않고, 더 나아가 다양한 방면에서 고통(suffering)을 겪고 있었다. 몸과 마음은 이어져 있어서 마음의 고통을 다스리지 못하면 신체적인 통증 또한 조절이 힘들다. 그래서 진료하면서 환자가 겪는 마음의 고통 역시 덜어주려고 노력해야 함을 배웠다. 환자가 아프기 전 건강할 무렵의 사진을 보면서 느낀 것은, 환자의 고통을 이해하기 위한 노력은 환자도 의사인 나와 다르지 않다는 겸손한 마음에서 시작한다는 것이다. 고백하자면 나는 환자에게 겸손하지 못할 때가 많았다. 환자가 여기저기 불편하다는 말에 귀 기울이지 않고 그건 별로 중요한 것이 아니라고 하거나 환자를 가르치려 들기도 했다.

나의 오만함을 고백하며 어떻게 하면 진심으로 겸손한 의사가 될 수 있을지 일본 S 병원 종양내과 의사 M께 여쭈었다. 그러자 '정상입니다. 저도 그래요. 처음엔 멋지고 카리스마 있는 의사를 목표로 했으니까. 물론 지금도 나보다 공부를 덜한 사람에게 지적을 받으면 화가 나기도 하지만 이전보다는 나아요. 그것이 인간다움이 아닐까 합니다. 최고는 한 사람 밖에 못하지만 최적을 목표로 하면 모두가 목표를 이룰 수 있어요. 더 좋은 장소를 목표로 하면 좋아요. 최고를 목표로 하면 누군가를 아래로 보게 되지요. 하지만 나는 늘 1등이 될 수는 없단 걸 알았고 1등이 되지 않아도 이룰 것이 많다고 느꼈습니다. 우리는 각자의 시간 속에서 인생의 목표를 이루면 되는 거예요.'라고 답해주셨다. 환자와 나는 개별 인생 목표를 향해 각자의 시간을 살아가므로 누가 더 높은 것도, 낮은 것도 아니고 겸손하게 서로를 존중해야 한다는 뜻인 것 같았다.

이제 막 새내기 의사로 첫발을 딛으며 다짐해본다. 나와 마주하고 있는 환자는 다양한 면모를 갖고 있고 지금 내 앞에서 보이는 아픈 모습은 그의 인생 여러 부분 중 작은 부분에 불과함을 꼭 기억하길. 그를 그답게 만드는 여러 측면을 고려할 수 있는 의사가 되어 환자의 고통을 헤아릴 줄 아는 의사가 되길. 내게는 그 환자가 수많은 환자 중 한 명이지만, 그 환자에게 나는 이 병원에서 하나뿐인 주치의라는 사실을 명심하길.

죽음을 물어볼 용기

한방병원 인턴일 때 복합 부위 통증 증후군[4]이라는 병을 앓는 아주머니 환자를 맡은 적이 있다. 팔, 특히 손가락 통증이 심해서 마약성 진통제로도 통증이 가라앉지 않을 때도 있었고, 괜찮다가도 살짝 스치기만 하는 자극에 또다시 칼로 베는 것 같은 통증을 느끼기도 하셨다. 하루는 평소처럼 아침에 환자 상태를 확인하려고 가서 컨디션을 여쭤어 보았는데, 대답은 하지 않고 나를 빤히 쳐다보셨다. 그 눈빛은 나를 한심하게 보는 것 같기도, 원망하는 것 같기도, 절망스럽게 보이기도, 무기력해 보이기도 했다. 한참이 지나서야 천천히 입을 여시고는 나지막이 한 단어씩 쉬어가며, '선생님은, 내가, 얼마나, 아픈지, 모르지?'라고 하셨다. 말이 서늘했다. 어디서 서늘함을 느꼈는지 콕 집어 말할 순 없지만, 환자가 세상을 등질 것만 같았다. 당황해서 뭐라고

---

4 **복합 부위 통증 증후군**: 몸 한 부분에 극심한 통증이 지속적으로 나타나는 질환이다. 다치거나 감염같은 자극 이후에 주로 생긴다. 심한 경우 살짝 스치기만 해도 극심한 통증을 느낀다. 마약성 진통제가 효과가 없는 경우가 많고 치료가 어렵다.

대답했는지 기억은 나지 않는다. 바로 주치의에게 알려야겠다는 것 말고는 아무 생각이 나지 않았다. 그때의 나는 비겁하게도 환자를 위해 무엇을 해줄 수 있을지 생각하는 것이 아니라, 내가 주치의가 아니라는 것과 내가 할 일은 주치의를 부르는 것뿐이라는 사실에 안도했다.

주치의와 부랴부랴 환자를 보러 갔을 때 환자는 문구용 칼을 잡고 있었다. 주치의는 환자와 한참 이야기를 하고 겨우 안정시키고는 의국으로 돌아와서 정신과에 협진의뢰를 했다. 상황은 일단락되었고 이후에 무사히 퇴원도 하셨다. 만약 그때 내가 주치의였다면 어떻게 대처해야 했을까.

의대에서는 자살 위험이 있는 환자를 만나면 직접적으로 자살에 대해 물어보라고 배운다. 자살을 생각하고 있는지, 자살을 실제로 시도한 적이 있는지, 언제/왜/어떤 방법으로 자살을 시도했는지 물어보아야 한다. 의사가 되기 위한 모의 진료 시험에서도 자주 등장하는 상황이다. 모의 진료에서 상대는 진짜 환자가 아니라 연기하는 배우라는 걸 알지만 그래도 입 밖으로 죽음을 꺼내어, 그것도 구체적으로 물어보는 것은 무례한 것 같고 부담스럽다. 솔직하게 말하자면, 두렵다. 환자가 죽음을 잠시 잊고 있었는데 괜히 내가 들쑤셔서 다시 죽고 싶어하면 어쩌나. 죽고 싶다는 이야기를 들은들 내가 그 힘듦을 근본적으로 해결해줄 수 없으면 어쩌나. 두려운 이유는 내가 그분의 문제를 알더라도 책임지고 해결할 수 있는 방법을 모른다는 것이다.

그래, 모르니까 두려운 것이다. 어떤 문제가 생길 수 있고 어떻게 대처할 수 있는지를 충분히 알고 있다면 두려움은 줄어든다. 이것은 환자에게도 의사에게도 마찬가지이다. 죽음을 생각하는 환자의 마음을 모르기 때문에 의사는 환자에게 죽음을 물어볼 용기가 나지 않는 것이고, 죽음에 다다를 때까지 의사가 어떤 대처를 할 수 있는지 모르기 때문에 환자는 의사에게 죽음을 이야기할 용기가 나지 않는 것 아닐까. 의사가 되어 이러한 상황이 닥치면 어떻게 해야 할지 걱정스러웠는데 인터뷰 중 어느 교수님께서 경험담을 들려주셨다.

"나는 처음에는 참 어려웠어요. 의사들은 환자한테 죽음에 대해서 안 물어봐요. 그래서 분명히 죽어가고 있는 말기 환자인데도 죽음에 대해서 같이 얘기할 수 있는 기회를 못 얻죠. 의외로 의사가 죽음에 대해 먼저 언급해주길 바라는 환자도 많아서 내가 먼저 그분들께 죽는 게 무서우시냐, 본인 상태가 어떻게 될 것 같냐 하고 말을 꺼내면 이런 얘기를 할 수 있어서 좋았다고 하시거든. 그래서 용기내서 묻는 거죠. 두려움 때문에 두루뭉술하게 이야기하면 오히려 더 많은 것을 놓칠 거예요. 환자분께 죽음 이야기를 꺼냈을 때 '왜 이런 얘기를 하세요, 저는 더 힘들어요' 하는 사람은 본 적 없어요. 왜냐하면 항상 고민하고 있는 주제니까. 어떤 내용으로 얘기할지 모르기 때문에 의사가 공부를 많이 해야 해요. 내 방을 보면 관련 책만 수십 권이에요. 공부를 안 하고는 도저히 내 기본 생각만으로는 대화할 수 없으니까."

교수님의 이야기를 들으면서 그동안 의사로서 별다른 노력 없이 '어떡하지'만 되뇌고 있었던 것을 반성했다. 임상 경험이 수십 년인 교수님도 여전히 책을 읽고 공부하시는데, 새내기 의사인 나는 어떻게 하면 환자와 보다 깊은 대화를 할 수 있을지 고민하지 않고 그저 책임지는 게 무섭다는 생각만 하고 있었다. 괜히 죽음 이야기를 끄집어내어 내가 상처를 받거나 곤란해질 것이라는 두려움을 견디고 마음을 충분히 주는 것, 그것이 중요하다. 지금 당장의 두려움 때문에 환자에게 귀 기울이지 못한다면 나중에 돌아보았을 때, 충분히 용감하지 못했고 충분히 노력하지 못했으며 충분히 사랑하지 못했다고 후회할 것 같다.

만약 다시 그 복합 부위 통증 증후군 환자를 만난 순간으로 돌아간다면 어떤 말을 할까 상상해보았다. 용기를 내어 말을 꺼내야지. 혹시 자살을 생각하고 계세요? 어쩌면 죽고 싶다는 말이 말그대로 죽겠다는 뜻이라기보다, 환자는 그 말로 당신의 두려움과 고통을 표현하고 싶으셨을지도 모른다. 누군가에게 기댈 곳이 필요하다는 간절한 표현이었을지도 모른다. 도와달라는 그 손은 아무에게나, 아무 때나 뻗지 않는다. 손을 내밀기까지 그분이 겪은 고통을 헤아리고, 내가 도울 수 있음에 감사한다면 깊은 대화를 하기 위해 용기를 내어 질문하는 것이 보다 수월해지지 않을까.

죽음을 말하다:
제도와 문화

호스피스가 뭔데?

"호스피스가 뭔데?

내가 왜 호스피스에 가야 해?

호스피스 가면 다 죽는 거 아니야?

호스피스에서 어떤 처치까지 할 수 있는데?

의사건 환자건 뭘 알아야 호스피스에 가지."

호스피스에 대한 인식이 널리 퍼져야 한다고 생각하시는 어느 교수님께서 인터뷰 때 해주신 말씀이다. 나도 관심을 갖기 전까지는 호스피스라고 하면 막연하게 임종 전에 가는 곳이라고만 알고 있었다. 완화의료라는 말도 쓰는데 완화의료와 호스피스는 거의 같은 뜻으로 쓰이고 있지만 엄밀히 말하면 초점이 다르다. 쉽게 설명하자면, 완화의료는 암처럼 위중한 질환이라고 진단하는 시점부터 시작해서 임종까지 적용되는 것으로, 말끔하게 완치가 힘든 상태일 때 불편한 증상만 그때그때 완화하는 치료이다. 예를 들어, 대장암인 경우에 수술로 암을 완전히 떼내는 것은 완치이고, 암이 많이 퍼져서 완전 제거가 어려울지라도 암덩어리가 너무 큰 나머지 대장이 막혀 변비로 힘들 때 암덩어리를 일부 제거해서 변비를 완화하는 것이 완화의료이다. 그에 비해 호스피스는 대상자를 죽음에 임박한 말기 환자로 좁힌 것이다.

교수님들 인터뷰를 해보니 호스피스 병동에 입원하면 이제 가만히 누워 죽는 날만 기다린다고 오해하는 환자와 가족들이 많다고 하셨다. 법적으로 국내 호스피스 병동에 입원할 수 있으려면 완치 불가능한 말기 암 환자라야 한다. 그래서 호스피스 병동에 가면 다 죽는 것이라는 이야기가 나왔을 것이다. 하지만 호스피스 병동에서 임종을 앞당기는 것도 아니고, 임종까지 방치해두는 것은 더더욱 아니다. 호스피스에서 치료 목적은 생애 말기에 나타나는 다양한 증상을 조절하면서, 삶의 마지막 순간까지 내적 성장을 이룰 수 있도록 최선을 다함으로써 임종 전까지 삶의 질을 높이는 것이다.

호스피스 완화의료에는 크게 네 가지 유형이 있는데 입원형, 가정방문형, 외래형, 자문형이 있다. 호스피스 업무 중에서 일부분만 입원 병상에서 이뤄진다. 그 외에 대부분은 가정방문과 외래 진료이다. 집에서 호스피스 병원까지 다닐 수 있을 만큼 비교적 건강한 환자들은 수개월에서 수 년 동안 외래를 다니며 일상 활동을 하신다. 가정방문형에서 호스피스 간호사와 의사는 집이나 요양 시설을 방문해서 환자와 가족을 돕는다. 극심한 통증, 구토, 호흡곤란, 불안 같은 증상으로 말기 암 환자가 호스피스에 입원하더라도 중간에 상태가 좋아지면 퇴원할 수도 있다. 또는 다른 과에서 가능한 모든 치료를 받으면서 호스피스는 자문 협진하는 형태로 이루어질 수도 있다. 완치를 목적으로 하는 치료와 증상 완화를 목적으로 하는 완화의료는 상반되는 것이 아님을 알 수 있었다. 암을 포함한 중증 질환은 진단 시점부터 조기에 완화의료가 개입하는 것이 권고된다. 그래야 말기가 되었을 때 부드럽게 호스피스 완화의료로 넘어갈 수 있고, 삶을 정리할 수 있는 시간도 확보되며, 삶과 죽음에 대한 고민을 충분히 함으로써 치료에 더 적극적으로 임할 수 있다.

그렇다면 호스피스에서는 어떤 처치를 해주는 걸까? 돌아가실 때까지 의사가 최선을 다한다는 것은 꼭 눈에 보이는 혈액 검사 수치를 교정하고 암덩어리를 없애는 것만이 다가 아니었다. 완치는 못하더라도 의사로서 말기 환자를 도울 수 있는 방법은 많다는 걸 배웠다. 호스피스 완화의료에서 이루어지는 처치는 크게 두 가지로, 증상 완화와 의사결정 지원이다.

생애 말기에는 다양한 증상이 나타난다. 통증, 섬망, 우울, 불안, 감염, 출혈, 부종, 변비, 설사, 호흡곤란, 삼킴곤란, 오심구토 등등. 이런 증상이 관리되어야 비로소 삶을 돌아볼 여유가 생겨서 심리적, 사회적, 영적 돌봄이 가능해진다. 호스피스에서는 환자에게 더 이상 해줄 것이 없다고 생각한다면 오산이다. 말기로 갈수록 이렇게 증상이 많아지고 삶의 질이 중요하므로 약의 부작용을 고려해서 일반 환자보다 더 섬세하게 약을 써야 한다. 호스피스 병동 입원 환자 대부분이 심폐소생술, 인공호흡기, 혈액투석 같은 연명의료를 원하지 않는다. 그럼 무엇을 해줄 수 있는 것일까? 연명의료를 원하지 않더라도 수액, 영양공급, 진통제 등은 가능하다. 각종 관 삽입이나 수혈로 더 큰 고통을 덜어줄 수 있다면 그렇게 조치를 취할 수도 있다. 완치가 되지 않는 상태에서 어떤 의학적 목적을 갖고 치료를 할 것인지 의사 스스로 명확한 목표 설정이 필요하다는 걸 알 수 있었다.

그런데 의사 중에서도 호스피스에 대한 이해가 부족한 사람들이 꽤 있다. 말기 암이 어떤 경과를 거쳐 진행하는지, 약의 부작용을 어떻게 관리해야 하는지 잘 모르거나, 어차피 할 수 있는 치료가 없다고 생각해서 호스피스 의사는 편할 것이라고 착각하기도 한다. 심지어 호스피스에서 무엇을 해줄 수 있는지 정확하게 몰라서 호스피스에 입원하면 무조건 항생제나 수혈을 중단한다고 알고 있는 의사도 있다고 한다. 항생제 투여나 수혈을 하는 이유는 환자가 조금이라도 편안한 상태를 더 유지해서 하고 싶은 걸 할 수 있는 시간을 벌어주는 역할이므로, 환자가 견딜 만한 상태라면 굳이 중단할 필요가 없다. 의사의 무지로 인해 환자의 생애 말 삶의 질이 낮아질 수 있는 것이다. 호스피스는 일반 환자를 보는 것보다 더 공부하고 신경쓸 부분이 많은 분야라고 느꼈다. 호스피스에 대한 인식 개선은 환자와 의사 모두에게 필요하다고 생각한다.

호스피스 완화의료에서 하는 또다른 중요한 일은 의사결정 지원이다. 보통 호스피스에서 하는 일이라고 하면 증상 관리만 생각하는데, 의사결정을 돕는 것도 매우 중요하다고 한다. 암 진단, 시한부 선고와 같이 나쁜 소식을 전하는 것부터 항암 치료를 언제까지 받을 것인지, 임상시험에 등록할 것인지, 중환자실에 갈 것인지, 호스피스 의료기관을 이용할지, 가정 호스피스를 할지, 어느 지역에서 지낼지 등등. 이런 결정은 별 것 아닌 것 같지만 생애 말 삶의 질을 크게 좌우한다. 또한 호스피스 완화의료에서는 증상 조절만큼이나 마음의 성장도 중요한 목표이다. 상담, 집단치료, 음악치료, 미술치료, 자서전 쓰기처럼 다양한 활동으로 삶을 돌아보고 죽음을 받아들이며 삶에서 무엇이 중요한지, 삶의 의미를 찾는 시간을 갖는다. 죽음 앞에서 어쩔 줄 몰라 방황만 하기보다 남은 시간을 귀하게 보낼 수 있도록 돕는다. 그래서 호스피스에 입원할 수 있으려면 의식이 또렷하여 환자 스스로 의사결정을 내릴 수 있는 상태여야 하는 것이다.

노인 인구가 많아지면서 웰빙과 건강하게 늙어가는 것에 대한 관심이 높아졌다. 항노화, 질병 예방, 미용, 운동, 유기농, 웰빙은 일상에서 쉽게 접할 수 있는 주제지만, '잘 죽는 것'에 대한 이야기는 그다지 많이 다뤄지지 않는다. 누구나 경험하는 음식, 사랑에 관한 이야기는 각종 매체에서 넘쳐나지만, 누구나 경험할 죽음에 대한 이야기는 대부분 쉬쉬하며 다루어진다. 죽음은 불편하고 어두운 주제로 여겨지는 데다, 자신의 삶과는 먼 얘기라고 생각되기 때문일까. 그러나 우리는 모두 죽음을 맞이한다. 먹고, 자고, 사랑하는 것처럼 죽음도 자연스러운 삶의 일부이다. 그렇다면, 잘 사는 것만큼이나 잘 죽고 싶은 마음은 당연한 것이 아닐까?

하지만 대부분의 사람들, 심지어 의료인조차도 '잘 죽는 것'에 대해 제대로 알고 있는 사람은 많지 않다. 호스피스 완화의료는 죽음을 앞두고 그 삶의 질을 높이는 중요한 의료적 과정이다. 호스피스에서는 죽음이라는 현실을 받아들이고, 남은 시간 동안 증상을 완화하며, 환자와 가족들이 삶의 의미를 찾고 마음의 준비를 할 수 있도록 돕는다. 그럼에도 불구하고, 많은 사람들이 호스피스에 대한 오해와 두려움으로 이를 피하려 한다. 죽음을 두려워하거나 외면하기보다는, 그것을 이해하고 준비하는 것이 우리 삶을 완성하는 것임을 배웠다. 웰빙에 대해 이야기하는 만큼, '웰다잉(Well-dying)'에 대한 관심도 커져야 한다고 생각한다. 호스피스는 보다 온전하고 의미 있는 죽음을 맞이할 수 있도록 중요한 역할을 하는 곳이므로, 죽음을 맞이하는 방법에 대한 이해와 준비가 우리 모두에게 더욱 필요하다고 느꼈다.

성경에 '진리가 너희를 자유케 하리라'는 구절이 있다. 아는 만큼 보이고, 보이기 시작하면 생각이 변하고, 생각이 변하면 말과 행동이 바뀐다. 알면 알수록, 우리는 새로운 시각으로 삶과 죽음을 바라볼 수 있게 될 것이다. 삶의 마지막에 머물 호스피스에 대해 알아감으로써 '잘 죽는 것'이 무엇인지 성찰하고, 죽음에 대해 더 많이 알고, 그것을 자연스럽게 이야기할 수 있는 사회를 만드는 데 한 발짝이라도 더 나아갈 수 있기를 바란다. 잘 죽는 것이 잘 사는 것의 완성임을 많은 사람이 알게 되고, 사랑에 대한 이야기만큼이나 죽음에 대한 이야기도 자연스럽게 나누는 날이 오기를 바란다. 그리고 생명을 다루는 전문가로서 이러한 변화를 이끌 수 있도록 더 많은 관심을 갖고 준비해야겠다고 다짐한다.

"호스피스와 완화의료의 차이?"

	호스피스	완화의료
적용 시점	임종이 임박한 말기 환자에게 적용, 완치를 위한 치료 종료 후 시작	중증 질환이 진단되었을 때부터 시작, 완치를 위한 치료와 병행 가능
목표	환자의 임종을 편안하게 돕는 것	증상 완화, 삶의 질 향상
대상	죽음이 임박한 말기 환자만 포함	완치가 어려운 질병 (암, 만성 질환 등)
치료	치료가 아닌 증상 완화, 안락한 환경 제공	증상 완화 치료 (통증, 구토, 호흡곤란 등)
기간	보통 몇 주 또는 몇 달 이내로 종료	수 년 지속되기도 하며, 말기까지 계속됨
목표 치료	환자의 임종을 준비하고, 안락하게 보내는 것에 집중	질병의 진행을 늦추거나 증상을 완화하는 치료 포함

건강한 죽음관을 배우려면?

왜 병원에서는 죽어가는 남편 옆에 아내가 누워 따스한 체온을 전할 수 없는 걸까?

시간이 얼마 남지 않았을 때 우리는 왜 환자와 가족이 서로 사랑을 전할 방법을 먼저 찾아보지 않는 걸까?

그들이 어쩔 줄 몰라 소중한 시간을 흘려보내는 모습을 왜 지켜보기만 할까?

왜 이 모든 의문을 아예 떠올리지도 않는 걸까?

영국 호스피스 전문의인 레이첼 클라크가 책 '아버지의 죽음 앞에서'를 통해 제기한 의문이다. 암 환자는 상태가 점점 나빠지면 입원 기간 내내 병원에 갇혀 바깥의 신선한 공기를 한번도 느껴보지 못한다. 감염이 걱정돼서라든지 다른 의학적 이유 때문일 수도 있지만, 그러한 감금 생활은 환자의 병세보다 의사들의 상상력 부족 때문이었을 것이라고 레이첼 클라크가 짚었다. 최첨단 의료장비, 최신 의학정보로 무장해서 모든 에너지가 오로지 치료에만 집중되면, 환자에게 바깥 공기를 쐬게 하는 것 같이 세심한 사항은 뒷전으로 밀려난다. 의대에서 질환 이름, 진단 기준, 검사법, 치료법은 주구장창 배우면서도, 모순적이고 불확실하고 두려워하고 실수하는 인간 그 자체에 대해서는 배우지 않는다. 모든 의학 처치는 결국 사람이 받는 것임에도 불구하고.

의대에서 배운 대로라면 치료방법을 선택할 때 객관적 수치를 근거로 알고리즘을 따라 이런 상태에서는 어떤 치료를 해야 한다고 명확하게 정해져 있을 것 같지만, 실제 진료에서는 주치의 성향에 따라 권하는 치료방법이나 강도가 많이 차이 날 수 있다. 예를 들어, 급성 백혈병의 경우 강도 높은 항암 치료가 필요한데, 치료를 하지 않으면 1~2년 살 수 있는 분들에게 항암을 권해서 강한 항암 치료를 했다가 오히려 2~3주 안에 환자를 잃기도 한다. 그래서 강력하게 치료를 권하기도 어렵다보니 환자와 의사의 가치관에 따라 선택하는 치료법이 꽤 달라진다. 그리고 같은 치료를 하더라도 그에 대한 효과가 사람마다 달라서 일반화할 수 없는 환자 개별 요인이 치료 선택에 크게 작용한다. 그럴 때 의사와 환자, 가족의 가치관이 치료 선택에서 중요한 판단 기준이 된다. 그런데 가족과 환자 사이에 서로 치료 방법에 대한 합의가 되지 않는 경우가 많다고 한다. 환자는 더이상 치료를 받지 않겠다고 하는데 가족은 죄책감이 들지 않으려고 최대한 치료할 수 있는 만큼 해야 한다고 생각하는 경우가 흔하다. 환자와 가족이 우왕좌왕할 때 그분들께 필요한 것이 과연 더 많은 의학 지식일까.

코로나19가 한창일 때 중환자실 면담은 평소보다도 제한이 강화되었다. 평소 중환자실에서는 정해진 시간에 보호자 한두 명만 가능했는데, 코로나 시국일 때에는 아예 면담조차 불가능하거나 코로나 검사 결과를 기다려 음성이 나와야 면회가 가능했다. 그래서 그 시기에 중환자실, 요양병원 등에서 돌아가신 경우, 가족들이 환자 곁에서 임종을 지키지 못한 채 병실에서 환자가 홀로 돌아가시는 경우가 많았다. 그럴 때 그분들께 필요한 것이 과연 말기 암에 미치는 코로나19의 영향에 대한 최신 연구 결과였을까.

임종을 지키지 못한 것은 가족에게도, 환자에게도 상처로 남을 수 있다. 그래서 코로나 시국일 때 말기 암 치료를 끝까지 진행하게 되면 홀로 돌아가실 수 있는 가능성을 설명하고 가족끼리 의논해서 준비할 수 있는 시간을 드리기도 했다고 한다. 죽음을 보다 많이 경험해본 전문가로서 인간에 대한 이해와 사랑을 기반으로 건강한 삶과 죽음관이 세워져 있다면 그분들을 든든하게 지지해드릴 수도 있었을 것이다. 실제로 일본에서 유명한 H 호스피스에서는 코로나 시국에도 보호자 2명까지 대면 가능하도록 유지했다. 대부분의 병원은 환자 개개인의 삶과 가치관보다는 전체 병원 운영의 관점에서 최대한 위험 요소를 줄이려고 한 것과 대조된다. 최대한 환자 중심으로 하기 위해 병원과 의료진에게 돈이 더 들고 수고스럽더라도 환자와 가족들의 웰다잉을 위해서 내린 조치였다고 한다.

이처럼 임상에서는 예측할 수 없이 불확실한 상황이 많아서 의학지식보다 인간에 대한 이해가 더 필요할 때가 많다. 그럼에도 현재 의대에서는 철학, 심리학, 인류학 같은 인문학을 거의 가르치지 않고, 의사나 학생이나 그 필요성을 느끼지도 못하는 경우가 많다. 그러나 의료는 '사람은 무엇인가'에서부터 시작한다. 과거에는 의사가 철학자이자 심리학자이기도 했다. 그런데 의학이 발달하면서 배워야 할 지식이 방대해지고 분과가 세분화되면서 의학의 초점은 사람에서 멀어졌다. 사람을 치료하려고 발전한 의학인데 사람이 소외되었다. 나는 그 흐름을 따라가고 싶지 않다. 나는 따뜻하게 다른 사람을 바라보고 보살피려는 인간적 본능을 간직하고 싶다. 말기 환자와 가족에게 의사가 건네는 따뜻한 말과 행동은 최첨단 치료만큼 섬세하고 중요할 수 있으며 삶을 변화시킬 수도 있다. 아픈 그 부위만이 아니라 그 사람 자체에 집중하고 싶다면, 환자와 가족에게 진정 중요한 것이 무엇인지 알고 싶다면, 시간을 들여서 그들의 말에 귀를 기울여야 한다고 느꼈다.

인간에 대한 이해를 넓히는 학문인 인문학에서 중요한 주제는 어떻게 살 것인가와 어떻게 죽을 것인가이다. 예비 의사로서 인문학을 배울 때에는 이론적인 접근도 중요하지만 실제 말기 환자와 가족을 만날 수 있는 기회를 늘려서 그 시간 속에서 배우는 것이 가장 와닿을 것이다. 실제로 일본과 영국 호스피스 실습을 할 때 담당 교수님들께서 나를 위해 환자와 1:1로 이야기할 수 있는 시간을 최대한 많이 만들어주려고 하셨는데 그 때 많은 걸 배울 수 있었다. 국내 실습에서는 말기 환자와 학생이 만나 이야기할 수 있는 기회가 적은 것이 아쉬웠다. 학생과 말기 환자가 1:1로 만나는 것이 걱정스럽다면 교수님이나 간호사 선생님, 레지던트, 성직자 등 호스피스 완화의료 팀원과 함께 해도 좋을 것이다. 그 외에도 실기 수업에서 사망 선고하는 방법과 심폐소생술 금지 동의서 받는 방법을 다루는 것도 좋을 것 같다. 의학의 본질은 사람을 치유하는 것이다. 현대의학은 그 본질인 사람이 없어져 속 빈 강정이 되어 가고 있다. 이제 다시 초점을 '치료'에서 '사람'으로 가져올 때가 아닐까.

이제 맞춤 완화의료를 생각할 때

　국내외 병원 실습에서 아쉬웠던 점을 꼽으라면 소아 완화의료를 참관하지 못한 것이다. 호스피스 완화의료라 하면 성인 환자만 떠올렸다. 그런데 소아 완화의료라니. 실습처를 알아볼 때에 소아 환자는 생각도 못했는데 실습을 하면서 소아 말기 환자에 대한 이야기를 종종 들을 수 있었다. 그리고 소아 완화의료라는 분야와 전문 병원이 따로 있을 정도로 소아 말기 환자가 많다는 사실에도 놀랐다. 누구나 죽을 수 있다는 말에서 '누구나'에는 어린 아이도 포함된다는 사실은 당연한 듯하면서 당연하지 않게 다가왔다. 알아보니 국내외에서 소아 호스피스 병동은 대부분 성인 병동과 별도로 운영하고 있었다. 환자 자체도 성인과 소아 환자는 신체와 정신적 특성이 다르고, 유족 돌봄에서도 성인 환자의 유족과 소아 환자의 유족은 느끼는 바가 다르다. 뒤늦게 소아 완화의료 기관을 알아보고 참관신청을 해보았지만 늦어서 결국 참관은 하지 못하고, 의료진 인터뷰와 성인 완화의료 실습에서 간접적으로나마 이야기를 들어보았다.

소아와 성인은 어떻게 다르길래 완화의료 기관을 별도로 운영하는 것일까? 성인은 완화의료 환자 대부분이 암환자인데 비해, 소아 말기 환자에는 암보다 선천 질환, 유전대사 질환, 신경근육 질환처럼 암이 아닌 질환이 많다. 소아 환자는 말기이지만 여전히 몸과 마음이 자라고 있는 중이다. 그래서 질환으로 인한 여러 증상을 관리하면서도 몸과 마음의 발달 과정도 고려해서 병원 안에서 유치원이나 학교수업을 병행하거나 진료가 필요하다. 또한 형제자매가 있을 경우 가정에서 건강한 형제자매가 느낄 소외감과 죄책감에 대한 돌봄도 필요하다. 하지만 많은 돌봄이 필요함에도 불구하고, 성인에 비해 소아는 완화의료 환자 수가 적다 보니 정책 우선순위에서 뒤로 밀리기도 한다.

'누구나' 죽는다. 온갖 다양한 사람이 세상에 살고 있는데 이들이 모두 언젠가 죽는다. 그럴진대, 죽음을 앞둔 사람들 사이에 서로 다른 것이 비단 나이뿐일까. 살아가는 동안에는 온갖 사람이 어우러져 살아갈 수 있도록 사회에서 경제, 문화, 의료적 다양성을 갖추고 있는 것처럼, 생애 말기 돌봄도 다양한 사람의 요구에 맞는 접근이 필요하다. 완화의료를 다양한 측면에서 맞춤 제공할 수 있는데, 실제로 미국과 영국에서는 소아, 치매, 신부전, 성소수자, 신앙인 등 연령별, 성별, 질환별, 종교별, 인종별 맞춤 완화의료를 제공하고 있다.

그중에서도 문화적 다양성에 맞춘 완화의료를 예로 들어 보겠다. 통증은 신이 내린 형벌이므로 참아내야 한다고 생각하는 문화에서는 진통제로 통증을 조절할 수 있단 걸 환자와 가족이 알면서도 일부러 참기도 한다. 죽음에 대한 논의를 금기시하는 문화에서는 환자 본인에게 여명이 얼마나 남았는지, 진단명은 무엇인지 알리지 않기도 한다. 의사결정 주도권이 환자보다 가족에게 있는 문화에서는 환자 본인이 더 적극적인 치료를 하고 싶더라도 가족들이 힘들어 할까 봐 치료를 포기하기도 한다. 우리나라도 다문화가정이 늘어나고 있으므로 완화의료에서 문화적 다양성도 점차 고려해야 할 것이다. 다양한 상황이 가능함을 알고 환자와 가족이 어떤 문화 속에서 살아왔는지 생각하며 그에 맞는 돌봄이 필요하다.

개별 맞춤 완화의료가 활성화되려면 의료진이 환자의 상황에 맞추어 맞춤의료를 제공하는 것도 중요하지만, 환자가 미리 자신의 말기 케어에서 원하는 것과 원하지 않는 것을 정해두는 것도 중요하다. '나 사용법'이라고도 불리는 그것이 바로 사전돌봄계획(Advanced Care Planning, ACP)이다. 일본에서는 치매로 인해 기억력이 점차 흐려지는 환자의 주체성을 보장하기 위해 사전돌봄계획이 많이 쓰이고 있다. 작성 항목은 크게 3가지로 지금까지의 삶, 생활, 서비스이다. 예를 들면 내가 지금까지 소중하게 여긴 것, 내 삶에 관한 생각, 앞으로 누구와 어디서 어떻게 살고 싶은지, 음식을 먹지 못할 때의 대처, 임종 돌봄을 맡길 사람, 식사 메뉴와 빈도, 연명의료에 대한 결정, 심폐소생 여부, 의사 표현이 불가능해질 때 의사 결정 대리인 등이 있다. 일본에서는 노인 요양 시설에 들어갈 때 환자가 대부분 사전돌봄계획을 갖고 온다. 이런 경우 환자와 가족이 충분히 삶의 마지막에 대해 이야기를 나눌 수 있어서 나중에 의료진과 상의하는 과정도 수월해진다.

임상 현장에 환자의 가치관을 잘 반영하기 위해서 영국과 미국에서는 완화의료팀이 환자에게 귀기울여 그를 대변할 수 있도록 한다. 말기환자는 대부분 한 부위만 문제가 있는 것이 아니라 여러 부위에 암이 전이가 되어있든지, 여러 증상이 겹쳐 있다. 그래서 어떤 의학적 처치를 하면 좋을지 결정할 때 여러 과에서 담당의사들이 모여 회의를 한다. 논의 과정에서 각 과별로 의견이 다를 때도 있는데, 그 사이에서 의견을 조율할 때 환자가 살아온 삶의 방식과 가치관이 잘 반영되려면 환자를 대변할 수 있는 의사가 필요하다. 완치를 목적으로 치료하는 과 의사들이 환자의 세부적인 가치관을 모두 아울러 고려하기에는 현실적으로 어렵다. 그래서 영국과 미국에서는 완화의료팀에서 환자의 정신사회적 돌봄을 맡는다. 평균적으로 사망 전 6개월부터 사망 후 3개월 정도까지 약 9개월 정도 환자와 유족을 돌본다고 한다. 이로써 환자가 마지막까지, 더 나아가 임종 이후까지 자기다움을 유지할 수 있도록 노력한다.

사람마다 삶의 마지막 시기에 중요하게 생각하는 가치는 다르다. 누군가는 가족, 누군가는 반려동물, 누군가는 종교, 누군가는 업적이 중요할 것이다. 획일적으로 어떤 가치가 가장 좋은 것이라고 할 수는 없다. 심리치료법 중 하나인 로고테라피(Logotherapy)에서는 인간이란 의미를 추구하는 존재라고 보고 그 의미를 발견할 때 인간은 더욱 건강해질 수 있다고 한다. 여태까지 잊고 살거나 발견하지 못했던 각자 고유한 삶의 의미를 찾는 것이 삶의 마지막 시기에도 중요하다. 사람마다 추구하는 의미가 다른 만큼, 삶의 마지막을 자신답게 보낼 수 있도록 완화의료 또한 그에 맞추어 제공해야 한다. 그래서 생애 말 완화의료에서도 몸과 마음 모두에 개별 맞춤 돌봄이 필요하다. 유명한 라틴어 메멘토 모리(Memento mori)라는 말의 교훈대로 우리 모두는 언젠가 죽는다는 사실을 다시 한번 되새긴다면 삶의 방식이 다양한 만큼이나 삶의 마무리도 다양하리라는 것을 미루어 짐작할 수 있다. 생의 마지막 순간까지 자기다울 수 있도록 의사로서 환자와 충분한 시간을 갖고 많은 이야기를 나누는 노력이 필요하다. 당신은 어떻게 죽고 싶은가? 아니, 당신은 어떻게 살고 싶은가?

돌아가신 분을 뵙다

일본 H 호스피스 병원에서 참관 중이던 어느 날, 몇 시간 전에 돌아가신 환자 두 분을 뵐 기회가 있었다. 한 분은 이제 막 옷도 갈아 입혀드리고 화장도 곱게 해드린 상태였고, 다른 한 분은 이제 막 병실 정리가 끝난 상태였다. 보통 다른 병원에서는 환자가 돌아가시면 간호사가 아니라 용역업체를 불러서 곱게 화장을 해드리고 정리를 하는데 여기서는 간호사 선생님들께서 한다고 했다. 지금까지 한국에서 실습할 때는 병원에서 할 수 있는 치료라는 치료를 모두 끝까지 받다가 돌아가신 분만 뵈었지, 호스피스에서 완화의료를 받다가 임종하신 분을 뵙는 건 처음이었다.

한 분을 먼저 뵙기 위해 조금 긴장한 상태로 병실에 들어갔다. 그분은 편안하게 주무시고 계신 것 같았다. 옆에 있던 의사와 나의 대화를 그저 눈 감고 듣고 계신 것만 같았다. 이름을 부르면 금방이라도 눈을 뜨고 대답하실 것처럼. 너무 자연스럽고 편안한 그 모습은 지금까지 봐왔던 죽음과 사뭇 달랐다. 이전에 봤던 임종 직후 모습은 심폐소생술을 하다가 결국 돌아가셔서 갈비뼈가 부러진 상태거나, 생의 마지막까지 수액을 맞느라 생긴 부종 때문에 손발가락이 끝까지 부어있거나, 몸 여기저기에 관이 꽂혀 있는 모습이었다. 그런데 인위적인 개입 없이 자연스럽게 돌아가신 분의 모습은 평화로웠다. 나도 편안하게 죽으면 이렇게 되겠구나 하는 생각이 들어서인지, 돌아가신 분을 뵈면서도 무섭거나 거부감이 느껴지지 않았다. 살아있는 생명을 대하듯 예를 갖춰야겠다는 마음이 저절로 들었다. 돌아올 대답이 없어도 허리 숙여 인사드리고 좋은 곳에 가시라고 잠시 눈을 감고 기도를 드렸다. 옆에서 의사 선생님이 환자 손을 잡아보라고 하셔서 그분께 '실례합니다' 하고는 이불 밑에 있던 손을 살며시 잡았다. 이불 속에 있어서일까 여전히 온기가 남아있었다. 손톱엔 분홍색 매니큐어가 2/3쯤 발려 있었다. 몇 시간 전만 해도 살아 숨쉬던 생명이었다는 흔적이, 몇 주 전만 해도 곱게 매니큐어를 바르던 생명이었다는 흔적이 남아있었다. 여전히 따뜻한 손의 감촉을 느끼면서 잔잔하지만 마음 깊이 되새긴 사실이 있다. 바로, 사람은 언젠가 반드시 죽는다는 것. 죽음은 되돌릴 수 없다는 것. 그리고 삶과 죽음은 연속선에 있다는 것.

다른 한 분은 집으로 잠시 돌아간 가족분들이 오실 때까지 1층 임시 분향소에 모시기로 했다. 그곳은 가족뿐 아니라 다른 환자나 의료진도 와서 추모할 수 있는 공간이라고 했다. 간호사 선생님들께서 시신을 병실에서 임시 분향소로 옮길 때 나도 같이 따라갔다. 보통 병원에서는 시신을 옮길 때 다른 환자들이 볼 수 없게 별도의 엘리베이터를 사용한다. 그런데 이 병원에서는 시신을 옮길 때에도 일반인이 쓰는 엘리베이터를 같이 이용한다고 하셨다. 엘리베이터로 향하는 길에 당연히 다른 환자들도 돌아가신 분을 옮기는 모습을 보게 된다. 이 병원에서는 삶과 죽음이 자연스러운 과정이라는 것을 강조해서 돌아가신 분을 이동시키는 모습도 환자들께 자연스럽게 보여드린다고 했다. 오히려 그렇게 하는 것이 환자들의 불안감을 덜어준다고 했다. 나 또한 죽으면 저렇게 정성스럽게 다뤄지겠구나 하고 안심되고, 사망한 뒤에 내 몸이 어떻게 될지 알 수 있으니까 덜 불안할 것 같았다.

여러분은 어떻게 죽고 싶은가? 평화로운 죽음. 많은 사람들이 바라는 임종이다. 하지만 현실적으로 한국에서 그렇게 순순히 죽기는 어렵다. 어떻게 죽고 싶은지 스스로도 잘 모르는 환자, 최대한 할 수 있는 치료 다 해봐야 한다는 가족, 잘 죽는 것에 대해 배우지 못한 의사, 죽음을 쉬쉬하는 사회. 그 조합과 평화로운 죽음이라는 이상의 괴리는 상당하다. 우리나라의 현실은 어떨까? 아직까지 제도적으로 호스피스 입원은 말기 암 환자에게만 허용되고 있다. 현재 우리나라 의료 현실에서는 암을 진단받고 완치를 목표로 치료를 진행하다가, 더 이상 적극적인 치료가 어렵다고 판단되면 그제서야 호스피스를 권한다. 이러한 과정에서 환자는 갑작스러운 전환에 당황하고, 버림받았다고 느끼기도 한다. 게다가 호스피스 병동에 입원하려면 대기 시간이 필요해서 여명이 얼마 남지 않은 환자와 그 보호자가 분노하거나 좌절하는 경우도 많다.

호스피스 입원에 대한 수요가 증가하면서 국가적으로 환자의 경제적 부담을 줄이려는 노력이 지속되어, 현재 호스피스 병동에서의 하루 본인 부담금은 약 15,000원 수준이다. 또한 가톨릭대학교 서울성모병원을 비롯해서 전통 있는 호스피스 병원들도 있다. 하지만 대학병원처럼 큰 병원에서 호스피스 병동을 적극적이고 제대로 운영하는 곳은 가톨릭대학교 서울성모병원과 인천성모병원, 성빈센트병원 정도뿐이다. 호스피스에서는 검사나 치료를 적극적으로 하지 않아서 돈이 되지 않기 때문에 병원 입장에서 잘 운영하지 않기 때문이다. 환자들의 수요에 비해 호스피스 병원이 적다 보니 호스피스 입원을 위해서는 대기 기간이 긴 경우가 많다. 결국 호스피스 병원에 가지 못한 채 환자들은 대부분 요양병원에서 생을 마감하고 있다. 요양병원은 호스피스 병동과는 달리 임종기에 특화된 돌봄을 제공하지 못하는 경우가 많아서, 환자와 가족들이 충분한 지지와 돌봄을 받지 못한 채 불안한 시간을 보내기도 한다.

평화롭게 임종할 수 있으려면 어떻게 해야 할까? 거창하게 사회적 변화가 필요하다고 하기 전에, 개인적으로 할 수 있는 일로는 삶을 잘 정리하는 것이 있다. 그렇다면 삶을 정리하는 데에는 얼마의 시간이 필요할까? 여러분이 한 달 시한부 판정을 받는다면, 한 달은 여러분 인생을 정리하기에 충분한가? 한 달 내내 건강한 상태도 아니고 점점 기력이 다해 누워있어야 하는 시간도 많을 텐데. 가족과 못다한 이야기도 하고, 장례식도 계획하고, 하던 일도 마무리 짓고, 재산도 정리하고, 만나고 싶었던 사람도 만나려면 한 달 일정은 꽉 찰 것이다. 삶을 마무리하기에 적절한 기간이 누구에게나 공통적으로 적용할 수 있게 정해져 있진 않다. 다만 내 삶을 정리할 수 있는 시간이 충분히 길다면 더 여유롭고 성숙하게 삶과 죽음을 받아들일 수 있을 것이다. 그래서 국제보건기구(World Health Organization, WHO)에서는 삶의 마지막에 대한 논의는 시간을 충분히 들일 수 있도록 암이나 중증 질환을 진단받은 그 시점부터 시작해야 한다고 한다. 즉 어떻게 삶을 마무리할 것인가에 대한 논의는 시한부를 선고받거나 죽음에 임박해서 하는 것이 아니라, 비교적 건강하고 아직 완치 가능성이 있을 때부터 미리 시작하는 것을 권장한다.

미국 완화의료 전문의 L은 인터뷰에서 '미국은 완치 목적으로 치료를 받는 환자라도 내가 이렇게 힘들면서까지 치료를 받아야 하는지에 대한 실존적 고통으로 힘들거나, 정신적 또는 사회적 지지가 필요하거나, 치료 과정에서 삶의 의미를 잃거나, 이 치료를 할지 말지 고민할 때 완화의료팀이 개입하는 것이 당연하다.'고 했다. 그래서 미국에서 완화의료팀이 개입하기 시작하는 시점을 보면 사망하기 6개월 이전일 때가 많다고 했다. 완화의료가 개입한다고 해서 다른 의료팀이 빠지는 것이 아니라 종양의학 팀이 일차적인 주치의를 맡아 치료를 하면서 완화의료팀이 협업을 하는 방식이다.

전 세계 웰다잉 지수 1위인 영국은 일반적으로 여명이 6개월 즈음 남았을 때에 호스피스를 권한다. 그런데 점점 치료제가 좋아져서 항암제가 말기암에서도 효과가 있기도 하다 보니 환자 상태에 따라 호스피스를 권하는 시기는 많이 다르다고 한다. 완화의료를 시작하는 데에 명확하게 정해진 시점이 없어서 어떤 질환의 경우에는 완화의료를 전혀 생각도 하지 않고 완치에만 전념하다가, 시도할 치료가 다 끝나고 나서야 갑작스럽게 완화의료를 권유받기도 한다. 즉, 여명 자체보다는 질환이나 증상에 따라 호스피스를 권하는 시기가 다르다. 예를 들어, 파킨슨병[1]은 뇌 특정 부위가 서서히 변화하면서 진행하는 병으로 한 번 시작하면 멈출 수 없는 질환이다. 파킨슨병은 진단을 받더라도 사망까지 수 년이 걸려서 말기 암에 비해 여명이 길다. 그래서 파킨슨병은 지금 비교적 건강해보이더라도 말기 암처럼 호스피스 도움을 받을 수 있다. 그런데 호스피스 병동에 입원할 수 있으려면 임종이 임박한 경우는 안되고 대화가 가능한 상태여야 한다. 그래서 더욱 완화의료를 시작하는 시점은 빠를수록 좋다.

죽음에 대한 논의를 미리 하기 위한 노력의 예시로 사전돌봄계획(Advanced Care Planning, ACP)이 있다. 사전돌봄계획은 생애 말기에 어떤 치료를 받고 어떤 치료는 받고 싶지 않은지 의식이 또렷할 때 미리 정해두는 것이다. 한국에서는 말기 암환자들이 증상이 악화되면 자주 응급실에 방문하는데, 사실상 응급실에서는 치료를 위해 해드릴 수 있는 것이 없다. 치료를 하려면 현재 상태를 알기 위해 기본적으로 피를 뽑고 그 외에도 내시경 검사를 하거나 관을 꽂아서 체액을 채취하는 검사가 필요한 경우가 많다. 그런데 말기 환자는 더 할 수 있는 치료가 없으므로 검사를 굳이 할 필요가 없고 몸을 찔러야 하는 고통을 감수할 필요도 없다. 검사를 하더라도 그 이후에 할 수 있는 처치

---

1 **파킨슨병**: 파킨슨병은 뇌에서 도파민이라는 신경전달물질이 부족해져 생기는 신경계 질환이다. 주로 손 떨림, 몸의 굳어짐, 움직임 느려짐 같은 증상이 나타난다. 치료는 약물이나 운동으로, 증상을 완화하지만 완치는 어렵다.

는 연명의료뿐이다. 치료 효과 없이 임종까지 기간만 늘리는 의료처치를 '연명의료'라고 하는데 심폐소생술, 기도삽관[2], 혈액투석, 항암제, 혈압상승제, 인공호흡기, 체외생명유지술[3] 등이 있다.

연명의료 중에서 대표적인 심폐소생술과 기도삽관을 했을 때 환자는 어떤 모습이 될까? 생애 말 쇠약해진 몸에 심폐소생술을 하면 갈비뼈가 쉽게 부러지고 부러진 뼈가 다른 장기를 찌르기도 한다. 기도삽관을 해서 기도에 플라스틱 관을 넣으면 더 이상 말을 하지 못해서 의사소통은 거의 불가능해진다. 집요한 과잉진료를 두고 '필사적 종양학(Desperation Oncology)'이라는 말까지 생겨났다. 부작용은 둘째치고 성공 가능성이 지극히 낮은데도 치료를 감행하는 것이다.

그럼 병원을 가지 않고 집에서 임종하면 되는 것 아닌가 싶을 수도 있다. 그런데 임종이 다가오면 환자는 점점 숨이 차고 정신도 온전치 못할 때가 있는 등 평상시와 다른 모습을 보인다. 이를 처음 겪는 환자와 가족은 덜컥 무서운 마음에 응급실에 부랴부랴 오는 경우가 많다. 우리나라에서 무의미한 연명 치료를 하느라 중환자실에서 돌아가시기 전 한 달 동안 쓰는 의료비는 생애 말 1년 의료비의 42.4%를 차지

---

2 기도삽관(Airway intubation): 기도삽관은 환자가 스스로 숨을 쉴 수 없을 때 호흡을 돕기 위해 입이나 코를 통해 기관(숨길)에 튜브를 삽입하는 의료 시술이다. 이 튜브로 산소를 공급하거나 인공호흡기에 연결해 폐로 공기를 보내준다. 기도삽관을 한 상태에서는 관이 성대를 막고 있어 대화가 불가능하다.

3 체외생명유지술(Extracorporeal life support, ECLS 또는 ECMO): 체외생명유지술은 심장이나 폐가 제 기능을 못 할 때 특수 기계로 환자의 혈액을 몸 밖으로 빼내 혈액에 산소를 공급하고 이산화탄소를 제거해 다시 몸으로 돌려보내어 생명을 유지하는 치료법이다.

한다. 임종이 가까울수록 고강도 치료를 집중적으로 해서 의료비용이 급증하는 것이다. 불필요하고 고통스러운 검사나 치료에 임종 전 귀한 시간과 돈을 낭비하고 싶은 사람은 없을 것이다. 그렇다면 웰다잉 선진국인 미국과 영국에서는 평화로운 죽음을 위해 어떤 노력을 하고 있을까?

미국에서는 완화의료 세부전문의 제도 내에 응급의료 분과가 있어서, 응급실에서 말기 환자를 보다 효율적으로 돌볼 수 있도록 체계적으로 운영하고 있다. 그리고 환자와 가족들은 가정에서도 관리할 수 있도록 말기 증상과 그 대처법에 대해 자세히 교육받는다. 영국에서는 가정에서 임종하는 것을 국가적으로 장려한다. 임종기가 되면 간호사가 매일 방문하여 환자를 돌보고 지원한다. 또한, 환자가 가정에서 평온하게 생을 마칠 수 있도록 일반 병원에서도 연구가 활발하게 이루어진다. 말기 환자가 예상치 못한 증상 변화로 당황해서 응급실을 찾는 일이 없도록, 미리 임종 과정에서 나타날 수 있는 증상을 설명하고 대처법을 교육하는 것이 중요한 예방책이 된다.

그러나 한국에서는 가정형 호스피스를 이용하는 환자 중 40%만이 실제로 자택에서 임종한다. 즉, 60%는 임종 시점에 결국 의료기관에서 생을 마감하게 된다. 호스피스를 이용함에도 여전히 절반이 넘는 환자가 임종이 임박했을 때 응급실을 거쳐 입원하는 것이 우리나라 현실인 것이다. 2022년 보건복지부 자료에 따르면, 한국의 말기 환자 중 70% 이상이 병원에서 임종을 맞이하는데, 가정에서의 임종을 선호하는 환자들의 바람과는 다소 차이가 있다. 가정이나 호스피스에서 평화롭게 임종할 수 있도록 하려면, 미리 자신이 원하는 생애 말 처치를 고민해보는 것이 필요하다고 느꼈다. 그것을 의료진과 상의해서 문서화하는 작업이 바로 사전 돌봄 계획 제도이다. 이러한 노력의 바탕에는 완화의료가 생애 말기의 삶의 질을 높이는 데 필수적이라는 전국민적 공감대가 형성되어야 할 것이다.

얼마전 유튜브에서 웹툰 작가인 기안84가 세계여행을 다녀온 영상이 큰 인기를 끌었다. 기안84가 마다가스카르를 여행할 때 현지 제사 의식인 파마디하나에 참여했다. 파마디하나에서는 수 년 주기로 무덤에서 시신을 꺼내어 깨끗한 천으로 다시 염을 한다. 유족들은 천으로 싼 시신을 한참 동안 끌어안고 그동안 하고 싶었던 말을 건넨다. 시신을 만지는 것을 부정탄다고 생각하고 납골당이나 산소에서 시신을 직접 만지지 않는 우리나라와는 다르다. 하지만 먼저 떠난 사람을 추억하며 기린다는 본질은 같다. 마다가스카르 추모 문화는 우리처럼 엄숙하지 않고 하루종일 흥겹게 노래를 부르고 춤을 추고 식사를 하며 죽은 사람이 남겨준 행복한 기억을 추억한다. 침울한 표정을 짓는 것이 오히려 실례가 된다. 죽음을 반드시 무겁게 다룰 필요는 없는 것이다. 유쾌함과 슬픔이 공존하면서도 충분히 애도를 할 수 있었다. 이 영상에서 패널로 나온 연예인들이 서로 자신의 장례식은 어땠으면 좋겠다는 이야기를 나누었다. 방송에서 죽음에 대한 이야기를 편하게 나누는 모습이 인상적이었다. 평소 대화에서 오늘 저녁은 무엇을 먹을지, 원하는 이상형은 무엇인지에 대해 관심을 갖고 편하게 이야기하는 것처럼 장례는 어떻게 치르고 싶은지, 삶의 마지막을 어떻게 준비할지와 같은 이야기도 편하게 나눌 수 있는 날이 오길 바란다. 그리고 평화로운 죽음이 실제로 이루어질 수 있으려면 의사로서 임종기에 시행하는 치료에 대해 깊이 고민해보아야 함을 배웠다.

죽을 권리

　내가 다닌 의대에는 다른 의대와는 달리 특이하게도 선택과목 중에 '죽음학'이 있었다. 매주 레포트를 써야 했지만 웰다잉에 관심이 많았던 나는 삭막한 의대 수업 중에 오아시스를 만난 것 같았다. 학생의 흥미를 끌기 위해, 그리고 논란이 될 만한 주제들을 부드럽게 끌어내기 위해서인지 교수님께서는 책과 영화를 많이 인용하셨다. 그중 마음에 오래 남은 것이 영화 '씨 인사이드(the Sea Inside)'였다. 다이빙 사고로 전신마비가 된 라몬이 존엄사를 하기까지의 이야기이다.

　목 위로만 움직일 수 있는 라몬의 생활은 언뜻 보면 지극정성으로 그를 간호하고 사랑하는 가족들과 그를 찾는 친구들 덕분에 살 만해 보인다. 죽고 싶다는 충동을 느낄 만한 큰일도 없다. 그런데 영화에서는 가랑비에 옷 젖듯 라몬이 서서히 살고 싶지 않아지게 된 과정을 보여준다. 사람들이 라몬을 대하는 태도에는 뿌리깊게 차별이 숨어있었다. 라몬은 그를 찾아오는 여자들에게 일부러 성적 농담을 던진다. 짓궂은 농담 정도로 보이지만 그의 농담에 웃는 여자들에게 라몬은 정색하며 묻는다. 왜 웃느냐고. 라몬이 정상적인 몸 상태였다면 분명 기분 나빠할 성적 농담인데 여자들은 라몬이 사지마비 환자이기 때문에 어떠한 위협도 느끼지 않고 남자로 느끼지도 않는 것이다. 그런 차별을 느끼기에 라몬은 더욱 비참했을 것이다.

라몬은 훌리아라는 여자를 사랑하지만 그녀를 온몸으로 안을 수도, 만질 수도 없고, 함께 걸을 수조차 없다. 심지어 훌리아가 라몬의 등 뒤에서 쓰러지는 소리를 들었는데 몸을 움직여 쳐다보지도 못했다. 할 수 있는 것이라곤 가족을 부르는 것뿐인 라몬이 느낀 무력감은 얼마나 컸을까. 그의 무력감을 극대화해서 보여주는 장면이 있었다. 상상 속에서 그는 창문 밖으로 날아가 훌리아가 있는 해변을 찾아가고 훌리아와 키스하는 장면을 떠올린다. 하지만 정신을 차려보니 라몬은 침대에 누워 슬픈 눈으로 멍하니 창밖을 바라보고 있었다. 그런 라몬에게 죽음은 끊임없이 묻는 것 같았다. 이래도 살고 싶냐고.

라몬은 기본적인 움직임조차 스스로 하지 못한다. 일정한 시간마다 욕창을 예방하기 위해 누군가 자세를 바꿔줘야 한다. 다른 사람의 돌봄 없이는 살아갈 수 없다. 스스로가 짐짝처럼 느껴졌을 것이다. 움직일 수가 없으니 죽는 것조차 스스로 할 수 없다. 그래서 그는 죽음이라도 선택할 수 있는 자유와 권리를 주장한다. 삶은 권리이지 의무는 아니라고 하며. 라몬의 변호사 말대로 스스로 살아갈 권리를 포기하고 자살했다가 살아난 사람은 처벌하지 않으면서 존엄하지 못한 삶을 끝낼 때 다른 사람의 도움이 필요한 사람은 처벌하는 법은 라몬의 입장에서는 불합리하다. 법을 바꾸진 못했지만 결국 주변의 도움으로 라몬은 삶을 마감한다.

안타깝게도 훌리아도 점점 악화되는 질병에 걸렸는데, 라몬과는 반대로 훌리아는 존엄사[4]를 택하지 않고 그대로 살아간다. 라몬과는 다르게 주어진 여건에 감사하는 것 외에는 선택의 여지가 없다던 훌리아의 삶을 라몬과 대조적으로 보여준다. 훌리아는 이제 라몬이 누군지도 기억하지 못하고, 대화다운 대화조차 불가능하다. 그녀를 그녀답게 만들어주던 것이 없어졌다. 정신이 온전할 때, 훌리아는 라몬이 다치기 전 건강할 때의 사진을 보면서 질환으로 인해 점차 변해갈 스스로의 모습을 그려보았을 것이다. 여러 번 죽고 싶었지만 남편의 만류로 시간을 끌다가 결국 훌리아는 이성적으로 그녀다운 결정을 내리는 시기를 놓쳤다.

죽음을 금기시하고, 삶은 아무리 힘들어도 죽음보다 낫다는 이분법적 인식은 존엄하게 죽을 권리뿐만 아니라 존엄하게 살아갈 권리조차 박탈할 수 있다는 걸 영화에서 보여주었다. 인간으로서의 명예로움과 존엄성이 훼손되고 자기다움이 없어진 상태일지라도 어떤 인공적인 방법이든 써서 숨을 붙어있게 만드는 현대 의학에 강하게 문제 제기를 한 영화였다. 존엄사에 대한 태도에는 정답이 없다. 논란이 많은 주제이지만, 자기다움을 잃고도 살아가야 하는 이유가 무엇인지, 나아가 왜 살아야 하는지 고민할 수 있게 해준다. 그 고민이 바로 웰다잉에

---

4 **존엄사**: 나을 가망이 없는 상태의 환자가 불필요한 연명의료를 그만 두고, 고통 없이 편안하게 인간으로서의 존엄을 지키며 자연스럽게 사망하도록 선택하는 것. 안락사와는 다르다. 존엄사는 불필요한 치료를 멈추는 것이고, 안락사는 적극적으로 죽음을 돕는 것이다.

대한 사회적 논의의 시작점이 될 것이다. 여기서, 잠시 멈춰 책을 덮고
생각해보면 어떨까. 그럼에도 불구하고 살아야 할 이유가 무엇인지.

자살을 왜 막아야 하나요?

오늘 비가 내리고 있다. 수현이가(가명) 떠올랐다. 의대 방학 중에 어느 대학병원 정신과에서 서브인턴을 한 적이 있는데, 그 때 소아 정신과 병동에서 만난 아이였다. 수현이는 음악을 좋아하고 스스로 작사 작곡도 했다. 그리고 비 맞는 걸 좋아한다 했다. 이유를 물으니 '저를 망가뜨리는 거잖아요.'했다. 아이는 우울증이 있었고 스스로 목숨을 끊으려고 해서 입원했다. 학업 스트레스가 심했고 진로 고민이 깊었다. 왜 살아야 하는지 모르겠다고 했다.

나도 어릴 때 인생이 답답하고 공부가 다인 것 같은 시기가 있었다. 먼저 그 시기를 지나온 사람으로서 해주고 싶은 이야기가 많았다. 시간이 지나니까 다양한 가능성이 보이더란 것. 주어진 것에 집중해서 그때그때를 살다 보면 새로운 길이 나타나더란 것. 좋아하는 일이 음악이란 걸 벌써 안다는 것 자체가 대단하단 것. 너만의 시각과 감성이 멋지단 것. 너나 나나 민감한 사람은 하나를 배워도 깊게 깨닫기 때문에 시간은 너의 편이고 경험과 시간이 쌓일수록 스스로가 점점 마음에 들 것이란 것. 과거의 내게 해주었다면 도움되었을 법한 그런 이야기를 전했다.

'듣고 나니 어때?' 물어보니 아이는 희미하게 웃으며 '멋있어요. 여러 힘든 일 겪고 이렇게 잘 되셨잖아요.'라고 했다.

…그런데 이게 아닌데, 싶었다. 내가 원했던 반응은 그게 아니었나보다. 내가 잘났단 말을 듣고 싶었던 게 아니었다. 아이에게 도움되리라 생각한 말을 쏟아내면서 내심 아이가 감동받고 새로운 시각을 갖게 되길 바랐다. 나도 너와 다르지 않으므로 너 또한 너의 장점을 어서 깨닫길, 죽음만이 답이라는 생각은 근시안적 생각임을 어렴풋이나마 알길 바랐다. 그런데 멋있어요 라니. 나와 그 아이 사이에 선이 느껴졌다. '(선생님은) 멋있어요. (그런데 저는 아닌 것 같아요.)'라고 들렸다. 아차 싶었다. 내 말을 들은 그 아이가 해야 하는 반응은 이미 내 안에 정해져 있었던 것이다. 나의 일방적인 퍼부음은 아니었을까. 내가 건넨 위로는 나를 위한 것이었을까, 아이를 위한 것이었을까. 나보고 멋있다던 그 말이 진심이긴 했을까.

2주 동안 매일 보다가 서브인턴 마지막 날이 되었다. 작별 인사를 하면서 수현이가 내게 그동안 즐거웠고 고마웠다고 해주었는데, 내가 오히려 고마웠다. 그리고 안도했다. 수현이의 인사가 진심이길 바라는 것은 욕심일 수 있지만, 나와의 시간을 적어도 겉으로나마 즐겁고 고마웠다고 해주어서. 주말에 나도 집에 가서 수현이가 그리울 것 같다 했다. 그리고 비 내리는 주말인 지금 나는 그 아이를 떠올리고 있다. 이런 말도 해줄걸, 저런 말도 해줄걸 하는 생각이 자꾸 스친다. 하지만 그 또한 그저 내 일방적인 말이 될까 봐. 살았으면 좋겠다는 이 내 마음이 행여 의사로서 내 이기심일 뿐이고, 진심으로 그 아이의 삶을 위하는 건 아닐지도 모른다는 의구심이 들었다. 다시 수현이를 만난다면 어떻게 도와야 할까?

수현이를 만난 정신과 실습 당시, 어느 암환자가 자살 위험이 있어 정신과로 협진의뢰가 왔다. 80대 대장암 말기 할아버지셨는데 큰 암덩어리가 대장을 막아서 항문으로 정상적인 배변이 어려웠다. 그래서 배에 구멍을 내어 대변주머니[5]를 달고 계셨다. 이후 장마비가 여러 차례 왔다. 장이 마비되면 코에서 위장으로 이어지는 고무 콧줄을 넣는다. 그럼에도 장 마비가 낫지 않아서 배가 많이 아프다고 하시고 배가 빵빵한 느낌 때문에 불편해하셨다. 콧줄도 불편해서 스스로 콧줄을 수차례 뽑으셨다. 작년까지만 해도 농장운영을 다 하시고 건강하셨다. 어느 날부터 대변을 볼 때 피가 나와서 치질인줄 알고 병원에 가셨다가 그 길로 이렇게 됐다고 하셨다. 지금은 일상생활을 거의 못하시는 상태였다. 그 때 병원에 가지 말았어야 했다고 후회하셨다. 레지던트 선생님께 할아버지는 두 손을 싹싹 빌면서 거듭 말씀하셨다. 젊은 사람도 아니고 나이 80 먹은 노인이 이렇게 빈다며 그냥 죽게 해달라고. 이렇게 사는 건 사는 게 아니라고. 고향에 가기만 하면 뛰어내려서 극단적 선택을 할 거라고 힘주어 말씀하셨다. 레지던트 선생님은 '배에

---

5 **대변주머니**: 장이 막히는 등의 이유로 정상적인 배변을 할 수 없을 때 일시적 또는 영구적으로 장을 배꼽 옆의 피부로 노출시켜 인공항문을 만들고 대변주머니를 연결한다.

대변주머니를 다는 수술하고 나서 지금 상태가 힘드시군요. 저희 정신
과에서 약으로 도와드릴 수 있는 부분을 해드리겠습니다.'라고 하셨다.
음 글쎄, 딱 집어서 그 대답에서 무엇이 문제라고 할 순 없었지만 더
나은 대답이 필요하다고 생각했다. 어떻게 이야기를 해야 할까.

　병원 실습을 나가보면 자살을 시도한 사람이 응급실에 많이 왔다.
이번이 처음이 아닌 사람도 꽤 있었고, 목숨은 살렸지만 정상적인 생
활을 못하게 된 경우도 적지 않았다. 의료진뿐만 아니라 국가에서도
큰 예산을 들여가며 자살률을 낮추려는 노력을 한다. 그런데 거듭 자
살을 시도해서 응급실로 오는 사람들을 보니 그들을 살리려는 온갖
노력은 밑 빠진 독에 물 붓기 같았다. 이번에 살려도 또 죽으려고 할까
봐, 어설프게 살려 놔서 오히려 죽느니만 못한 삶을 살게 될까 봐 걱정
스러웠다. 그렇다고 살리지 말아야 한다는 뜻은 아니다. 무조건 살리
려는 노력이 다소 억지스러웠다. 자살을 선택할 정도면 나름의 이유가
있었을 것이다. 자살로 몰고 간 가혹한 상황은 그대로일 텐데, 이유 막
론 살리고 보는 것은 오만하고 무책임하게 느껴졌다. 스스로 목숨을
끊고자 하는 사람을 왜 살려야 하는지에 대해 깊이 생각하지 않고, 너
무 당연하게 '죽는 것보다 사는 것이 무조건 좋은 것이다.'고 여기는 것
은 강압적으로 다가왔다.

　정신과 학생 실습을 하면서 수현이 외에도 우울증으로 자살을 시
도했던 다른 환자와 이야기한 적이 있다. 그분이 처한 현실은 내가 들
어도 숨쉴 구멍이 보이지 않는 답답한 상황이었다. 의사로서 '그럼에
도 불구하고' 사셔야 한다고 설득해야 하는데 함부로 그렇게 말을 할

수가 없었다. 이렇게 힘든 상황에서도 살아가야 하는 이유가 무엇인지 내게 뚜렷한 생각이 서있지 않아서 환자를 설득할 힘이 없었다. 인간이 살아야 할 이유를 예비 의사로서 고민해보았다. 가만 보면 석가모니 말씀대로 삶은 고통의 연속이다. 그럼에도 다들 고통스러운 삶을 끝낼 생각은 하지 않고 어떻게든 꾸역꾸역 살아간다. 다들 살기 위해 끊임없이 음식을 구해 먹어야 하는 실존적 고통을 겪어내는 것이 새삼 신기했다. 철학자 쇼펜하우어는 탄생을 선물로 여기는 것을 단호하게 거부했다. 그에게 탄생은 고된 세상살이를 물려주는 것이었다. 존재의 목적은 우리가 태어나지 않았으면 더 좋을 뻔했음을 깨닫는 것이라고까지 말했다. 그럼에도, 왜 살아가는가? 꼭 삶에 이유가 있어야 하는 걸까? 살 이유가 없으면 죽어도 되는 것인가? 살아갈 의미가 없어도 살아야만 한다면 이유가 무엇인가?

"살.린.다! 무슨 일이 있어도 살린다!"

드라마 '낭만닥터 김사부'에서 의사가 외치는 대사이다. 극 중 한석규 배우가 의사였는데 살리기 어려운 환자를 포기하지 않겠다고 힘있게 다짐하는 장면이었다. 전에는 카리스마 있는 그의 모습이 마냥 멋있었는데, 죽고 싶어하는 사람을 여럿 만나 그들의 이야기를 듣고 나서는 무조건 환자를 살리겠다는 그 드라마 대사가 마음에 걸렸다. 무조건 살아야 한다는 말이 과연 그분들의 마음에 가서 닿을 수 있을까. 내 앞에 있는 그분들 마음에 '그래, 한 번 살아보자.'라는 생각이 스며들기 위해선, 내가 먼저 한 인간이자 한 의사로서 왜 생명이 죽지 않고 살아야 하는지 깊이 성찰해야 했다.

일본 S대학병원 정신과에서 말기 암환자를 주로 보시는 H교수님은 자살의 원인이 외로움이라고 하셨다. 힘들더라도 누군가와 연결되어 있다고 느끼면 인간은 고통을 참아낸다고 하셨다. 그에 비해 외로울 때는 쉽사리 인생이 허무하다고 느낀다. 이에 대해 미국 완화의학 전문의 L은 내적 성장을 위해서는 삶의 허무함을 받아들이는 것이 중요하다고 하셨다. 삶에는 행복만 있는 것이 아니다. 갈등도 있고 실패도 있다. 왜 이렇게 삶이 힘든지 고민하기보다, 그것이 현실이고 정상이라는 것을 받아들이는 것이 우선이라고 하셨다. 삶은 힘들기 때문에 굳이 우리가 서로를 힘들게 해서 힘듦을 더 얹을 필요가 없고, 서로 친절하게 대하고 같이 힘을 합해 서로를 도와야 한다는 말이 와닿았다. 힘든 삶 가운데 짧게나마 행복한 순간이 있으면 그 오아시스 같은 시간을 소중히 여기고 최대한 누려야 한다고 강조하셨다. 일본의 H교수님께서 알려주신 '불확실성을 견디는 힘―글쓴이 주(Negative capability)'과도 일맥상통했다. 세상은 정의롭고 행복해야만 한다는 생각의 틀이 완고하면 삶의 불확실성에 적응하지 못하고 쉽게 꺾여버린다. 그리고 앞서 말했듯 불확실성을 견디는 힘(Negative capability)이란 개구리밥 같이 약한 존재끼리의 연대에서 나온다고 생각한다. 우리는 연약하지만 함께함으로써 변화무쌍한 세상을 살아갈 수 있고, 죽음을 앞두었을 때에도 서로를 바라보며 이만하면 잘 살아왔노라고 웃을 수 있는 것 아닐까. 마음 깊이 함께하는 것이 바로 잘 사는 것의 핵심이자, 잘 죽는 것의 핵심이며, 자살 예방의 핵심이기도 하다고 생각한다.

외롭다는 것 외에도 죽고 싶어하는 사람의 또다른 특징은 삶에서 기대할 것이 없다고 여기는 것이다. 삶의 의미를 찾도록 돕는 심리치료인 로고테라피(Logotherapy)에 따르면, 세상은 여전히 그들에게 기대하는 것이 있고, 그들도 세상에서 무언가 기대할 수 있음을 일깨워주는 것이 중요하다. 더 나은 세상을 만드는 데에 내가 기여할 것이 있고, 그 역할을 나만이 할 수 있다면 그 역할이 바로 살아가는 이유이다. 예를 들어, 어떤 사람에게는 삶의 의미가 자녀이다. 부모의 자리는 누군가 대신하기 어려운 귀한 역할이다. 또 다른 사람에게 삶의 의미는 일이기도 하다. 정성을 다해 자신만의 통찰을 녹여 책을 쓰고 있다면, 그 책은 누군가 대신 써줄 수 있는 것이 아니다. 이 세상에서 자신은 대체 불가능한 고유한 가치가 있음을 깨달을 때, 비로소 삶의 의미를 지켜야 한다는 책임을 느끼고 살아야겠다고 다짐하는 것이다.

여기서 생각이 좀 더 나아갔다. 뇌사상태처럼 생각이란 것조차 할 수 없는 삶이라도 그 삶에 의미가 있는 것일까? 되돌릴 수 없는 뇌 손상으로 의식이 없거나 식물인간인 경우에는 다른 사람과 연결됨을 느끼지 못하고 삶의 의미를 추구할 수 없으므로 안락사가 정당한 것일까? 이 질문에 일본 완화의료의 아버지라 불리는 의사 쿠니히코 이시타니 선생님은 '생명의 존엄성을 지키는 것에는 자신을 위한 의무뿐 아니라, 나와 연결된 사람을 위한 의무도 포함된다.'고 하셨다. 생명은 그 자체로 자신뿐 아니라 그와 연결된 다른 생명에게도 의미가 있으므로, 환자가 생각할 능력을 잃은 상태일지라도 살아있단 것 자체로 충분히 존엄성을 갖고 살아갈 의무가 있다는 뜻이었다. 연결 대상은 사랑하는 사람일 수도 있고, 반려동물일 수도 있고, 그의 병실을 찾아오는 의료진일 수도 있다. 나아가 그와 인연을 맺었던, 또는 맺을 사람일 수도 있다. 그렇게 환자와 연결되어 영향을 받는 대상을 위해서도 살아갈 의미가 있다고 하셨다. 같은 맥락으로 일본의 H교수님께서는 죽음에 이르기까지의 시간 동안 환자 상태가 인간답지 못한 듯 보이더라도 그 시간이 가족들을 위해 필요하다고 하셨다. 환자 본인에게는 죽음까지 남은 시간이 무의미할지 몰라도, 그와 연결된 사람에게는 그와 함께 존재하는 것만으로도 그 시간이 충분히 가치 있기 때문이다. 이 시간 동안 가족이 환자를 위해 최선을 다했다고 느껴야, 환자 사망 후 유가족이 후회도 적고 애도반응에서도 건강하게 회복할 수 있다고 하셨다.

한편, 인터뷰를 하면서 안락사에 긍정적인 의사도 만났다. 안락사가 합법인 캐나다 출신의 완화의학 전문의 C는 캐나다 호스피스 기관에서 15년간 임상경험이 있고 영국 호스피스 기관에서도 10여 년 임상경험이 있었다. 캐나다는 다른 나라에 비해 안락사를 넓게 허용해주는 편이다. 의사 C는 사람들이 대표적으로 하는 오해가 바로 '환자들이 안락사를 원하는 이유는 통증 같은 신체 증상이 심해서'라는 생각이라고 했다. **흔히들 적절한 완화의료를 통해 신체 증상을 조절한다면 환자들이 안락사를 원하지 않을 거라고 생각하는데, 사실 존재론적 문제가 안락사의 가장 큰 이유라고 했다. 통증이 잘 조절되더라도 환자 스스로 삶이 무가치하다고 느끼거나, 가족에게 더 부담을 주기 싫어서 안락사를 원하는 경우가 많다고 했다. 캐나다에서는 이미 충분히 양질의 완화의료를 제공하지만 그럼에도 안락사 비율이 매년 높아지는 것을 보면, 완화의료의 질과 안락사 선택은 별개라고 짚었다. 캐**

나다에서 안락사가 합법화된 배경에는 의료형평성도 작용했다고 한다. 부자나 거동이 가능한 사람은 유일하게 외국인 안락사도 허용하는 스위스에 가서 죽음을 선택할 수 있다. 그에 반해, 전신 마비로 거동을 하지 못하거나 가난한 사람은 스위스에서 안락사를 하고 싶어도 죽음을 선택하지 못한다. 마지막 모습을 선택하지 못하고 고통스럽게 삶이 끝날 것 같을 때, 위험한 방법으로 목숨을 끊으려 하기도 한다. 살고 싶지 않다고 해서 이러한 고통이 강요되어서는 안되며, 그 고통이 불평등하게 주어지는 것도 인권을 침해하는 것이다. 이것이 캐나다에서 안락사를 시행하게 된 근거라고 하셨다.

하지만 안락사가 남용될 위험이 큰 것도 사실이다. 진정 환자를 위한 선택이 아니라 의사나 가족들이 지쳐서 환자에게 안락사를 종용한 케이스도 영국에서 실제로 있었다고 한다. 특히 개인주의가 강한 서구사회에 비해 가족을 중시하는 한국에서는 더욱 안락사 남용 위험이 클 것으로 예상된다. 신체나 정신이 불편한 사람은 고통스러우니까 빨리 죽는 게 차라리 낫다는 생각은, 장애인이 열등하고 특정 유전자가 우월하다고 여기는 나치즘이나 민족주의적 성향과 다르지 않다. 거만하고 편협한 생각이다. 신체나 정신이 불편해도 삶을 사랑하는 사람들도 분명히 있는데, 함부로 그들의 상태를 예단하는 것이다. 안락사가 제대로 이루어지려면 사회적 논의도 충분히 필요하고 인간에 대한 믿음 또한 필요하다고 느꼈다.

만약 다시, 환자가 죽고 싶다며 왜 살아야 하냐고 묻는다면 어떻게 대하면 좋을까? 여러분에게 친구가 죽고 싶다고 한다면 어떻게 할 것인가? 앵무새처럼 자살은 무조건 안된다고 함부로 반대하기 전에 자살을 생각할 만큼 힘들었을 상대를 헤아려보는 노력을 우선 해보자. 그리고 근본적으로는 왜 살아야 하는가에 대한 고민이 필요하다. 철학자들만 생각할 문제가 아니라, 태어나고 살아가고 죽을 우리 모두가, 그리고 특히 삶과 죽음을 다루는 의사라면 더욱 마음에 담아 두고 두고 나름의 인생관과 죽음관을 만들어 나가야 한다는 생각이 들었다. 잘 죽는 것이 무엇인가라는 질문은 잘 사는 것이 무엇인가와 같은 질문이고, 왜 자살하지 않고 살아가야 하는가라는 질문과 연결된다. 따라서 잘 죽는 것에 대한 인식이 높아지면 삶의 의미를 찾으려는 노력도 많아져서 자살률도 낮아질 것이라고 생각한다. 각자 고유한 삶의 의미가 있고 그것을 찾는 것이 인생의 숙제이다. 환자가 아직 그 의미를 찾지 못했다면 찾을 수 있도록 옆에서 도와주는 것이 의료인과 주변 사람들의 역할이다. 환자는 어쩌면 지금 너무 지친 나머지 삶의 의미를 찾을 힘조차 없어서 죽고 싶어하는 것일지도 모른다.

여러 교수님께서 강조하신 것처럼 살아갈 이유를 찾기 위한 첫걸음은 삶이 고통스럽다는 것을 받아들이고 그럼에도 불구하고 묵묵히 살아가야 함을 깨닫는 것이다. 어느 책에서 '인간의 존엄성은 삶의 유한성에서 나온다.'는 글귀를 읽었다. 올림픽 선수의 노력이 가치 있는 이유는 시간과 육체의 한계가 있음에도 그것을 넘으려는 피나는 노력 때문이다. 인간의 한계는 노력을 위대한 것으로 만든다. 언젠가 죽는다는 삶의 유한성이 있기 때문에 한정된 시간 안에서 삶의 의미를 찾아나가는 노력이 가치 있다. 니체의 책 '차라투스트라는 이렇게 말했다'

의 한 장면이 떠올랐다. 니체는 한 여성과 사랑에 빠졌다가 배신당해 헤어졌다. 이 책을 쓰면서 저자는 그 여성과 함께한 시간을 돌아본다. 저자는 그 여성 때문에 고통스러웠지만 함께한 시간 동안 평생 느껴보지 못한 기쁨을 느꼈다. 삶이 가장 반짝였던 그 시간을 다시 살 수 있다면 가장 고통스러운 이 시간마저 기꺼이 되풀이하겠다고 결심하면서 차라투스트라는 외친다.

"그것이 삶이었던가? 좋다! 그렇다면 다시 한번!"

고통스럽고도 아름다운 세상을 살아가는 우리에게 필요한 말이기도 하다.

나는 어떻게 죽고 싶은가

"그럼 너는 어떻게 죽고 싶은데?"

웰다잉에 관심이 많아서 일본과 영국에 다녀왔다는 이야기를 하면 자주 듣는 질문이다. 언제, 어디에서, 어떤 표정을 하고 죽을까? 만약 말을 할 수 있다면 어떤 말을 할까? 아프진 않을까? 가족을 힘들게 하진 않을까? 내 사망진단서에 적힐 사망원인은 무엇일까? 이 책을 읽고 여러분이 한번쯤 상상해본다면 그것만으로도 이 책을 읽는 의미가 있을 것이다. 이런 생각을 한다고 했을 때 어떤 사람은 우울증이 있는 사람들이 그런 생각을 하는 것이지 보통 사람은 그렇지 않다고 했다. 글쎄. 내 생각에 그건 우울증이 있어서가 아니다. 내 인생을 소중하게 생각하기 때문이다. 미래에 대해 대비할 수 있는 것이 있다면 잘 준비해서 그 시간이 다가왔을 때 충분히 누리려는 것이다. 누구나 죽을 것이란 미래를 아는 이상 잘 준비해서 만끽하는 것이 현명하지 않을까.

우리나라에서 가장 흔한 사망 원인은 암과 뇌졸중이고 임종 장소는 보통 병원 중환자실이나 요양병원이다. 지금 상황이 변하지 않는다면 나 또한 높은 확률로 그렇게 될 것이다. 24시간 쨍한 불빛 아래 삐삐거리는 기계음을 들으며 뻣뻣한 병원 시트로 감싼 병원 침대에 누워있을 것이다. 몸 여기저기에 관이 꽂힌 채로 말도 못하고 수시로 피 검사를 받고 수액을 맞느라 몸은 부어있을 것이다. 보호자는 한두 명만 정해진 시간에 잠시 보고 그 외 대부분의 시간은 나홀로 누워있다가 옆에 있는 환자가 먼저 죽는 것도 보면서 불안해하다가 사망할 것이다. 병원 실습을 돌면서 이 현실을 보았다. 이게 내 미래라니. 이렇게 죽고 싶지 않았다. 나는 생애 말기에 이런 처치를 받고 싶지 않은데 내가 의사가 되면 이런 처치를 환자에게 해야만 한다니. 물론 필요한 처치라면 당연히 해야겠지만, 필요한 처치의 범위는 환자 상태에 따라 다를 것이므로, 결국 환자와 의사의 가치관에 따라 결정한 처치가 환자의 마지막' 모습을 정할 것이다. **나는 한 인간으로서 잘 죽고 싶고, 한 의사로서 환자의 마지막을 함께 결정할 때 떳떳하고 싶다. 그러기 위해서는 좋은 죽음에 대한 건강한 가치관이 필요했다. 지금도 계속 배워가는 중이지만 분명한 것은 예전에 갈피를 잡지 못하고 죽음을 두려워만 할 때에 비해서, 국내외 실습도 다녀오고 선배 의사들의 인터뷰도 한 이후인 지금 삶과 죽음에 대한 이해가 넓어지고 좀 더 편안하게 이야기할 수 있게 되었단 것이다.**

나는 어떻게 죽고 싶은지 생각해보았다. 내게 가장 중요한 것은 사랑하는 사람이 곁에 있는 것이다. 병원에 진료를 받으러 오는 분들을 보면 늘 가족과 함께 오는 분이 있는가 하면 늘 혼자 오는 분도 있다. 젊으면 그래도 덜한데 나이가 지긋하신 환자가 혼자 오시는 것을 보면 마음이 좋지 않을 때가 있다. 대학병원은 젊은 내가 가도 길이 헷갈리고 절차가 복잡하다. 분명히 예약을 했는데도 진료 과에서는 접수처에 들렀다가 다시 오라고 할 때가 있다. 어떨 때는 무인 수납을 해도 되는데 어떨 때는 꼭 사람이 있는 수납 창구를 이용해야 한다. 검사는 진료실에서 떨어진 다른 곳에 찾아가서 해야 한다. 표지판을 따라 갔는데 어느 순간 표지판이 사라져서 어디로 가야 할지 두리번거리게 된다. 주변에 물어보려고 해도 다들 바빠 보이고 겨우 물어보더라도 상대는 내 눈을 제대로 보지도 않고 귀찮다는 듯 설렁설렁 잘 들리지도 않게 대답한다. 어떨 땐 말 자체는 존댓말인데 짜증을 꾹꾹 누른 말투로 대꾸해서 되묻기도 머쓱하게 한다. 몸이 아파서 힘도 없는데 이리저리 다니려니 평소보다 몸도 머리도 느리게 움직인다. 그렇게 병원에 다녀온 날은 내가 짐짝 취급을 받은 것 같아 서럽기도 하고 나이 들면 더 심하겠지 하는 생각도 든다. 진료를 받을 때도 이런데, 생애 말기에 쇠약해져 일상의 많은 부분을 다른 사람에게 의지하며 병실에 있을 때는 어떨까. 죽음이 다가온다는 사실만으로도 충분히 두렵고 이를 받아들이는 데에는 큰 용기가 필요한데, 나를 사랑하고 지지해주는 누군가가 없다면 어떨까. 어차피 인생의 어려움은 홀로 겪어내야 하는 것이지만 곁에서 '너 참 잘하고 있어.', '너 덕분이야. 고마웠어.', '널 잊지 않을 거야.'라고 하는 사람이 없다면 어떨까. 아기가 태어날 때에는 아기방도 미리 꾸미고 아기용품도 마련하고 태교도 하면서 준비를 하고 축복하면서, 왜 생명이 끝날 때에는 미리 준비하지 않고 검은색, 저승사자, 귀신, 공포와 연결시키면서 쉬쉬하는 것일까. 생명의 시작인 출산을 누구의 도움도 없이 혼자 한다는 것을 상상하기 어렵듯, 생명의 끝인 죽음을 준비할 때에도 곁을 지키며 도와줄 사람이 필요하다고 생각한다.

누군가와 연결되어 있다는 느낌, 내 곁을 지켜줄 누군가가 있다는 믿음은 생애 말 정신건강뿐만 아니라 신체건강, 기대수명, 기억력, 치매의 정도, 삶의 질을 포함한 모든 것에 큰 영향을 미친다. **결국 관계가 가장 중요하다. 내가 가치 있는 존재라는 걸 느끼게 해줄 수 있기 때문이다.** 연결 대상은 꼭 가족이나 친한 사람일 필요도 없고, 굳이 사람일 필요도 없다. 그 대상은 신이 될 수도 있고, 반려동물이 될 수도 있고, 의료진이 될 수도 있다. 마지막까지 다른 생명에게 친절을 베풀고, 나와 남을 애틋하게 여기고, 나와 연결된 사람들이 나를 좋은 사람으로 기억해주는 것, 사랑하는 사람들과 함께 삶의 마지막을 보내는 것, 더 나아가 남겨질 후손과 다른 생명을 위해 내가 머물다 가는 이 세상을 보다 나은 세상으로 만들려고 노력하는 것이 그러한 관계를 단단하게 한다. 자신이 아무것도 할 수 없다고 느끼는 순간에도 의료진과 옆 침대 환자에게 웃어준다든지, 칭찬을 한마디 건넨다든지, 농담을 한다든지 함으로써 내가 상대방의 인생을 잠시나마 아름답게 만들 수 있다. 미국에서 완화의료 전문의로 일하는 의사 L은 인터뷰에서 '환자는 죽어가고 있지만 여전히 누군가를 슬프게도, 아프게도, 웃게도, 행복하게도 할 수 있는 힘이 있다는 것을 환자에게도 알려주는 것이 중요하다.'고 했다. 내가 어떤 이에게 의미있는 존재라는 사실은 내가 이 불확실한 세상에 단단하게 마음의 닻을 내리고 살아갈 수 있는 힘이 된다.

또한 나는 준비된 죽음을 원한다. 죽음을 대비하기 위해서는 죽음을 받아들이는 것이 우선이다. 죽음을 잘 받아들이지 못하면 죽음에 가까울수록 불안정해진다. 살아온 시간을 잘 마무리 짓지 못하고 후회가 가득해서 '이렇게 할 걸, 저렇게 할 걸'만 곱씹기엔 남은 시간이 너무 아깝다. 그런데 우리나라는 호스피스 병원에 들어가면 더이상 의학적으로 환자를 위해 해줄 것이 없고 죽음만 기다린다는 편견 때문에 호스피스 이용률도 낮고 호스피스에 최대한 늦게 오려고 한다. 2021년 통계청 사망원인 통계에 따르면 국내 호스피스 이용률이 25%가 채 되지 않고 그마저도 호스피스 기관에서 머무는 기간이 사망 전 3주 정도뿐이다. 게다가 가족과 환자의 요구가 다른 경우에는 남은 시간을 우왕좌왕하며 보내기 십상이다. 만약 가족은 끝까지 환자를 위해 무슨 처치라도 해달라고 하는데, 환자는 힘든 치료를 그만하고 싶어 한다면, 서로 실랑이를 하느라 삶을 정리할 수 있는 시간이 줄어들 것이다.

죽음을 잘 준비하려면 시간이 얼마 남지 않았다는 것을 받아들이고 지난 삶을 돌아보며 정리할 수 있는 여유가 필요하다. 서있기도 힘든 말기 암환자가 남겨질 딸에게 주기 위해 계속 서서 그림을 그린다거나, 인생을 돌아보며 자서전을 쓰거나, 독서나 뜨개질을 하며 생각을 정리하거나, 영상 편지를 남기거나, 유산을 정리하기도 한다. 미리 준비해놓는다면 죽음에 가까워질 때 그 시점에서 할 수 있는 것에 집중하고 후회를 최대한 줄여 남은 시간을 누릴 수 있다. 그러다가 문득 급사로 죽고 싶다고 하시던 어느 호스피스 교수님이 떠올랐다. 비록 준비를 미처 못한 가족들은 후회가 남을 수 있겠지만 아픈 상태가 지속되어 가족들에게 짐이 되는 것보다 급사가 나을 것 같다고 하셨다. 하지만 이것도 본질은 주변에 짐이 되지 않으려는 것이지, 죽음을 준비하지 않겠다는 것은 아니었다. 미리 준비할 수 있다면 준비해두고 고통 없이 한순간에 죽고 싶다고 하셨다. 무엇이 더 나은지에 대한 답은 없다.

OECD 국가 중에서 죽음의 질이 가장 높은 영국은 말기 환자가 불필요하게 응급실에 오는 고통을 줄이기 위해 집에서 임종하도록 장려한다. 먹는 양이 줄어들고, 자는 시간이 늘어나며, 호흡 수가 줄어들고, 헐떡호흡을 보이는 등 임종 과정에서 자연스럽게 나타나는 증상을 미리 알려주어, 환자와 가족이 이러한 변화에 덜 불안하도록 돕는다. 이처럼 가정에서 임종을 준비하는 문화는 환자와 가족 그리고 의료진 모두에게 중요하다. 영국에서 만난 30대 완화의료 전문의 J는 죽음을 삶의 연장선으로 받아들이며 자연스럽게 대화를 나누는 것이 환자와 가족의 정신적 평온을 돕는다고 했다. 실제로 영국에서는 할머니, 할아버지께서 돌아가실 때 나이 어린 손주나 자녀에게 쉬쉬하지 않고 죽음을 설명하며 자연스럽게 대화한다고 한다. 거기에 덧붙여 J는 싱긋 웃더니 당신은 본인의 장례식에서 틀 음악을 이미 정해놓았다고 했다. 준비된 죽음은 단지 응급실 방문을 줄이는 데 그치지 않고, 환자 본인과 가족 모두가 마지막 순간을 덜 혼란스럽게 맞이할 수 있게 한다.

　마지막으로 중요한 것은 나답게 살다가 나답게 죽는 것이다. 극심한 통증이나 치매로 정신이 온전치 못한 상태라면 나다움을 유지하기 어렵다. 나다움을 유지하는 것은 무엇을 말하는 것일까? 우선은 증상 조절이 필요하다. 캐나다 노인을 대상으로 한 설문조사에서 스스로 사는 것에 의미가 없다고 느끼거나 품위가 없는 상태라고 생각하는 증상을 조사했는데, 가장 많이 응답한 것이 대소변을 스스로 가리지 못하는 것이었다. 신체적, 정신적 증상이 기본적으로 조절되어야 비로소 온전하게 생각을 할 수 있는 여유가 생긴다. 증상 조절 다음으로는, 환자 스스로 선택할 수 있도록 선택지에 대한 설명을 충분히 한 뒤에 그의 의견을 존중해줘야 한다. 생애 말기 환자도 호불호가 있고 원하는 것이 명확하다. 어린 말기 환자도 마찬가지이다. 소아 말기 환자에게 현재 상태를 숨기는 경우가 많은데 이는 오히려 아이를 소외시키는 것이다. 어리더라도 자신의 삶에서 마지막 순간까지 스스로 선택할 수 있는 자율성을 보장해주어야 한다.

　죽음 앞에서는 아무리 자신이 왕년에 잘 나갔더라도 아무런 소용이 없다. 벌어놓은 돈을 이고지고 갈 수도 없고, 따놓은 학위증을 갖고 죽을 수도 없다. 죽음 앞에서는 철저하게 내면의 나다움만 남게 된다. 그렇기에 나다운 것, 즉 나의 정체성에 대한 질문은 중요하다. 일본의 H호스피스에서 만난 어느 할아버지는 당신 스스로를 내게 소개할 때 왕년에 잘 나가던 스키선수라고 소개하셨다. 그리고 계속 스키 타던 시절 이야기를 하셨다. 어느 해에는 로키 산맥에서 스키 대회를 나갔고, 어느 해에는 알프스에서 스키를 타기도 했다고 하셨다. '그 때 좋았지…'만 곱씹던 할아버지의 눈은 나를 향하고는 있었지만 사실은 그 너머 과거의 당신 모습을 바라보고 있었다. 스키를 타지 못하고 몸져누워 있는 어느 시점부터 그는 자기답지 못하다는 생각에 자꾸 과거 이야기를 하시는 것 같아 안쓰러웠다.

죽음 앞에서 남게 될 오롯한 나다움은 무엇일까. 의사라는 직업? 부모님의 딸이라는 관계? 호기심 많고 사람을 좋아하는 기질? 나답게 만드는 것은 한 요소가 아니라 여러 요소일 것이다. 어느 호스피스 의사분께서는 인터뷰에서 '환자들이 치료를 그만두고 싶어하는 가장 큰 이유는 삶의 마지막을 환자로서 살고 싶지 않아서'라고 하셨다. 가정으로 돌아가서 엄마로서 마지막까지 살고 싶어서 치료를 그만 둔 환자가 기억에 남는다고 하셨다. 무엇이 나의 정체성인지는 더욱 다양해질 것이고 살아가면서 평생 찾아가야 하는 것 같다.

이야기에서 가장 중요한 것은 엔딩이다. 이야기를 잘 쓰기 위해서는 엔딩을 염두에 두면서 서사를 전개해야 한다. 이야기의 총합이라 볼 수 있는 삶에서도 아름다운 마무리가 중요하다. 멋진 마무리를 위해서는 엔딩 자체를 어떻게 할지도 계속 떠올려보지만, 엔딩을 향해 가는 스토리의 과정도 멋져야 한다. 마찬가지로 우리 삶을 후회 없이 마무리하기 위해서는 마지막을 상상해보며 그 과정인 삶 또한 후회 없이 살아야 하지 않을까. 좋은 삶은 좋은 죽음을 떠올려 보는 것에서 시작한다. 삶과 죽음은 동전의 양면이 아니다. 삶과 죽음은 오히려 일직선에 놓여있다. 그래서일까. 잘 죽는 것이 무엇인지 배우다 보니 결국 어떻게 살아야 하는지를 고민하게 되었다. 죽음을 배우면 삶이 달라진다. 지금 집 밖에 잠시 나간 길에 사고로 죽을 수도 있고, 죽음의 형태를 예측할 수도 없다. 하지만 어떤 형태의 죽음이든 후회가 없으려면 결국 살아있을 때 후회 없이 살아야 할 것이다. **내게 잘 죽는 것이 무엇이냐 묻는다면, 어떤 형태로 죽든 간에 죽는 순간에 '난 최선을 다해 살았다.'라고 할 수 있으면 그것이 잘 죽는 것이라고 답할 것이다.** 그래서 잘 죽는 것이란 곧 잘 사는 것이라고 하는 것 아닐까. 잘 살았다고 스스로에게 당당하려면 '나답게' 살아야 한다. 남이 원하는 삶을 사는 게 아니라, 내가 무엇을 좋아하고 무엇을 원하는지 내면의 목소리에 귀기울여 찾아가는 과정이 필요하다. 꼭 그것을 이루지 못하더라도 그것을 찾아가는 과정이었다면 충분히 만족스러운 삶이라 생각한다. 그럼으로써 사회에 기여하고 내가 사회에서 가치있는 존재라고 느낄 수 있다면 더할 나위 없이 잘 산 것이다.

이 글의 처음에 어떻게 죽고 싶은지 상상해보자고 했다. 그 상상을 통해 우리에게 주어진 시간은 제한되어 있다는 것이, 우리는 반드시 죽는다는 것이 와닿길 바라는 마음이었다. 물론 실제로는 어떤 죽음을 맞이할지 선택할 수는 없다. 마지막까지 치매는 걸리지 않았으면 좋겠다든지, 자다가 편안하게 죽었으면 좋겠다든지 하는 바람은 쓸모 없는 상상일지 모른다. 이에 대해 호스피스 의사 김여환 선생님은 책『죽기 전에 더 늦기 전에』에서 죽음의 특정한 모습을 바라기보다 마지막 숨을 쉴 때 무엇을 마음에 떠올릴지를 생각해보라고 권하셨다. 여러분도 잠시 책에서 눈을 떼고 생각해보길 바란다. 나는 마지막에 무엇을 떠올릴까. 천상병 시인의『귀천』에 나오는 시구를 빌려

오자면 **고통스럽고도 아름다운 소풍**이었다고 떠올릴 수 있길 바라
본다.

귀천(歸天)

천상병

나 하늘로 돌아가리라.
새벽빛 와 닿으면 스러지는
이슬 더불어 손에 손을 잡고,

나 하늘로 돌아가리라.
노을빛 함께 단 둘이서
기슭에서 놀다가 구름 손짓하며는,

나 하늘로 돌아가리라.
아름다운 이 세상 소풍 끝내는 날,
가서, 아름다웠더라고 말하리라.

에필로그

결국, 사랑

모락모락 코 안으로 들어오는 커피향이 참 좋다. 드립백 커피를 내리며 오늘은 무슨 노래를 들어볼까 생각한다. 음, 오늘은 비틀즈가 끌린다. 따뜻한 비틀즈 노래를 들으며 커피 한 모금을 천천히 들이킨다. 목구멍을 넘어간 후 입안을 채웠던 커피의 잔향이 코를 타고 올라온다. 익숙하고도 편안한 비틀즈의 목소리는 고막을 정겹게 두드린다. 귀와 입과 코에 감각을 집중하느라 눈은 저절로 감긴다. 슬며시 올라가는 입꼬리를 따라 눈썹도 올라간다. '딱 좋아.'라는 말이 스르르 나온다. 경건한 수행처럼 느껴지기도 하는 이 시간은 주말에 하루 30분 정도 하고 있는 나의 루틴이다. 예전에 내게 커피란 잠을 깨기 위해 값싸고 양 많은 걸로 아무거나 입안에 들이붓던 각성제일 뿐이었다. 그러던 내가 이제는 커피향과 음악의 반짝이는 아름다움을 오롯이 음미하고 지금 이 순간에 충만함을 느끼고 있다.

언제부터였을까. 한 가지 계기를 딱 꼬집을 수는 없지만 '메멘토 모리(죽는다는 것을 기억하라)'와 '카르페디엠(현재에 충실하라)'을 묵묵히 몸소 보여주신 말기 환자들 덕분일 것이다. 내가 지금 이 순간을 대하는 태도가 바뀌도록 깨달음을 선물해준 그 환자들은 아마 지금 이 세상에 계시지 않을 것이다. 하지만 그분들이 전해준 '지금, 여기'에 감사해야 한다는 귀한 교훈은 내 일상에 깊게 스며들어 남아있다. 6주 동안의 실습과 인터뷰 이후에도 변화는 현재진행형이라 일상뿐만 아니라 인간관계, 의사로서의 목표까지 바뀌었다.

매일 그날이 그날 같아서 당연하던 일상을 그분들처럼 애정 어린 눈으로 바라보려고 노력한다. 아침에 눈을 뜰 수 있단 것, 건강한 두 다리로 땅을 딛고 설 수 있단 것, 사랑하는 사람들과 함께 밥을 먹을 수 있단 것… 그 모든 것에 감사하고 있다. 감사하다는 말이 그저 혀끝에서 나오는 것이 아니라 마음에서 우러나도록 지금 이 순간을 오롯이 느껴보았다. 그랬더니 순간순간이 반짝거렸다. 내가 만난 말기 환자들도 이런 마음이었을까 헤아려본다.

그분들과의 만남은 작은 나비의 날갯짓이 되어 이제 나는 의사로서 한국에 웰다잉 문화가 자리잡는 데에 기여하고 싶다는 비전까지 갖게 되었다. 일본 실습에서 나를 담당해주신 교수님 두 분과는 지금도 계속 연락을 주고받고 있고, 교수님들께서 한국에 와주시기도 했다. 일본실습에서 만난 한 의대생 친구는 내 영국 실습기간에 마침 영국 어학연수 예정이어서 영국에서도 만났고, 얼마 전 한국에서도 다시 만나 인연을 이어오고 있다. 생각지도 못한 인연을 만나고, 이 모든 변화를 겪으면서 내가 있어야 할 곳에 있다는 느낌을 받고 있다. 감사하다는 말 밖에 이 마음을 표현할 길이 없어서 답답하다. 내게 오래도록 여운을 남겨 주신 분들처럼 나도 세상에 선한 영향력을 주는 사람이 되고 싶다. 나를 도와주신 그분들의 노력이 헛되지 않게 하루하루 충실하게 살아가고 있다. 그분들을 통해 얻은 귀한 깨달음과 성장의 시간을 고이 간직하고자 틈틈이 글을 써두었고 이 책에 그 글을 녹여내었다.

그분들을 만나기 전의 나는 병원 곳곳에 보이는 죽음의 그림자 때문에 불안했다. 그 불안을 피하지 않고 마주하기 위해 죽음을 배우기 시작했다. 죽음을 앞둔 사람들이 있는 곳을 찾아 호스피스 완화의료 실습을 하고, 죽음을 자주 접하는 의사 선배님들을 찾아 인터뷰를 통해 지혜를 여쭈었다. 처음에는 온갖 물음표를 안고 있었다. 말기 환자는 병을 치료할 수가 없는데 의사로서 하는 노력이 무슨 소용이 있는가? 죽어가는 환자와 가족을 위로하기 위해 무슨 말을 할 수 있을까? 죽음에 관한 이야기를 어떻게 꺼내야 할까? 죽음을 앞둔 환자와 가족을 만나는 것이 내게 너무 벅차지는 않을까? 완화의료 의사들은 매일 환자와 이별하면서 어떻게 저렇게 환하게 웃을 수 있을까?

실습과 인터뷰에서 만나보니 의사와 환자 모두 나와 똑같은 사람이었다. 다만, 나는 죽음도 잘 몰랐고 호스피스 완화의료도 잘 몰랐기 때문에 막연한 두려움에 떨었던 것이다. 지금 돌아보면, 죽음은 부정적이고 아프고 힘들다는 나의 편견을 말기 환자들에게 함부로 투영했었다. 죽음을 배우겠다고 마음먹은 후에도 그 결정에 스스로 힘들어 할까 봐 걱정스러웠다. 하지만 죽음을 배우면서 무지로 인한 두려움에서 점차 벗어날 수 있었다. 그리고 나는 질병이 아닌 사람을 중심에 두는 의료에 스며들었다. 무게중심을 의학의 본질인 사람에 두자,

예전에 중환자실에서 죽어가는 환자들을 보며 '이건 아닌데'라고 느낀 이유를 알게 되었다. 질병이 아닌 '사람'을 보자 나도 몰랐던 공허함이 채워지는 것을 느꼈다. 이 변화를 이끌어 준 것은 자기 일을 사랑하는 선배 의사 선생님들, 그리고 자기 삶을 사랑하는 환자와 가족들이었다.

인터뷰에서 여러 의사 선배님을 뵈었다. 학교 수업과 병원 실습 때에는 교수님의 개인적인 의견을 들을 수 있는 시간이 거의 없었는데, 인터뷰에서 그분들의 귀한 경험과 고민을 들을 수 있었다. 말기 환자를 대하는 시간이 소중하고 감사하다던 P 교수님, 환자의 몸은 점점 쇠약해가지만 정신은 점점 성숙해지는 걸 보는 것이 보람이라던 H 교수님 등등. 당신의 일에 대해 이야기할 때 그분들의 눈이 빛났다. 그 열정이 느껴지자, 이 분들이라면 내가 평소에 꺼내지 못했던 예민한 주제에 대한 질문에도 답을 해주실 것 같았다. 교수님께서 불편해하실까봐, 또는 나를 이상하게 보실까 봐 이번에도 질문하지 않으면 나는 영영 답을 찾지 못한 채 생명을 책임지는 의사가 되어버릴 것만 같았다. 그래서 미처 다듬어지지 않은 투박한 질문일지라도 용기내어 죽음, 자살, 안락사 등에 대해 여쭈었다. 그리고 선배 의사선생님들은 예상치 못한 깊은 따뜻함을 담아 대답해주셨다. 나만 별나게 하는 고민이 아니라 그분들도 하셨던 고민이라는 것에서 위안을 얻었다. 그리고 그만큼 깊은 대답이 나오기 위해서 그분들께서 겪으셨을 고뇌의 흔적이 느껴져서 감동스러웠다. **말기 환자를 계속 만나면서도 소모되지 않고 오히려 충만해지고 계속 웃으며 일을 하는 분들의 공통점은 그 깊은**

따뜻함, 즉 사랑이었다. 그분들을 통해 고뇌를 거듭하면서도 말기 환자를 돌보는 용기를 배웠다. 그 용기는 자신의 일과 인간에 대한 사랑에서 나오고 있었다.

해외 실습에서 말기 환자와 가족분들도 여럿 뵈었다. 낯선 외국인 의대생인 내게도 기꺼이 당신의 이야기를 들려주시고 가정방문도 허락해주셨다. 친할머니처럼 내게 먹을 것을 바리바리 챙겨주시던 손길과 행여 내가 대화에서 소외될까 봐 먼저 말을 걸어주시던 따뜻한 배려에서 여유와 정을 느낄 수 있었다. 자기 삶을 사랑하지 않거나 살아온 삶에 후회가 가득하면 보일 수 없는 반응이었다. 나였다면 내가 1~2달 뒤에 죽는다는 걸 알았을 때 남은 삶을 정리하고 가족 챙기기에만 여념이 없었을 텐데⋯ 그분들처럼 내가 생애 말기에 연약한 몸이 되었을 때에도 과연 다른 사람에게 저렇게 베풀 수 있을까 생각해보면 쉽지 않은 태도란 걸 알 수 있었다. 얼마 남지 않은 귀한 시간을 기꺼이 낯선 나에게 써주신다는 것이 얼마나 감사했는지 모른다. 오히려 마음이 조마조마했던 것은 나였고, 환자들은 여유로우셨다. 그분들은 내게 살아가는 용기와, 죽음을 받아들이는 용기와, 사랑하는 존재와 이별할 용기와, 사랑하는 이를 돌볼 용기를 가르쳐주셨다. 그들은 점점 죽어가는 것이 아니라 여전히, 어쩌면 예전보다 더욱 애틋한 마음으로 순간순간을 소중하게 여기며 살아가는 중이었다. 죽음이 시시각각 몸에서 느껴지는데도 세계사 책을 호기심 어린 눈으로 읽으며 감탄하고, 낯선 외국 의대생에게 따뜻한 배려를 베풀며 삶은 이렇게 살아가는 것이라고 알려주는 롤모델을 많이 만났다.

그 덕분에 이전에는 깜깜해서 두려웠던 미래 앞에서도 지금 이 순간을 감사하게 여기며 용기를 갖고 한걸음씩 나아갈 수 있게 되었다. 바다 건너, 심지어는 멀리 지구 반대편에서 이렇게 큰 가르침을 주는 사람들을 만나리라고는 생각지 못했다. 정말이지, 인생은 예측할 수 없다. 예전에는 죽음을 포함해서 인생은 예측할 수 없기에 불안하기만 했는데, 인생 선배님들의 가르침 덕분에 이제는 인생이라는 불확실한 나날이 기대되기도 한다. 죽음을 앞두고도 편안하게 미소를 지으며 사람들과 이야기하고, 책을 읽고, 꽃을 가꾸며 일상을 살아가던 그분들을 보며 삶의 질은 세속적 성공 여부와는 큰 관련이 없음을 배웠다. 삶의 질은 작은 일에도 기뻐할 수 있는 능력에 비례하고, 기뻐할 수 있는 능력은 지금 이 순간 소소한 것들에 관심을 갖는 것에서 시작한다. 고통스러울수록, 미래를 생각하기에는 두렵고 과거를 돌아보기에는 아직 상처가 아물지 않은 상태일수록, 그분들처럼 지금 이 순간이 가장 안전한 시간임을 알고, 현재에 감사해야 함을 배웠다.

죽음을 앞둔 분들을 보며 내 삶의 마지막도 상상해 보았다. 이 책의 끝자락에 있는 여러분도 자신의 마지막을 상상해보길 바란다. 마지막 순간에 후회할 것이 무엇일까? 마지막에 내게 남는 것은 무엇일까? 이러한 생각의 끝은 결국 내 삶의 의미가 무엇인가로 모아졌다. 왜 살아야 하는지 아는 사람은 어떤 어려움도 참고 견딘다는 니체의 말이 떠올랐다. 가치 있는 목표를 위해 노력하고 투쟁할 때 비로소 공허함에서 벗어나 내가 만난 롤모델들처럼 눈을 반짝일 수 있다는 의미가 아닐까. 그분들의 공통점은 현재를 충실하게 느끼는 것과 삶에서 추구해야 할 유일한 본질적 가치는 결국 '사랑'임을 아는 것이었다.

의사로서 내 롤모델이신 일본의 O교수님께서는 '누구나 자신을 따뜻한 눈으로 지켜봐 줄 누군가가 필요하다'고 하셨다. 사랑하지 않고서는 상대방의 본질과 개성을 온전히 알 수 없는데, 하물며 상대방이 아직 싹틔우지 못한 가능성을 사랑 없이 볼 수 있을까. 우리는 사랑의 힘으로 상대방이 잠재력을 발휘할 수 있도록 도울 수 있고, 그가 삶의 의미를 깨닫게 도와줄 수 있다. 환자, 특히 말기 환자를 돌보는 의사에게 필요한 것이 바로 인간에 대한 사랑이 아닐까. 호스피스 완화의료 운동의 창시자인 영국 의사 시슬리 손더스(Cicely Saunders)가 '당신은 당신이기 때문에 중요하며, 생이 끝나는 그 순간까지 중요합니다. 우리는 당신이 평온하게 생을 마치도록, 그리고 그때까지 의미있는 삶을 살도록 최선을 다해 돕겠습니다.'고 한 것도 같은 의미일 것이다. 생애 말기에 나타나는 여러 증상은 약물로 조절할 수 있다. 하지만 소중한 존재를 떠나는 아픔과 사랑하는 세상과 단절되는 괴로움과 자기다움을 잃어버린 채 주변에 의존해야 하는 상황에 대한 혼란스러움은 어떻게 다뤄야 할까? 이를 해결하기 위해서는 최신 의학 기술보다는, 따뜻한 피와 살로 이루어져 서로 부대끼며 사랑하는, 인간이라는 존재가 필요하다. **그 어떠한 노력으로도 벗어날 수 없는 죽음이라는 운명의 너울 앞에서 개구리밥 마냥 한없이 나약한 인간이 할 수 있는 가장 강력하고 유일한 대응은 인간적 연결, 바로 사랑이다.**

사랑이 마음에 차오르자 병원도 달리 보였다. 예전에 병원은 병색이 완연한 환자로 가득 차서 삭막하다고 느꼈다. 하지만 이젠 각자 알

록달록하게 살아온 인생 이야기를 품은 사람들이 가득 찬 곳으로 보인다. 막 새내기 의사가 되어 스스로 다짐한다. 내게 다가오는 환자를 환자이기 이전에 우여곡절 인생을 살아온 한 사람으로 보기를. 지금 이 순간 진료실에서 만난 우리 인연의 반짝거림을 볼 줄 아는 의사이기를. 그리고 바라건대, 이 글을 읽는 당신의 마음에도 반짝이는 빛이 스며들길. 천천히 내린 드립백 커피의 향을 음미하며 이 글을 쓰는 지금, 마침 흘러나오는 비틀즈의 노래를 인용하며 이 책을 읽는 당신께도 이 여유와 사랑을 선물하고 싶다.

'All you need is love.'

맺음말

채 정 호

죽음을 배우는 것은
곧 생명을 배우는 것이다

40년 가까이 정신과 의사로, 또 30년 정도 의과대학 교수로 일을 하다 보니 매년 해야 하는 일에 대해서는 어느 정도 타성에 젖어서 살아왔던 것 같다. 학생들이 어떤 주제로 프로젝트를 하겠다고 찾아와도 시큰둥하게 반응하던 것이 일상이었다. 늘 과제를 내고 운이 좋으면 상을 타는 무엇인가 성과를 내기 위한 프로젝트를 지도하는 것은 그리 재미있는 일도 아니었고 참석하는 학생들도 그냥 한 번 하고 끝내버리는 그저 그런 일의 하나였다. 민혜와 서연 두 학생이 프로젝트를 하겠다고 찾아왔을 때에도 그저 그런 연례 행사의 하나이자 교수의 책무로 받아들일 뿐이었다. 그런데 이제까지와 달랐던 것은 그들이 선택한 주제였다. 그 동안의 학생들은 모두 다 특정 질환에 대한 주제를 가져왔었다. 어쩌다 간혹 예방, 재활, 혹은 사회정책 같은 것을 가져오는 학생들이 있었을 뿐이다. 그런데 이들이 가져온 주제는 정말 색달랐다.

죽음!

사실 대학병원은 생명을 살리기 위해 존재하는 기관이다. 그러다 보니 모든 교육과 실습은 생명을 살리는 기술과 능력을 키우는 데 초점을 맞추고 있다. 그렇지만 가장 사람들이 많이 죽는 곳도 결국은 병원이다. 모든 삶은 결국 죽음으로 향하고 있다. 인간은 모두 죽는다. 원래 사람은 수많은 죽음을 목격하고 언제 어떻게 죽을지 모르는 것이라는 것을 피부로 느끼고 살아왔다. 그러나 현대 의학의 눈부신 발전으로 이제는 거의 모든 죽음이 병원이나 요양원 같은 것에서 보통 사람들의 눈을 피해서 일어나게 되면서 먼 곳에서 벌어지는 일이 되어버렸다. 당연히 자신도 죽지만 그 죽음을 많은 사람들이 피하고 두려워하면서 산다.

하지만 환자를 돌보는 의료인은 죽음을 회피하거나 조금이라도 지연시키려는 대상으로만 여겨서는 안 된다. 오히려 죽음 자체를 삶의 일부로 받아들이고, 환자와 보호자가 그 마지막 순간을 잘 준비하고 의미있게 마무리할 수 있도록 돕는 것이야말로 의료의 또 다른 핵심이다. 생명을 살리는 의학에만 익숙해져 있을 의대 졸업반의 민혜와 서연은 놀랍게도 이런 새로운 문제의식을 가지고 죽음에 접근하겠다고 하였다. 그리고 그 신선한 충격이 긴 작업을 거쳐 이렇게 책으로까지 만들어지는 동력이 되었다. 이 프로젝트는 으레 그렇듯이 보고서를 만들고 교내 발표회에서 발표하는 것으로 끝나는 과제로 시작되었다. 그러나 작업 진행을 보면서 이 내용을 그런 식으로만 마무리하면 안되겠다는 생각이 들었다. 수업의 경계를 넘고, 성적이나 평가의 틀을 벗어난 자발적인 학습을 하면서 의료의 진수에 접근했다. 학생들은 직접 삶과 죽음을 마주한 환자와 가족의 이야기를 접하며 눈물 흘렸고, 죽음이 두렵지 않은 삶은 무엇인지에 대해 질문했다. 그리고 무엇보다도 '의사가 된다는 것'의 무게와 책임을 다시 생각하게 되었다. 그들과 함께한 이 작업은 단순한 프로젝트를 지나 한국 의료의 미래를 새롭게 그려볼 수 있는 하나의 희망이자, 교육의 본질을 되묻는 실험장이 되었다. 이 책은 젊은 의학도들이 죽음을 정면으로 바라보고, 그 안에서 생명과 인간 존재, 그리고 '의사'라는 존재의 본질을 깊이 성찰한 기록으로 남게 되었다. 이제 막 임상실습을 시작하는 의과대학생들이었지만 프로젝트를 진행하면서 그들은 놀라울 만큼 깊은 내면적 탐색과 철학적 사유를 보여주었다. 그래서 이 결과물을 출판이라는 형식으로 보다 많은 사람들에게 알려야 하겠다는 생각이 들었다.

죽음을 공부한다는 것은 삶을 다시 배우는 것이다. 의학이란 결국 생명을 연장하거나 고통을 덜어주는 기술일 뿐만 아니라, 인간 존재의 시작과 끝, 즉 탄생과 죽음을 마주하는 학문이다. 그런 점에서, 죽음을 외면한 의학은 기술로는 성공할 수 있을지언정, 인간에 대한 통찰과 이해에 있어서는 실패할 가능성이 크다. 이 책에 실린 학생들의 글은 그러한 점에서 교육의 방향을 다시 새롭게 바라보게 해주었다. 이 책은 그 자체로 하나의 수업이며, 또한 하나의 선언이다. 젊은 의사들이 단지 치료 기술을 익히는 데 그치지 않고, 환자의 삶과 죽음에 함께하는 존재로서 스스로를 길러가는 과정을 보여준다. 죽음을 배우는 것은 곧 생명을 배우는 일이며, 의사란 결국 삶과 죽음 사이의 경계에서 인간의 품위를 지키는 사람임을 되새기게 한다.

잘 죽는 것은 그야말로 잘 사는 것 이상의 중요성을 가지고 있다. 하지만 그것을 잘 다루는 의료인은 많지 않다. 이제 첫발을 디디고 새내기 의사가 되려는 학생들이 그냥 책이나 이론으로만 웰다잉 공부하고 이해하려 한 것이 아니라 실제 임상 현장에서 경험하고 체득하려는 시도를 이들이 했다는 것이 놀랍기만 하다. 그들은 우리나라뿐만 아니라 일본과 영국에서의 호스피스 실습, 말기 환자와의 인터뷰, 다양한 교수들과의 대화 속에서 이들은 의료인으로서 죽음을 어떻게 맞이할 것인지, 죽음을 앞둔 이들과 어떻게 함께할 것인지를 깊게 고민하였다.

2023년 그들이 의과대학생일 때 해온 작업을 정리하여서 책으로 엮자고 한 2024년 대한민국 의료계는 전례 없는 혼란과 갈등의 소용돌이에 휩싸이게 되었다. 정부의 졸속적인 의료정책에 반발하여 많은 젊은 의사들이 사직서를 제출하고 병원을 떠났으며, 그로 인해 의료 현장은 심각한 공백 상태에 놓이게 되었다. 이러한 상황에서 진료의 연속성이 끊어지고, 환자들은 적절한 의료 서비스를 받지 못하는 현실에 분노와 좌절을 표출하며 의사들을 비난하는 악순환이 반복되었다. 의료계와 정부 간의 갈등이 장기화되면서, 의료 시스템의 근본적인 붕괴와 국민 건강에 대한 우려가 날로 커져가고 있다. 그 여파로 당장 새로운 의사가 되어 임상 현장에 투입되었어야 할 두 사람이 직장을 얻지 못하게 되었다. 안타까운 일이었지만 오히려 이런 일이 없어 관례대로 병원에 취직하고 출근했다면 도저히 하지 못할 책을 마무리하는 일에 매달릴 수 있게 된 것이 그나마 불행 중 다행이었다. 이러한 혼돈과 갈등의 시기 속에서 민혜와 서연은 의사의 본분과 사명을 되새기며, 의료의 본질에 대한 근본적인 질문을 던지기 시작했다.

그들은 '의사란 무엇인가?', '죽음 앞에서 우리는 어떤 역할을 해야 하는가?'와 같은 질문을 통해, 의료인의 정체성과 역할에 대한 깊은 성찰을 시작했다. 이러한 고민과 탐구의 결과물이 바로 이 책이다. 의료 현장의 혼란 속에서도 본연의 사명을 지키고자 하는 젊은 의사들의 진지한 고민과 성찰이 담긴 이 책은, 우리 모두에게 큰 울림과 교훈을 전해준다.

죽음은 인간이라면 누구나 맞이하게 되는 필연적인 과정이다. 의사는 이러한 죽음의 과정에서 환자와 그 가족을 돕는 중요한 역할을 수행한다. 그러나 현대 의학의 발전과 함께, 죽음을 연기하거나 회피하려는 경향이 강해졌다. 이는 때때로 환자의 고통을 연장시키거나, 삶의 질을 저하시킬 수 있다. 따라서 의사는 환자의 삶의 질을 고려하여, 적절한 시기에 적절한 의료 서비스를 제공하는 것이 중요하다. 이를 통해서 환자의 존엄성을 지키고, 인간다운 죽음을 맞이할 수 있도록 도울 수 있게 된다. 현재의 우리나라의 의료계는 혼란과 갈등 속에 있지만, 이러한 상황 속에서도 의사의 본분을 지키며 의료의 본질과 자신의 역할에 대해 깊이 고민하며, 환자의 곁을 지키기 위해 최선을 다하고 있는 의사들이 있다. 서연과 민혜도 이런 의사가 될 것이며 이들의 노력과 성찰이 모여, 더 나은 의료 환경과 환자 중심의 의료 문화를 만들어갈 수 있을 것이다.

학생들은 '죽음을 말하는 것은 어렵다'는 솔직한 시점에서 이 책의 긴 여정을 출발했다. 실제로 평소에는 죽음에 대해 이야기할 기회도,

용기도 없었으며, 죽음을 말하는 것은 왠지 무례하거나 부정적인 것으로 여겨졌다. 하지만 웰다잉 문화 선진국의 현장을 경험하고, 교수들과 환자들의 이야기를 듣는 과정을 통해, 죽음은 오히려 삶의 마지막을 아름답게 정리하는 하나의 '완성'임을 깨달아간다. 죽음을 받아들이고 준비하는 과정은 곧 삶의 가치를 되돌아보는 일이었다. 죽음은 고립과 상실의 과정이 아니라, 관계와 사랑, 감사를 확인하는 시간이며, 남겨진 사람들과의 의미 있는 작별이 가능한 기회였다. 웰다잉은 곧 웰빙의 연장이었다. 죽음을 배우는 것은, 삶을 배우는 것이다.

죽음을 정면으로 마주한다는 것은 단지 말기 환자의 임종을 지켜보는 일이 아니다. 그것은 곧 삶을 성찰하고, 인간 존재의 본질과 의료의 목적을 다시 묻는 일이다. 이 책은 그런 성찰의 결실이다. 의과대학생들이 직접 의료현장에서 체험하고 글을 쓰고 정리하면서 서로 토론하며 죽음에 대해, 웰다잉에 대해, 그리고 그 안에서 의사의 역할에 대해 진지하게 고민한 기록이 이 책에 담겨 있다. 단순히 지식을 전달하기 위한 글이 아니라, 각자의 삶과 내면을 비추어본 고백이자 선언이며, 이 시대 젊은 의사들의 윤리적 각성과 방향 모색의 여정이다.

죽음을 맞이하는 환자와 보호자를 어떻게 대할 것인가는 의료인의 인격과 소통 역량이 집약적으로 요구되는 순간이다. 학생들은 정신과, 종양내과, 외상외과 교수들의 조언을 통해 상황에 따른 접근 방식의 차이를 이해한다. 충격을 줄이기 위해 점진적으로 정보를 제공해야 하는 경우도 있고, 오히려 죽음에 대해 직설적으로 이야기해주는 것이 환자에게 안도감을 주는 경우도 있었다. 환자의 의식 수준, 질병 경과,

가족의 준비도 등은 모두 의사소통 방식에 영향을 미치지만, 그 기저에는 항상 '진심'이 있어야 한다는 것이 공통된 메시지였다. 죽음을 단지 피할 대상이 아닌, 환자와 함께 정직하게 마주하는 의료인의 태도는 환자에게 위로와 용기를 준다.

서연과 민혜처럼 자기의 금쪽 같은 시간을 내고 치열하게 고민하고 성찰하지 않는 통상적인 의과대학 교육 커리큘럼에서는 웰다잉에 대한 것이 충분히 다루어지지 못하는 것은 안타깝지만 분명한 사실이다. 죽음을 철학적으로, 실존적으로, 윤리적으로 성찰할 기회를 갖지 못한 채 임상에 투입되는 것은 결국 의료인과 환자 모두에게 불행한 결과를 초래할 수 있다. 웰다잉 교육은 단지 말기 환자 진료에 국한된 것이 아니다. 삶의 의미, 인간 존재에 대한 통찰, 관계의 중요성 등을 배움으로써 전인적 의료인의 길을 걸을 수 있게 해준다. 죽음을 이해하는 깊이는 곧 삶을 이해하는 깊이로 연결되며, 이는 치료적 관계의 질을 향상시키는 가장 본질적인 자산이 될 것이다. 나는 이 프로젝트를 지도하며, 오히려 나 자신의 태도를 돌아보게 되었다. 진료실에서 죽음을 논의할 때 느껴지는 긴장감, 보호자와 환자 사이의 미묘한 거리, 연명의 의지가 꺾일 때 드러나는 무력감, 그 귀한 생명을 포기하고 자살로 삶을 마치려는 사람들… 이 모든 순간들 속에서 흔들리지 않았다면 거짓말이다. 하지만 민혜와 서연의 프로젝트 과정을 통해서 나온 결론처럼 이 흔들림조차 인간적이며, 그것을 피하지 않는 태도가 내가 할 수 있는 유일한 길이라는 것을 믿게 되었다. 죽음을 앞둔 환자에게 가장 필요한 것은 새로운 치료법이 아닐 수도 있다. 오히려 그것은 진심어린 한 마디의 말, 손을 잡아주는 따뜻한 몸짓, 그리고 끝까지 곁에 있겠다는 태도일 수 있다. 그 진심이야말로 웰다잉의 핵심이다.

죽음은 삶의 그림자가 아니라, 그 일부다. 누구나 자신의 죽음을 맞이하듯, 누구나 누군가의 죽음에 동반자가 된다. 의사는 그 죽음의 곁에 가장 가까이 있는 이로서, 삶의 마지막을 아름답게 정리하는 예술가이자 동반자가 되어야 한다. 이 글을 쓴 학생들은 이미 그 출발선에 섰다. 그리고 그들은 앞으로도 계속 흔들릴 것이다. 하지만 그 흔들림 속에서 진심을 잃지 않는다면, 그들은 분명 좋은 의사가 될 것이다. 웰다잉은 단지 죽음을 준비하는 것이 아니다. 웰리빙(Well-living), 잘 사는 삶을 완성하는 마지막 장면이기 때문이다. 죽음은 단지 의학적 사건이 아니라 '관계의 종결'이자 '삶의 완성'이라는 인식이다. 말기 환자를 돌보는 과정에서 학생들은 단순히 병의 진행이나 치료의 한계를 넘어, 환자와 가족의 정서, 인간의 존엄, 그리고 삶의 의미를 깊이 이해하게 되었다.

이들은 '좋은 죽음'이란 무엇인가에 대한 질문을 던지며, 웰다잉과 존엄사, 연명의료 중단, 호스피스 케어 등에 대해 고민하였다. 그들은 죽음을 준비한다는 것이 결국 '어떻게 살 것인가'라는 질문과 직결된다는 점을 깨달았고, 의사가 환자의 죽음을 준비하는 데 있어 동행자이자 조력자가 되어야 한다는 책임감을 느끼게 되었다. 이 과정 자체는 그들에게 '자신의 죽음'에 대해서도 생각하게 만들었다. 자신이 사랑하는 사람의 죽음, 나아가 자신의 죽음 앞에서 어떤 자세를 가져야 할지를 묻는 성찰은, 단순히 타인의 죽음을 바라보는 관찰자의 위치에서 벗어나, 인간으로서의 자기 성숙을 이끄는 중요한 계기가 되었다.

가장 말하기 두렵고, 외면하고 싶었던 말인 "죽음"이라는 말은 우리의 삶을 더 진실하게 비추는 거울이 된다. 의사로 살아가는 과정 중에서 '죽음'은 마치 실수나 실패처럼 느껴지기도 한다. 하지만 죽음은 우리가 피하고 해치워야 하는 적이 아니라 삶의 한 흐름 속에 놓인 자연스러운 이정표임이 분명하다. 이 책은 단순한 프로젝트로 끝나지 않고 삶과 죽음을 성찰하는 치열한 탐구의 결과물로 세상에 나오게 되었다. 죽음을 앞둔 환자 곁에서 무력감을 느꼈던 의대생, 보호자의 눈물을 지켜보며 밤새도록 고민한 실습생, 선배 의사와의 인터뷰를 통해 지혜를 배워나간 젊은 예비의사들의 내면이 고스란히 담겨 있다. 빠르게 변화하는 의학기술과 촘촘한 커리큘럼 속에서, 학생들은 때로 자신이 왜 의사가 되려 하는지를 잊어버린다. 그러나 죽음이라는 근원적 주제를 다루는 과정에서, 그들은 다시금 본래의 질문으로 되돌아간다. "나는 왜 의사가 되려고 하는가?", "나는 어떤 의사가 되고 싶은가?" 오늘날처럼 의료의 산업화가 가속화되고, 환자는 숫자로 취급되며, 의사들은 진료실에서 소진되어가는 현실 속에서, 이러한 본질적 질문은 더더욱 절실하다. 이 프로젝트를 통해서 학생들은 '기술'이 아닌 '태도'와 '관계'의 중요성을 배웠고, 이것은 그 어떤 교과서로 배울 수 없는 의학의 본질이다. 이 책은 단지 의대생 개인의 성장 이야기가 아니라, 한국 의료 현실에 대한 성찰을 담고 있다. 오늘날 우리는 지나치게 경쟁 중심의 의료 환경과, 환자와 의사 간의 신뢰 붕괴, 그리고 의료 정책의 혼란 속에서 방황하고 있다. 그 속에서 이 책은 작지만 분명

한 질문을 던진다. "우리는 왜 이 길을 걷고 있으며, 어디로 가고 있는 가?" 이 책처럼 모든 젊은 의대생들이 죽음을 공부하고, 환자의 삶을 존중하며, 인간에 대한 존엄한 시선을 유지하고자 할 때, 한국 의료에 도 새로운 희망이 생길 것이다. 이것은 단지 개인의 차원이 아니라, 의 료 교육 전반에 대한 근본적인 재설계와 방향 전환을 촉구하는 메시 지이기도 하다. 요즈음 우리는 전례 없는 혼돈의 의료 현실을 맞고 있 다. 의사들은 거리로 나서고, 환자들은 불안을 호소하며, 사회는 의료 인에게 영웅이기를 요구하다가도 손쉽게 죄인으로 몰아세운다. '왜 의 사가 되었는가'라는 물음이 희미해지고, 하루하루의 생존이 앞서는 나 날 속에서, 이 책은 조용하지만 선명한 물음을 던진다. '우리는 누구를 위해, 무엇을 위해 의사가 되려 하는가?' 민혜와 서연은 이 질문에 답 하고자 했다. 그들은 죽음을 통해 삶의 방향을 찾았고, 고통 속에서 의사의 손이 아니라 '마음'이 필요하다는 것을 깨달았다. 의료의 본질 은 결국 '함께 있음'이라는 명확한 사실을 조근조근 담아내었다.

개인적으로는 이 프로젝트를 함께 하며 수도 없이 감동하기도 하였 고 한편으로는 미안하기도 했었다. 이처럼 섬세하고 깊은 내면을 지닌 학생들에게 그동안 그냥 성취와 학업 이수만을 강조하면서 인간의 고 통과 존엄을 다루는 법을 나누지 못했다는 자괴감까지 들었다. 기존의 교수들이 강의실에서 가르치지 못했던 것을, 학생들이 삶의 현장에서 스스로 배워왔다. 내가 '가르친' 것이 아니라, 그들이 나에게 '보여준' 것이다. 의학은 분명히 과학이지만 인간학이며, 의사는 치료자이자 동 반자임을, 다시금 가슴 깊이 새기게 해준 과정이었다. 나는 이 학생들뿐만 아니라 이 책을 읽은 누구라도 죽음을 앞둔 사람들에게 그 곁에서 따뜻한 손길과 말 한 마디를 건넬 수 있는 사람이 될 수 있을 것이라고 믿게 되었다. 죽음을 제대로 공부한 의대생들은, 이제 삶을 더 깊이 이해할 수 있는 토대를 갖추게 되었다. 이 책이 끝이 아니라 새로운 시작이 되기를 바란다. 이제 이들은 단순한 지식인이나 기술자가 아니라, 인간의 생애 전체에 동행하는 성숙한 전문가로 자라날 준비를 하고 있다. 이 여정 속에서 새내기 의사들은 죽음을 공부한다는 것은 결국, 더 깊이 '사는 법'을 배우는 일이라는 진리를 깨닫게 되었다. "왜 이토록 힘든 상황에서도 사람은 살려고 할까?", "그 귀한 삶을 어떤 사람들은 포기하려고 할까?"라는 참으로 어려운 질문에서 시작된 여정이 이제 마무리되었다. 그러나 진정한 의미에서, 이 여정은 이제 시작임이 분명하다. 의사로 살다 보면 수많은 환자분들과 가족을 만나게 될 것이다. 그들 중에는 살아갈 희망을 찾는 이도, 남은 삶을 준비하는 이도, 또 삶을 포기한 사람도 있을 것이다. 그 모든 만남 속에서, 이 책을 쓴 시점의 통찰을 기억해내기를 바란다. 죽음을 공부한 이 젊은 의대생들은 단지 죽음을 두려워하지 않기 위해서가 아니라, 더 인간답게 살기 위해 이 여정을 선택했던 것이고, 인간으로서, 죽음을 향한 두려움을 삶의 지혜로 바꾸는 일이 평생 이 책의 저자들뿐만 아니라 독자 모두가 해야 할 사명일 것이다.

이제 이 책은 한 권의 책으로 완성되었다. 그러나 이것은 결코 마침표가 아니다. 오히려 첫걸음이다. 이 책에 참여한 학생들은 이제 앞으로 수많은 환자들을 만날 것이다. 때로는 생명을 구하고, 때로는 죽음을 배웅해야 할 것이다. 그 모든 순간마다, 이 책에서 나눈 성찰이 그들에게 작은 나침반이 되기를 바란다. 의사란 단지 병을 고치는 사람이 아니라, 인간의 고통에 귀 기울이는 존재이며, 때로는 생의 끝에서 조용히 손을 잡아주는 사람이다. 그런 의사를 길러내는 교육, 그런 의사가 되기를 원하는 젊은이들이 있다는 것, 그 사실 하나만으로도 이 책은 충분히 의미가 있을 것이다. "죽음을 받아들인다는 건 끝을 준비하는 것이 아니라, 아직 살아 있는 모든 것들과 진심으로 인사하는 것이다."라는 말처럼 "죽음은 끝이 아니라, 관계의 다른 이름이다."라는 이 책의 교훈을 잊지 않고 살게 되기를 바란다.

이 책이 의료를 공부하는 이들에게는 새로운 성찰의 계기가 되면서 지금도 현장에서 힘겹게 버티고 있는 많은 이들에게는 작지만 깊은 위로와 영감이 되기를 소망한다. 나아가 의사들은 돈만 알고 있는 편협한 전문가라고 오해하고 있는 사람들의 오해를 풀어낼 수 있는 계기가 되면 좋겠다. 또 그보다도 더욱 더 우리 모두가 언젠가는 마주할 죽음을 준비하고, 그를 통해 더 충만한 삶을 살아가는 데 도움이 되기를 진심으로 바란다.

인터뷰에 사용한 질문지

[인트로]

1 지금까지 죽음을 얼마나 봐오셨는지

2 주로 만나는 임종기 환자들의 질병 유형과 상태(말기 여부)는?
(예: 의식의 혼탁 여부, 거동 여부 등)

3 왜 암 환자 외에 다른 질환 호스피스 환자는 별로 없는지?

4 이 일을 몇 년간 하셨는지? 교수님 연세, 전공, 종교 등
(이 일을 하시게 된 계기는?)

5 인상 깊은 환자 사례
- 죽음에 대한 준비를 참 잘하시고 돌아가신 케이스
- 죽음을 잘 대비하지 못하고 돌아가셔서 안 좋았던 케이스

[구체적인 면담방법]

1 교수님 자신의 이야기도 하시나요

- 〈참고〉 어빈 얄롬은 환자와 상담 시 자신 역시 죽음을 두려워한다고 말하며, 자신의 감정을 솔직히 공유한다고 했는데 교수님은 어떠신지?

2 환자마다 죽음을 다루는 방식이 다를 텐데, 그들을 면담하는 방법에 차이가 있는지

- ◆ 희망을 주는 방식 vs. 지금 이 순간에 집중하게 하는 방식
  - 치료를 거부하는 환자들에 대한 면담
  - 보호자가 환자본인에게 상태 공개를 원치 않을 때에도 환자에게 현상태를 설명하는가
  - 환자 상태에 대해서 얼마나 구체적으로 설명하시는지 예를 들어 주세요.(예: 10명 중 3명이 사망합니다, 여명이 몇 개월입니다)
  - 죽음에 대해 의연해 보이는 환자에게는 어떤 방식으로 면담하시는지(죽음에 의연해 보이는 환자가 가면인지 실제인지 어떻게 알아내시는지)

3 물리적으로 의사가 늘 곁에 있어주는 게 불가능해보이는데, 심적으로 그런 안정감을 어떻게 줄 수 있는지

[말기 환자를 계속 대하면서 힘드신 점]

1 말기 환자를 계속 대하면서 힘드셨던 점
(예: 허무주의에 빠지시진 않는지?)

2 교수님의 극복 방법

[교수님께서 바라보는 삶과 죽음]

저희 역시 언젠가는 죽고 병들 텐데, 삶을 어떤 방식으로 받아들여야 할지 궁금합니다.

1 죽음에 가까운 사람들이 할 수 있는 의미있는 일에는 어떤 것이 있는지(말기암 환자의 삶의 의미가 무엇이라고 생각하시는지)
- 의식이 없어서 자기다움이 없는 상태 또는 극심한 통증으로 힘든 상태에서도 살아가야 하는 이유

2 삶: 살아가는 건 마냥 쉽지만은 않습니다. 오히려 고통의 연속에 가까운데, 그럼에도 불구하고 왜 살아야 하는가(어떤 삶이 좋은 삶인가, 삶의 의미는 무엇인가)
- 교수님의 삶의 의미?

3 죽음: 교수님은 죽음에 대해 어떻게 생각하시는지
- 좋은 죽음은 무엇인가
- 안락사, 자살에 대한 의견

[국내 호스피스 의료 현황에 대한 질문]

1 호스피스 의료에서 제공하는 것

2 언제 호스피스를 권할 것인가

3 국내 완화의료 이용률이 낮은 이유
- 현재 하고 있는 노력, 앞으로 해야 할 노력

나답게 살고 죽기 위한 질문들

죽음이라는 주제는 낯설고, 막상 마주하려면 어디서부터 생각해야 할지 막막할 수 있습니다.

이 질문지는 여러분이 '나답게 산다는 것, 나답게 죽는다는 것'의 의미를 스스로 찾아보실 수 있도록 구성했습니다. 지금 이 자리에서 펜을 들고 책 귀퉁이에 간단히 메모를 해보셔도 좋고, 하루에 한 가지씩 곱씹어보셔도 좋습니다.

정답은 없습니다. 이 질문지는 한번에 모두 답하지 않으셔도 됩니다.

여러분의 속도대로, 여러분의 방식대로 해보세요.

소중한 사람과 서로의 답을 나누어 보는 것도 좋습니다.

[나의 죽음에 대해 생각해보기]

1 '죽음'이라는 단어를 들었을 때 떠오르는 것을 적어보세요.

단어, 그림, 문장 어떤 방식이든 좋습니다. 자유롭게 써주세요.

1.1 죽음을 떠올릴 때, 나도 모르게 마음이 불편해진다면 그건 어떤 이유 때문일까요?

1.2 반대로, 죽음 앞에서도 마음이 평온하다면 그건 어떤 삶의 태도에
    서 비롯된 걸까요?

2 지금까지 어떤 방식으로 죽음을 접해보셨나요?
   (예: 뉴스, 영화, 주변 지인, 책 등)

3 죽음에는 여러 형태가 있습니다. 지금 떠오르는 죽음의 모습을 적어보
   세요. (예: 병사, 사고사, 자살, 존엄사 등)

4 여러분이 죽음을 맞고 싶은 장소는 어디인가요? 그 이유는 무엇인가요?
   (예: 병원, 호스피스, 집, 추억이 있는 장소 등)

5 여러분이 마지막 숨을 내쉴 때, 어떤 마음이길 바라세요?
   (예: 평안함, 감사, 미련 없음, 사랑, 용서, 따뜻함 등)

6 죽기 전에 살아온 날들이 주마등처럼 지나간다는 이야기가 있습니다. 죽음을 앞두고 떠올릴 한 장면이 있다면, 어떤 모습이길 바라시나요?

7 병상에 누워 있는 미래의 '나'에게, 지금의 내가 한마디를 해준다면 어떤 말을 건네고 싶으신가요?

8 여러분의 삶을 한 문장으로 표현한다면 뭐라고 하고 싶으세요?

9 죽은 뒤에 누군가 여러분을 떠올릴 때, 어떤 사람으로 기억되기를 바라시나요?

(누군가 죽은 후 여러분이 일했던 장소, 살았던 집, 무덤 앞에서 여러분을 추억하고 있다고 상상해보세요. 그 사람은 어떤 기억들을 떠올릴까요?)

10 위에서 적은 것들 중에서, 여러분이 맞이하고 싶은 죽음이 있나요? 혹은 어떤 죽음은 꼭 피하고 싶다고 느끼시나요?

11 여러분이 원하는 죽음을 맞이하기 위해 지금 미리 준비할 수 있는 것
은 무엇인가요?

(예: 하고 싶은 일, 관계 정리, 사전연명의료의향서 작성, 유언, 감사 표현
등)

[돌보는 이의 시선으로]

1 여러분이 더 이상 말을 할 수 없는 상태가 된다면, 그때 여러분을 대신
해줄 사람은 누구일까요?

그 사람에게 어떤 말이나 부탁을 하고 싶으신가요?

2 만약 사랑하는 사람이 삶의 끝자락에 있다면, 나의 하루는 어떻게
달라질까요? 그 곁에서 어떤 모습으로 함께하고 싶으신가요?

3 여러분이 의료인이라면, 환자가 죽음을 이야기할 때 어떻게 반응할까
요? 지금까지 본 의료인의 말이나 태도 중에서 인상 깊었던 것은 무엇
이었나요?

4 죽음을 앞둔 환자와 보호자에게 어떤 말을 해줄 수 있을까요? 여러분은 그런 말을 할 준비가 되어 있나요?

5 환자가 치료보다 '자기다운 죽음'을 원할 때, 그 선택을 지지할 수 있나요?

6 여러분이 생각하는 '좋은 죽음'은 어떤 모습인가요? 보호자, 혹은 의료인의 입장에서 그런 죽음을 돕기 위해 무엇을 할 수 있을까요?

[제도와 문화의 시선으로]

1 가까운 사람을 직접 떠나보낸 경험이 있다면, 그 시간 속에서 우리 사회의 죽음 문화나 제도는 어떤 모습이었나요? 충분히 따뜻했나요, 혹은 너무 차갑고 형식적이진 않았나요?

2 우리 사회는 죽음에 대해 어떻게 말하고 다루고 있다고 느끼시나요?
(예: 쉬쉬함, 부정적임, 신중함 등)

3 죽음을 둘러싼 제도(연명의료, 호스피스, 장례문화 등)에서 내가 바라는 변화가 있다면 무엇인가요? 지금의 시스템은 누구를 위해 존재하고, 무엇을 놓치고 있을까요?

4 사전연명의료의향서, 존엄사, 연명의료중단에 대해 어떻게 생각하시나요?

1 이 질문들을 마친 지금, '죽음'에 대한 생각은 어떻게 달라졌나요?

2 이 책을 다 읽고 난 지금, 당신이 남기고 싶은 말은 무엇인가요? 사랑하는 사람에게, 혹은 미래의 나에게 전하는 마지막 말이 될 수도 있습니다.